KB128016

장정일의 공부

일러두기

이 책은 『장정일의 공부』 출간 10주년을 기념해 만듦새를 바꾼 판본입니다.

개정판을 내며 2006년 출간된 초판에 약간의 수정과 보충을 했으며,

저자의 뜻에 따라 개정판 서문은 생략합니다.

장정일의
공부

무엇에도 휘둘리지 않는 삶을 위한

가장 평범하지만 가장 적극적인 투쟁

알에이치코리아

평소 존경받던 지식인이나 원로들이 가끔씩 그야말로 이치에 닿지 않는 발언으로 우리를 실망시키는 일이 있다. 갑작스레 세계관을 바꾸거나 어딘가로 전향을 해서일까? 내가 보기에 그런 경우는 대부분 잘못된 중용을 취하려고 했기 때문이다.

실로 우리는 어려서부터 부모에게, 자라서는 학교의 선생님으로부터 '항상 중용을 취해라', '한쪽으로 너무 치우치지 마라', '균형을 잡는 게 중요하다'고 배우고 그렇게 살도록 다짐받는다. 하지만 그 잘난 중용이나 균형이란 것을 잘못 취하다 보면, '한쪽으로 치우치지 마라'고 주의받던, 바로 그 극단에 가 있는 수가 있다.

10의 중간은 5의 언저리일 것이지만 100의 중간은 50의 언저리며, 1000의 중간은 500의 언저리다. 이런 식으로 중용을 추구하다 보면, 어느 사안에서는 자신도 모르게 보수적이고 시대착오적인 위치에 서 있게 된다. 존경받던 어른이 어쩌다 우리의 실망을 사는 경우는 바로 그 사안에서 '기계적 중립'을 취하려고 했기 때문이다.

　중용이 미덕인 우리 사회의 요구와 압력을 나 역시 오랫동안 내면화해 왔다. 이 말을 믿지 않는 사람도 있을지 모르지만, 한번 생각해 보라. 모난 사람, 기설을 주장하는 사람, 극단으로 기피받는 인물이 되고 싶은 사람이 어디 있겠는가? 나는 언제나 '중용의 사람'이 되고 싶었다.

　그런데 어느 날 알게 되었다. 내가 '중용의 사람'이 되고자 했던 노력은, 우리 사회의 가치를 내면화하고자 했기 때문도 맞지만, 실제로는 무식하고 무지하기 때문이었다는 것을! 그렇다. 어떤 사안에서든 그저 중립이나 중용만 취하고 있으면 무지가 드러나지 않을 뿐더러, 원만한 인격의 소유자로까지 떠받들어진다. 나의 중용은 나의 무지였다.

　중용의 본래는 칼날 위에 서는 것이라지만, 많은 사람들에게 그것은 사유와 고민의 산물이 아니라, 그저 아무것도 아는 게 없는 것을 뜻할 뿐이다. 그러니 그 중용에는 아무런 사유도 고민도 없다. 허위의식이고 대중 기만이다. 그런데도 우리 사회에는 무지의 중용을 빙자한 지긋지긋한 '양비론의 천사'들이 너무 많다.

내 무지의 근거를 가만히 들여다보니, 상급 학교 진학을 하지 않았다는 결점도 있지만, 그것보다는 한때 내가 시인이었다는 사실이 더 도드라져 보인다. 시인은 단지 언어를 다룬다는 이유만으로 최상급의 지식인으로 분류되어 턱없는 존경을 받기도 하지만, 시인은 그저 시가 좋아 시를 쓰는 사람일 뿐으로, 열정적인 우표 수집가나 난蘭이 좋아 난을 치는 사람과 별반 다를 게 없다. 그들의 열정에는 경의를 표하는 바이지만, 미안하게도 나는 우표 수집가나 난 치는 사람을 지식인으로 존경할 수 없다. 시인의 참고서지는 오직 시집밖에 없으니, 시인이란 시 말고는 모르는 사람이다. 나는 청춘을 그렇게 보냈다.

부끄러움을 무릅쓰고, 마흔 넘어 새삼 공부를 하게 된 이유는 우선 내 무지를 밝히기 위해서다. 극단으로 가기 위해, 확실하게 편들기 위해, 진짜 중용을 찾기 위해!

공부 가운데 최상의 공부는 무지를 참을 수 없는 자발적인 욕구와 앎의 필요를 느껴서 하는 공부다. 이 책에 실린 글들과 선택된 주제들은 2002년 대선 이후로, 한국 사회가 내게 불러일으킨 궁금증을 해소해 보고자 했던 작은 결과물이다. 원래는 과거사 청산·정조正祖·링컨·네오콘·개혁과 혁명 등의 30여 가지 주제가 더 계획되어 있었으나, 글을 써 모으는 도중에 이 책의 원고가 든 컴퓨터 파일을 모두 잃어버리는 통에, 기력을 잃었다.

이 책에서 다루고 있는 공부의 내용들은 그야말로 하나의 시안에 불과하고, 시작에 지나지 않는다. 그럼에도 불구하고 이 책을 감히

'장정일의 공부'라는 제목으로 내놓는 것은, 원래 공부란 '내가 조금 하고' 그 다음에는 '당신이 하는 것'이기 때문이다. 내가 다 하면 당신이 할 게 뭐 남아 있는가? 그래야 당신이 '조금 하다'가 지치면, 내가 이어서 하지 않겠는가? 이 책을 읽어 줄 젊은 독자들이, 내가 이 책에서 다룬 주제와 내용을 보고 나서 '여기서부터는 내가 더 해 봐야지' 하고 발심發心하기를 바랄 뿐이다. 그걸 느끼게 하지 못했다면, 전적으로 내가 부족한 탓이고.

2006년 11월
장정일

차례

잠 못 이룬 그 밤,
잠 못 이룬 사람

피에로가 되기를 거부한 백인

언제부터인가 우리 주위에 외국인들이 부쩍 늘어났다. 내가 처음 그것을 느꼈던 때는 90년과 96년 사이의 일이었으나, 그때는 그냥 그런가 보다 하고 여겼다. 서울에 살았던 탓이다. 인구가 1천만이 넘는 한 나라의 수도니까 그렇게 여길 만했다. 공교롭게도 내가 자주 술을 마시러 다녔던 인사동은 명색이 외국인들의 서울 관광 코스 가운데 하나였고, 신촌 또한 대학이 밀집해 있어서 여러 국적의 외국인들을 자주 볼 수 있었다. 그리고 재즈 바를 찾아 들르곤 했던 이태원은 미군과 그 군속들의 오래된 유흥지였다.

김영삼 정부의 세계화(?)를 실감한 것은, 6여 년의 서울 생활을 마감하고 대구로 내려왔을 때다. 내가 살고 있는 동네는 원래 대구시에도 끼지 못하는 읍면이었으나 전두환 정권이 들어서면서 대구시가 워낙 광역화되는 바람에, 이제는 대구 중심부도 변두리도 아닌 조금 어정쩡한 지역이 되어 버린 곳이다. 그러던 집 부근의 시장에서 동남아계 외국인을 보는 것은 이제 구경거리도 되지 못하는 흔하디흔한 광경이 됐고, 점포세가 싼 시장의 반대편 거리에는 놀랍게도 동남아계 외국인이 경영하는 그들만의 식품 가게가 두 개나 들어서 있었다. 6년 전에는 못 보던 풍경이었다. 육군 대위였던 아버지를 따라 춘천·화천·일동 등지를 전전하다가 외가가 있던 이곳에 정착했던 내 나이 여섯 살 때, 전기가 들어오지 않아 호롱불을 켜야만 했던 촌구석 동네에서 영어 학원 강사인 듯한 젊은 백인 남녀를 보는 것은 이제 예사로운 풍경이 되었다. 사실 내가 자세히 관찰을 하지 않아서 그랬지, 서울에 살면서 한 번씩 대구로 내려왔을 때 시내 중심부에서 싸구려 액세서리를 파는 여러 국적의 외국인들이 등장하기 시작한 것도 꽤 오래전의 일이다.

내가 대구로 내려오기 훨씬 이전에 방송가에서는 96년 전후로 미국·독일·일본·프랑스 등의 나라에서 귀화했거나 한국인과 결혼한 외국인이 텔레비전의 고정 출연자로 나와서 시청자들의 호기심을 한껏 부풀려 놓는 중이었다. 선진 서구 국가와 비교해서 별로 자랑할 게 없을 때, 우리는 단일민족이라는 궁색한 덕담으로 서로를 추켜 주며 살았던 한국인에게 그것은 당혹스러운 일인 한편, 은밀한 기쁨을 느끼게도 해 주었다. 다시 말해 그들의 존재는 '이제 우리나라도 외국인

이 귀화해서 살고 싶어할 만큼, 잘사는 나라가 되었다'는 국가주의적
자신감을 누리게 해 주었다.

귀화한 외국인, 그것도 동남아처럼 우리보다 못사는 나라가 아닌
미국이나 유럽에서 귀화한 백인의 존재는 서구 콤플렉스에 주눅 들
어 있는 한국인에게 뿌듯한 자긍심을 선사한다. 그뿐이랴. 귀화, 그
자체만 해도 반갑거늘 그들은 한국인의 인정과 풍속을 '서구에서는
오래전에 사라졌거나 아예 찾아볼 수도 없는 살맛 나는 세계'로 치장
해 주기까지 한다. 귀화 백인이나 한국인과 결혼한 백인들은 IMF 직
후 피상적인 한국병을 진단하는 데 잠시 이용되기도 했으나, 시간이
흐르면서 그들 본연의 역할로 돌아갔다. 한국 사회의 부조리와 전근
대성에도 나름의 미덕이 있다는 면죄부를 발부해 주고, 한국인의 서
구 콤플렉스를 위무해 주는 바로 그런 역할 말이다.

한겨레신문사에서 발행된 『당신들의 대한민국』(2001)과 『좌우는
있어도 위아래는 없다』(2002)를 읽고 일종의 충격을 받기 전에는, 박
노자라는 이름 역시 앞서 말했던 오해로부터 자유롭지 않았다. 이번
처럼 두 권의 책을 작심하고 읽지 않았다면, 나는 그 또한 앞서 말했
던 면죄부 장수와 콤플렉스 치료사 역할로 한국인의 귀여움을 받는
백인 재담가로만 여겼을 것이다.

우리 사회의 봉건성과 국가주의
자세히 기억은 못하지만 내가 박노자라는 이름을 처음 알게 된 것

은 〈한겨레신문〉의 칼럼을 통해서였을 것이다. 그는 그 칼럼을 통해 수당 없는 노예로 교수에게 봉사하는 조교와 대학 사회의 봉건성에 대해 질타했던 것 같다. 4부로 나누어진 『당신들의 대한민국』 가운데 제2부는 온통 한국 대학 사회의 봉건성을 비판하는 데 할애됐다.

　　IMF 시절 민중의 고생을 중심으로 한 '지식인다운' 대화가 본격화하자, 한국의 삼복더위를 어렵게 견디는 나의 갈증을 풀어 주려는 예의 바른 교수가 찻잔을 뒤지기 시작했다. 그러나 찻잔도 접시도 그 전 손님을 대접한 뒤에 씻지 않은 채 그냥 놓여 있었다. 옛 사회주의 시절 상부상조의 관습대로 나는 더러운 식기를 씻어 주려고 자리에서 일어났다. 교수는 내가 "설거지를 해 드리겠다"고 하자 실소를 금할 수 없었던 모양이다. "박 교수님은 손님이신데, 그런 일까지 하시겠다니…… 우리 과에 조교도 있는데, 설거지가 무슨 문제 있겠습니까?"

　　교수 개인의 설거지와 과 조교가 무슨 상관이 있는지 이해하지 못하여 어리둥절하던 내가 자리에 앉자, 교수는 곧장 과 사무실로 전화를 걸어 "나야. 방 정리 좀 하게!" 한 뒤 수화기를 놓았다. 2,3분도 지나지 않아 조교가 나타났다. 들어오자마자 명령도 기다리지 않고 당장 설거지부터 해서 화분 물 주기, 책상 닦기, 쓰레기 정리 등의 잡일을 하기 시작하였다. 일을 마치고 나가는 조교에게 교수는 고맙다는 말 한마디 안 했다.

극도의 흥분을 가라앉히지 못했던 박노자는 "그날 밤, 잠을 이루지 못했다"고 한다. 그리고 "잠을 못 이룬 그 기나긴 밤을 보내고 나서"
두 가지 사실을 똑똑히 알았다. 첫째는 한국 교수 사회의 '미풍양속'
을 빌미로 조교를 상습적으로 부려 먹는 그 교수에게 반론 한마디 꺼
내지 못하고 "가만히 있었던" 자신도, 그 교수보다 "도덕적으로 나은
점이 하나도 없다는 사실"이고, 둘째는 한 인간이 다른 인간 위에 군
림하는 그 모습을 아무 말 없이 보다가는 "미칠 수도 있"으며, 자기도
모르게 그들 "착취자와 똑같이" 되어 버릴 수도 있다는 것이다. 그래
서 그는 다음과 같은 결론을 내렸다.

　　고향보다 더 사랑하는 이 아기자기한 산과 언덕의 나라, 한국을 언
　　젠가는 떠나야 한다는 사실이었다. 푸른 산과 바닷가 갯벌이 아무리
　　좋아도.

〈한겨레신문〉에서 읽었던 그 인상적인 칼럼 이후로, 나는 박노자
의 글을 더 읽지 못했다. 『당신들의 대한민국』이나 『좌우는 있어도 위
아래는 없다』에 대한 광고와 서평을 통해 그 낯선 이름이 차츰 익숙
한 것이 되어 갔지만, 정작 그의 글을 다시 접하게 된 것은, 『인물과
사상』이란 월간지에 연재되고 있는 '한국적 근대 만들기'라는 글을 통
해서다. 앞서의 연재분은 미처 보지 못하였지만 내가 보았던 2002년
12월호의 내용만으로도 그는 이미 우리들이 귀화 외국인에게 기대하
는 고분고분한 면죄부 장수를 할 의사가 없으며, 백인에게 너그러운
대한민국이라는 온실 속에서 콤플렉스 치료사로 개업할 뜻이 없다는

것을 확인할 수 있었다.

『인물과 사상』 12월호에 실린 박노자의 글은 안창호나 신채호와 같은 개화기의 공화주의자들이 천부인권론이나 민본주의보다 국가주의를 더욱 신봉했다는 것을 알려 준다. 일본 제국주의라는 악마에 강점되어 있던 당시 상황에서는, 계몽된 엘리트에 의한 강한 국가의 건설만이 제국주의로부터 '출애굽의 꿈'을 실현할 수 있는 것처럼 보였다. 일제하 계몽 엘리트들이 열망했던 민본 없는 국가주의의 청사진은 해방 이후, 반 동강이 난 채로 대치하게 된 남·북한에 고스란히 이월됐다. 때문에 5년마다 거르지 않고 꼬박꼬박 치르는 절차적 민주주의(선거)의 엄수에도 불구하고, 대한민국은 여전히 권위주의적이고 보수적인 병영 국가로 남아 있다는 게 박노자의 '한국적 근대 만들기'의 주요 전언이다.

박노자를 읽기로 했다. 그런데 서점에서 사 들고 온 두 책의 헌사는 또 한번 나를 놀라게 했다. 그 두 책은 아무 가감 없이, 흔히 '양심적 병역거부자'라고 불리는 대체 병역 지원자에게 나란히 바쳐졌기 때문이다.

아직도 감옥에 있는 모든 양심적 병역거부자들에게 이 책을 바친다.(『당신들의 대한민국』)
반세기의 금기를 깨고 한국 군사주의에 행동으로 맞선 오태양 님께 이 책을 바친다.(『좌우는 있어도 위아래는 없다』)

양심적 병역거부자를 위하여

귀화 외국인의 입장에서 앞서 소개한 대학 사회의 봉건성과 같은 한국 사회의 전근대적 고질병을 지적하는 것은 가능하지만, 감히 국가 안보의 근간이 되고 또 헌법에 명시된 병역의무를 수행하지 않으려는 양심적 병역거부자를 위해 적극적으로 발언하는 것은 좀 무모한 게 아닌가? 나의 관심은 극에 달했다. 내 학력이 중학교 졸업밖에 되지 않는 것은 여호와의 증인 신도로서, 당시에 치러지던 고등학교의 학내 군사 훈련(교련)을 피하고자 진학을 포기했기 때문이다.

불교도인 오태양 씨가 양심적 병역거부의 공론화에 불을 붙이긴 했지만, 건국 이래 약 60여 년 동안 1만여 명의 신도를 감옥에 보내며 양심에 따른 병역거부를 해 온 사람은 여호와의 증인들이 유일했다. 하지만 그들은 한 번도 자신들의 입장이나 고초를 사회와 여론에 호소한 바가 없다. 그러므로 어떤 언론도 이 소수 종파의 입장을 공론화해 주겠다고 나설 까닭이 없었다. 그러던 2000년, 유명한 성우 양지운 씨가 아들을 감옥으로 보낸 탓에 가까스로 〈한겨레신문〉 등에 그들의 실상이 알려졌다. 그런데 우스운 것은, 물론 소수 의견이겠지만, 거대 개신교 측에서 양심적 병역거부자들이 애원하는 대체 복무를 반대하고 나선 것이다. 50년대 이후 매해 신도들을 감옥으로 보내면서 사이비로 지탄을 받아야 했던 여호와의 증인들의 고난에 반해, 한 번도 살상 거부를 위한 종교적 정언 명령을 고민한 적이 없었던 이들이 '대체 복무는 여호와의 증인들에 대한 특혜'라는 시비를 걸고 나온 것이다.

일부 거대 개신교 목사들이 주장하는 특혜와 형평성 시비는 그들이 한 번도 대체 복무나 양심적 병역거부를 신념으로 여긴 적이 없었기 때문에 우스개일 수밖에 없다. 그들이 주장하는 특혜 시비가 성립하려면, 먼저 여호와의 증인처럼 그들도 양심적 병역거부를 교리로 삼고, '여호와의 증인은 되는데, 비여호와의 증인은 안 될 때'나 가능한 문제 제기다. 내가 생각하기에 그들은 특혜 시비를 운운하기 전에, 성서 교리상 집총 거부를 했던 여호와의 증인들의 신앙 자유를 지켜주기보다, 성서 해석에 대한 지배권과 여론에 의해 공공연히 위임된 유권해석의 지위를 이용하여 여호와의 증인들을 이단과 사이비로 몰아세우고 감옥으로 보내는 일에 가담하지 않았는지를 먼저 반성해 보아야 한다. 그리고 아직도 감옥에 있는 천 명이 넘는 여호와의 증인들을 위해 탄원하는 것이, 사랑을 가르치신 예수의 말씀을 실천하는 방법이다.

거대 개신교 측은 '살인을 하지 말라', '이웃을 사랑하라'는 성경 말씀을 따르는 여호와의 증인의 성서 해석을 사이비로 여기고 또 타 종교와의 형평성 문제를 시비 삼지만, 오태양 씨를 비롯한 불교와 천주교 등의 여러 종파에서 다발적인 양심적 병역거부 운동이 벌어짐으로써, 스스로 벌거벗은 임금님이 될 지경에 이르렀다. 하지만 불자인 오태양 씨의 양심적 병역거부 선언에도 불구하고 대체 복무를 바라보는 종교계의 사정은 크게 나아지지 않았다. 박노자의 진단대로 "'주류' 종교 집단들은 대부분 일제 시대의 전례대로 국가와 타협하거나, 독재 국가와 충돌한다 해도 '신성불가침한' 안보와 병역 문제는 건드

잠 못 이룬 그 밤, 잠 못 이룬 사람

리려고 하지 않"기 때문이다. 예를 들어 중생을 죽이는 것은 "부처를 죽이는 죄"임에도 불구하고, 임진왜란 시에 승병을 일으켰던 서산대사와 사명당의 호국 불교護國佛敎 전통에 깊이 침윤된 불교계는 "국가의 제도적 폭력(군대)"에 대해 한 번도 깊이 고민해 보지 않았다.

김용옥 선생의 『나는 불교를 이렇게 본다』(통나무, 1999)에 따르면, 신라 이흥년간二興年間(진흥왕·법흥왕)에 확립된 호국 불교의 이념 가운데 호국의 호護는 '나라를 지킨다'는 뜻이 아니라 '나라를 만든다'라는 뜻이며, 국國은 '불국佛國'을 의미한다. 즉 신라 건국기에 다듬어진 호국 불교라는 높은 뜻은 본디 불국토를 만든다는 말이지, 나라를 지키기 위해서는 군대에 가서 적군을 살생해도 용납된다는 식의 국가주의 해석으로 받아들여서는 곤란한 것이다.

극우반공체제라는 한국의 상황에서 군대는 마지막까지 남은 성역이다. 보수 언론의 집중 지원을 받으면서도 이회창 씨가 15·16대 선거에서 내리 낙선한 이유 가운데 하나도, 아들을 군대에 보내지 않았다는 국민들의 의심을 속 시원히 풀어 주지 못했기 때문이다. 하지만 극우반공체제를 잠시 밀쳐 두고 보면, 그동안 보이지 않았던 같은 종교 구성원 속에서의 계급(신분)적 불평등이 흉하게 노출된다. 교리로 살생을 금하는 불교는 물론이고 개신교나 천주교 할 것 없이, 모든 종교는 증오를 버리고 마음의 평화와 이웃 사랑을 나누도록 명한다. 그러므로 '살인을 하지 말라'는 종교적 정언 명령은 어떤 종파의 신도이든 평등하게 누려야 하되, 승려·목사·신부와 같은 성직자 신분과 평신도의 운명은 다르다. 다시 말해 성직자는 살생을 하지 않기 위해 군승이나 군목(군사제)이 될 수 있으나, 평신도는 평신도라는 이유만으로 종교적 신념을 지키기 어려운 나락으로 빠진다. 성직이라는 위치 때문에 자신이 생명을 걸고 추구하거나 고민조차 해 보지 않았던 '살생 불가'라는 종교적 계율을 훼손시키지 않아도 좋았던 성직자가, 평신도의 양심적 병역거부에 대해 함께 고민해 주고 지원해 주지 못하는 것은 안타까운 일이다. 현재 재판 중인 오태양 씨가 불교계로부터 아무런 지원도 받지 못하고 있는 형편이 그렇다. 소수 종파인 여호와의 증인과 달리 불교계가 던지는 한마디 부조는, 양심적 병역거부에 대한 국민의 인식을 크게 바꾸어 대체 복무 여론을 고조시켜 줄 수 있는데도 말이다.

군대 문제는 사회 문제

대체 복무에 대한 우스개 가운데 하나는, 군대는 국민의 신성한 의무라고 세뇌된 사람들이, 엄밀하게는 양심적 '병역거부'가 아닌 신앙에 따른 '대체 복무' 지원자를 향해 '절대 그럴 수 없다'고 강변하는 일이다. 그들은 대체 복무가 평등에 위배된다고 말하고 있지만, 실제로 많은 분야에서 대체 복무가 이루어지고 있다. 즉 현역에 부적합한 신체 소유자나 외동아들·생활 보호 대상자 등이 공익근무요원으로 복무하고 있으며, 교육대학교를 나온 초등학교 교원 자격자는 낙도나 오지에서 교직을 행하는 것으로 대체 복무를 실천하고 있다. 게다가 산업체에서 사병보다 높은 월급과 경력을 쌓으면서 병역을 대신하는

잠 못 이룬 그 밤, 잠 못 이룬 사람

숱한 산업체 근무 요원도 있지 않은가? 그렇다면 지체 부자유자를 위해서나 양로원의 노인들을 위한 근무는 왜 새로 생겨선 안 된다는 것일까? 나에겐 지체 부자유 가족이 없고, 나는 양로원에 갈 비참한 처지에 빠지지 않을 것이기 때문에?

군대에 대한 박노자의 인식은 양심적 병역거부자의 신앙을 지켜주기 위해서만이 아니라, 한국 사회의 온갖 고질을 들여다보고 고치기 위해서 우리가 고심해 보아야 할 의제에 속한다. 그에 의하면 한국 사회의 권위주의와 서열주의는 말할 것도 없고 우리 사회에 미만彌滿한 일상적인 폭력이 모두 군대로부터 기인한다. 군대에서 이루어지는 상습적 구타와 인격 몰수의 습성은 제대 후의 전역병에게 고스란히 체화되어 여성과 어린아이에 대한 남성의 가부장적 태도를 구축하고, 학교와 직장에서는 물론 사회관계 전체를 서열화·기계화한다. 최근에 출간된 권인숙의 『대한민국은 군대다』(청년사, 2005)가 군대 문화와 한국 사회의 동형동성성同型同性性에 대해 깊이 있는 분석과 사례를 제공해 주고 있으니, 박노자의 한국 사회 진단을 결코 기질이 다른 이국인의 눈에 비친 낯선 풍경의 포착이라고 폄하하지는 못할 것이다.

한국 사회에서 군대는 특수 집단이라는 모호한 말로 성역시되어 왔다. 하지만 비리와 악습은 항상 예외법이라는 장벽이 높이 쳐진 곳에서 나온다(군대는 군법과 군사법원이라는 또 다른 법 체계를 지닌다). 일례로 한국 군대에서는 전쟁을 치르지 않는데도, 연간 수백 명씩의 장병이 죽는다. 1995년 9월 26일자 〈한겨레신문〉에 의하면 1980년부터

1995년 말까지 15년 5개월 동안 군에서 사망한 수는 모두 8,591명(자살 3,263명·폭행치사 387명)으로 연평균 577명이 죽었다. 또 2000년도 국정감사에 의하면 매년 300여 명이 사망하고 그 중 100여 명이 자살했다. 매년 사고사·과로사·의문사·자살·구타와 정신병으로 죽거나 다치는 숫자가 소규모 전쟁터에서 죽는 숫자보다 더 많으니, 한국군은 매일 전쟁 중이라고 해야 할까? 멀쩡한 정신으로 생각하면, 좀 무정하지만, 군인은 전쟁터에서만 죽어야 한다. 그것은 상식이 아닌가? 그런데 전쟁터에서 죽지 않고 연병장이나 내무반에서 죽는다는 것은, 분명 군대의 구조와 운영에 문제가 있기 때문이다. 이런 명약관화한 사실 앞에서도, 부하 장병이 불합리하고 예방 가능했던 사고로 죽거나 다친 일로 군 고위급 인사가 책임을 졌다는 소식은 아직껏 들어 본 바가 없다. 재미난 예로 2006년 9월 17일자 연합뉴스는 '병영 문화 개선 노력 백태'를 전하고 있는데, 거기엔 선임병이 전입 신병 발 씻어 주기(세족식)와 상·병장급 선임병과 전입 신병 사이의 의형제 맺기 등이 소개되고 있다. 이런 노력이 내무반 내에서의 폭력을 어느 정도 줄여 주긴 하겠지만, 고쳐 생각해 보면 참 한심한 노릇이다. 대체 어느 나라 군대에서 사병 간의 폭력을 줄여 보겠다고 선임병이 후임병의 발을 씻어 주며, 의형제를 맺는다는 말인가? 그런 사고를 감독할 간부들의 노력과 함께, 응분의 법적 책임이 따르지 않는 한 군대에서의 폭력을 근절하기 힘들다. 그렇지만 군법이라는 예외법은 하급 병사들에게는 가혹하고, 계급이 높아질수록 관대하다.

군대의 사정이 이렇듯 예외적이고 특수하기 때문에 "한국 사회의 주류가 된 중산층은 군대라는 억압적인 체제와 정면충돌하기보다는 보통 병역을 대거 기피하는 지도층을 모방하여 부정한 방법으로 자식들의 군 복무에서 특권적인 여건을 따 내려고 한다."(『당신들의 대한민국』) 하지만 경제적·사회적 신분 고하를 떠나 병역기피는 이회창이나 유승준의 예가 극명하게 보여 주듯이 그것을 행사한 사람들에게 부메랑이 되어 돌아온다. 사정이 이렇기 때문에 한국의 중산층 가장들은 바로 이런 문제들을 시정하기 위해서라도 양심적 대체 복무자들에 대해 관심을 가져야 하고, 그들을 우군으로 삼아야 한다. 대체 복무 신청은 군을 신성시하는 군대 예외주의에 이의를 제기하는 하나의 방법으로 "군을 비판적으로 바라보는 시각이 강해져야 군 안에서부터 자정작용이 일어날 수 있고"(『좌우는 있어도 위아래는 없다』), 자정된 군대로부터 나오는 혜택이 중산층 구성원 자제에게 고루 돌아간다. 즉 양심적 병역거부의 십자가를 진 소수를 일반 시민이 관심을 가지고 도와줌으로써, 그 십자가를 질 의사가 없는 미래의 입대 후보자들도 이득을 볼 수 있다는 것이다.

한 사회의 발전을 가로막는 전근대적인 부작용에도 불구하고 한국 사회는 왜 폭력과 복종으로 규제된 군대를 개혁하지 못하는가에 대해 박노자는 "한국 지배층이 그래도 징병제를 신성시하고 성역화하는 것은, 그들이 '노동력의 질'보다 '노동력의 충성심과 맹종'을 더 중시"(『당신들의 대한민국』)하기 때문이라고 말한다. 좀 더 명료하게 말하자면, 전쟁이 없는 사회에서 군대는 "국가권력의 통치·동원·훈육의 최고 수단"(『좌우는 있어도 위아래는 없다』)으로 존재한다는 것이다.

박노자는 양심적 병역거부가 이끌어 내는 모병제(이하 『당신들의 대한민국』) 논의에 주목하면서, 군인들에게 "반인륜적 명령 거부권"이 보장되어야 "살인마적 독재자의 명령으로 광주 시민을 학살해야 한 한국 군대의 비극"도 사라질 것이라고 말한다.

비판과 부정의 정신이 우리를 자유롭게 한다

양심적 병역거부자들의 끝이 보이지 않는 희생은 문명개화·부국강병·열강 진입이라는 일본 제국주의식 근대화를 무비판적으로 답습했던 '한국적 근대 만들기'가 먼저 비판되고, 다음으로는 남북의 냉전 상황을 우리 정부가 자체적으로 조절하고 완화시킬 수 있을 때 비로소 끝날 문제다. 호전적인 북한 정권과 불안정한 정전 체제에 더하여 남한에 등장한 군사정권은 국방의 의무를 신성하게 받들어 왔다. 때문에 간헐적으로 터져 나오곤 하는 양심적 병역거부나 대체 복무에 대한 가녀린 논의가 생산적이고 논의 가능한 호응을 얻기는커녕, 국가주의나 남성 쇼비니즘chauvinism의 광풍에 흔적도 없이 휩쓸려 사라지곤 했다. 이 대목에서 "이 철학적인 문제를 놓고 '나'는 '국가'와 맞서야 한다는 생각은 거의 보이지 않았다. 그만큼 '국가'라는 존재가 위협적이고 전지전능한 것으로 보였기 때문이라고 생각된다"던 박노자의 말이 아프게 다가온다.

국가주의의 전횡을 당연시하는 한국인의 속성과 더불어, 그가 한국에 와서 받은 충격 가운데 하나는, 유럽 사회나 러시아 지식인들이

잠 못 이룬 그 밤, 잠 못 이룬 사람

당연시하는 "비판적인 사회의식을 가지려면, 이 나라에서는 '운동권'이라는 일종의 '반란자' 대열에 속해야만 한다"는 낯선 현실이었다고 한다. 박노자의 이 말은 책을 읽는 내 가슴을 또 한번 아프게 한다. 그렇다. '말 많으면 빨갱이'라는 말을 어려서부터 들어 왔던 우리로서는, 함부로 비판적인 사회의식을 가질 수 없었다. 그래도 요즘은 언어적으로는 많이 순화되어 빨갱이 대신 좌파라고 불러 주지만, 좌파라는 완곡 어법은 여전히, 곧바로 '공산당 일당 독재·생산수단의 공동 소유·평등한 분배'를 의미하는 스탈린주의를 뜻하고, 나아가 김일성·김정일 세습 왕가의 추종 세력임을 증명해 주는 불도장이다. 하지만 박노자는 『좌우는 있어도 위아래는 없다』의 보론 「좌파의 과거와 미래에 대한 단상」을 쓰면서, 좌파란 "시대 해방적이며 발전적인 경향을 주장하고 따르는 사람"을 일컫는다고 말한다. 그는 20세기 말에 무너졌던 교조적 현실 사회주의를 부정하면서 "현실에 대한 비판과 부정"의 정신을 가진 사람은 모두, 이미 좌파라는 세례를 베푼다.

나의 독후감은 여기서 멈추지만, 오늘 읽은 두 권의 책은 양심적 병역거부 문제만 다루고 있지는 않다. 실상 두 책의 전체 분량에서 이 문제는 짧은 지면만 차지한다. 언급하지 않은 주요 논제 가운데 특히 『당신들의 대한민국』의 4부와 『좌우는 있어도 위아래는 없다』의 2부는 우리가 10여 년 전부터 부르짖어 온 세계화가 꼴사나운 제국주의의 판박이였음을 반성하게 한다. 잘못된 민족주의와 팽창 일변도의 자본주의를 앞세워 우리는 어느새 예전에 우리를 핍박했던 일제나 오늘의 미국과 똑같이, 준주변부 민중을 착취하는 작은 제국주의자들이 되어 버렸다.

박노자는 지금 한국에 없다. 두 책에 쓰인 저자의 약력과 근황은 그가 이 땅을 떠나, 노르웨이 오슬로 국립대학에서 한국학을 가르치고 있다는 것을 알려 준다. 잠 못 이룬 그 밤, "한국을 언젠가는 떠나야 한다"던 그 결심을 이룬 걸까? 내 생각엔 꼭 그 때문이 아니라, 그가 "한계 없는 자유인"(『당신들의 대한민국』)이기 때문이리라.

잠 못 이룬 그 밤, 잠 못 이룬 사람

상한선을 찾아서

조선 최고의 당쟁가

연초에 김영사를 방문했다가 이덕일의 『송시열과 그들의 나라』(김영사, 2000)라는 인상 깊은 제목의 책을 발견하고는, 대구로 내려오는 기차 안에서 100쪽 넘게 읽었다. 그리고 집에 돌아온 다음날 400쪽에 가까운, 얇지 않은 그 책을 다 읽어 치웠다. 책을 읽는 일을 아무리 직업적으로 해 왔다지만 이처럼 빠른 속도로 읽게 되는 경우는 흔치 않다. 내 경험에 의하면, 대부분 빠른 속도로 읽어 내려간 책은 모두 정열적으로 씌어졌다. 이 책도 응당 그렇게 씌어졌을 것이, 책의 표지에 제목과 함께 '한 인간을 둘러싼 300년 신화의 가면 벗기기'라는 문구가 부제副題처럼 적혀 있기 때문이다. 임금님은 벌거숭이? 만약 그게 사실이라면 어찌 정열 없이 쓸 수 있을 것인가? 니체는 '오로지 피로 쓰라'고 했다지만, 정열적으로 쓴 책만이 정열적으로 읽힌다.

우리 역사에 대한 깊은 지식이 없는 사람이라도 우암尤庵 송시열宋時烈 하면 우선 그가 주장했다는 북벌론이 떠오르고 다음으론 그 골치 아프고 복잡한 당파·당쟁이 떠오른다. 그런데 아주 대중적으로 씌어졌으면서도 논지가 분명한 이 책은 우리가 피상적으로 알고 있는 송시열의 북벌론과 그가 살았던 시대의 당파·당쟁에 대한 개괄적인 지식을 전달해 준다. 그리고 덤으로, 아니 모든 역사 해석이 그렇듯이 우리가 살고 있는 오늘의 역사에 대한 조망과 조명을 비춰 준다.

저자는 서문을 통해 "우리 역사상 가장 논란의 대상이 되었던 인물을 꼽는다면 단연 송시열이다. 신돈이나 정도전, 혹은 정여립 같은 이들을 꼽기도 하지만 생전에나 죽은 후에 송시열에 집중되었던 논란의 비중에는 비교가 되지 않는다"고 말하면서, 그가 살았던 시대는 "조선 역사상 가장 치열한 당쟁의 시대였고" 그의 이름은 『조선왕조실록』에 3천 번 이상이나 언급되었을 만큼 "조선 시대 최고의 당쟁가"였다고 한다. 하지만 그는 60세 이상의 노인에게는 사약을 내리지 않는 조선 시대의 관례가 무실하게, 83세의 연로한 나이에 예송 논쟁의 후폭풍에 휩쓸려 사사賜死당했다.

선조40년(1607), 충청도 옥천에서 태어난 송시열이 사대부가 되기 위한 교육을 받으며 자랄 때 조선 사회는 이미 "학문적 계보는 그대로 정치적 계보"가 되는 학연 중심 사회였다. 조선 성리학의 학문적 계보는 크게 동인과 서인으로 나뉘어졌고, 동인은 퇴계 이황을, 서인은 율곡 이이를 종주로 삼은 채 의례儀禮 해석이나 권력투쟁에 따라 분파를 계속했다. 이황을 종주로 삼은 동인은 서애西厓 유성룡柳成龍을 좌장으로 삼는 남인과 남명南冥 조식曺植에서 내암萊庵 정인홍鄭仁弘으로 이어지는 북인으로 나뉘고, 서인은 숙종8년(1682)에 있었던 임술고변壬戌告變을 기화로 노론과 소론으로 나뉘게 된다.

학문적 계보가 그대로 정치적 계보가 되는 그 시대에, 송시열은 서인의 가계에서 태어나 서인의 학문을 배우며 자랐다. 나의 한정된 지식은 송시열이 배우고 익혔던 율곡 이이의 학문에 대해 말할 만큼 되지 않는다. 여기저기서 끌어 모은 동냥 지식을 여기 풀어내 봤자, 쥐꼬리만 한 길이도 되지 못할 것이다. 대신 골치 아픈 성리학 이론으로부터 나를 번쩍 들어 올려 독서의 속도를 높여 준 다음의 대목을 옮겨 놓을 뿐이다.

송시열의 스승 김장생은 조선 예학의 태두로 불리는데 그에게 예학을 가르친 인물은 이이가 아니라 송익필이었다. 김장생은 송익필에게 사사한 예학을 조선 성리학의 주류로 만들었으며, 바로 이 예학이 훗날 두 차례에 걸친 서인과 남인 사이의 '예송 논쟁'을 유발하게 되는 것이다.

송익필宋翼弼과 김장생金長生에 의해 조선 성리학性理學의 주류가 예학禮學으로 바뀌었다는 위의 대목은, 송시열과 그의 시대는 물론이고 이후 조선 시대를 설명하는 중요한 단서가 된다. 송대宋代에 활약했던 주자에 의해 주창된 '신유학'이라는 방대한 형이상학이 그들에 의해 '예학'이라는, 신분 질서상의 규범학이 되어 버린 것이다.

예학은 한마디로 말하면 각 신분에 따르는 분수와 예절을 지키라는 주장이다. 이 사상에 따르면 농민은 결코 지배계급인 사대부에게 저항할 수 없다. 사대부는 영원한 지배계급이고 농민은 영원한 피지배계급인 것이다.

인조반정은 잘못된 쿠데타

사물에 대한 궁리를 통해 이치에 다가간다는 격물치지格物致知의 주자학적 유학 방법론이 사물에 대한 궁리보다는 이치에 대한 터득에만 몰두함으로써 사대부를 위한 특수 학문이 되어 버린 것처럼, 도덕적 완성(聖人)을 통해 군주와 백성에게 봉사하겠다는 사대부의 이념 또한 율곡의 제자들에게 이르러 자기 계층의 이익을 보호하는 기형적인 학문이 되어 버리고 만 것이다. 서인의 종주였던 율곡만 해도 자신이 살던 시대를 근본적인 변화와 개혁이 필요한 경장更張의 시기라고 판단한 개혁적인 학자이자 정치가였다. 그가 주장한 십만양병설과 경제사經濟司 창설, 또 그가 내놓은 정책 가운데 대공수미법大貢收米法은 농민들의 피땀을 쥐어짜는 공납貢納의 폐해를 시정하기 위해 잡다한 공물을 쌀로 통일해 납부하자는 것으로, 모두가 대대적인 개혁을 실시하지 않으면 안 된다는 절박한 시대 인식에서 나온 것이었다. 하지만 율곡의 학통을 이었다는 김장생과 김집, 그리고 송시열 등이 조선 성리학의 주류로 떠받들게 될 예학은 개혁이 아니라 수구 사상이었다.

송시열이 출사를 해서 관직을 얻었을 때는 인조반정으로 서인들이 한창 득세하고 있을 때였다. 1623년에 일어난 인조반정은 서인 무리들이 임진왜란 때 곽재우와 같은 의병장을 대거 배출하면서 정권을 잡았던 북인과 광해군을 내쫓고, 선조宣祖의 손자인 능양군綾陽君을 인조仁祖로 추대한 사건이다. 이때 반정反正(그른 것을 바른 것으로 되돌림)을 주도했던 서인들은 다음 두 가지 명분을 내세웠다. 첫째, 명나라의 파병 요청을 거부한 것은 임진왜란 때 구원병을 보내 준 명나라에 대한 배신이며 둘째, 선왕의 계비인 인목대비의 존호를 폐하고 서궁西宮이라고 칭한 것은 불효라는 것이다.

하지만 존호를 폐한 것은 왕위를 둘러싸고 왕가에서 숱하게 있어 왔던 불상사에 지나지 않았고, 명나라의 요청에도 파병을 하지 않은 것은 한족의 명나라와 만주족의 청나라가 대립하는 상황에서 등거리 외교를 펼치며 조선을 전란의 위기에서 구해 낸 광해군의 업적에 속한다. 그래서 이덕일은 "인조반정은 조선의 운명을 비극으로 이끌어 간 시대착오적인 사건"이었다고 말하는데, 실제로 이런 평가는 요즘 흔히 접할 수 있는 '거꾸로 읽는 우리 역사'나 '새로 쓰는 조선 역사' 같은 유의 책들이 단골로 내놓는 화제다. 『송시열과 그들의 나라』를 읽으며 참조하기 위해 펼쳐 본 김인호·박흿 공저 『우리가 정말 몰랐던 조선 이야기 2』(자작나무, 1999) 역시 "인조반정은 조선왕조 최대의 잘못된 선택이었다. 민중의 군주 광해군을 폭군으로 몰아간 인조반정은 광해군 정권이 북방 중립 정책과 인목대비 문제를 둘러싸고 잠시 혼미에 빠져 권력의 누수가 생기는 상황에서 벌어진 일부 정치 지향의 하급 관료들이 벌인 살육전이었다"고 쓰고 있는데, 이런 정도라면 광해군과 인조반정에 대해 역사 교과서는 새로운 평가를 해야 하지 않을까?

광해군의 현실적인 외교정책에 반기를 들고 정변을 일으킨 서인들은 친명배청親明背淸 정책으로 급선회했고, 그것은 참혹한 병자호란을 낳았다. 명나라를 추종하고 청나라(아직까지는 청나라의 전신인 후금)를 배격하기 위해서는, 대륙의 '떠오르는 해'인 청나라보다 군사력이 강해야 하는데 사정은 그렇지 못했다. 정묘호란(인조5년, 1627)에서 병자호란(인조14년, 1636)이 있기까지 9년 동안 서인 정권은 아무런 군사적 대비 없이 친명배청의 명분만 쌓다가 삼전도의 치욕을 당했으니, 시대착오적인 인조반정의 결과가 그러했다. 이에 대해 위의 김인호와 박흰의 책 또한 이덕일과 동일하게 "북방 중립을 표방한 북인 세력을 몰아낸 서인으로선 항명 대의는 정치적 표어로 할 수밖에 없었다. 결국 시세의 강약보다는 후금의 국서를 거부하거나 조선 팔도에 후금 배척의 교서를 내리는 것을 기화로 민족적 수난인 병자호란을 촉발시켰다"고 쓴다.

병자호란에 패한 대가로 조선 왕실은 인조의 세 아들(소현세자·봉림대군·인평대군)을 청나라의 인질로 잡힌다. 청나라의 수도 심양瀋陽에서 장장 9년간의 볼모 생활을 했던 소현세자는 그곳에서 국제 정세가 명분이 아닌 힘에 의해 좌우된다는 현실과, 천주교 신부와의 만남을 통해 서학西學을 접하게 된다. 하지만 청나라의 후원으로 돌아온 소현세자는 원인 모를 급서를 한다. 인조는 청나라가 자신을 폐하고 소현세자를 왕위에 세우지 않을까 하고 의심했고 서인 정권은 청나라라는 현실을 인정하는 소현세자를 저주했다. 인조에 의한 세자의 독살설은 정황과 물증이 함께하지만, 더 중요한 것은 다음과 같은 가정이다. 세자 소현이 아담 샬(심양에서 만난 천주교 신부)과 교류할 때는 1644년으로 조선이 일본의 무력에 의해 개국하기 232년 전이었고, 일본이 미국의 페리 제독에 의해 개국한 것은 이보다 211년 후의 일이었다. 역사에 가정법은 있을 수 없다지만 "소현세자의 개방적인 이 사고는 그야말로 조선과 일본의 운명을 뒤바꿔 놓을 수도 있는 만남이었던 것이다."

34세의 소현세자가 의문의 죽음을 당한 후 취했던 인조의 행동은 더욱 이상했다. 당시의 종법宗法에 따르면 소현세자의 후사는 당연히 소현의 원손인 석철이 이어야 했으나 인조는 둘째아들인 봉림대군을 세자로 삼았다. 후계 순위 1위였던 석철 대신 세자 자리를 꿰찬 봉림대군이 곧 인조의 뒤를 이어 1649년 왕위에 오른 효종孝宗으로, 바로 이때부터 송시열의 화려한 시대가 활짝 열린다. 까닭은 그가 조정에서 맡은 첫 관직이 대군사부大君師傅였던 탓에 봉림대군을 가르칠 수 있었다. 그의 나이 만 28세, 봉림대군의 나이 만 16세 때였다.

소중화라는 슬픔

인조에 이어 왕위에 오른 효종은 자신을 즉위시킨 부왕의 뜻은 당연히 북벌에 있는 것이라고 믿어 의심치 않았다. 그래서 효종은 늘 군사력 강화에 힘썼다. 예를 들어 "전시에 일개 서생들이 군사를 지휘하는 것이 우리나라의 큰 폐단"이라면서 문무를 구분했다. 다시 말해 병권과 군사는 무인들에게 맡겨야 하며 이런 시대에 나라에 필요한 인재는 문관이 아니라 무관이라고 생각했다는 것이다. 하지만 효종의 북벌 준비와 무신 우대 정책은 사사건건 문신 사대부의 제지를 받았다. 강력한 왕권이 자신들의 영향력을 축소시킬 것이라는 사대부들의 우려 때문이었다.

중국이 조선을, '임금은 약하고 신하는 강하다'는 뜻의 '군약신강君弱臣强'의 나라라고 일컬었듯, 조선은 재상 우위의 국가, 요즘으로 말하자면 내각책임제 국가였다. 조선은 그 정치 구조상 임금이 아무리 강력한 왕권을 구축하려고 해도 사대부들이 따라 주지 않으면 성공할 수 없는 나라였다. 이런 나라에서 효종이 추진한 군비 확장 정책은 기득권에 안주하는 문신들의 강한 반발을 살 수밖에 없었다. 조선의 문신들은 임진왜란과 병자호란이란 국란에서 아무런 교훈을 얻지 못했다. 어떤 교훈을 얻기에는 이미 정치 구조가 고질적인 문치주의로 고착된 것이다.

군약신강과 문치주의! 이것에 대한 반동으로 나온 것이 우리나라 현대사를 비극으로 만든 계몽 군주에 대한 갈구가 아니었을까? 전근대에서 근대로 넘어가는 국가 형성기에는 강력한 군주가 있어야 한다는 국가주의 신화를 이승만·박정희와 같은 독재자를 통해 해갈하려고 했던 절박한 사정에는, 군약신강과 문치주의에 대한 한국민의 오래된 불신이 깔려 있었는지도 모른다. 뿐만 아니라 위의 인용문은, 몇 년 전부터 신문과 방송을 통해 심심찮게 대할 수 있었던 '제왕적 대통령'에 대한 시큼한 역설을 마련해 준다. 군사정권을 제외하고 김영삼과 김대중만을 놓고 보건대, 대체 우리나라에 무슨 제왕적 대통령이 있었단 말인가? 그들은 인사 정책에서만 제왕적 대통령의 권한을 마음껏 사용할 수 있었을 뿐, 그 어떤 제도 개혁도 자기 뜻대로 할 수 없었다. 김영삼·김대중은 물론이고 한나라당 총재 이회창이 그랬듯이 우리나라에 '제왕적 보스(총재)'는 있었어도, 군사정권이 사라진 이후에 제왕적 대통령이란 존재하지 않는다. 노무현 정권이 들어서면서부터 누군가에 의해 널리 유포되기 시작한 '제왕적 대통령'이란 용어는, 자기 마음대로 되지 않는 대통령을 견제하기 위해 오늘의 사대부(언론)들이 조작해 낸 용어다.

송시열은 효종의 부름을 받고 여러 가지 높은 관직을 맡았다. 그러면 북벌 군주였던 효종 밑에서 송시열은 어떤 역할을 했을까? 우리가 북벌론자로 오해하고 있는 송시열이 분명 청나라를 오랑캐로 증오한 건 사실이다. 그가 그럴 수밖에 없었던 것은 첫째, 서인이 인조반정의 명분으로 든 것이 바로 광해군의 중립 정책과 명에 대한 배반이었기 때문에 그 역시 겉으로는 북벌을 거드는 척해야 했고 둘째, 주희朱熹

의 대일통大一統 사상을 따라 중국(송·명)이 천하의 주인이며 조선은 항상 신하의 나라로 군신의 의리를 지켜야 한다고 믿었기 때문이다.

송시열은 복잡한 숭명사대주의자였다. 그는 명이 청에 의해 멸망함으로써 주周나라 이래로 계승된 중화中華의 명맥이 조선으로 계승되었다고 믿었다. 즉 "중국(夏)이란 고정된 특정 지역이 아니라 도道가 행해지는 지역"을 뜻한다는 주체 의식을 가지고 있었고, 바로 이런 의식하에 조선 사대부들의 소중화小中華 사상이 가능해진 것이다. 이 점, 송시열을 맹목적인 사대주의자로 보는 시각에 교정이 필요한 대목이지만 그렇기 때문에 효종의 군사적 북벌론과는 충돌할 수밖에 없었다. 스스로 (소)중화가 된 조선은 망해 버린 중화를 위해 피를 흘릴 필요가 없었다. 그에게 북벌이란 청나라를 군사적으로 굴복시키는 것이 아니라, 청나라와 국교를 단절할 수 있을 정도의 군사력을 의미했다. 송시열과 서인 정권은 소중화 사상을 통해 자신들이 획책한 명분 없는 인조반정을 정당화할 수 있었고, 잘못된 숭명사대주의가 낳은 병자호란이란 실책을 망각할 수 있었다.

자신의 장기였던 비밀 상소를 통해 송시열은, "정치를 바로 닦아 오랑캐를 물리친다"는 주자의 글을 빌려 "북벌은 정치를 닦는 것"이라고 간언한다. 오락을 삼가고 검속할 것, 왕실 사치의 부당함, 덕업을 쌓을 것, 양민養民에 힘쓸 것 등등. 그러면서 송시열은 효종에게 북벌의 포기를 종용하고, 반성하며 공부하고 "신민들을 햇볕처럼 사랑하고 하늘처럼 두려워하십시오"라고 권한다. 자신이 효종의 북벌 정책을 돕지 못하는 것은 군주의 부덕 때문이며 백성의 안민을 위해서라는 것이다. 그런데 문제는 그가 걸핏하면 빌려 오는 신민이니 천하니 하는 것이 만백성을 뜻하는 게 아니라 사대부, 그것도 자신이 속한 서인을 의미한다는 것이다.

북벌론의 허구

대외적으로는 북벌의 시기였고 대내적으로는 대동법大同法의 시대였던 효종 때에, 송시열이 속했던 서인은 대동법을 찬성하는 김육金堉 주도의 한당漢黨과 거기에 반대하는 김집金集의 산당山黨으로 크게 나뉘었다. 대동법의 취지는 조세의 부과 기준을 애매하게 읍과 호戶에 매기는 것이 아니라 토지 소유의 많고 적음으로 바꾸자는 것이었다. 많은 토지를 가진 부자는 조세를 많이 내고 적은 토지를 가진 빈자는 적게 내며 소유 토지가 없는 극빈자는 내지 않는, 조세 정의에 걸맞은 합리적 세제가 바로 대동법이었으니 이는 세금을 많이 내게 될 것을 우려한 양반 부호들의 저항을 받을 수밖에 없었다. 송시열은 대동법이 거론되는 초기에는 찬성했다가 막상 공론화되자 시행을 반대했다. 까닭은 김집이 자신의 스승이었기 때문이다.

그는 국가의 공적 법률을 사제지간이라는 개인적 차원에서 접근했다. "학연과 당파적 이익이란 소리小利를 국가와 백성의 이익이란 대의大義보다 앞세"웠고, 민생을 저버린 채 지주들인 사대부 계급의 이해만을 대변했던 것이다. 이 독후감에서 효종의 북벌 정책과 북벌론이 얼마만큼 실현 가능한 것이었느냐는 질문을 유보하고 보면, 왕권 강화와 신권 강화 가운데 어느 쪽이 더 백성들에게 좋은 정치였던가 하는 질문만이 오롯이 남게 되는바, 이덕일은 "앞의 대동법 논쟁에서 보았듯이 당시 백성들의 가장 큰 괴로움은 양반 사대부들의 가렴주구였지 국왕의 군사력 강화가 아니었다"고 말한다.

북벌만을 꿈꾸며 몸의 기력을 빼앗기지 않기 위해 여자관계도 삼가는 인물이었던 효종은 만 40세의 나이로 급서한다(1659). 그의 죽음에는 숱한 의혹이 있지만, 중요한 것은 그의 죽음으로 인해 조선은 다시 극심한 문치文治의 나라로 되돌아가고, 장장 15년에 걸친 지루한 예송 논쟁에 돌입한다. 두 차례에 걸쳐 벌어진 예송 논쟁 가운데 1차 예송 논쟁은 효종의 죽음을 두고 효종의 계모로 대비가 된 자의대비가 얼마 동안 상복을 입어야 하는가를 둘러싸고 벌어졌다. 중국의 여러 예론과 조선의 여러 예법에 따르면 부모상에는 장자長子(맏아들), 중자衆子(맏아들 이외의 아들)를 막론하고 무조건 3년 복이었다. 그런데 자식이 죽었을 때 부모가 상복을 입는 기간은 장자와 중자의 경우가 달랐다. 맏아들인 장자상에는 부모도 3년 복을 입게 되어 있었으나 차자次子 이하는 1년 복을 입었던 것이다. 문제는 인조의 둘째 아들로 왕위에 오른 효종의 국상에 계모인 자의대비가 3년 복을 입어야 하느냐 1년 복을 입어야 하느냐였다. 효종의 뒤를 이은 18세의 외아들 현종玄宗 앞에서 남인과 서인들은 왕가의 왕통은 일반 사대부가의 종통과 다른 차원의 질서로 보며 그 특수성을 인정할 것인가의 문제를 놓고 정면으로 부딪쳤다. 그것에 대한 판단은 철학적이면서 정치적 생명과 직결된 논쟁이었다. 효종의 국상에 자의대비가 몇 년 복을 입을 것인가 하는 문제로 1차 예송 논쟁이 벌어졌고, 15년 뒤에는 다시 효종 비 인선왕후가 승하했을 때 역시 당시까지 생존해 있던 자의대비가 장자부의 예에 따라 1년 복을 입어야 하는지 차자부에 따라 9개월 복을 입어야 하는가로 2차 예송 논쟁이 재연되었다.

그 논쟁은 무척 복잡하고 번거로우나 한번 읽어 볼 만한 가치가 있다. "조선 사회의 종법宗法은 현대 국가의 헌법과 같고, 예禮는 현대 국가의 공법公法과 같은 것이라고 해도, 예송 논쟁이 국가의 부강이나 백성들의 민생을 둘러싼 논쟁"은 아니지 않느냐는 비난을 받을 수 있겠지만, 식민지 시대의 일인日人 학자들이 당파 싸움을 조선 망국론의 주요 근거로 내세워 조선왕조 500년을 능멸한 바도 있으니 그것의 적실성을 직접 체험하고 판단해 볼 수 있는 기회를 갖는 것도 괜찮으리라. 사실 두 차례에 걸쳐 길고 복잡하게 벌어진 예송 논쟁은 임진·병자 양 난 이후 점차 와해되어 가는 신분제에 위기감을 느낀 사대부들이 예론 논쟁을 통해 지배 질서를 다시 확립하기 위한 안간힘으로 볼 수도 있고, 또 그 논쟁 속에는 당시의 사회적 현안이었던 서얼허통庶孼許通(서자의 등용)과 노비종모법奴婢從母法(양인과 노비 사이에 자식이 태어났을 때 어머니가 노비인 경우에만 자식을 노비로 만듦)에 대한 공론화가 숨어 있었다고도 볼 수 있다.

"주자 이후로는 일리一理, 일자一字도 밝혀지지 않은 것이 없다"며 발끝에서 머리까지 주자의 화신이 되고자 했던 송시열은 자신의 논리에 반대하는 동료 유생을 사문난적으로 몰아 죽인 조선 최초의 유학자로 등재된다. 또 그는 공작 정치를 방관하고 조장한 조선 최고의 당료였으며 그는 뭐니 뭐니 해도 우리 역사 교과서 속에서 "북벌=송시열"이란 조작된 도식으로 신화가 된 사람이다. 이렇게 자신 있게 독후감을 마칠 수 있는 것은 『송시열과 그들의 나라』가 대부분 『조선왕조실록』이란 1차 자료를 취합하고 있기 때문이며, 면밀한 고증 끝에 설득력 있는 해석을 제시하고 있기 때문이다. 덧붙여 말하자면, 역사를 '거꾸로' 읽거나 '뒤집어' 보기가 꽤 유행하고 있지만, 무릇 기설을 취하고자 하는 사람의 글은 어딘지 부자연스럽고 힘겹다. 기설은 문장·논리·자료 인용, 그 모두가 과잉과 결핍의 조합이다. 때문에 금세 허점이 드러나고 읽기가 싫어진다. 하지만 이 책에는 어떤 과잉이나 결핍이 드러나지 않는다.

우리나라의 국사와 국어 교과서는 국정교과서 체제이기 때문에 제대로 된 검정 회의조차 없다. 즉 어떤 사항과 해석이 누구 손에 의해 어떻게 실리게 되었는지 '아랫것'들은 도대체 알 수가 없다. 우리가 송시열의 북벌론을 외워야 하는 까닭은 서인 정권이 "조선이 멸망할 때까지 정권을 잡음에 따라, 그리고 일제 시대와 해방 이후에도 상당한 세력이 온존함에 따라 '송시열=북벌'이라는 진실과 동떨어진 논리를 반복적으로 주입시킨 것이고, 여기에 일부 역사학자들이 놀아"났기 때문이라고 이덕일은 말한다. 저자의 말이 정말 그런가 싶어서, 학계의 원로들인 국사 교과서 편찬 위원이 쓴 두 종의 대중 교양서를 찾아봤다. 흥미로운 것은 소위 원로들의 평가를 보면, 이덕일이 말하는 논지와 거의 비슷한데도 '송시열은 북벌론자가 아니다'라고 단언하지는 않는다는 점이다.

역사는 되풀이된다고 했던가? 송시열의 북벌론이 허구이듯이, 우리나라 보수 우익이 국부國父로 떠받드는 이승만의 북진 통일도 공功은 없고 과過만 불러들인 대국민 사기극이다. 이승만의 공산당 혐오야 누구나 인정하는 바지만, 그의 통치 기간 동안 일관된 북진통일론은 국내의 정치를 파탄 내는 것은 물론 한미 간의 동맹 관계를 왜곡시키고, 급기야는 김일성의 남침을 불러왔다. 이승만이 북진통일론을 강조하면 할수록 좌·우 어디에도 속하지 않으면서 통일을 모색했던 중도파는 설 자리를 잃게 됐다. 또 6·25 전쟁 중에 미국은 전시 작전통제권을 미군이 갖도록 했는데, 그 배경에는 전후에 있을지 모르는 이승만의 불장난(북진통일론)을 견제하기 위해서였다. 2006년 7월 19일, 어느 생활정보지(?)가 불을 지른 이래로 지금까지 논란이 식지 않는 작통권 시비의 원인 제공자가 바로 이승만의 북진통일론이다.

적어도 '내가 너를 치겠다'고 핏대 높여, 줄기차게 주장할 작정이라면 거기에 상응하는 군사적 실력과 대비를 갖추어야 한다. 하지만 이승만은 말로만 그랬다. 그가 국시國是처럼 부르짖은 북진통일론은 김일성을 자극했고, 선제공격의 빌미를 주었다. 이승만의 북진통일론이 허구였다는 것은 개전 하루 만에 대통령이 지방으로 달아나고, 4일 만에 서울이 함락된 사실에서 극명하게 드러난다. 실질 없는 헛구호로 국민을 호도하고 정치를 파탄냈으며, 끝내는 민족상잔의 비극을 불러온 이승만의 북진통일론은, 한나라당을 비롯한 보수 우익이 걸핏하면 꺼내 드는 '안보 위기' 정략의 원류다.

한국 주류의 기원

내가 김영사의 응접실 진열대에서 이 책의 제목을 읽고 인상 깊게 느꼈던 까닭은 『송시열과 그들의 나라』에 박노자의 『당신들의 대한민국』이 겹쳐졌기 때문이다. 고종석이 쓴 『서얼단상』(개마고원, 2002) 가운데 박노자가 쓴 책 제목에 대한 설명이 있는데, 고종석은 "『당신들의 대한민국』에서 '당신'은 누구인가? 그것은 아마 한나라당의 이회창 총재가 대표하고 싶어 하는 듯한 이른바 '주류'일 것이다"라고 썼다. '한국적 근대 만들기'라는 『인물과 사상』의 연재물을 통해 박노자는 한국 주류의 기원을 일제 시대까지 소상하게 소급해 올라가는 작업을 하고 있지만, 그 작업을 제외하고는, 이덕일과 김인호·박훤만이 이승만 정도에서 그 상한선을 멈춘 한국 주류의 기원을 획기적으로 거슬러 올라가고 있다. 이덕일의 책보다 1년 먼저 책을 펴냈던 김인호·박훤은 이렇게 쓴다.

또한 서인들의 반동적 행각은 정치 외교적인 것에 그치지 않았다. 이른바 4단7정 논쟁이라고 하여 현실의 가치를 방기한 관념론적 성리학을 조장함으로써 모든 사회의 참신성과 창의력을 짓밟았다. 그럼으로써 모처럼 태동하던 서민 문학과 개신 유학적 가치에 대하여 이를 체제 유지의 적으로 파악하여 사문난적으로 몰아 용서하지 않았다. 경제적으로도 토호·지주를 중심으로 한 반역사적 지주제를 한층 강화하고, 소작료가 상승함으로써 민중 경제를 더욱 압박하였다. 이후 조선 사회를 파탄으로 몰아간 세도 정권 또한 그 뿌리가 인조반정 이후 권력을 장악한 서인의 후예였으며, 일본인들의 침략에 가장 두 팔 벌려 환영함으로써 새로운 시대의 기득권자로 거듭난 세력 역시 서인 계열들의 인사였다. 오늘까지도 일제와 영합했던 서인 계열의 척족들이 일부 기업의 대주주가 되어 있다는 현실은 권력과 부에 대한 한국인들의 불신과 혐오의 근원을 짐작케 한다.

교양 ; 지식의 최전선

바보가 된 대학생들

『사기』를 썼던 사마천은 자서에 쓰기를 모든 시와 문장은 "발분"하여 지은 것이며, 무엇인가 "마음에 울결한 바가 있어" 책을 짓는다고 쓴 바 있다. 오늘 읽은 다치바나 다카시의 『도쿄대생은 바보가 되었는가』(청어람미디어, 2002) 역시 발분發憤(결기를 뿜어냄)과 울결鬱結(가슴이 답답하게 막힘)의 힘으로 쓰인 책이다. 저자는 미적분도 모르는 학생이 도쿄대학 공학부에 입학하거나 고등학교에서 생물학도 이수하지 않은 학생이 의학부에 입학하여 교수들을 당황하게 만들었다는 믿기지 않는 소문을 듣고 이 책을 썼다. 제목이 암시하는 것처럼 『도쿄대생은 바보가 되었는가』는 도쿄대를 분석의 대상으로 삼지만 일본 대학과 교육 행정은 물론이고 대학 교육이란 어떠해야 하는가에 대한 광범위한 주제를 다루고 있기 때문에, 도쿄대라는 특정 대학의 문제를 떠나서 교육에 대해 고민하고 있는 사람이라면 한번 읽어 볼 만한 가치가 있다. '지적 망국론＋현대 교양론'이란 부제를 달고 있는 이 책은, 대학생들의 지적(학습) 능력의 저하·교양 부족·창의성 부재를 진단하고 거기에 대한 나름의 해결책을 제시한다.

일본의 어느 대학에서 있었던 일로, 교수가 나폴레옹에 대해 이야기를 하고 있는데 아무리 해도 학생과 말이 통하지 않아 자세한 질문을 던져 보았더니 나폴레옹을 술 이름(!)으로 알고 있었다고 한다. 이런 일이 벌어지는 까닭은 고등학교에서 학생들을 이과와 문과로 구분하여 입시에 필요하지 않는 과목은 제대로 가르치지 않기 때문이다. 다시 말해 요즘의 "대학 입시는 수험생의 부담을 덜어 준다는 그럴듯한 핑계를 대고 좀 더 쉽고 편한 방향으로 달려왔"고 "그 형식은 수험 과목을 줄이는 것"으로 나타났다는 것이다. 일본의 사정과 우리나라의 대학 입시가 얼마만큼 유사한지를 여기서는 더 자세히 따져볼 수 없지만, "고등학교에서 이수해야 할 과목이 줄어든데다 수험 과목까지 줄어들자 학생들은 수험 과목에 해당하지 않는 과목에는 눈길조차 주지 않게 되었다. 뿐만 아니라 대학 입시에만 열중하고 있는 고등학교에서는 입시에 필요 없는 과목은 학교에서 아예 가르치는 것 자체를 포기해 버리는 경우도 있다"는 대목은 우리나라의 고등학교 교육 현장에서도 목격되는 광경이다. 예·체능처럼 대학 입시 과목에 들지 않는 과목은 점점 축소되거나 입시를 목전에 두고 아예 자습 시간으로 바뀌어 버린 지 오래다. 그래서 "고등학교에서 이수하지 않았던 과목 또는 명목상 이수했을 뿐 사실은 이수하지 않은 과목의 경우, 그 지식수준이 중학생 시절에 머물게 된다. 과목에 따라서는 중학생 정도의 지식밖에 없는 학생이라도 대학에 입학할 수 있으므로 당연히 상식이 결여된 학생들이 늘어날 수밖에 없다"는 것이다.

그래서 도쿄대는 물론 일본의 많은 대학에서 고등학교 수업을 보충하는 진풍경이 벌어지게 되었다는데, 이 또한 우리에게 낯설지 않은 풍경이다. 이런 결과가 나오게 된 이유는 "문부성이 대중에게 영합하는 식으로 중·고등 교육의 교육 수준을 계속 낮추었기 때문"이다. 다시 말해 대학 입시 부담을 줄인다는 슬로건을 내세워 대학 입시 제도를 느슨하게 만든 결과, 대학은 기본적인 수학 능력도 갖추지 못한 학생들을 입학시켜 다시 보충 학습을 시키는 어리석은 고등 교육 기구가 되어 버린 것이다. 게다가 "18세 인구가 격감하여 지원자 전원이 대학에 입학하는 상황이 발생하게 되면 대학의 질은 더욱 떨어"진다. 다치바나 다카시는 일찍이 고등학교 입시에 대한 부담을 경감시킨다며 고등학교 입시 수준을 떨어뜨린 결과 고등학교 진학률이 100퍼센트에 가까워진 대신, 기초적인 계산도 못하는 고등학생이 양산되어 고등 교육이 황폐화된 것과 같은 상황이 이제 대학에서 발생하고 있다고 말한다.

대학생들의 지적 능력을 향상시키기 위해서 저자는 졸업률을 떨어뜨리라고 권한다. 언젠가 우리나라에서도 시행되었던 졸업정원제를 떠올리게 하는 그의 권고는 교육 문제에 관한 한 한국이나 일본이나

교양 ; 지식의 최전선

별 뾰족한 답안이 없다는 고소를 하게 만든다. 까닭은 일본과 한국의 대학 이념과 교육 정책이 판박이처럼 동일하기 때문인바 거기에 대해서는 후술하기로 하고, 여기서는 다치바나 다카시의 권고를 조금 더 들어 보기로 한다. 그는 미국이나 유럽에서는 능력이 없는 학생을 사정없이 낙제시킨다면서 미국에서는 졸업하는 학생이 입학생의 20퍼센트 정도며, 독일에서는 약 30퍼센트, 이탈리아에서는 64퍼센트가 졸업을 하지 못한다고 한다. 반면 일본에서는 거의 대부분의 학생이 졸업장을 딴다. 학력을 충분히 테스트한 다음에 졸업시키는 것이 아니라, 단순히 인정에 매여, "낙제를 시키는 것은 너무 냉정한 조치"라는 식으로 입학생들 대부분을 졸업시킨다는 것이다. 그래서 OECD 국가 가운데 졸업 탈락률은 세계 최저지만 그 속내는 학력의 질적 저하다. 저자는 이렇게 단언한다.

일본 대학도 수준을 유지하고 싶다면 미국이나 유럽의 태도를 배워야 한다. 대학에 입학해도 공부를 하지 않으면 낙제하는 것이 당연하다는 상식을 확립해야 한다. 그런 상식이 확립되면 입시 지옥도 완화된다. 현재의 치열한 입시 경쟁은 어떻게든 입학시험에서 합격만 하면 그 다음에는 천국이 열린다는 생각에 어중이떠중이들이 모두 몰려들기 때문에 발생하는 현상이다. 자신의 능력에 어울리지 않는 대학에 들어갈 경우, 매 학기 낙제의 공포에 쫓겨야 한다면 무리하게 시험을 치르지 않을 것이다.

문학 작품 읽지 마라!

대학생들의 지적(학습) 능력 저하 현상과 함께 저자가 개탄하는 것은 오늘의 일본 대학에 아예 존재하지 않는다는 교양 교육에 관한 사항이다. 이 책에서 주장하는 다치바나 다카시의 교양론은 조금 특별해서, 몇 년 전에 읽은 그의 『나는 이런 책을 읽어 왔다』(청어람미디어, 2001)에 대한 간략한 독후감부터 소개할까 한다. 특유의 독서론이면서 곧바로 자신의 저술론에 해당하는 그 책에서 그는, 독서 그 자체가 목적인 독서와 독서를 수단으로 활용하는 독서를 구분했다. 그런 구분의 타당성에 대해서는 문학사회학의 창시자 가운데 한 사람인 에스카르피의 『문학의 사회학』(을유문화사, 1983)이 명료히 설명하고 있는바, 젊은 날 오에 겐자부로와 함께 도쿄대에서 불문학을 공부했던 다치바나 다카시에게 익숙한 것이리라. 에스카르피에 의하면 책을 읽는 것 자체가 목적이고 즐거움인 책 읽기의 대표적인 예는 문학 작품이다. 그것과 반대되는 수단으로써의 독서란 실용적인 목적을 염두에 두고 읽는 것으로, 어학을 배우기 위해서 읽는 어학 서적이나 요리를 배우기 위해서 읽는 요리 책은 물론이고 자연과학이나 사회과학 도서가 당연히 여기에 포함된다.

다치바나 다카시에 의하면 독서를 권장하는 지식인들이나 책 읽기를 즐기는 애독자들이 독서론이나 독서를 이야기할 때는 암묵적으로 전자의 책들을 가리킨다고 한다. 그도 그럴 것이 흔히 우리들이 읽기를 강요받는 고전이나 교양서적은 대부분 문학 작품을 일컫는다. 하지만 독서와 저술만을 위한 용도로 4층짜리 빌딩을 만들기까지 한 열렬한 독서광이자 만능 저술가인 그는, 문학 작품에만 편중된 그런 독서는 극히 편향된 것으로 본다. 실제로 그는 도스토예프스키나 카뮈 등 소위 '대문학大文學'이라 불리는 고전은 고등학교와 대학 초년 시절에 일찌감치 읽어 치우고, 대학 졸업 후 약 40여 년간은 한 편의 소설도 읽지 않았다고 한다. 그런 연유로는, 생명체가 진화해 왔듯이 '지知의 세계'에도 어떤 진화의 계통수系統樹가 있어 어떤 가지는 계속 자라나고 또 어떤 가지는 말라 죽기 때문이란다. 즉 "공룡처럼 진화의 막다른 골목으로 접어들어 그 방향에서 정점에 도달하기는 했지만 더 이상 발전을 이루지 못하고 그대로 사멸해 버린" 지식 세계의 공룡이 있다고 말하는 그는, "19세기의 로망 롤랑이라든가 19세기의 사변철학 등"과 "헤겔"이 바로 그런 유형이라고 말한다.

다치바나 다카시의 이런 논리는 『역사의 종언』이라는 짧은 팸플릿을 통해 일찌감치 헤겔과 이념의 역사에 종언을 고한 일본계 미국 네오콘 이념가인 프란시스 후쿠야마를 떠올리게도 하지만, 과격해 보이는 저자의 문학에 대한 적대적인 태도는 어디에서 왔을까? 혹시 젊어서부터 문재文才를 날리다가 노벨문학상까지 수상한 동문 오에 겐자부로에 대한 열등감의 표출일까?

논픽션 작가이자 과학 칼럼니스트이면서 출판 평론가이기도 한 다치바나 다카시의 논지는 매우 분명하다. 지식이란 한 시대를 살아가는 사람들 가운데 대다수의 사람들이 보여 주는 지적 작용의 집적과 방향이 끊임없이 확대되어 가는 곳에 있다. 그러면서 그는 현대의 지식은 자연과학에 집적되어 있으며 그 방향을 향해 확대되어 가고 있다고 말한다. 대담하게도 그는 철학자들이 말하는 인식론도 이미 과학의 문제가 되었다고 말하는바, 뇌에 대한 연구를 통해 인간의 인식론마저 훤히 밝혀질 것이라고 말한다. 『나는 이런 책을 읽어 왔다』에 피력한 저자의 '현대 지식의 최전선론最前線論'을 염두에 두면 그가 말하고자 하는 '현대 교양론'이 무엇을 의미하는지 명확히 알 수 있다. 그러면 교양의 현대적 변모에 대한 본격적인 추적을 하기 전에, 대학이란 무엇인가에 대한 우회부터 해 보자.

대학의 사명과 교양의 변화

멀게는 11세기에서 12세기까지 거슬러 올라간다는 대학의 기원을 살펴보면 대학이란 원래 교양 교육을 하던 곳이었다. 전인全人교육 또는 인격을 기르기 위한 임무를 띠고 있었던 최초의 대학에서는 3학(문법학·수사학·논리학) 4과(산술·기하·천문학·음악)로 이루어진 리버럴 아트liberal art, 自由學藝를 가르쳤다. 대학이 태동했던 중세가 이상으로 삼았던 고전 시대(그리스·로마 시대)의 문화가 바로 3학 4과를 익힌 자유인에 의해 유지되었다고 여겨졌기 때문에, 당시엔 반드시 리버럴 아트를 학습해야만 교양인이 될 수 있었다. 중세의 3학 4과는 아니지만 미국의 대학교들은 여전히 일반 교양과목(인문과학·사회과학·자연과학)을 중시한다. 일본에서는 그나마 대학 초년생들만을 대상으로 하다가 지금은 완전히 사라진 교양 학부와 교양과목을 미국에서는 4년 동안 가르친다는 것이다. 이른바 전문교육은 대학을 졸업

한 뒤에 로스쿨(법학교)과 메디컬스쿨(의학교) 같은 그래주에이트 스쿨graduate school에서 담당한다. 다시 말해 일본과 한국과 같은 한자 문화권에서 '대학원'이라고 번역하는 대학 졸업 후의 전문학교는 '대학'도 못 되는 그냥 스쿨이며, 리버럴 아트에서 벗어난 실학實學(의학·공학·법학과 같은 직업교육)은 유니버시티university가 아닌 인스티튜트institute로 불려야 한다.

전인교육의 장소였던 대학이 일본으로 건너와서 실학을 가르치는 직업학교로 변모한 것은 일본 대학의 사명이 자유로운 교양인의 육성에 있었던 것이 아니라 국가에 필요한 인재의 육성에 있었기 때문이다. 책 가운데 인용된 『도쿄대학 100년사』에 의하면, 메이지유신 초기에 서구로부터 대학 제도를 받아들였던 교육계의 대학 이념은 이런 것이었다.

이 학교(大學南校: 동경대의 전신)는 형이하학적인 기술학 중심으로 서유럽 학문을 도입하는 교육기관으로 신학·윤리학 등의 학과는 두지 않고 있다. 즉 일본에 결여되어 있기 때문에 외국에서 수입해야 할 필요가 있는 것은 '모든 공예 기술 및 천문·물리·의료·법률·경제' 등의 '실사實事'이지, 지식 이상의 '도리(도덕)'까지도 대학에서 배울 필요는 없다.

일본 대학에서 교양 교육이 필요하지 않았던 것은, 급하게 수입해야 했던 것이 실학 부분이었기 때문이다. 도쿄대는 물론이고 일본의 대학은 메이지 초기의 대학 사명에 따라 교양 교육을 무시하는 것이 그 전통이 되었다. 그래서 교양인들의 일상적 대화가 벌어지는 외국의 파티 장에서, 일본의 외교관은 꿀 먹은 벙어리가 되어 '무식하다'는 소리를 듣는다는 것이다.

오늘날의 학문이 점점 학제學際 연구가 되어 가고 있기 때문에 고전적인 인문학을 완전히 배제하지는 않지만, 다치바나 다카시의 교양론은 그와는 반대로 자연과학을 기본으로 자료 조사와 문서 작성, 타문화를 이해하기 위한 인류학, 영어와 컴퓨터 습득 등을 중요하게 여긴다. 역사적으로 보면 교양이란 그리스와 라틴의 고전 지식을 의미했으나 "현대 사회의 정체성과 동떨어진 채 교양을 논할 수 없기" 때문에 교양의 내용이 바뀌었다는 것이다. 그러면서 오르테가 이 가세트가 1930년에 썼다는 『대학의 사명』의 한 절을 인용한다.

교양(문화)이란 각 시대가 소유하고 있는 살아 있는 모든 이념의 체계다. 보다 정확하게 표현한다면, 그것을 통해 시대가 만드는 모든 이념 체계다. 현대 사회에서 교양의 특징은 그 내용 대부분이 과학에서 출발하고 있다는 점이다. 의사·공무원·장관·문헌학자·종교인, 요컨대 사회의 지도층에 속하는 사람들이 설사 모든 법규·약제·교리 등에 아무리 정통했다고 해도 오늘날 물리학적 세계 질서가 무엇을 의미하는지 모르고 있다면 그들은 완전한 야만인이다 〔…〕 물리학적 이념, 생물학적 이념 그리고 철학적 계획 등을 소유하고 있지 않은 자는 교양 있는 인간이 아니다.

교양 ; 지식의 최전선

이렇게 해서 『나는 이런 책을 읽어 왔다』에 표명된, 그 유명한 뇌 과학腦科學에 대한 강조가 이 책에서도 반복되고 있는 것은 흥미롭다.

> 적어도 뇌 과학에 대한 식견이 갖추어져 있지 않은 상태에서는 인간에 대해 아무것도 논할 수 없는 시대가 된 것만은 분명한 사실이다. 컴퓨터를 사용할 줄 모르는 상태에서는 어떤 과학도 성립되지 않는 시대가 된 것처럼 인문 계열의 학문에서도 뇌 과학의 지식과 관련이 없는 학문은 더 이상 성립하지 않는 시대가 되어 가고 있다. 그런 의미에서 뇌 과학은 문과와 이과를 가리지 않고 모든 학생들의 필수 교양과목으로 지정해야 한다.

전문가는 바보다

저자의 현대 교양론을 지지하든 말든, 또 그의 현대 교양론이 자연 과학과 인문과학 사이의 격절을 더 심화한다고 오해하든 말든, 스페셜리스트(전문인)와 제너럴리스트(일반인)에 대한 다음과 같은 지적은 교양인이 된다는 것과 관련하여 퍽 설득력 있고 재미난 해석이라고 생각된다.

> 한때, 지금이야말로 스페셜리스트의 시대라고 하여 모두 스페셜리스트를 동경하면서 "제너럴리스트는 모든 분야에 사용할 수 있어도 큰 도움은 되지 않는 대중적인 지적 노동자를 가리키는 말"이라는 견해가

유행처럼 번졌다. 하지만 그것은 낮은 수준의 제너럴리스트를 가리키는 표현일 뿐이다. 스페셜리스트보다 한 차원 높은 수준의 제너럴리스트도 존재하며, 사회의 모든 시스템은 결국 제너럴리스트가 움직이는 것이다. 모든 거대 조직의 매니지먼트를 담당하는 사람, 정책을 기획하는 사람, 의사 결정을 하는 사람, 집행 부문의 상층부에 존재하는 기업의 운영자 등은 모두 제너럴리스트이다. 기술 부문 출신의 대기업 사장이나 관청의 수장인 기술 관료들도 있지만 그들은 결코 스페셜리스트로서 최고의 자리에 앉은 것이 아니다. 기술자이지만 경영에 대해서, 영업을 전개하는 전략에 대해서, 정치나 사회의 동향에 대해서 이해하는 사람이 아니면 결코 최고 자리에 앉을 수 없다. 반대로, 사무 부문 출신이라도 기술을 이해하지 못한다면 기업이든 관청이든 최고 수준에는 오를 수 없다. 기술은 몰라도 된다는 사고방식은 그야말로 낮은 수준의 제너럴리스트의 사고방식이며, 높은 수준의 제너럴리스트는 당연히 기술에 대한 이해력을 갖추어야 한다. 그런 높은 수준의 제너럴리스트를 육성하는 데 가장 중요한 것은 높은 수준의 리버럴 아트 교육이다.

다시 언급하지만 그가 위에서 말하는 "높은 수준의 리버럴 아트"란 복고적인 의미의 교양이 아니다. 『도쿄대생은 바보가 되었는가』의 가장 마지막 페이지에 실린 결어는 그 의미를 다시 한 번 상기시키고 있는데, "결국 모든 전문직 위에 서 있는 가장 높은 계급에 해당하는 사람은 다양한 현장에서 과학자들이 발견한 것을 토대로 고찰한 일반적 명제를 통합하여 좀 더 큰 통찰을 이끌어 내는 사람"이라고 말하고 있기 때문이다.

인문학과 과학 사이의 심각한 의사소통 단절을 논의의 전제로 하는 것은 물론이고, 현대에 들어서는 인문학보다는 과학의 중요성과 비중이 더 우위에 서며, 과학에 대한 지식이 현대인의 교양을 형성한다는 것, 그리고 사회 각 부문의 의사 결정자들은 새로 발견되는 과학적 발견과 업적을 반영해야 한다고 말하는 다치바나 다카시의 주장은, 1950년대 중반에 발표된 C.P. 스노우의 『두 문화』(민음사, 1996)를 떠오르게 한다. 스노우는 그 논쟁적인 책에서 '과학자는 셰익스피어를 모르고, 전통적인 지식인들인 인문학자는 열역학 제2법칙을 설명하지 못한다'는 사례를 든 뒤에, 과학자와 인문학자(스노우의 표현으로는 '문학적 지식인literary intellectuals') 간의 메울 수 없는 간극이 생겨난 많은 책임은, "전통적인 문화만 '문화'의 전체인 양 그리고 마치 자연법칙 같은 것은 없는 것처럼 생각"하는 문학적 지식인들에게 있다. 스노우의 질타에 의하면 그들은 "타고난 러다이트luddite들"이다.

많은 소설과 에세이를 쓴 작가이기도 했던 그는, 아주 단호하게 우리가 "지적으로나 도덕적으로 건전"해지기 위해서는 과학적 문화(사고)를 받아들여야 하고 과학자들과 대화를 나누어야 한다고 말한다. 그는 일반화의 위험성과 단순성에도 불구하고 과학은 보편적·사회적·민중적인 데다가 미래적이기까지 하지만, 문학은 실존적·심리적·귀족적인 데다가 복고적이기까지 하다고 규정한다. 최근에 출간된 에드워드 윌슨의 『통섭』(사이언스북스, 2005)은 사회학은 생물학으로 통합될 것이라고 단언하고, 이 글의 앞 장에서 다치바나 다카시가 인식론과 같은 형이상학마저 뇌 구조의 비밀을 푸는 데 달려 있을 뿐이라고 말하기 훨씬 이전에, 스노우는 일찌감치 과학과 인문학 사이의 간극이 메워지고 융합이 이루어지는 "제3의 문화"를 빌려, 앞으로의 세기는 과학의 세기가 되어야 한다고 말한다. 그는 "비록 정치 형태는 똑같아 보일지라도 과학 혁명이 들어옴에 따라 그 내용이 달라진다"는 말로, 새로운 과학적 발견과 성과가 정부의 정책 결정에 반영되어야 하며, 과학 기술을 통해서 굶주림과 질병으로부터 해방되는 세계를 만들 수 있다고 말한다.

스노우·에드워드 윌슨·다치바나 다카시의 주장대로, 앞으로의 세기는 인문학이 아니라 과학의 것이 될 것인가? 그래서 우리는 인문학을 고사시키고 실용적인 과학 기술만 숭앙하는 쪽으로 가야만 할 것인가? '전문가는 바보다'라는 이 장의 제목을 상기하면서, 제너럴에 대한 저자의 재미난 부연을 옮겨 적는 것으로 해답을 대신한다.

일본에서는 제너럴이 '일반'이라고 번역되는 순간, '일반 대중'·'일반직' 등 수준 낮은 것으로 받아들이는 불행한 오해가 발생하지만, 제너럴은 '대장'·'장군'이라는 의미도 가지고 있다. 하급 지휘관은 자신이 지휘하는 부대만을 바라보면 되지만, 장군이 되면 군 전체를 바라보아야 하기 때문에 제너럴인 것이다. 장군은 제너럴에 해당하는 군사 지식을 갖추어야 한다.

창의력이 모자란 아시아의 수재들

일본 대학생의 지적 능력 저하와 교양 부족을 낱낱이 캐낸 저자는 마지막으로 창의력이 부재하는 일본 대학의 교육에 대해 진단한다. 1909년부터 1913년까지 도쿄대 법학부에서 강의했던 외국인 교사 하인리히 벤티히는 일본 학생들의 특징은 "가능하면 자신의 독립적 판단을 피하려는 경향이 강하다"고 지적한다. 또 같은 시기의 『중앙 공론』(1902년 5월호) 기사는 "학생이 참신한 주장이나 논리를 펴게 되면 즉시 일종의 반역자가 되어 감점 처벌을 받게 된다"고 쓴다. 독창성과 창의성이 무시되는 일본의 대학 풍토는 2차 세계대전이 끝난 직후 일본의 대학 교육을 조사하기 위해 미국에서 건너온 월터 C. 일즈에 의해서도 똑같이 관찰된다.

> 일본 대학생은 교실 좌석에 배열되어 있는 '찻잔'과 같은 존재다. 교사는 '주전자'를 이용하여 계속해서 지식을 '찻잔'에 따르는데, 그 찻잔의 용량 따위는 완전히 무시된다.

교육의 목적이 달성되려면 사상의 자유, 교수의 자유, 학습의 자유가 보장되어야 하는데 일본의 대학은 "세계 최고의 중앙집권적 교육제도" 아래 놓여 있다. 까닭은 근대국가로 뒤늦게 출발한 일본은 모든 것이 국가가 주도하는 형태로 이루어졌고, 대학 제도 역시 국가가 필요한 인재를 하루빨리 육성하기 위해 국가 주도로 만들어졌기 때문이다.

제국대학(동경대학교)은 국가의 요구에 부응하는 학술과 기예를 가르치고 심오한 연구를 하는 것을 목적으로 삼는다.

— 1886년 제정된 제국대학령 제1조

무릇 모든 교육은 국가를 위해 존재하는 것이며 대학의 학술 연구도 역시 국가를 위한 것이다.

— 당시의 문부대신 모리 아리노리의 연설

서양에서 대학은 그 기원부터 하나의 자치 도시로 여겨졌고 그만큼 권력으로부터 독립되어 있었다. 유럽의 대학은 국가에 대해 진리의 자유와 자기 결정권을 요구하며 충돌을 되풀이했다. 하지만 근대화의 필요성에 의해 수입된 일본의 대학은 그 사명과 교육의 이념이 국가주의에 의해 주도되었기 때문에 애초부터 학문 그 자체가 뒤틀어져 버렸다. 이 사항엔 아주 오래된 "동양적 대학의 특징"이 재차 개입되는데, 유교 교육으로 표상되는 동아시아의 교육기관은 "동양적 전제주의에 종속된 관료 기구를 유지하기 위한 장치라는 역사적 특징"을 가지고 있다. 위의 두 사항은 일본의 근대화 기획을 고스란히 이식하고 모방해 온 우리에게 딴 나라의 이야기가 될 수 없다.

저자는 도쿄대로 대표되는 일본형 수재의 계보가 사실은 '바보들의 계보'라고 말하면서 "여기에서의 '바보'라는 표현은 기본적인 지적 능력이 결여되어 있다는 의미가 아니다. 콩도르세(1743~1794: 프랑스의 철학자)가 교육의 목적에 관해 설명한 대로, '교육의 목적은 현 제도의 추종자를 만드는 것이 아니라, 제도를 비판하고 개선할 수 있는

교양 ; 지식의 최전선

능력을 배양하는 것이다'라는 관점에서 볼 때의 바보다"라고 쓴다. 그러면서 일본 지식인으로서는 전향적으로 보이는 다음과 같은 의견을 낸다. "만약 대학이 국가에 대해 자유로운 존재였다면, 대학을 거점으로 일본의 진로를 다른 방향으로 이끌려는 세력이 탄생했을지도 모른다."

현대 사회에서 대학은 고등 교육기관의 한 부분일 뿐이다. 대학이 고등 교육기관으로 독점적인 지위를 차지하던 시대는 끝나고 "고등 교육의 유비쿼터스ubiquitous(도처에 존재하는) 시대로 접어들었다"는 저자의 진단은 귀담아들을 만하다. 고도의 지식과 기능이 옛날에는 대학에만 모여 있었으나 이제는 각종 전문학교와 사설 강습소·동호회·인터넷 등으로 흩어졌으며 종류에 따라서는 대학이 전혀 도움이 되지 않는 경우도 있다. "유비쿼터스 대학 상황"은 옛날 제왕들이나 받을 수 있었던 1대 다수의 선생을 상대로 교육을 받을 수 있는 이점을 제공한다. 매일 숱하게 쏟아지는 신간 소개나 가까운 도서관의 장서 더미 속에 있어 보면 알지만, 숱한 지식의 목록 앞에서 우리가 대학에서 배울 수 있는 것은 극히 일부라는 사실을 다시 한 번 깨닫게 된다. 하지만 사전을 뜻하는 엔사이클로피디어encyclopaedia의 어원을 알고 나면, 평생 책과 도서관을 벗하며 인생을 살기로 결심한 사람들에게 현대는 누구에게나 '제왕 교육'을 베풀어 준다. 엔사이클로피디어의 어원인 엔사이클로는 '고리 모양으로 둘러싼다'는 뜻이고, 피디어는 교육을 뜻하는 그리스어 파이데이아에서 파생했다. '한 명의 독자를 수많은 학문적 지식이 둘러싸듯 감싸고 가르쳐 주는 것'이 사전이라면, 구鳴마다 만들어 놓은 구립 도서관도 그에 못지않다.

『도쿄대생은 바보가 되었는가』를 쓰게 한 것은 발분과 울결이라고 했는데, 마지막으로 좀 더 자세한 사정을 적으면 이렇다.

> 지금 일본은, 경제정책 실패에 의해 제2의 패전이라고 불리는 국난의 시대를 맞이하고 있다 [⋯] 패전의 원인으로는 여러 가지가 있을 수 있지만 교육 시스템의 결함이 그 중 하나라는 사실은 굳이 거론할 필요도 없다.

자원이 없는 국가인 일본이 이렇게까지 경제를 발전시킬 수 있었던 배경에는, 기초 과학은 물론이고 산업 현장에서 이용할 수 있는 과학기술 진흥이 국가적 사업으로 육성됐기 때문이다. 이때 고등학교의 과학 교육은 오로지 기술이 경쟁력인 일본의 발전상을 담당한 축 가운데 하나였다. 부실한 일본 고등학교 교과와 대학생들의 과학 학습 능력 부재가 원인이 된 다치바나 다카시의 피를 토하는 듯한 '과학 교양' 강조는, 일본의 장기 불황과 한국·중국·대만과 같은 아시아 경쟁국의 일본 시장 침탈과도 밀접한 연관이 있다. 우리가 되새겨 볼 대목이다.

어느 역사가의 유작

레지스탕스 역사가

한 10여 년 전, 내 서가에는 마르크 블로'흐'의 『역사를 위한 변명』
(한길사, 1990)이 오랫동안 꽂혀 있었다. 나는 그 책을 읽지도 않은 채,
작심하고 서가를 통째 정리하던 날 헌책방에 팔아넘겼다. 2000년경
의 일이다. 그 후, 즐겨 찾는 구립 도서관에서 같은 저자의 『이상한 패
배: 1940년의 증언』(까치, 2002)을 발견했을 때, 블로'흐'는 블로'크'로
바뀌어 있었다. 한글의 외국 인명과 지명 표기는 과장하자면, 거의 해
마다 바뀐다. 상황이 이렇게 된 데에는 여러 가지 원인이 있지만, 알
고 보면 다 세종대왕이 너무 뛰어난 문자를 만드신 탓이다.

마르크 블로크는 20세기 역사학에서 혁명적 업적을 남긴 사람으

로, 뤼시엥 페브르와 함께 요즘 크게 유행하는 미시 역사의 선구자로 자리매김되고 있다. 유태인으로 태어났으나 시오니즘에 열광했던 당대의 유태 지식 사회와는 거리를 둔 그는 "프랑스 하늘 아래서만 편히 숨을 쉴 수 있으며, 나 스스로 최선을 다하여 나라를 지키려고 노력했"던 프랑스인으로 자신을 소개한다. 그는 모든 시민이 주권을 가지고 있으며 법 앞에 평등하다는 것 이외에는 아무것도 인정하지 않았다. 공화주의 이상에 충실했던 그는 "반유태주의에 대항하는 경우 이외에는 내 출신을 주장하는 일"도 없었다. 다만 나치에 의해 이데올로기로 승격되기 시작한 반유태주의에 대해서는, "인종적 소질이라는 신화나 순수한 인종이라는 개념 자체가 터무니없"는 것이라고 확실히 명토 박는다.

"프랑스 하늘 아래서만 편히 숨을 쉴" 수 있었다는 고백이 명시하듯이, 그는 당시의 프랑스를 공화국의 이상이 실현된 구현체로 여겼다. 때문에 두 차례의 대전大戰 때, 공화국을 지키기 위해 전선으로 나섰다. 1914년 8월, 독일이 전쟁을 일으키자 그는 보병 상사로 징집되어 대위로 제대하기까지 네 번의 표창과 십자무공훈장을 받았다. 그후 소르본 대학에서 국가 박사 학위를 받고 스트라스부르 대학의 중세사 담당 교수가 되었으며, 그곳에서 뤼시엥 페브르를 만나 역사가로서의 주요 업적을 남겼다. 1939년 8월, 프랑스가 나치 독일과 일전을 치르지 않을 수 없게 된 지경에 이르자 그는 이미 예비군의 의무에서도 벗어난 53세의 나이로 군에 자원한다. 이 모두가 자신이 최선을 다해 봉사할 수 있는 공화국은 프랑스뿐이라는 믿음 때문에 가능했다. 한 나라의 진정한 전력戰力은, 국가가 사회 구성원 전체에게 법 앞의 평등을 구현하고 또 시민 개개인이 국가에 대해 얼마만큼이나 주권을 행사할 수 있는가와 연관된다. 자신이 살고 있는 나라가 특별한 소수만을 위해 왔으며 자신의 존재가 한 국가의 주권자로 인정되지 못하는 상황에서는, 자발적인 병역兵役과 희생적인 전의戰意를 끌어낼 수 없다.

나치 독일은 1940년 5월 10일 프랑스를 공격했고, 프랑스는 개전 초기부터 일방적으로 퇴각과 괴멸을 되풀이하다가 같은 해 7월 2일 항복한다. "프랑스 전선에서 가장 자동차가 많은 군의 연료 담당 장교"로 근무하게 된 블로크는 후퇴를 거듭하던 프랑스군을 따라 영국까지 갔으나(5월 30일), 다시 배를 타고 프랑스로 돌아와 레지스탕스가 되었다. 이 책 『이상한 패배: 1940년의 증언』은 블로크가 은신처에서 레지스탕스 활동을 하면서 힘겹게 써 나간 일종의 유서로, 서두는 이처럼 비장하다.

이 글이 언젠가는 출판될 수 있을까? 알 수 없는 일이다.

속도전을 알지 못한 프랑스군

역사학자이자 한 사람의 군인으로서 2차 세계대전 직전의 프랑스 정치 상황과 프랑스군의 대책 없는 패배에 대해 가차 없이 적고 있는 이 책은, "2차 세계대전 초 프랑스 패전의 원인을 가장 정확하고 심도 있게 분석하고 있는 글로 평가"받고 있다. 내가 이 책을 도서관에서 발견하고 즉시 빌려 보기로 결정한 까닭과 집에 돌아와 단 세 시간 만에 완독할 수 있었던 원인은 '승리의 원인보다, 패배의 원인을 아는 게 더 값지다'는 생각에서였다. 실제로 승리의 원인에 대해서는 누구나 알고 싶어하지만 패배의 원인은 등한시한다. 곧잘 사람들은 승리에는 불변의 법칙이 있다고 생각하고 그것을 배우려고 하지만, 어떤 분야에서든 승리는 항상 상황을 운용하는 자의 것이다. 다시 말해 원칙을 고수하는 자의 것이 아니라, 임기응변을 이용하고 나아가 자신에게 유리하도록 상황을 창조하는 자의 것이다. 반면 패배에는 승리가 갖고 있지 않은 불변의 법칙이 있다. 그러니 패배에 대해 더 잘 아는 것이 일단 '피박'을 면하는 길이 아니겠는가? 내가 이 책을 들게 된 것은 바로 이런 이유에서였다.

개전 당시 프랑스군은 오늘날 한국 사회에서 볼 수 있는 온갖 비효율성에 발목이 잡혀 있었다. 복잡한 지휘 체계와 군대 간부의 경직화, 서류에 대한 맹신과 형식적인 보고 관행, 현장에 대한 무관심과 관료주의적 지연책, 참모부와 말단 부대 사이를 연결해 줄 중간 간부의 부재, 부서 간의 칸막이 현상과 책임 소재 미루기, 인적 자원 낭비와 특정 인맥의 요직 독점, 국방부과 군사령부 간의 반목 등이 프랑스군이 앓고 있던 비효율성이었다. 그리고 "나는 단일한 프랑스 군대가 있는 것이 아니라 군대 내에 여러 배타적 영역이 있다는 것을 전보다 더욱 확실하게 알게 되었다"고 반복해서 지적한 군부 내의 파당 마저 가세해 연합군이던 영국군과의 연락 체계를 원활히 운용하지 못하게 만들었다.

역사가가 응당 가져야 할 "관찰하는 태도, 비판적 태도, 그리고 가능한 정직한 태도"로 프랑스의 패배를 검토하던 블로크는 위에서 열거한 "다양한 오류의 결과가 상승작용을 하면서 우리 군대를 참패로 몰아넣었다"고 말하면서 "그러나 그 중에서도 커다란 결함 하나가 모든 것을 지배"했다고 강조한다. 즉 프랑스의 군사 지도자들은 이번 전쟁을 근본부터 잘못 생각했으며 "독일군의 승리는 본질적으로 지적인 승리"라고 말한다. 블로크가 파악하기에 2차 세계대전은 현대 문명과 그 이전의 문명 간의 대립이었고, 독일과 프랑스는 각기 '현대 문명'과 '그 이전의 문명'을 대표했다.

독일군과 프랑스군의 군비와 현대전의 개념에 대해 자세히 설명하고 있는 45~62쪽에서, "독일군은 속도 개념에 입각하여 현대전을 벌"이고 있는데 프랑스군은 독일군이 수행하고 있는 "새로운 시대의 가속화된 진동과 연결된 리듬"을 전혀 이해하지 못했다는 것이다. 예를 들어 프랑스의 제1군은 독일군의 공격을 당할 때마다 발랑시엔 → 두에 → 랑스 → 에스테르 → 스텐웨르크 등지로 후퇴를 했는데, 매번 후퇴를 해서 새로 진지를 구축했던 거리는 고작 2,30킬로미터에 불과했다. 이 거리는 나귀가 끄는 수레를 이용하던 시절에는 먼 길이었을지 모르나, 자동차로 최대한 반 시간 거리밖에 되지 않는, 현대전에는 지나치게 짧은 거리였다.

2차 세계대전은 기계화 사단에 의한 속도전이었다고 말하는 블로크는 다시 설명하기를, 프랑스군은 개전부터 적과의 거리를 평균 150킬로미터로 유지하기를 원했으나 "나폴레옹 시대였다면 그것은 너무 멀었을 것이고, 1915년이었다면 아마 충분했을 것이다. 그러나 1940년대에는 그것은 아무것도 아니라고 할 수 있다"고 강조한다. 프랑스군은 2,30킬로미터씩 후퇴하기를 반복하는 "임시방편적 작전 계획"보다, 좀 더 쓸모 있게 준비할 시간을 벌기 위해 적의 공격 범위로부터 완전히 벗어나서, "자리를 잡기도 전에 다시 밀려나지 않도록 후방으로 상당히 후퇴하여 새로운 방어선"을 쳐야 했다. 하지만 참모부는 고집스럽게 시대를 외면했다.

블로크는 "어떤 사단의 장군이 사령부로 쓸 지점에 도착해 보니 적이 이미 그보다 먼저 와 있는 경우"도 있었던 예를 들면서, "실제로 우리의 전장에서 충돌한 두 적대 세력은 인류사의 서로 다른 시대에 속해 있었다. 결국 우리는 식민지사에서 익숙한 투창 대 총의 전쟁을 다시 한 번 벌인 것이고 이번에는 우리가 원시인 역할을 했다"고 한탄한다. 전투가 벌어진 기간 동안 "위협을 당하지 않는 하늘이 없고 기계화 부대의 침투력이 거리를 먹어 버렸다. 어제까지만 해도 미국의 중심부만큼이나 안전하다고 생각되었던 브레타뉴 지방의 렌에서 단 몇 분 만에 수백 명이 죽"어 나가는 참상이 반복됐다. 기동전을 벌였던 독일군은 전투 과정 동안 늘 프랑스군의 동향을 알고 있었던 반면, 거리와 속도에 대한 개념이 없었던 프랑스군은 독일군이 어디서 나타날지 예측할 수 없었고 전투의 승패는 거기서 결정나 버렸다.

프랑스군이 독일군에 대응할 만큼 전차·비행기·트럭 등을 충분히 갖추지 못한 것은, 군 지도부의 잘못된 전략과 역사에 대한 무지

어느 역사가의 유작

때문이었다. 나치에 의한 전쟁 발발의 가능성이 점차 높아 가자 프랑스군 참모부는 국경선에 시멘트 보루와 대전차 참호를 건설하는 일에 매달렸다. 프랑스의 장군들은 전쟁 전에 이미 한 차례의 작전 훈련을 통해 비행기의 기적적인 효능을 체험했으나 뒤돌아서서 "이 모든 것은 스포츠"일 뿐이라고 비행기의 전투 능력을 무시해 버렸다. 프랑스의 군 지도부는 1940년대에 걸맞은 전쟁을 준비하는 대신, 1915년의 전쟁을 떠올리고 '요새화된 거점'을 구축했다. 하지만 막대한 돈과 인력을 퍼부어 만든 마지노선線은 비행기와 전차에 의한 배후 공격과 우회로 인해 무용지물이 됐다.

군대는 바뀌어야 강해진다

참패의 직접적인 원인은 군 지도자들로 이루어진 사령부의 무능이었다고 한마디로 잘라 말하는 블로크는 「패정복자의 진술」이라는 제하의 제1부 2장을 맺음하면서, 응축된 역사학적 지혜로 프랑스군의 잘못된 전략과 군사 학교 교육의 허점을 지적한다. 역사는 본질적으로 변화의 학문이라고 말하는 그는, "인간사의 변화가 항구적이지는 않더라도 적어도 지속적"이라는 점을 인정하면서도, "조건이 정확히 같지 않기" 때문에 역사는 "두 사건이 똑같이 반복되지 않는다"고 강조한다. 그러므로 군사 학교 교관들은 "1914년의 지휘관들에게 1914년의 전쟁이 나폴레옹 전쟁과 같은 것이라고 가르치고, 1939년의 지휘관들에게 전쟁이 1914년의 전쟁과 같은 것"이라고 가르쳐서는 안 된다는 것이다.

블로크에 의하면 진짜 뛰어난 교관은 나폴레옹이 치른 전투에 대해 학생들에게 분석해 주기에 앞서 "주의하십시오. 앞으로 이야기될 전투는 도로가 오늘날보다 훨씬 드물고 수송이 거의 중세 때와 같은 속도로 진행되던 나라에서 일어난 것입니다. 그것은 화력이 우리 것에 비하여 훨씬 열등하고, 기관총이나 가시 철조망이 발명되기 전이라서 총검을 최상의 무기로 생각하는 군대들 사이에서 벌어진 것입니다. 그들의 역사에서 당신이 교훈을 끌어낼 수 있다면, 그것은 새로운 요소들이 작용하게 되는 곳에서는 그것이 포함되지 않은 옛 경험은 가치가 없다는 사실을 상기하는 조건에서입니다"라고 주지시켜 준다. 평화 시의 군사 학교에서는 종이 위에 쓰인 전술론과 기동 훈련을 과다하게 믿고, "무의식 중에 모든 것이 쓰인 대로 진행되리라고 믿는 데에 익숙"해져 있으나, 역사가 그렇듯이 실제의 전쟁과 전투는 "머리가 유연하게 유지"되지 않은 상태에서는 한 치 앞도 내다볼 수 없다. 전쟁이란 "현실주의, 결정력, 임기응변의 정신" 속에서만 자원을 구할 수 있기 때문이다.

1939년 9월부터 1940년 5월 초까지 프랑스군과 독일군은 8개월 동안 국경을 사이에 두고, 흔히 '이상한 전쟁'이라고 불리던 대치기를 가졌다. 다시 말해 프랑스군은 8개월 동안의 "반성과 개혁의 시간"을 벌었던 것이다. 그럼에도 불구하고 그 기간을 유용하게 쓰지 못했던 까닭을 블로크는 프랑스군의 인적 요소와 심리 상태에서 찾는다. "1940년대에 우리의 지휘관들은 누구였는가?"라고 묻는 그는 당시의 장군들은 모두 지난번 전쟁 때 대대장이나 연대장이었던 사람들이라고 말하면서, 그들의 부관들 또한 1918년에 중대장이었던 사람들이라고 말한다. 그들은 "모두 정도는 다르지만 지난 전쟁의 기억에 사로잡혀 있"었기 때문에 그 영광스러운 경험을 "수백 번 말과 글로 반복하고 그것으로부터 교육 자료를 끌어냈을 뿐 아니라, 마음속에서 이 젊은 시절의 추억에 집착했다"고 질타한다. 그들은 "이미 경험한 것으로부터 벗어나기 위해 지적"으로 유연해져야 했음에도 불구하고 "지난번 전쟁에서 패배할 뻔했던 잘못을 피하고 그들에게 처음으로 성공을 가져온 방법을 반복하기만 하면 충분"하다고 생각했던 것이다.

과거의 전쟁에 참여했던 노장이 새로운 전쟁의 지휘자가 되는 상황은, 군대나 민간 집단 할 것 없이 나이에 대한 미신이 사람들의 마음을 사로잡고 있기 때문이다. 그래서 40세에 소령이 되고 60세에 장군이 되는 군대의 계서제 관행에 대해 아무도 이상하게 생각하지 않으며, 훈장을 가득 단 백발의 사람들이 무훈을 세웠을 때는 "젊었다는 사실을 완전히 잊어"버리고 그들이 "젊은 후배들의 길을 막"고 있다는 것을 의식하지 않는다. 1940년의 전쟁은 늙은이들의 전쟁 또는 거꾸로 이해된 역사의 오류에 빠져 있는 이론가들의 전쟁이 되었기에 패배하고 말았다. 블로크는 "이 세상은 새로움을 사랑하는 사람들의 것"이라고 말하면서 프랑스의 군사적 패배에 대한 분석을 마친다.

패배의 근본 원인

제1부 2장이 프랑스의 군사적 패배를 분석한 것이라면 제1부 3장 「한 프랑스인의 자성」은 군사 문제의 범위를 넘어, 프랑스인에 대한 성찰을 통해 1940년의 패배를 고찰한다. "나라의 위기 앞에서는 모든 성인은 동등한 의무를 져야 한다"는 블로크는 탱크와 기계화된 나치에 대항하는 유일한 방법은 또 다른 방법으로 '근대화된 전쟁'인 게릴라전에 의지하는 것이었으나, 프랑스군은 물론 프랑스 국민들은 거기에 응하지 않았다고 말한다. 프랑스인들은 독일군이 쳐들어오자 인구 2만 명이 넘는 도시는 비무장 도시로 선포하고, 수많은 관리들은 자신의 도시를 방어하지 말도록 호소했다. 이런 잘못된 공익의 개념은 두 가지 원인으로 설명된다.

첫째, 기계화된 현대전은 전후방 차별 없는 속도전과 대량 살상을 가능하게 했고 때문에 사람들은 파괴와 죽음보다는 독일군을 받아들이는 편이 현명하다고 생각했다. 둘째, 프랑스의 부르주아와 노동자들은 전쟁 이전에 서로를 반목했고 "국민의 이익에 반하는 행위가 전 계급에 완전히 보편화"되어 있었다. 그런 분위기가 전쟁의 승패에 작용했음은 물론 결사 항전을 포기하게 했던 것이다. 블로크는 시민들 대다수가 가졌던 "대량 살육을 면했으면 좋겠다"는 선의의 바람에 대해 "그런 감정은 잘못된 것이다"라고 단호히 말한다. "전쟁의 승패에 따르는 반대급부를 생각하면 그것은 아무것도 아니지 않은가?"라고 반문하는 그는, 프랑스인이 지켜야 할 것은 개인의 목숨뿐 아니라 "우리의 지적 자유, 문화·도덕적 균형"까지 포함되어 있기에 망설임 없

어느 역사가의 유작

는 영웅주의가 필요했다는 것이다.

전쟁 직전의 프랑스인들은 부르주아와 노동 계급으로 양분되어 서로 반목했을 뿐 아니라, 경쟁적으로 애국심을 내다 버렸다. 프랑스혁명 이후 새로운 시민 계급으로 떠오른 부르주아지들은 마르크스 이론에 따른 노동자 계급이 부상하면서 자신의 사회적 체면과 경제적 권리("사용자들의 배당")가 점차 축소되는 것을 경험했고, 부르주아지들이 느끼는 박탈감은 1차 세계대전을 기점으로 더욱 커졌다. 그들은 그들 "이익의 가장 큰 원천인 노동력을 제공하던 대중이 오히려 과거보다 일을 덜 하는 것—그것은 사실이었다—을 보게" 되었고, 모든 면에서 "정말 역으로 불평등해졌다는 감정이 원한을 깊게 했다."

부르주아지는 새로운 대중(노동자)을 진지하게 생각하기를 거부하거나 두려워하면서 그들과 친해지려고 노력하지 않았고, 대신 프랑스의 정치 체제를 비난하면서 프랑스와 프랑스 국민을 책망하게 되었다. 그들은 군인들과 함께 "프랑스의 폐허 아래에서 저주받은 정치체제를 무너뜨린다는 참혹한 위안"을 찾았다. 때문에 정복자들과 싸우는 것을 자발적으로 그쳤다. "만일 우리 장교들이 오늘의 세계가 요구하는 전쟁법을 터득하지 못했다면 그것은 그들의 출신 배경인 부르주아지가 대부분 그것에 대하여 게으르게 눈을 감아 버렸기 때문이다"라고 말하는 블로크는, 고급 군인들을 배출한 부르주아지 계급의 프랑스 정치에 대한 반감과 새로운 세계에 대한 무기력이 국방 의식을 방기하게 된 하나의 원인이 되었다고 암시한다.

한편 전쟁 직전의 노동 계급은 국제주의와 평화주의 이데올로기에 매몰되어 전쟁은 "부유하거나 힘 있는 자들의 일이고 가난한 자들이 관여할 일이 아니라고 선언"했다. 블로크는 "전 세계 프롤레타리아여, 단결하라!"는 마르크스의 외침이 진실한 것임을 잘 안다고 말하면서, 그러나 나치의 침공 위협에 대한 프랑스 노동자들의 태도는 편협하다고 말한다. 즉 그런 감정은 "역시 존중할 만한 다른 열정과 합치시키기를 거부"하기에 편협하며, "나는 조국 사랑이 결코 자녀 사랑을 막는다고 생각하지 않는다. 더욱이 나는 정신이나 계급의 국제주의가 조국 사랑과 양립할 수 없다고 생각하지 않는다 〔…〕 하나 이상의 애정을 가지지 못하는 마음은 불쌍한 것"이라고 말한다. 또한 "노동조합에 가입한 대중들은 자신들을 위해서는 가장 빠르고 완전하게 조국을 승리로 이끌고, 나치즘과 이들이 승리하는 경우에 필연적으로 나타날 모방자들을 물리치는 것보다 더 절박한 일이 없다는 생각을 하지 못했다"고 비판한다. 전쟁 직전의 노동자들은 "사람들이 자발적으로 결정해서 하는 전쟁과 할 수 없이 하는 전쟁을 구별하지 않았고, 살인과 정당방위를 구별하지 않았다"고 그는 일침을 가한다. 우리 모두가 노동이라는 일상에 매여 있긴 하지만 "좋은 노동자"만 아니라, "언제나 우리는 충분히 좋은 시민이었는가?"라고 물어야 한다는 것이다.

저자는 제1부 3장의 결미 부분에서 '장기 지속'과 함께 훗날 미시사의 중요 개념으로 발전하게 될 '심성'에 대해 이야기하면서 사회란 서로 끊임없이 영향을 주고받는 "개인들의 의식의 합이 아니면 무엇이겠는가?"라고 묻는다. "사회적 필요성에 대한 사상을 만들고 그것

어느 역사가의 유작

을 퍼뜨리려고 노력하는 것, 그것은 집단 심성에 대한 새로운 효소를 집어넣는 것"과 다름없으며, 그렇게 만들어진 '집단 심성'은 인간의 심리에 의해서 조종되는 역사적 사건의 추이를 결정한다: "(집단 심성을 조금 바꾼) 그 결과 최종적으로는 인간의 심리에 의해서 조종되는 사건의 추이를 약간 바꾸는 것이다." 블로크의 다른 책을 읽지 않아 확언할 수는 없으나, 그는 사회 구성원의 '심성'을 만드는 수단으로 교육을 중시하고 있는 듯하다. 이 책의 제3부에 실린 「교육 개혁에 대하여」란 글의 결론에 의하면, 교육이란 "가치 체계의 합리적 변화"를 이끄는 기나긴 과정이다.

군사 전략이 정치에 간섭해서는 안 되는 이유

이 독후감을 최초로 작성한 것은 2003년 4월이었고, 그것은 『장정일의 독서일기 6』(범우사, 2004)에 실려 있다. 그런데 이 글을 『장정일의 공부』에 다시 싣게 된 까닭은, 단순히 이전 글을 수정하고 가필했기 때문만이 아니다. 이 책은 세 개의 부와 하나의 부록으로 구성되어 있는데, 세 개의 장으로 기술된 제1부의 내용이 바로 『이상한 패배: 1940년의 증언』의 본문이다. 그리고 단 두 쪽으로 이루어진 「마르크 블로크의 유서」가 제2부며, 레지스탕스들의 비밀 기관지에 실은 여섯 편의 글을 묶은 것이 제3부를 이룬다. 앞서 제3부에 실린 「교육 개혁에 대하여」를 잠시 언급했는데, 그 글은 시험과 경쟁으로 점철된 우리나라의 교육 현실을 개탄하는 것처럼 보인다. 블로크는 "시험과 등

수"에 연연하는 초·중·고등학교의 교육이 학생들을 개로 만든다면서 "서커스에서 재주를 부리는 개는 많은 것을 아는 개가 아니라 미리 선택된 연습을 통해서 알고 있는 듯한 환상을 주도록 훈련된 개다"라고 말한다. 열넷이나 열다섯 살 정도의 학생들이 배우는 중등학교에서는 지식이 아니라, 논리를 훈련하는 도구를 가지고 시민으로서의 정신을 훈련시키는 것이 우선이라는 것이다.

청소년들에게 강요되는 시험 편집증은 "성공이 앎에 대한 관심을 대신"하게 만들고, 자유로운 호기심과 지적 자발성을 앗아 간다. 선별의 수월성을 위해 몇몇 교과목에 편중될 수밖에 없는 시험 위주의 교육은 학생들의 다양한 능력을 한정한다. 공화주의자 블로크가 보기에 시험 편집증에 걸린 공교육의 가장 우려되는 폐해는, 공화국 시민에 걸맞은 "비판 정신"과 "포용력" 있는 "시민 정신"을 함양하지 못한다는 것이다. 성공적인 '점수의 노예'로 훈련된 엘리트는 "그랑제콜"과 같은 "특권적인 기관"에서 "추억과 우정"을 나눈 뒤, "폐쇄적인 작은 사회"를 만든다. 그들은 장차 "인간적인 문제에 대해 진정한 인식이 없는 우두머리들, 세상을 모르는 정치가, 새로운 것에 거부감을 가지는 행정가"들이 된다.

「교육 개혁에 대하여」도 흥미롭지만, 제3부의 글 가운데 가장 음미할 만한 글은 「잘 알려지지 않은 책에 대하여」다. 이 독후감을 새로 쓰게 된 까닭도 실은 이 8쪽 남짓한 서평 때문이다. 블로크가 서평의 대상으로 삼은 책은 1938년 한 군사 서적 전문 출판사에서 출간된 『침략이 아직도 가능한가?』이다. 저자는 예비역 장성 쇼비노. 이 책은

어느 역사가의 유작

전쟁 직전에 프랑스군 지휘부에서 어떤 전술적 개념을 가지고 있었 는지를 정확하게 보여 주는 문건으로 쇼비노는 이 책에서 첫째, 요새 와 화력을 결합할 수 있게 해 주는 근대적 기술 덕분에 적군이 넘을 수 없는 방어선을 구축하는 것은 가능하며 둘째, 공격용 탱크나 비행 기는 공격용 무기로 아무런 쓸모가 없다는 이상한 주장을 한다.

탱크와 비행기의 가공할 전투 능력은 이미 1차 세계대전 때 충분 한 시험을 거쳤고, 새로운 전쟁은 기계화된 부대에 의한 속도전이 될 것을 예고하고 있었다. 그런데도 이런 수상쩍은 책에 장장 17쪽에 달 하는 의외의 긴 서평을 쓴 사람은 훗날 비시 정부의 수반이 된 페탱 원수였다. 블로크는 그 서평을 일별한 끝에 문제의 책이 "독자에게 발 표하고 싶어서 그가(페탱) 주도적으로 쇼비노 장군을 대변인으로 삼 아 자신의 깊은 생각을 발표하게 한 것은 아닌가" 하고 의심한다.

방어 기술을 찬양하고 공격에 대한 전략을 아예 무시하고 있는 쇼 비노의 책과 『침략이 아직도 가능한가?』를 보증하고 있는 페탱의 찬 사 가득한 서평이 문제되는 것은, 그 책이 순전히 군사기술의 문제에 만 국한되지 않은 데 있다. 쇼비노의 책은 "군사 기술을 넘어서 외교 문제를 다루고 있"기 때문에 심각한 문제를 발생시킨다. 블로크의 말 처럼 "모든 나라에서 국가의 정치에 전반적인 방향을 정하는 것이 정 부의 일"이라는 점은 명백하다. "외교 관계와 동맹"을 선택하는 것은 전적으로 정부의 일이다. 그런데 블로크가 보기에 쇼비노의 "난공불 락의 전선 이론"은 "프랑스 외교정책 전체를 무너뜨리고 완전히 새로 운 것을 만들도록 한다"는 점에서 군사 전략이 정부의 일을 대신한 경우다. 쇼비노는 그 책에서 프랑스 국경을 난공불락의 방어선으로 만든다면 "인류에게 집단 안전 조약을 엄격하게 준수하면 일어나게 되어 있는 동맹에 의한 전쟁"을 회피할 수 있다고 주장했다. 그래서 만들어진 것이 프랑스 국경에 건설된 마지노선이다.

쇼비노의 이론에 따른 결과는 참혹했다. 방어 기술을 찬양하는 만큼 공격 전술을 아예 무시했기 때문에 프랑스는 나치가 오스트리아를 합병하고 폴란드를 침략했을 때, 멀리 떨어져 있는 나라에 도움을 주지 못했다. 그것은 순전히 군사적인 실책이 아니라, 군 지휘부의 군사 전략이 동맹을 우선시해야만 했던 프랑스의 외교정책을 절단내 놓았기 때문에 벌어진 일이다. 프랑스군 지휘부의 군사 전략은 1918년 이래 프랑스가 구축한 동맹을 해체함으로써 "독일이 우리를 고립시켜 확실하게 짓밟을 수 있도록" 만들었던 것이다.

이 글이 우리에게 시사하는 점은 너무도 명확하다. 군사 전략이 동맹의 선택을 좌우하거나 외교를 대신해서는 안 된다. 만약 그런 일을 허용한다면 "군대의 지휘관들에게 국가의 전반적인 지도와 정부의 통제를 맡기는" 꼴이 된다. 국민이 위임한 정부가 군대를 통제하고 외교 관계와 동맹을 선택하는 것이 아니라, 군 지휘부가 정부를 통제하고 외교 관계와 동맹을 선택하는 체제를 블로크는 "군국주의"라고 부른다. 우리나라의 경우 군사정권은 종식되었지만, 군대나 군사 전략이 정부의 정책이나 외교 관계에 영향을 미치는 일은 없는지 여전히 살펴보아야 한다. 신무기 도입을 놓고 많은 국민들은 국방부가 미국이나 미군의 대변인 노릇을 하는 것은 아닌가 의심하기도 하는데, 그

어느 역사가의 유작

런 의혹은 장기적으로 더 많은 나라와의 우호 관계를 해친다. 군사 전략이 한 나라의 국가 정책과 외교 관계를 비정상적으로 만들 수 있는 좋은 예로, 최근 미군이 주한 미군에 도입하려는 전략적 유연성을 들 수 있다. 남한에 주둔해 있는 미군을 아시아 지역의 신속 기동군으로 전환하도록 묵인하는 일은, 한·미상호방위조약을 맺고 있는 한국의 군사적 의사 결정권을 침해한다. 만약 남한에 주둔해 있는 미군의 전략적 유연성이 남한과 중국의 정상적인 외교 관계에 어두운 그림자를 드리운다면, 군사 전략이 한 나라의 정책에 간섭하는 꼴이 될 것이다.

『이상한 패배: 1940년의 증언』은 1940년 7월부터 9월 사이에 쓰였으나 나치 점령 중에는 출판되지 못했다. 그러다가 해방된 이후인 1946년에 책이 출간되었을 때 저자는 지상에 없었다. 그는 여러 가지 가명으로 지하운동을 조직하고 반란 기구를 만들다가 1944년 3월 게슈타포에게 체포되어 고문을 받은 뒤 6월에 총살됐다. 그는 죽기 전에 이 책의 제사題詞로 쓸 몇 개의 문구를 고전으로부터 발췌해 놓았다. 그 가운데 하나가 "얘야, 전장이나 사형대 위에서 또는 감옥에서 끝나지 않는 삶은 아름다운 삶이 되기에는 언제나 무엇인가가 모자란단다"는 구절이었다.

전복과 역설의
'뻔뻔함과 음흉함'

성선설을 의심하며

　이종오李宗吾(리쭝우: 1879~1944)의 이름은 기억하지 못했지만 그의 후흑학厚黑學에 대해서는 이런저런 중국 관련 서적을 통해 들은 바있다. 하지만 『난세를 평정하는 중국 통치학』(효형출판, 2003)이라는 제목으로 출간된 700쪽 분량의 이 두툼한 책을 읽기 전에는 그의 진면목을 알 수 없었음은 물론, 파렴치한 삼류 문사文士 정도로 오해하고 있었다. 통치와 통치자의 근본은 면후흑심面厚黑心(두꺼운 얼굴과 시커먼 마음)이라고 갈파할 수밖에 없었던 역사적 상황과 그런 주장을 하게 된 사상적 배경을 거세하고 난 그에 대한 인상은, '권력을 쥐기 위해서는 어떤 행동도 불사해야 하며, 권력가의 행동은 무엇이든 정당화된다'는 주장을 한 것으로 흔히 오해되는 마키아벨리를 떠올리게 했다.

총 6부로 나누어진 이 책은 후흑이론뿐 아니라 청나라가 망하고 새로운 공화국으로 넘어가던 중화민국 초기 지식인의 다양한 관심이 피력되어 있다. 무척 흥미롭고 낯설며 만만찮은 생각 거리를 던져 주는 이 책은 크게 세 부분으로 읽힌다. 첫째는 중국 유학의 기본 주제인 인간의 심성에 관한 논의며, 둘째는 통치자의 통치술과 군사·외교 전략에 대한 부분이고, 마지막으로는 제2차 세계대전을 목전에 둔 당시의 세계 정세와 국제 정치에 대한 제언이다.

이종오는 중국의 통치학과 인성론을 다룬 한 글에서 "맹자의 성선설과 순자의 성악설은 중국 학술사상 아직도 해결하지 못한 최대 현안 중의 하나다. 양 설의 대치는 이미 2천 년 이상 계속되고 있다"며 이 문제에 관한 나름의 해결을 시도한다. 우리 모두가 알고 있듯이, 중국인의 마음을 두고 벌어진 유학자들의 한판 승부에서 성악설을 주장한 순자를 누르고 승리한 사람은 성선설을 주장한 맹자다. 하지만 이종오는 『맹자』에 등장하는 고자告子의 이론에 착안해 인성의 무선무악설無善無惡說을 재론한다. 동쪽 둑이 무너지면 동쪽으로 흐르고 서쪽 둑이 무너지면 서쪽으로 흐르는 물처럼, 인성이란 선한 쪽으로 이끌면 선하게 되고 악한 쪽으로 이끌면 악하게 된다는 것이다. 그러면서 "요순이 인의를 창도하자 인민은 인의로 나갔고, 걸桀과 주紂가 폭정을 이끌자 인민 역시 악해졌다"는 『대학』의 한 구절을 자기주장의 근거로 삼음과 함께, 공맹孔孟에 대한 반박으로 삼는다. 사람의 천성이 선하다면 걸주가 폭정을 할 경우 당연히 좋지 않았을 거라는 말이다.

맹자가 성선설을 주장하기 위해 내세웠던 논리 가운데 가장 많이 알려진 것은 아무래도 '우물로 들어가려는 아이'에 대한 비유일 것이다. 맹자는 이렇게 말했다. "지금 어떤 사람이 막 우물로 들어가려는 어린아이를 문득 발견한다면 그에게는 당연히 두렵고도 측은한 마음이 일 것이다." 즉 우물로 들어가려는 아이를 본 낯선 사람의 마음에 '측은한 마음'이 드는 까닭은 사람의 마음마다 아이를 걱정하는 '착한 마음'이 있기 때문이라는 것이다. 하지만 이종오는 이 주장을 반박한다. 그 문장은 분명히 "출척측은怵惕惻隱(두렵고도 측은한)이라는 네 글자를 사용했다"면서, 왜 측은(가엾음)만을 말하고 출척(두려움)은 말하지 않을까라고 묻는다. 거기에 논리상의 문제가 있다는 것이다.

이종오의 논박에 의하면, '측은'한 마음이 있기 전에 먼저 '출척'이 있다는 것이다. 그런데 이 두려움은 '어린아이'가 있기 전에 내가 먼저 있다는 것을 말해 준다고 한다. "우선 내가 있고서야 비로소 아이가 있는 것이다. 즉 내가 죽음을 두려워하니까 어린아이가 우물에 빠지는 것을 두려워하는 것이다. 만약 내가 죽음을 두려워하지 않는다면 스스로 우물에 빠질 수도 있고 이를 대수롭게 여기지 않을 터이니 두려운 마음이 생길 리가 없다. 내가 없으면 곧 어린아이도 없고, '출척'의 마음이 없으면 '측은'의 마음도 없다."

계속되는 설명에 따르면 어린아이는 '나'의 확대형이고 측은은 출척의 확대형으로, 맹자가 사람들에게 측은지심惻隱之心을 확대하라고 가르친 것은 훌륭한 일이지만, "측은지심은 출척지심을 확대한 것이

전복과 역설의 '뻔뻔함과 음흉함'

라는 말을 삼았기 때문에 후세 사람들이 오해를 일"으켰다고 한다. 송대 유학자들은 이 점을 살펴보지 못한 채 측은지심을 인성의 근본으로 삼았기 때문에 주자학은 봉건적 윤리만 남기고 인간의 욕망을 버리는 데 중점을 두게 되었던 것이다.

또 한 가지 예를 들어 보자. 맹자는 "어린아이 가운데 자신의 부모를 사랑할 줄 모르는 애가 없고, 자라서는 형을 공경할 줄 모르는 애가 없다"고 말하지만 이종오는 그 말에서도 적잖은 모순을 발견한다. "만일 엄마 손에 떡이 있는 것을 보면 아이는 손을 뻗어 떡을 먹으려고 덤빌 것이다. 엄마가 떡을 아이에게 주지 않고 자기 입속에 넣는다면 아이는 손을 뻗어 엄마 입속에 있는 떡을 꺼내 냉큼 자신의 입으로 가져갈 것이다. 과연 이와 같은 현상을 아이가 부모를 사랑하는 것이라고 할 수 있을까. 어린아이가 엄마 품속에서 무언가를 먹고 있을 때 형이 다가오면 그 아이는 형을 밀어내거나 때리려고 할 것이다. 이런 행동이 과연 형을 공경하는 모습일까. 전 세계 어린아이 중 이와 같지 않은 아이는 한 명도 없을 것이다."

어린아이였을 때는 "공자도 어미 입속에 있는 떡을 뺏어 먹었"을 것이고 "나(이종오)와 어린아이가 동시에 우물에 들어가려고 할 경우 공자도 오직 두려움만이 있을 뿐 측은지심은 일어나지 않"을 것이라는 이종오의 무선무악설이 귀착하는 곳은 여러 번 강조됐던 '나我'이다. "엄마와 형을 비교하면 엄마가 나에게 더 가깝고 소중하다고 생각하기 때문에 어린아이는 엄마를 더 사랑한다. 조금 더 커서 이웃 사람과 만날 때 곧 그들과 형을 비교해 형이 자신과 더 가깝다고 느끼기 때문에 당연히 형을 더 사랑하는 것이다. 여기서 좀 더 범위를 확장해 다른 지역으로 갔을 때를 상정해 보자. 타향에 가면 이웃 사람을 더 사랑하고, 외국에 가면 자기 나라 사람을 더 사랑하게 된다. 여기에는 일정한 법칙이 작용하고 있다. 그 법칙은 대상이 나와 거리가 가까우면 가까울수록 애정이 더 돈독해진다는 것이다. 대상에 대한 애정의 농도는 자신으로부터의 원근에 반비례하는 셈이다. 이를 통해 부모를 사랑하고 형을 공경한다는 맹자의 말은 사실 이면에 '나'를 숨기고 설명하지 않았다는 사실을 알 수 있다." 그래서 위인爲人의 논리인 측은 보다 위아爲我의 논리인 출척을 중시하라고 그는 말한다.

이탁오에게 바치는 오마쥬

순자가 성악설을 주장하고 맹자가 성선설을 주장한 것은, 한 사람은 "인의로써 백성을 훈도하고", 또 한 사람은 "법률로써 백성을 다스릴 것"을 강조하기 위한 방편이다. 그러므로 "두 사람은 모두 인성의 절반만을 얘기했을 뿐"이며 인간은 본래 이기적인 존재라는 이종오의 이런 주장은, 21세기를 사는 우리들에게 아무런 충격을 주지 못한다. 이기주의적인 욕망의 포로가 된 지 오래인 우리들에게는 오히려 '그런 따위를 입증하기 위해 종이에 먹을 묻혔다'는 사실이 신기하게 여겨진다.

하지만 우리는 그의 주장이 갖는 몇 개의 함의를 눈여겨보아야 하는데, 우선 "회의하는 것을 제일 좋아한다"던 그를 통해 중국의 역사와 유학이 새로운 국면으로 접어들었다는 것을 들 수 있다. 일찍이 서구인들은 자신의 세계를 의심하는 '회의의 3대가大家'를 가졌고, 그들에 의해 서양의 근대가 닻을 올렸다고 해도 과언이 아니다. 마르크스·프로이트·니체가 그들이다. 그렇다면 중국의 사정은 어떨까? 유교를 가리켜 '사람이 사람을 잡아먹는 제도'라고 말했던 노신은 이종오보다 2년 먼저 태어났으니 동시대를 함께한 사람이다. 그렇다면 누가 있을까? 『분서焚書』(홍익출판사, 1998)를 썼던 명말의 이단자 이탁오李卓吾에게까지 거슬러 올라가면 너무 간 것일까? 그는 「성인의 가르침」이란 짧은 글을 통해 "나이 50 이전까지 나는 정말 한 마리 개와 같았다. 앞의 개가 그림자를 보고 짖어 대자 나도 따라 짖어 댄 것일 뿐, 왜 그렇게 짖어 댔는지 까닭을 묻는다면, 그저 벙어리처럼 아무 말 없이 웃을 뿐이었다"라고 썼다. 언젠가 나는 이 글을 보고 핑, 눈물이 돌았다.

주자학이라는 '유학의 동굴'에 비친 그림자를 보고, 다른 개가 짖으니 자신도 한 마리 개처럼 멋모르고 따라 짖었다는 이탁오는 자신이 쓴 책 제목 가운데 하나를 '태워 버리라'는 뜻의 『분서』로 지었고, 사문난적斯文亂賊(유교 사상에 어긋나는 언행을 하는 사람)으로 몰려 감옥에 갇히자 그곳에서 자결했다. 당시의 주류 유학자들은 76세 노인의 망발(?) 하나도 용납하지 못했던 것이다. 이탁오와 이름이 비슷한 이종오(실제로는 필명)는 비록 이 책 속에 이탁오에 대한 언급을 하지는 않았으나, 인용될 아래의 비유는 이탁오의 저 유명한 '달을 보고 짖는 개'에게 바치는 오마쥬hommage가 분명하다.

어느 나라에 우물이 하나 있었다. 그런데 그 물을 먹은 사람은 곧바로 미쳐 버렸다. 전국의 모든 사람이 이 물을 먹고 모두 미쳐 버렸다. 단 한 사람이 홀로 다른 우물을 파서 그 물을 먹었다. 그래서 그는 미치지 않을 수 있었다.

'서양에서는 쉬지 않고 대학자(성인)가 출현하는데 중국에서는 왜 그렇지 못한가'라고 묻는 이종오는 "중국의 성인들은 매우 독단적인 존재다"라고 말하며 "성인에 대한 맹신이 진리의 출현을 막았다"고 말한다. 까닭은 성인(孔孟)이 하지 않은 말을 후세 사람이 했다가는 이단으로 몰려 공격당하기 때문이다. 그래서 "주자는 독창적인 학설을 세우고도 감히 자기가 창안했다고 하지 못하고 부득이하게 유가의 '격물치지'를 재해석한 것에 불과하다고 강조했"고 "왕양명 역시 자기의 학설을 창안하고도 '격물치지'를 재해석한 것에 불과하다고 강조했"다고 한다. 하지만 이종오가 보기에 주자와 왕양명의 학설은 충분히 독자적인 기치를 내세울 만한 것이어서 공자에게 의존하지 않아도 되었다. "그러나 그들 역시 공자의 영향권 안에 놓여 있었기 때문에 어쩔 수 없이 공자에 의존하지 않고서는 절대 자신들의 학설을 보급시킬 수가 없었다. 그래서 두 사람은 있는 힘을 다해 공자에게 의존하려 했지만 당시 사람들은 여전히 위학(僞學)이라 여겨 그들을 심하게 공격했다. 성인의 횡포가 이 지경에까지 이르렀는데 어떻게 진리를 밝혀내 후세에 전할 수 있겠는가."

전복과 역설의 '뻔뻔함과 음흉함'

딱히 공자의 학설이 틀렸다는 게 아니라

공자의 인격이 높지 않다거나 그의 학설이 틀렸다고 주장하는 게 아니라는 이종오는, 주자학으로 대표되는 중국 유학의 관학적官學的 성격에 대해 날카롭게 분석하고 있다. "〔나는〕 단지 공자 이외의 사람에게도 인격과 독창적인 학설을 만들어 낼 자격이 있다는 사실을 말하는 것뿐이다. 공자 자신이 우리를 억압하거나 우리에게 다른 학설을 만들지 말라고 말한 적은 없다. 그러나 유감스럽게도 후세의 위정자들이 한사코 공자를 앞세우며 모든 것을 억압하고 학자들의 견해가 감히 공자의 범위를 벗어나는 것을 용납하지 않았던 것이다"라고. 에드워드 사이드와 푸코가 말하는 지식 권력 혹은 악어와 악어새와 같은 권력과 지식의 밀월 관계를 말하는 이종오의 질타는 아주 매섭다.

학술상의 흑막은 정치판의 그것과 똑같다. 성인과 제왕은 마치 쌍둥이 형제처럼 도처에서 궁지에 빠질 때마다 서로 의지한다. 성인들은 왕의 힘을 빌리지 않으면 그렇게 숭배를 받을 수가 없다. 왕 자신도 성인들의 학설에 의존하지 않았다면 그와 같이 창궐할 수 없다. 〔국가는〕 과거를 실시해 인재를 채용했는데 만약 선비가 유가 경전을 공부하지 않는다면 입신출세의 길이 막힌다. 죽은 공자는 왼손에는 관직과 작위를 쥐고 오른손에는 천하를 움켜쥐고 있으니 어찌 만대의 사표가 되지 않을 수 있겠는가.

이렇듯 "왕은 백성들의 행동을 억압하고 성인은 그들의 사상을 제약"하는 상황에서 중국의 학자들은 독자적인 사상을 확립할 수 없었고, 이로 인해 학술과 정치 학설이 침체되었고 정치 또한 오늘처럼 암담해졌다는 것이다. 이 글을 쓸 당시 중국은 일본과 서구 열강의 침략으로 몸살을 앓고 있었고, 이종오의 인성론 재론은 이런 맥락을 염두에 두고서야 한층 의미가 명료해진다.

> "나는 유교가 나의 마음을 충족시킬 수 없음을 깨달았다"며 "마음속으로 공자를 추종하기보다는 나 자신을 추종하는 것이 낫다고 생각"해서 이름을 '쭝우宗吾'로 고쳐 버린 이 자신만만하고 치기 어린 행동은 단순히 "이 이름은 나의 사상이 독립했음을 상징하는" 것만 아니라, 중국 역사가 공맹의 포박에서 풀려났음을 보여 주는 상징이자 나아가 공맹의 관학이 맥없이 공격받는 사정 속에 청말淸末 중화민국 초기의 위태로운 상황마저 연출되고 있는 것이다.

이종오가 맹자의 성선설로 굳어진 인성론을 논한 것은 형이상적인 충동 때문이 아니었다. "현대의 정치가들이 인성에 대해 명쾌하게 연구하지 않는 것은 마치 의사가 약의 특성 등에 대해 깊이 연구하지 않는 것에 비유할 수 있다"던 그의 인성론이 중요한 함의를 갖는 것은, 무선무악론의 인성론을 바탕으로 국난을 헤쳐 나갈 통치자의 통치술과 군사·외교 전략을 나라에 헌책하고자 했기 때문이다. 다시 말해 중국인의 인성을 성선설이라는 주박으로부터 자유롭게 해야만 국난의 위기를 헤쳐 나갈 전략을 짤 수 있다고 그는 굳게 믿었다: "인의 도덕을 찾으며 고담준론을 즐기는 자들이 어찌 이와 같은 이치를 알 리가 있겠는가."

실제로 그가 부르짖는 후흑학은 그런 요구에서 생겨났다. 후흑이론을 부르짖기 이전에 그는 이미 서구와 일본 제국주의에 침탈당하는 중국 지식인의 역할을 찾아 손문이 세운 반청 혁명 조직이었던 동맹회에 가입하고 있었다. 그때 어느 친구로부터 "앞으로 우리들이 거사를 하게 되면 너에게 일개 부대를 인솔토록 하겠다"는 말을 듣고 나서 고래의 영웅들에게는 군사를 부리거나 통치를 하는 데 어떤 비결이 있었을 거라는 생각을 하게 된다. 그래서 역사상의 일들을 모으고 귀납법을 통해 그 비결을 얻고자 했다. 매우 오랜 시간이 지났는데도 망망하기만 해 아무런 수확도 얻을 수 없었던 어느 날 저녁, 교장실에서 잠을 자다가 우연히 조조와 유비·손권 등을 떠올리게 되었고, 순간 유레카eureka를 외쳤다: "생각해냈다, 생각해냈어. 고대의 소위 영웅들은 뻔뻔하고 음흉한 자들에 불과했다는 사실을."

이종오와 마키아벨리의 현실성

이종오는 소설 『삼국지』의 무대가 되는 삼국시대 인물부터 시작해서 그가 살았던 시대의 각국 정치가 그리고 주변 친구들의 성공과 실패에 이르는 모든 사안을 곰곰이 분석한 끝에, 두꺼운 얼굴(면후)과 시커먼 마음(흑심)을 가진 자만이 영웅이 되고 성공을 이룰 수 있었다는 후흑의 논리를 발견했다. 마키아벨리즘이 저자의 진의와 시대적 문맥을 끊어 낸 채 대중들에게 희화화되어 사용되고 있는 것처럼 이종오의 후흑 논리 역시 다분히 부정적으로 쓰이고 있지만, 그가 후흑 교주를 자처하는 그 순간, 좀 과장해서 말하자면 성선설·사단칠정·춘추필법에 의한 의인관과 명분론 등등, 중국 대륙을 겁박하고 있던 주자학이라는 패러다임이 무너져 버렸다고 해도 좋다. 그가 당부하는 후흑이론의 요점인 "후흑의 겉에는 반드시 인의·도덕의 탈을 뒤집어써야 한다", "후흑을 속으로 하고 인의를 겉으로 한다"는 결론을 잘 생각해 보면, 그 언사는 고스란히 공맹에게 먹이는 마무리 펀치로까지 여겨진다. 왜냐하면 그 결론은, 공맹의 부류가 성인으로 떠받드는 요·순·우·탕·문왕·무왕·주공 등이 겉으로는 인의로 위장되어 있으면서도 실제로는 뻔뻔하고 잔혹했던 사실을 낱낱이 추적해 밝히고 나서 나온 원리였으니 말이다.

낯가죽을 두껍게 하고 속마음에 음흉함을 감출 수 있는 자라야만 비로소 통치를 할 수 있고, 군사와 외교 전략에서 승리할 수 있다고 말하는 후흑의 여러 사례와 원리는 윤리적 무감각과 덕성을 가장한 위장술만이 군주의 영광을 보장한다던 마키아벨리의 정치 이론과 꽤 흡사하다. 마키아벨리는 군주가 유념해야 할 유일한 사항으로 '정치 세계에서 윤리적(신학적) 판단을 하지 말아야 한다'고 강조한다. 마키아벨리의 통치 이론은 도덕적(종교적) 윤리와 군주 개인의 일시적인 충동(정념)에 좌우되던 당시의 통치 이론을 훌쩍 넘어선 진일보한 것으로 평가되며, 합리주의적이고 이익 추구적인 새로운 통치술의 탄생을 의미하기도 한다. 되풀이 언급되지만 유교적 교조주의로부터 정치를 해방시킨 이종오의 노력도 그것과 동일하다. 두 사람의 이론을 통치자들이 어떻게 악용하고 있는지를 잠시 접어 둔 채 이론 자체만 주목해 보면, 두 사람이 똑같이 공민의 이익을 고려한다는 것을 알 수 있다. 마키아벨리는 "질서가 잡힌 국가와 현명한 군주는 귀족들의 노여움을 사지 않고 인민을 만족시키기 위해서 항상 만반의 주의를 기울여 왔다. 이것이야말로 모든 군주가 행해야 할 가장 중요한 일이다"고 말하고, 거기에 화답하듯 이종오는 "후흑을 이용해 사리를 도모할 경우 후흑을 사용하면 할수록 인격은 더욱 비루해진다. 후흑을 이용해 공리를 도모할 경우 후흑을 사용하면 할수록 인격은 더욱 고매해진다"고 말한다. 마키아벨리의 『군주론』이 사분오열된 이탈리아반도를 통일하려는 민족주의적 열망을 표현했듯이, 이종오의 후흑학 역시 그런 열망의 표현이다.

성선과 성악의 문제를 놓고 더 이상 다툴 이유가 없다. 전 인민을 이끌어야 할 책임을 진 사람은 목표를 확정해야 한다. 전 인민의 목표 또한 마찬가지다. 중국의 최대 우환은 열강의 압력에 있다. 따라서 당연히 열강의 축출을 목표로 삼아야 한다. 전 인민의 역량을 한곳으로 집결시켜 열강에 대항해야 하는 것이다.

"생존하는 것이 곧 성性이다"라고 말하는 후흑이론으로 이종오는 후흑구국厚黑救國과 후흑입국厚黑立國을 달성하고자 했다. 하지만 그는 중일전쟁이 한창이던 1944년 타계했다.

문명은 적자생존이 아니라 협력과 양보

중국 고전을 통해 조국의 활로를 타개하고자 했던 그는 역설적이게도 루소·니체·크로포트킨·아인슈타인을 비롯한 숱한 서양 학자들의 서적과 이론을 탐독하고 검토하여 그것을 자기 것으로 만들려고 했던 주체적인 지식인이었다. 특히 다윈의 학설을 조목조목 비판하는 어느 글은 지금 읽어도 신선하다. 다윈은 자연계의 상쟁相爭을 상례로 여겼으나 실제의 자연계는 "온통 상호 양보하는 현상으로 가득 차 있다"면서 "생물계는 상양相讓이 상례고 상쟁은 오히려 변칙이다"고 말한다. 또 다윈의 견해에 따르면 당연히 힘이 강한 자가 생존해야 하지만 이종오의 관찰로는 힘이 강한 자가 먼저 소멸된다. 까마득한 옛날에는 곳곳에 호랑이와 표범이 득실거렸지만 그들의 힘이 인간보다 막강했기 때문에 지금은 자취를 감추었다는 것이다. 그런 관찰을 바탕으로 그는 "제1차 세계대전 당시 독일 황제의 세력이 가장 막강했기 때문에 세계에 군림한 것도 당연한 일이었다. 그런데 왜 독일은 실패하고 말았을까. 공화국 첫해에는 원세개(위안스카이)의 세력이 가장 컸다. 그가 중국을 통일하는 것이 당연한데도 그는 왜 오히려 실패하고 만 것일까"라고 묻는다.

호랑이와 표범, 독일 황제, 원세개는 모두 힘이 셌기 때문에 그것을 타도하기 위한 힘이 한군데로 모였다는 것이다. 이런 사실로부터 "생존은 합력에서 비롯된다"는 결론을 끌어낸 이종오는 "합력의 이치를 아는 것이 곧 생존의 길이고 합력을 위반하는 것이 곧 소멸의 운명을 자초하는 것이다"라고 선언하게 되고, 나아가 양보를 생존의 원

전복과 역설의 '뻔뻔함과 음흉함'

칙으로 제시하게 된다.

남에게 양보하는 것은 나 자신의 생존에 지장을 주지 않는 선까지
만 하고 남과의 경쟁은 내가 생존할 수 있는 선까지만 한다 〔…〕 생물
은 상호 경쟁을 통해 진화할 수도 있지만 상호 양보를 통해 진화할 수
도 있다.

이종오는 "양육강식을 옹호함으로써 무한 경쟁의 논리"가 된 다윈
의 학설이 "약소민족의 생존을 약탈하여 무한한 욕망을 채우는" 제국
주의 이론으로 이용되었다는 통찰을 하면서, "세계 평화는 중국의 학
술이 아니고는 결코 이루어질 수 없다"고 한다. 이 지점에서 이종오는
자기 생애 최고의 역설을 보여 준다. 그의 후흑학은 세계 역사를 세
시기로 나눈다.

제1기: 뻔뻔함과 음흉함이 없었던 천진난만한 상고 시대. 말하자
면 공자가 꿈속에서 그리던 요순 시대.
제2기: 간혹 조조같이 음흉하고 유비처럼 뻔뻔한 인물들이 운 좋
게 태어나 활개를 치던 시대. 이 시기엔 공맹이 다시 태어나도 실패하
게 되어 있다.
제3기: 조조와 유비 같은 자가 도처에 널려 있어, 조조와 유비 같
은 면후흑심만으로는 도저히 성공할 수 없는 시대.

흥미롭게도 이종오는 자신이 살고 있는 시기를 2기의 말기인 동시에 3기의 초기에 해당한다고 진단한다. 이런 시대에는 후흑만으로 성공할 수 없기 때문에, 다시 공자가 요청된다는 게 이종오의 역설이다.

이를 시장에 비유하면 처음 상인들이 아무리 진품을 팔더라도 갑자기 가짜를 파는 사람이 나타나 큰돈을 버는 것과 같다. 모든 상인이 이를 다투어 따라하면 시장은 온통 가짜로 가득 찰 것이다. 이때 홀로 진품을 파는 사람이 나타나면 이 사람이 오히려 큰돈을 벌게 된다.

세계 평화는 중국 전통 사상에 의해 이루어질 수 있다는 그의 주장은, 중화주의의 영화와 도래를 꿈꾼다는 점에서 중국인답다 할 것이다.

이종오. "나는 내 생애가 공자와 어떤 전생의 업이 있는 것인지도 모른다고 생각한다"던 사람, 그러면서 "원수지간은 반드시 풀어야지 묶어 둘 수는 없다"며 "나와 공자가 화해한다면 더없이 좋을 것이다"라고 쓴 그의 책을 다 읽고 덮으며, '포스트 공자(?)'는 어떤 모습일지 생각해 본다. 이 책의 역자는 후흑이론을 따라 노무현과 이회창의 16대 대선 선거 전략과 당선 이후의 노무현에 대해 간략히 평하는 후기를 쓰고 있다.

전복과 역설의 '뻔뻔함과 음흉함'

문신 새긴 기억

내면과 욕망을 규제하는 근대

이 책은 아주 얇다. 그러나 얇다고 해서 논의의 무게마저 가벼운 건 아니다. 『한국의 근대성, 그 기원을 찾아서: 민족·섹슈얼리티·병리학』(책세상, 2001)이라는 묵직한 제목과 부제가 독자의 긴장을 불러일으킨다. 그렇다고 겁먹을 필요는 없다. 왜냐고? 우리들의 이야기이기 때문이다. 그런 점에서 이 책은 소위 포스트모더니즘이나 프랑스의 수필풍隨筆風 철학(?)이 날것으로 소개되던 지난 10여 년의 작은 결과물이다.

고미숙은 민족·섹슈얼리티·병리학이라는 세 개의 열쇠말을 통해 이 땅의 근대가 어떻게 형성되었는가를 탐문한다. 저자에 의하면 근대 계몽기란 구체적으로 1894년에서 1910년까지의 시기를 말하며 그 기간은 우리의 근대가 시작된 기원의 공간이다. 흔히 근대라면 중세 봉건 체제에서 자본주의 체제로의 전환을 의미하며 철도청이나 전신전화국과 같은 문명 제도를 의미하기 쉽지만, 저자는 그런 거시 정치 차원이나 기술 문명이 아닌 "사유 체제와 삶의 방식, 규율과 습속 등 구성원 개개인의 신체를 변환시키는 차원까지를 아우르는 것"이라고 말한다. 다시 말해 고미숙이 탐사하는 근대란, 타자의 내면을 규제하고 주체들의 욕망을 작동시키는 독특한 방식으로 우리의 일상과 욕망을 관리하는, 그래서 무수한 '당대의 근대'와 구분되는 그런 근대다.

19세기 말과 20세기 초에 걸친 그 16년간, 우리의 내면과 신체에 아로새겨진 근대라는 문신은 단 한 번의 시술施術로 21세기를 사는 오늘의 우리마저 강제한다. 저자는 대표적인 예로 IMF 구제금융으로 나라가 도탄에 빠졌을 때 전 국민이 자발적으로 나섰던 '금 모으기 운동'을 든다. 그것은 1907년 〈대한매일신보〉를 중심으로 범민족적 차원에서 일어난 국채보상운동의 재탕이었다. 물론 국채보상운동이 봉건적 신민을 근대적 국민으로 재탄생시키기 위한 항일 계몽 기획의 일환이었고, 금 모으기 운동은 경제적 환란을 애국심의 차원으로 극복하려는 일종의 국가적 해프닝이었다는 점이 다르긴 하다. 하지만 두 운동을 추동하는 공통된 힘은 민족이라는 신화적이고 조작적인 장치에 의해서였다.

IMF 직후, 우리 국민들이 보여 준 열성적인 금 모으기 운동에 대해

문신 새긴 기억

서는 나 자신도 어떤 지면에 의견을 밝힌 바 있다. 구제금융 사태를 맞아 우리 국민들이 보여 준 특별한 죄의식과 금 모으기 운동은 참으로 불가해한 일이었다. 달러라곤 생전 구경도 못 해 본 국민들이 너도 나도 우리 모두의 잘못이라고 고해하고 나선 것이나, 자책하는 마음이 폭발적인 금 모으기 운동 행렬로 이어진 것을 어떻게 이해해야 할까? 더욱 흥미로운 것은 구제금융 사태의 원인을 분석하고 책임자를 문책하기보다, 마치 기다렸다는 듯이 각종 언론 매체들이 '전 국민의 죄인화'에 나선 일이다. 일컬어 우리들의 부끄러운 자화상을 보여 준다는 명목하에 국민을 고발하면서 계몽하는, 온갖 진단 기획물과 캠페인이 그랬다. 그렇다고 환란의 책임이 국민에게 있었던가? 예를 들어 고작 소소한 외제품을 선호했던 허물밖에 없었으면서 '내 탓이오!'를 자청하고 나선 이 어수룩한 국민들이 진정 환란의 주범이었을까? 아니다. 국민들은 분노할 줄 몰라서 또 어리석어서 '내 탓이오!'를 외친 게 아니었다. 오히려 슬기로웠기 때문에 그토록 가슴 아픈 고해를 하고 나선 것이다. 다시 말해 국민들은 정부와 재벌을 과녁으로 환란의 분명한 책임을 격렬히 추궁할 때, 나라가 깨진다고 느꼈던 것이다.

IMF란 뻔한 것이었다. 재벌이 외국으로부터 차관을 빌려 쓰고, 그것에 대한 지불 보증을 국가가 지는 정경유착의 관행이 부도를 맞은 사태가 바로 IMF다. 하지만 그때 온 국민이 '내 탓'이라고 말하지 않았다면 이 나라는 지금 어떻게 되었을까? 그럼에도 불구하고, 마땅히 '내 탓이오!'라고 말해야 했던 어느 전경련 간부는 방송에 출연해, '우리 모두가 이 환란의 책임자'라고 되뇌었다. 뻔뻔스럽게도 그가 우리 모두의 책임이라고 말하는 순간, 그는 고해를 하는 자가 아니라 고해를 받는 자로 둔갑했다. 그때 나는 그 글에 "국민의 순정한 고해마저 전취해 가는 이런 인간들은 비행기로 날라 동해에 수장시켜야 한다"고 썼다.

민족주의는 근대의 신화

내가 역설의 뉘앙스를 가지고 한편으로는 비감스러우면서도 다른 한편으로는 희망적으로 보았던 '내 탓이오!' 현상에 대해 슬기라고 표현한 것을, 고미숙은 정면으로 거부한다. 그것은 슬기가 아니라 민족이라는 자동 기술에 포박된 꼭두각시 행렬이었다고! 그렇다. 세계가 놀랐던 것은 금 모으기 운동 자체가 아니라, 우리들의 민족주의였을 것이다.

부제에 쓰인 순서에 따라 이 책의 1장은 이 땅에서의 민족 담론이 어떻게 발생하고 우리 내면에 작동해 왔는가를 고찰한다. 금 모으기 운동에서 실례를 보여 준 것처럼, 우리나라에서는 '모든 단단한 것은 다 민족 앞에 흔적 없이 녹아' 사라진다. 그래서 일본 낭인들에게 살해되었다는 이유만으로 민비는 외세로부터 나라를 지키기 위해 장렬하게 순교한 조선의 마지막 국모로 추앙받는다. 그러나 고미숙식으로 따지고 들면, 오늘날 민비의 명성황후됨은, 대중의 무의식을 견고하게 틀어쥐고 있는 근대의 신화화에 불과하다.

다시 말해, 민비가 최고 통치자로서 열강의 각축 속에서 시대를 헤쳐 나가기 위해 무엇을 수행했는지는 누구도 말하고 있지 않다는 것이다. 뿐만 아니라, 이 시대를 가장 냉철하게 증언하고 있는 황현의 『매천야록』이나 『오하기문』 등을 통해 볼 때, 민비는 한 번도 개혁의 주체가 된 적이 없다. 그가 대원군과의 권력투쟁을 위해 대거 기용한 민씨 척족戚族들은 탐관오리와 부패하고 무능한 매판 관리의 전형들이었다 〔…〕 또 당시 각축하던 열강들과의 관계를 보더라도 조선의 개혁을 위해 그들〔열강〕을 적절히 활용한 예는 도무지 찾아볼 수 없다. 단지 자신의 정치적 기반이 흔들릴 때마다 외세를 끌어들이기에 바빴을 뿐이다.

민비의 추종자들은 이렇게 물을 것이다. 일본의 암살 목표가 되었다는 사실 자체가 바로 민비의 애국 열사烈士됨을 증거하지 않느냐? 거기에 대해 고미숙이 내놓은 대답은 이 책에서 자주 등장하는, 맥락(배치·의미망)이다.

청일전쟁과 러일전쟁 사이, 곧 1894년에서 1905년까지 약 10년 동안은 열강들의 힘의 공백기라고 볼 수 있는데, 이때 외세의 역학 관계를 적절히 이용했더라면 조선은 위로부터의 혁명에 성공했을지도 모른다. 그러나 조선의 지배층은 러시아와 일본 사이의 적대적 긴장을 활용하기보다 러시아에 완전히 밀착함으로써 개혁의 기회를 상실했을 뿐 아니라, 일본을 자극하는 결과만 낳고 만 셈이다. 민비는 이런 맥락에서 시해되었다. 일본과 맞서 조선을 지키기 위해 싸우다 희생되었다는 통념과 이런 정치적 정세 사이의 거리는 얼마나 먼지. 문제는 이 구체적인 힘의 배치를 읽으려 하지 않고, 오직 일본에 의해 희생되었다는 사실만으로, 모든 사건의 의미를 규정하려는 데 있다. 즉, 민비가 명성황후라는 새로운 기호로 부각되는 현상의 근저에는 반일=국수=지선至善이라는 관념이 있다.

나아가 고미숙은 조선 침략의 원흉이라 불리는 이토 히로부미에 대한 새로운 고찰을 요구한다. 러일전쟁 직후 체결된 을사조약을 주도하고 초대 통감으로 조선에 군림한 그의 이력에도 불구하고 고미숙은 그가 조선 침략의 원흉으로 이미지화된 것은 "혹시 안중근의 저격이 민족운동사의 쾌거로 기록되는 그 순간"이 아니었을까라고 반문한다. 그러면서 자신이 주목하고 싶은 것은 "이토 히로부미를 비롯하여 일본 메이지혁명의 이데올로기를 정초한 지식인들의 행보"라고 말한다. 까닭은 1868년의 "메이지혁명의 성공으로 일본은 제국주의의 대열에 들어섰고, 그 결과 조선이 식민지화되었는데 뜻밖에도 우리는 메이지혁명에 대해 아는 바가 거의 없"기 때문이란다.

나는 물론이고 한국인의 대다수는 "일본의 메이지혁명은 태생부터 제국주의를 향해 있었다"는 식의 통념을 가지고 있거나 "그저 일본 근대사는 제국주의, 대동아전쟁을 향해 달려갔다"는 것만을 알 뿐이다. 그래서 우리에게 진정 중요한 사실, 즉 "우리와 마찬가지로 서구에 의해 강제 개항되고 피압박 상태로 시작한 일본이 대체 어떤 힘의 배치, 어떤 국제적 역학 관계 속에서 근대화 프로젝트를 성공적으로 가동시켰는가, 그리고 그것이 어떤 국면의 전환 속에서 제국주의로 전이되어 갔는가"를 파악해 보려고 들지 않는다.

고미숙에 의하면 민족 혹은 민족주의 담론은 우리 머릿속에 작동하는 우민화愚民化 기계다. "일본에 반하는 것은 무조건 애국적인 것이라는 이 지독한 강박증" 속에 다도茶道든 사무라이(=사울아비)든 꽃꽂이든 뭐든 일본의 문화는 모두 한국에서 건너갔다는, 일본 문화의 한국 기원설이 기승을 부리며 유포된다. 일본의 모든 역사로부터 제국주의적 징후를 찾아 적개심을 불태우는 한국 지식인의 삐뚤어진 지적 호기심이나, 〈넘버3〉에 나오는 한국 깡패들의 난데없는 독도 사랑이나 한 치의 오차 없는 동일한 강박증에 빠져 있다.

저자를 비롯한 많은 사람들이 지적하듯이 이 땅의 민족주의가 갖는 특징은 "민족의 핵심적 지표로 인종적 순수함"을 내세우는 것이다. 곁말이 될지도 모르겠지만, 바로 그 인종적 순수함이라는 근대화 이데올로기 속에 개혁되고 시정되어야 할 정치적·경제적 차이와 대립은 번번이 무화되고 통합과 화합이라는 두루뭉술한 상투어 속에 실종된다. 뿐만 아니라 '국민 대통합'이라는 허구적인 일치단결 속에서 외국 노동자는 물론이고 해외 교포에 대한 무관심과 박대가 합리화된다. 하지만 분명히 해 둘 것은 "순수한 단일 혈통을 면면히 이어 왔다는 역사 관념"은 근대의 이데올로기에 의해 강화되고 과장되어 왔다. 실제로 우리나라의 삼국 시대는 국제적인 인적 교류가 활발했다. 비록 삼국 시대는 아니지만 나의 경우, 조선 세종 대代에 국경을 넘어온 중국 상인이 가문의 시조다. 하지만 일제 침략하에서, 신채호나 박은식과 같은 사학자에 의해 민족이라는 새로운 기호가 유포된다.

　일제하의 민족주의 사학자에 의해 형태를 갖추기 시작한 한국의 민족주의 내지 민족 담론은, 민족이란 기호 자체를 "과거로, 과거로 소급하여 원초적으로 존재했던 것처럼" 실체화한다. 그 과정에서 단군이라는 이름이 유별나게 두드러지게 되는데, 특히 신채호는 단군 시대를 "영토가 북으로는 흑룡강, 남으로는 조령, 동으로 대해, 서로 요동이 이어져서 문화와 무공이 빛나던 시대"라고 칭송한다. 조선 민족이 이룬 최초의 국가를 부여로 상정하고 고구려·발해로 이어지는 민족국가의 계보는 제국주의 시대였던 20세기 초반의 팽창주의를 고대사에 투사한 것으로, 그 논리는 민족주의와 제국주의의 구조적 동일성 또는 민족주의의 시대적 불가피성을 재확인해 준다. 뿐만 아니라 "민족이 하나의 실체적 단위로 설정되는 순간, 민족의 내부·외부가 명확해지고, 그 사이의 대결 투쟁이 역사의 중심 줄거리"가 되는 배타의 풍경이 펼쳐진다. 아我와 비아非我의 투쟁으로만 묘사되는 혈통적 순수성에 대한 고집은 역사학자가 당연히 집어내야 할 다음과 같은 작업에 눈감는다.

　　삼국 시대나 고려 시대에 있어 대륙의 여러 종족들의 부침이나 그 외교적 역학 관계는 전혀 고려되지 않는다. 물론 조선조의 중화주의에 대한 평가 역시 마찬가지다. 중국은 단지 이민족으로만 인지되고, 중화주의의 그 복잡한 지층은 외세 의존이라는 단 하나의 결론으로 수렴되고 만다.

문신 새긴 기억

우리들의 '정신 승리법'

서점 진열대의 한켠을 차지하고 있는 신채호류의 고대사는, 그것들이 주장하는 역사적 타당성 때문에 읽히기보다는, 현재적 욕구와 미래적 기획을 '현재화된 과거'에 투사함으로써 일종의 대리 만족을 구하고자 하기 때문이다.

혈통에 대한 집착과 함께 정신주의에 대한 경도는 우리 민족주의의 또 다른 특징이다. 까닭은 당대의 민족 담론이 국가 부재 상태에서 이루어졌기 때문이다. 그래서 과도한 정신성이 요구된다. "국가는 민족정신으로 구성된 유기체"라는 신채호의 말은 물론 그가 살았던 시대의 민족주의 담론 수준을 반영하는 것이겠지만, 정신의 우위성과 절대성은 피식민자가 지켜야 할 최후의 보루이자 양보할 수 없는 '정신 승리법'이다. 〈대한매일신보〉의 논설 제목이기도 한 "정신으로 된 국가"에 대한 관념은 고미숙에 의해 이렇게 설명된다.

> 한마디로 오직 정신이 중요하다는 것이다. 국가의 형식이 중요하지 않다는 말은 국가의 형식을 갖출 능력이 없는 상황에 대한 반어적 언표이다. 국가의 형식을 갖출 능력이 없는 존재로서는 정신이라는 초월성을 상정할 수밖에 없는데, 문제는 거기서 더 나아가 그것이 국가라는 형식과 무관하게 존재해야만 하는 어떤 가치로 떠오르게 된다는 사실이다.

국란의 위기에 처해 있던 계몽기 지식인들은, 민족의 거처인 국가가 사라져 버린 위기를 극복하기 위해서는 정신의 우위를 강조해야 했다. 그런데 그 강조점에 함께 합류한 것은 기독교다. 당시의 지식인과 민중들은 기독교와 서구 문명을 동일시했고, 해방의 담지자(구원자)로 여겼다. 그런 기대치는 계몽 담론의 정점이자 태풍의 눈이기도 한 민족 담론 안에 깊은 흔적을 남겼다. 그래서 저자는 민족주의 담론의 "정신주의를 견고하게 한 것은 무엇보다 기독교"라고 말하는바, 종교적 교리와 민족주의의 결합은 민족이라는 표상을 초월자로 만드는 데 결정적인 기여를 하게 된다.

기독교적 논리에 입각하면 남의 자유를 빼앗는 것도 죄지만, 나라를 빼앗긴 것도 죄가 된다—'죄의식', '원죄'라는 관념의 등장. 따라서 국권을 회복하는 길은 전 국민이 회개하여 속죄하는 일을 반드시 동반해야 한다 (…) "창자에 피를 다 기울여 회개"하고, "음협 요괴한 마귀를 쳐 물리치는" 것이 민족의 영광을 살리는 일이 되었을 만큼 기독교적 수사학은 민족 담론 깊숙이 자리를 잡기에 이르렀다. 이렇게 되면, 민족이라는 기호가 신권적 지위를 획득함과 동시에 민족의 구성원들은 국민을 위해 싸울 뿐 아니라, 영혼의 원초적 순결성까지 담보로 삼아야 한다.

계몽기의 지식인과 민중들이 기독교와 서구 문명을 동일시하면서 제국주의의 첨병 역할을 톡톡히 했던 기독교를 일제로부터의 해방을 가져다줄 구원자로 여겼다는 것은 지독한 모순이지만, 민족 담론이

기독교를 흡수하는 방식이 얼마나 전투적이고 격정적이었던가를 보여 주는 증거로 남는다. 하지만 또 한 번의 곁말이 될지는 모르겠지만, 2003년 3·1절에 보였던 몇몇 기독교 단체의 구국 집회는 이제 더는 민족 담론이 기독교를 흡수하는 게 아니라, 교조적인 기독교 논리로 위장된 일부 보수 기득 세력에 의해 기독교가 민족 담론과 결별하고 있음을 나타내는 신호라고 보인다. 3·1절에 미국 국기를 흔들어 대던 그 괴상한 신호는 역사의 무한한 반복처럼 여겨져 매우 흥미롭기조차한데, 그 풍경은 계몽기의 지식인과 민중들이 서구와 기독교에 대해 느꼈던 바로 그 모순에 찬 기대와 확신을 보여 주는 것도 같다.

그러나 이 대목에서 내가 정작 붙이고 싶은 군말은, 한국 민족주의의 정신주의적인 성격과 관련해서다. 노무현 대통령의 이라크 파병과 미국 방문에서 보여 준 굴욕 외교는 '민족적 자존심의 훼손이냐, 현실과 국익을 위한 바람직한 처신'이었느냐는 분분한 논란을 일으켰다. 그런데 그런 이분법이야말로 정신과 물질로 양분된 계몽기 민족주의의 이분법적 인식론으로 퇴행하는 것 아닌가? 그때는 국가가 없었기 때문에 정신주의자가 되었다고 하지만, 이제는 사정이 틀리지 않은가? 대통령의 극적 변신(?)도 구설수가 되겠지만, 적어도 그런 이분법적 인식 틀로부터 벗어나 좀 더 복합적이고 다양한 논의가 이루어져야 한다.

지식 세계의 축소

지식인의 뇌수에 문신 새겨지고, 지식의 세계에 확고히 배치된 민족 담론은 지식과 지식인 모두를 왜소하게 축소하고 편협하게 만들며 외부에 대해 무관심하게 만들어 놓았다. 예를 들어 적어도 조선 후기의 경우 지식의 경계는 "우주, 곧 천지 만물이었다. 인간·자연·동물을 두루 포함하는 '천기天機'라는 개념이 비평 담론의 중심"을 이루었다. 이를테면 모든 지적 체계가 기본적으로 천지를 사유의 중심에 놓고서 그것을 통해 중화·조선·민중 등 사회적 관계를 설정했던 것이다. 19세기 중엽 최고의 지식인이었던 최한기가 했던 다음의 말은 그래서 경청할 만하다.

> 말을 하지 않으면 그만이려니와 말을 하면 천하인天下人이 취해 쓸 수 있고 발표하지 않으면 그만이려니와 발표하면 우내인宇內人이 감복할 수 있어야 한다.

민족 담론으로 경색되기 이전, 고전적 지식인들이 그렸던 지식의 경계는 그만큼 광대한 것이었다. 하지만 20세기 민족 담론은 지식의 탐구 대상을 기본적으로 한반도라는 국경에 한정한다. 역사든, 문학이든, 철학이든. 그것은 이전의 지식이 지닌 추상성을 타파한다는 의미를 지니고 있긴 하지만, 그런 만큼 경계를 명료히 한정 짓는 데 전력 질주하지 않을 수 없다. 그리고 이것은 단지 지식의 범위가 협소해졌다는 사항에서 그치지 않고, 사유의 배치 전반에 근본적인 변환을 유도하게 된다.

예를 들어 근대 이전의 역사서들인 『삼국유사』·『삼국사기』·『고려사』 등은 "천지 자연의 운행과 하늘의 도를 밝히는 것이 역사 기술의 목표"였다. 예거된 저작 안에서는 초자연적인 사건들이 정치적 현상과 서로 혼거하면서 당당히 역사적 사실로 간주되었다. 하지만 앞서 보았듯이 근대의 역사는 이런 중층적인 시간과 의미를 말끔히 걷어내고, 민족정신과 혈통을 아我로 하고 그 밖의 것을 비아非我로 하는, 아와 비아의 투쟁으로 역사를 정리했다. 그 과정에서 천지 자연의 운행과 그와 깊이 연루되어 있었던 여러 지층들은 비역사적인 것으로 치부된다. 이제 역사는 사건과 사건, 시대와 시대 사이의 연속성을 놓치는 일이 없는 인과론적 전망 위에 배치되는데, "여기서 인간의 행위라 함은 민족 또는 국가라는 집합체의 이야기를 뜻"하며 "인간의 시간은 범국민적·범국가적 차원에서 이루어지는 창조적 행위"만을 지칭할 뿐이다. 우주나 보편이 아닌 국가와 민족에 대한 절대적인 경배야말로 근대가 우리의 내면과 신체 속에 아로새겨 놓은 지워지지 않는 문신이다.

우리는 아주 최근에 우리 내면에 새겨진 문신 하나를 지울 것이냐를 두고, 한바탕 시비를 벌였었다. 한 국회의원이 국기에 대한 경례와 맹세는 전체주의적인 발상이라고 말한 것이 사건의 발단이다. '지금 이 시기에 그게 무슨 의제나 될 수 있느냐, 오히려 개혁 진영을 자중지란에 빠뜨릴 뿐이지'라는 불만을 차치하고 나면, 내가 보기에 그 의원의 말은 하나도 이상할 게 없었다. 군대식 동원과 일사불란함이 요구되는 전체주의 국가에서가 아니라면, 그런 발언이 나오는 걸 자연스럽게 받아들일 정도의 여유는 있어야 하는 것 아닌가? 또 사실대로 말하면 국기·국가·국경일 등등의 국가적 표상물은 속이 비어 있는 민족이라는 '상상적 공동체'를 불안하게 비끄러매는(단일민족이라고 자랑하는 우리 속에는 얼마나 많은 차이와 대립이 존재하는지!), 급조된 상징 기제(태극기가 얼마나 임의적으로 만들어졌는지를 생각해 보라!)일 뿐이다. 하지만 문신 새긴 기억은 전자의 여유도 후자의 이성적 판단도 원천봉쇄한 채, 끝없는 경배만을 바란다.

근대성이라는 이데아

이 책의 2장과 3장은 근대 계몽기의 중요 담론이었던 여성해방과 병리학(위생·건강)에 대해 다룬다. 저자에 의하면 여성해방과 여성에 대한 교육은 우리가 오해하듯이 인권 차원이나 평등 개념 때문이 아니라, 여성을 국민으로 동원(호명)하기 위한 필요에서 추진되었다. 다시 말해 국가가 이용 가능한 인적 자원으로 활용하기 위해서는 먼저 여자들에게 짐 지워진 봉건적 굴레를 벗겨 줄 필요가 있었던 것이다. 하지만 여성해방이라는 공약은 여성에게 성적 주체성을 찾아 주는 것이 아니라, 모성의 이름으로 여성을 다시 한 번 탈성화脫性化시켰다. 근대 계몽기에 부상했던 자유연애와 여성의 탈성화는 언뜻 상충하는 듯 보이지만, 근대 계몽기의 열정은 사사로운 열정이 아니라 항상 공적인 것을 의미했다.

자유결혼의 주창자들은 자유결혼이 단순한 열정이 아니라, 치밀한 관찰과 합리적인 타산에 기초하는 근대적 계약의 산물임을 강조했다. "그러니 이런 시스템하에서는 예기치 않은 만남, 격정적 이끌림, 그리고 파국 등으로 이어지는 낭만적 사랑이란 상상조차 하기 어렵다. 오히려 이런 식의 '자유연애, 자유결혼'은 여성의 탈성화를 더 한층 강요하는 결과를 낳"는다. 마지막으로 근대 계몽가들에게 중요시되었던 위생학은 "건강과 질병의 대립으로 시작하여, 정상과 비정상의 분할까지 포함함으로써 불결함과 질병을 도덕적 타락으로 연관 짓는 표상의 연쇄"들을 만들어 냄으로써 개인의 정신과 육체 모두에 (기독교적이건 아니건) 종교적 죄의식과, 보건소로 대표되는 국가의 통치 체계를 아로새겨 놓을 수 있게 되었다.

　이 책은 파행적이라고 말해지는 우리의 근대가 어디서부터 어긋났는가를 탐문하지 않는다. 다시 말해 '미완의 근대'를 제대로 완수하기 위한 목적을 갖고 쓰이지 않았다. 미완의 근대가 문제라면 우리는 앵무새처럼 반복되는 하나의 가정과 결론을 가지고 있다. 즉 일제만 아니었다면 우리도 우리식의 내재적 발전을 이루었을 거란 편의적인 가정과, 지금 겪고 있는 파행은 모조리 잘못 이식된 일제 잔재 때문이라는 결론이 그것이다. 그리고 그런 가정과 결론의 한켠에, 19세기 조선 지배층에 대한 턱없는 미화와 갑신정변과 동학혁명에 대한 과잉 해석이 자란다. 비약일지 모르지만 『환단고기』류의 책과 김일성의 주체 사상 역시 미완의 근대에 대한 대타적인 역할을 톡톡히 수행하고 있다. 하지만 근대성을 불완전한 인간 역사의 완결태로 상정한 모든 논의는 가상적 이데아에 불과하며, 근대화의 동굴에 갇힌 수인囚人의 눈으로는 "국경 밖으로" 확장하는 시야를 가질 수 없다고 저자는 말한다. 그래서 저자는 근대의 신화를 전복하고, 근대의 바깥에서 사유하며, 근대에 속하면서도 근대에 균열을 내었던 경계인들의 탈주선을 쫓아가 보자고 충동한다.

이광수를 위한 변명

새로운 '문학'을 소개합니다

시마자키 도손의 『봄』(소화, 2000)은, 1908년 〈도쿄 아사히〉 신문에 연재되었고 같은 해 작가의 손에 의해 자비 출간되었다. 자주 들르는 집 앞의 구립 도서관에서 이 책을 빌려 온 까닭은, 일본의 근대 초창기 소설들을 섭렵해 봐야겠다는, 요즘 들어 생겨난 이상한 강박 때문이다. 나는 이 글의 말미에, 일본의 근대 초창기 문학을 섭렵해 보겠다는 현재의 강박을 간단히 설명해 보겠다. 그렇기는 해도 일본 근대문학의 시조라는 나쓰메 소세키(1867~1916)가 아니고 시마자키 도손(1872~1943)인 것은, 우선 소세키에 대해서는 너무 많은 논문이 번역되어 있을 뿐더러, 그의 대표작을 내가 다 읽지 못했기 때문이다.

또 이 글의 끝에 밝히겠지만, 도손이어야 할 까닭 하나를 나는 미리 발견해 두고 있는 터였다.

이 소설은 기대 이상으로, 일본에 '문학'이 소개된 최초의 풍경을 고스란히 담아내고 있다. 그런데 문학이 소개되다니? 사정은 이렇다. 유교 문화권에서 문학이란 경세經世나 도학道學, 그러니까 과거에 응시하여 주군에게 봉사하거나, 천하의 이치를 깨달아 성인이 되는 수단이었다. 그러나 시마자키 도손과 그가 속했던 『문학계』 동인들의 활동을 기록한 이 소설 속의 문학은 이런 것이다.

> 대장부가 한세상을 살려면, 반드시 하나의 목표가 있어야 한다. 그렇지만 목표가 반드시 눈에 보이는 공적을 세우는 것을 의미하지 않는다. 건축가에게는 열심히 일해서 많은 세월이 지난 뒤, 분명히 높고 큰 누각을 지을 계획이 있다. 그러나 인간 영혼을 건축하려는 기사가 투자하는 노력은 당장 유형의 누각이 되어 니콜라이 고탑처럼 대중의 눈을 끌어야만 하는 것은 아니다. 때로는 대중의 눈과 귀를 동요시키지 않는 사업이 크게 세계를 흔든다 〔…〕 볼 수 있는 외부는 볼 수 없는 내부를 말하기 어렵다. 맹목인 세상의 눈을 맹목인 대로 흘겨보고, 진지한 영검靈劍을 하늘과 땅이 맞닿은 곳에 찌르는 웅사雄士는 인간이 감사를 표하지 않고 은혜를 입은 신과 같다. 천하에 이와 같은 영웅이 있어, 이루지 못하고 끝내고, 사업다운 사업을 남기지 못하고 사라지고, 그래서 스스로 잘 감수하고, 그대로 잘 믿고, 타계로 옮기는 것, 나는 여기에 가장 동정을 표한다.

요컨대 새로운 문학이란 경세나 도학이 아니라, 자신의 '외부'에 반하는 '내부'를 발견·축조하는 것이다. 그런데 이런 태도는 곧장 자유연애를 낳으며 생활의 좌초를 불러온다. 이것이야말로 무척 흥미로운 풍경인데, 새로운 문학은 구시대의 문학과 달리 세속적인 출세를 보장해 주지 않는다. 그래서 새로운 문사들이 겪어야 하는 생활에의 좌초는 뻔히 예견된 것이다. 기타무라 도코쿠(1868~1894)가 실제 모델인 아오키의 궁핍과 자살은 물론이고, 아오키와 같은 문학 동인이면서 똑같은 궁핍과 자살에의 충동을 느꼈던 시마자키 도손의 작중인물인 기시모토의 삶은 새로운 문학이 소개되던 최초의 풍경이다.

그러면 자유연애는 또 어째서 문학이 소개되던 최초의 풍경에 속할까? 대답은 간단하다. 문학에서 중요시되던 내면의 발견·축조와 새로운 남녀 관계의 수입과 실천이 동시대적으로 진행되었기 때문이다.

사랑이란 타성他性 내부에서 자기를 찾는 것으로, 인간의 진가는 내면세계가 어떤가에 따라서 정해진다 [⋯] 인간의 지위·학식·재산·의복·용모의 아름다움을 모두 버린 뒤에 남는 것은 무엇인가. 이 순수하디 순수한 것이야말로 참된 인간의 내면이라고 생각한다. 여기서 귀인, 천인이 무슨 소용이란 말인가.

새로운 문학에서와 마찬가지로, 가문과 외관이 중요시되던 구시대의 사랑과 달리 새로운 시대의 사랑은 내면의 발견이었던 것이다.

이제부터는 붓으로 돈을 벌겠습니다

도손이 『봄』을 쓰던 시절, 새로운 문사들은 문학과 사랑으로부터 오로지 내면만을 구하였다. 그들에게 내면이 아닌 외부는 모두 "파괴! 파괴!"되어야 할 구시대적 가치였다. 하지만 '두 겹의 내면'에 경사된 그들의 저항은 외부의 두터운 반발을 견디지 못한다. 두 겹의 내면은 그들에게 자유를 보장해 주기보다는 오히려 생활의 구속만을 가져왔다. 앞서 말했듯이 출세와 상관없고 돈이 되지 않는 문학이라는 신학문은 궁핍 속에 그들을 빠뜨리기에 적합했고, 연애 역시 그러했다. 사랑만으로는 함께 살아갈 충분조건이 되지 못하기 때문에, 결혼은 항상 상대방의 조건까지 함께 가늠한다. 하지만 이미 말했듯이 내면에 취한 그들은 외부라는 조건을 보지 않는다. 부모의 반대에도 불구하고 대책 없는 결혼을 한 아오키의 궁핍과 자살은 그래서 예견된 것이 아닐 수 없다.

사랑이 쉽게 그의 눈을 홀렸듯이, 결혼은 너무나 간단하게 그를 실망시켰다. 실제로 두 사람의 결혼은 세상에 흔한 그런 것은 아니었다. 사랑하고 사랑해서, 모든 것을 희생하고, 겨우 함께 된 사이였다. 〔그러나〕 괴로움은 일찍 찾아왔다. 젊은 부부는 이 세상 살아가는 일이 뜻대로 되지 않음을 고통스러워하며 운 적도 있었다. 그 사이에 쓰루코가 태어났다. 신혼에 비해 생활은 더욱 어려워졌다.

"어차피 그런 아름다운 꿈은 오래 이어지는 게 아니야. 자네 언제까지 사랑의 그림자 따위에 속고 있을 셈인가?"

이광수를 위한 변명

사랑은 생활의 바다 속에서 파선한다고 말했던 마야코프스키의 시구처럼, 그들의 내면 실험(자유연애)은 참혹하게 실패했다. 하지만 무척 흥미롭게도 그들은 자신들의 삶이 근대문학 최초의 풍경을 보여준다는 것을 잘 알고 있었다. "자네 생각은 어때. 우리가 너무 일찍 태어난 것이 아닐까?", "하여간 나중에 태어난 사람이 이득이야"라는 대목은 실패를 예감하면서도 새로운 길을 가려는 사람들의 고집처럼 비감하게 들리는데, 시행착오를 거친 그들의 실험은 결국 생활을 발견하게 된다. 보라, 아오키의 죽음으로부터 충격을 받은 기시모토는 아오키의 그림자 즉 "힘든 생활의 중압감"을 견디지 못하고 직업으로서의 작가가 될 결심을 하지 않는가! "섭생할 사람은 섭생하는 것이 좋고, 먹을 수 없으면 스스로 일하는 것이 좋다—남의 신세를 지지 마라"(아오키 어머니의 말)고 했던 기성의 세계관에 대한, 기시모토 최초의 반응은 "어머니는 어쩔 작정으로 저 같은 인간을 낳으셨습니까?"였지만, 아오키의 죽음 이후 "그 대신 이제부터는 붓으로 돈을 벌겠습니다"라는 비장한 각오로 바뀐다.

근대문학은 시작과 함께 영락했다. 똑같은 신학문을 하더라도 정치나 과학처럼 실용적인 학문을 하고 고급 관료가 되거나 사업가가 된 동료들에게 문학가들은 열등감을 느꼈다. 눈에 보이지 않는 내면적 가치를 추구했기 때문에 그렇게 붙여졌던 것일까? "눈에 보이지 않는 병" 때문에 시난고난 아프다가 자살을 한 아오키를 보며 "아, 나 같은 인간이라도 어떻게든 살고 싶다"던 기시모토의 절망은 결국 생활에로의 귀환으로 낙착된다.

이 소설에 등장하는 아오키와 기시모토는 서로의 분신이다. 두 주인공은 서로가 서로를 이끌며 소설을 짜 나간다. 소설 서두는 약혼자가 있는 여제자와의 사랑에 빠진 기시모토가 여학교를 사퇴하고, 여행에서 죽으려고 가출하는 데서 시작한다. 그런 기시모토를 위안하는 아오키에겐 그 어떤 죽음의 그림자도 볼 수 없다. 기시모토의 방황이 소설의 전편을 지배하다가, 중반부 어디쯤에서 아오키의 생활고와 병고 그리고 자살 미수가 중요한 줄거리로 떠오른다. 죽기 위해 가출했던 기시모토는 "길은 쉽사리 발견되지 않"는다며 집으로 돌아오고, 대신 아오키가 갑작스러운 자살에 성공한다. 기시모토는 그의 유품에서 다음과 같은 글을 발견한다. "참으로 저의 삶은 세상의 모든 소년들을 위해 하나의 경계서가 되어야만 합니다. 저의 실패를 그들에게 보여 주어야만 합니다. 비밀스럽게 감출 것이 아닙니다." 아오키는 죽고, 그의 죽음을 통해 부활한 것은 기시모토다. 그는 기대하지도 않았던 지방 학교 교사로 초빙되어 돈벌이를 떠나는데, 그것은 교사직을 자퇴하고 방랑을 떠나던 소설의 서두로 되돌아감, 다시 말해 생활의 자리로 복귀했다는 것을 의미한다.

사소설의 발상 형식

시마자키 도손의 『봄』을 읽고 나서 나는, 어쩌면 일본적인 악취미라고도 할 수 있는 사소설私小說에 대해 생각할 기회를 가졌다. 대개 소설이라는 것이 허구에 의한 창작일 수도 있지만 작가의 경험과 관

이광수를 위한 변명

찰을 배제하지도 않는다. 때문에 작가의 무의식에까지 현미경을 대고 보는 정신분석 비평도 가능한 것이다. 그때 정신분석 비평은 작가를 이렇게 다그치는 듯하다. 즉 '당신이 쓴 소설은 당신의 경험이나 실생활과 아무런 상관없는 것이라고 시침을 떼지만 나는 실생활이나 경험이 전무해 보이는 당신의 소설 속에서, 당신이 은폐하고 왜곡한 것을 찾아내겠어. 당신은 무의식 속에서라도 그 모든 것을 경험한 거야!' 이렇듯 소설이 경험의 문제라면, '자신의 경험과 생활 세계'를 곧이곧대로 적는 일본식의 사소설도 불가능할 리 없다.

일본의 평론가들이나 작가들은 일본식의 사소설에 대해 스스로 자멸파自滅派 내지 자해파自害派라는 희화적인 딱지를 붙여 놓았고, 대다수의 문학 애호가들은 사소설에 대한 그런 우스개를 경청할 만한 것으로 받아들이고 있다. 『근대 일본인의 발상 형식』(소화, 1996)을 쓴 이토 세이는 사소설 작가가 빠져 있는 악순환을 이렇게 설명한다.

작가 쪽에서는 암묵리에 또는 무의식 중에 그 단조로운 생활에 약동적인 것을 만들고 그 도피 의식 또는 고독감을 가장 선명하게 하는 실제 연기를 생활 속에서 하지 못하면, 작품의 상품 가치를 높일 수 없다고 느끼게 된다. 가정의 불행이나 연애의 위기, 병이나 어느 정도의 실의 등은 그 도피 생활에 악센트를 만든다. 그러므로 작가는 자연히 거의 의식하지 못한 채 그 불행을 기쁘게 맞이하게 된다. 다음 단계에서 그는 스스로 불행을 만든다. 위험한 실험적 연애를 적극적으로 하게 된다. 그러면 그 위기감은 한층 독자들을 즐겁게 만든다. 이렇게 해서 도피라고 하는 실제 연기 생활은 파멸 행위를 불러일으키기 쉽다.

사소설이란 자신의 경험과 생활을 '날것'으로 중계하는 소설이다. 약간의 윤색이 가미되긴 하지만 기본적으로는 그렇다. 그래서 그의 삶이 안정되거나 평범해서는 독자의 구미를 맞출 수 없다. 하여 실제의 삶에서 점점 더 강도 높은 '연기'를 해야 하고, 사소설적인 소설이 발전할 때마다 작가의 사생활은 희생된다. 이토 세이의 말처럼 "사소설은 그것을 쓸 수 있을 때는 생활이 망가지고 작가의 생활이 조화가 되어 안정될 때는 쓸 수 없다는 이율배반"에 빠지는 것이다. 흥미롭게도 나는 이 글을 쓰는 도중에 자주 들르는 또 다른 구립 도서관에서 읽게 된 무라카미 하루키의 산문집 속에서 다음과 같은 구절을 발견했다.

〔일반인들은 작가들이〕밤을 새우기 일쑤고, 줄곧 단골 술집에 드나들면서 술이나 마시고, 가정은 거의 돌보지도 않으며, 거기다가 지병持病 하나둘쯤은 누구나 갖게 마련이고, 원고 마감일만 되면 호텔 같은 곳에 틀어박혀서 머리칼을 마구 쥐어뜯고 있는 족속이라고 믿고 있는 것 같다 〔…〕하긴 그 중에는 그러한 거칠고도 다채로운 생활 방식을 경향적으로 좋아하는 사람, 혹은 과감하게 실천에 옮기는 사람이 있을지도 모른다. 하지만 '사소설私小說'이라고 할 수 있는 현실 생활, 말하자면 생활의 일부분을 조금씩 잘라서 파는 스타일이 주류를 차지하던 옛날이라면 또 모를까, 내가 알고 있는 요즈음 대부분의 전업 작

이광수를 위한 변명

가는 그런 무질서한 생활을 하지 않는다. (『하루키 일상의 여백』, 문학
사상사, 1999)

최근에 쓰였을 것으로 짐작되는 하루키의 사소설에 관한 언급은,
'옛날 작가들 가운데는 많았지만 요즘은 없다'라는 특기할 사실 빼고
는, 1953년에 쓰인 이토 세이의 기초적 진단과 동일하다. 속류이긴
하지만 이처럼 널리 알려진 사소설 작가의 생존 방식이나 창작 방법
을 종합해 볼 때, 일본 작가들이 주로 구사하는 사소설과 다자이 오사
무·아쿠타가와 류노스케·가와바타 야스나리·미시마 유키오 등등의
자살에는 뭔가 연관성이 있음직도 하다. 이를테면 사소설을 쓰는 작
가에게는 '내게는 더 이상 소설로 번안할 만한 삶이 없다, 그래서 나
는 죽는다'는 태도가 개입되어 있는지도 모른다.

일본 근대문학 초기의 대표 작가인 시마자키 도손은 자연주의 작
가로 분류된다. 하지만 그의 창작 방법은 사소설과 깊은 관련을 맺고
있다. 이미 소개한 『봄』은, 소설에서처럼 제자와의 연사로 인해 사직
서를 쓰고 관서 지방으로 여행을 떠났던 자신의 경험을 바탕으로 한
다. 그리고 작중의 아오키는 도손에게 가장 큰 영향을 주었으나 27세
의 나이로 자살을 했던 절친한 친구 기타무라 도코쿠가 모델이다. 또
앞서의 작품 설명에서는 누락되었지만, 기시모토가 여행에서 돌아온
소설의 중반부부터 새로운 갈등 요소로 도입되는 기시모토가의 몰락
역시 도손의 가족사와 한 치도 어긋나지 않는다. 작중에 등장하는 기
시모토가의 장남 다미스케가 부도를 내고 감옥에 갇히면서 생활에

전력을 하기로 결심한 작중 주인공의 사정은 도손과 그의 형의 관계를 고스란히 소설화한 것이다.

다시 말해 37세의 장년 소설가였던 도손이 15년이나 세월을 거슬러 올라가 자신의 메이지 여학교 영어 교사였던 시대를 배경으로 쓴 것이 『봄』의 전반부라면, 『봄』의 후반부는 40대 초반에 아내를 잃고 또 경제적인 실패로 범죄자가 된 형을 돕기 위해 고통을 받던 시절에 쓴 『신생』과 연결된다. 앞서 언급한 바 있는 이토 세이의 글과 『봄』의 번역자이기도 한 노영희의 『아버지란 무엇인가: 시마자키 도손의 문학 세계』(시사일본어사, 1992)에 설명된 『신생』의 줄거리는 사소설이 왜 일본적인 악취미인가를 보여 준다. 이 소설은 경제적으로 파산한 형의 딸, 곧 조카와 도손이 맺은 육체관계에 대한 작가 개인의 해결책으로 쓰였다. 폭로되면 사회적으로 파멸되는 상황에서 형은 그 사실을 알고 도손에게 돈을 뜯어 썼다. 이토 세이는, "도손은 이와 같은 곤경에서 자신의 사회적 지위를 잃지 않는 것, 조카와 헤어지는 것, 형에게 더 이상 돈을 뜯기지 않는 것 등 여러 목적을 동시에 거둘 것을 생각하면서 고백 소설 『신생』"을 썼다고 말한다. 내가 이 일화를 거론하는 것은 사소설이 가질 수도 있는 고백의 부도덕성(목적성)을 지적하기 위해서가 아니라, 사소설적인 발상 형식에 깊이 침윤되어 있는 일본 작가들의 일반성을 드러내기 위해서다.

사소설은 야반도주다

근대 소설은 흔히 '나를 증명하는 방식'으로 설명된다. 다시 말해 고백은 불가피하다. 나아가 어떤 평자들은 소설이란 다름 아닌 '나의 내면을 고백하게 하는 제도적 장치'라고까지 말한다. 소설을 쓰기 시작한 이상 고백하고 말고를 선택할 여지가 없다는 것이다. 물론 이 지점에서 가라타니 고진의 말을 빌려 오지 않더라도 "작품은 작가의 자기표현이지만 작가의 '나'와는 다른 자립된 세계를 형성해야" 한다는 것을 우리는 잘 알고 있으며 때문에, "일본의 사소설은 작가의 '나'와 작품의 '나'를 동일화했기 때문에 자립적인 작품 공간을 형성할 수 없었다"(『일본 근대문학의 기원』, 민음사, 1999)는 그의 비판에도 동의할 수 있다.

사소설로 점철된 일본 근대문학의 천기누설자들인 이토 세이와 가라타니 고진은 일본 근대문학의 기원에 국가주의와 제국주의의 명암이 드리워져 있다는 것을 발견한다. 사소설은 이토 세이의 말처럼 "사소설이 가진 내면성의 근거는 적은 외부에 있을 뿐만 아니라 자기 내부에도 있음을 의식"한 것으로 긍정될 수도 있고, 가라타니 고진처럼 그것은 "프로이트식으로 말하면 정치소설이나 자유민권운동 쪽을 향하던 리비도가 그 대상을 잃어버리고 내부를 향했을 때" 혹은 "정치적 좌절로 인해 내면=문학으로 향하는 패턴"으로 부정될 수도 있다.

이토 세이는 또 말하기를 사소설은 그 소설을 쓰는 작가와 사회관계의 한계성으로 말미암아, 가정과 남녀 문제·부모 자식의 관계에서 생기는 불안이나 공포는 포착할 수 있지만 신분·지위·빈부 차이에서 생기는 불안이나 공포를 묘사하는 일은 드물다고 한다. 가정부를 몰래 짝사랑하다가 자살을 한 가와바다 야스나리나(가정부와는 무관하다는 반론도 있다), 조카딸과 관계를 맺고 아이까지 낳은 도손처럼 "자신을 방기한다고" 해도 그들은 여전히 가족과 조화라는 특별한 조건 속에 안주하고 있다. 때문에 가족과 친구라는 범위에 한정된 일본의 사소설은 역설적이게도 "가족과 친구라는 범위에서 한 걸음만 내딛으면 실천성을 잃어버리고" 말게 된다. 시마자키 도손의 『봄』이 대미를 향해 가던 어느 장에 갑작스레 튀어나오는 청일전쟁에 대한 간략한 묘사 일절은 사소설과 현실 세계가 맺은 신사협정을 보여 준다.

> 그 달 13일에는 벌써 대본영大本營이 히로시마에 있었다. 평양 싸움은 벌써 시작됐다. 영일英日신조약에 대한 보도도 전해졌다. 매일매일, 신문은 거의 전쟁 기사로 채워졌다. 그것을 읽고 발광하는 사람마저 있었다. 문필에 종사하는 사람들이나 화가들도 많이 종군했다.

도손은 사소설의 경계를 잘 알고 있다. 그래서 전쟁의 의미에 대해서 입을 다문다. 그렇다고 해서 작가의 침묵을 제국주의 침략에 대한 암묵적 비난으로 해석해야 할까? 가라타니 고진은 이렇게 쓴다.

> 현대의 문학사가 메이지 시대 문학인들의 투쟁 또는 '근대적 자아의 확립'을 평가할 때, 이미 그것은 우리가 빠져 있는 이데올로기를 추종하는 일밖에 되지 않는다. 예를 들면, 국가 정치의 권력과 자기나

이광수를 위한 변명

내면에 대한 성실함을 대치시키는 발상은 '내면'이야말로 정치이며 전제 권력이라는 사실을 무시하는 일이다. '국가' 쪽에 선 사람과 '내면' 쪽에 선 사람은 서로 보완하는 관계에 지나지 않는다.

문학이란 무엇인가? 우주 질서(신)라는 더 큰 빚을 의식하는 소수의 작가를 제외한 대개의 문학인은 자신을 키워 준, 산·강·들·바다(자연)와 이웃(사회)에 글로써 빚을 갚는 사람이라고 말할 수 있다. 다시 말해 문학은 글로써 신과 자연과 사회에 빚을 갚는 것이다. 야반도주夜半逃走란 무엇인가? 이웃에게 진 빚을 갚지 않고, 밤에 몰래 보따리를 싸서 도망가는 것이 야반도주다. 그러니 야반도주 가운데는 사소설과 같은 '소설의 야반도주'도 있지 않겠는가?

이광수가 변절하게 된 역설

내가 일본의 근대문학의 초창기 작품을 읽어 보아야겠다고 결심한 것은, 우리나라의 근대문학의 거장들이 거의 모두 일본에 유학했으며 일본 작품을 탐독했기 때문이다. 다시 말해 이인직·이광수·최남선·주요한·홍명희 등 셀 수도 없는 개화기와 근대 초기의 문사들이 오늘날의 한국 젊은 독자들이 무라카미 양 씨(하루키·류)를 탐독하던 것보다 더한 정열과 의무감으로 일본 작품을 읽었다는 것이다. 한국의 근대문학 건설자들이 읽고 접했을 게 분명한 일본 근대문학의 최초 풍경을 접해 보는 것은 흥미롭지 않은가.

김윤식의 『이광수와 그의 시대』(솔, 1999) 1권을 보면 시마자키 도손이 이광수(1892~1950)가 다녔던 메이지학원明治學院의 16년 선배라는 게 나와 있다. 시마자키 도손은 1891년에 그 학교를 졸업했고, 이광수는 1907년 그 학교에 입학했다. 국비 장학생 이광수가 16세의 나이로 보통부 3년에 편입했던 메이지학원의 교가는 어떠했던가? "인생의 젊은 생명의 새벽에 학원의 종은 울려 우리의 가슴을 치는 곳[…] 아아, 가자, 싸우라, 용감하라, 씩씩하게 눈뜨고 일어서라, 겁내지 마라." 이 교가를 지은 사람이 바로 도손이다. 이광수는 도손이 가사를 지은 그 노래를 3년이나 따라 불렀으며, 가난한 자취방에서 나쓰메 소세키와 도손의 소설을 읽었다.

이광수가 쓴 첫 번째 장편소설이자 한국 최초의 근대 소설이라는 『무정』을 보면, 작중 주인공인 형식은 걸핏하면 도덕·문명을 되뇐다. 독자들은 그가 출세를 위해 영채를 죽이고(상징적으로) 선형을 택하는 엄청난 위선과 모순에 입이 벌어지지만, 그 엄청난 모순을 제쳐놓고, 또 저 악명 높은 민족 개조론과 친일 행적을 잠시 잊어버린 채, 소설가 이광수를 생각하면 그를 위한 변명이 가능하다. 김윤식의 『이광수와 그의 시대』를 보면 알 수 있듯이 『무정』에서 그의 자전적 일화나 경험담을 빼 버리면 형식·영채·선형이라는 멜로드라마적 구조만 남는다. 하지만 그 삼각관계조차도 많은 부분 이광수의 생애로부터 윤색된 것이다.

새삼 알고 보면, 우리나라 작가 중에 이광수만큼 자서전을 여러 번 쓴 작가는 없다. 이것이 의미하는 바는, 제국의 중심부에 뛰어들어 문학을 공부했던 이광수였기에 당대의 일본 주류 문학이었던 사소설의 유혹으로부터 자유롭지 못했다는 것이다. 그는 마치 늘 고향이 그리운 사람처럼 걸핏하면 자서전을 쓰고자 했는데, 자서전 집필은 사소설을 쓰려는 유혹을 극복하기 위한 방편이었다. 그처럼 젊어서 읽고 배운 일본 문학의 독소는 깊었으되, 그의 문학은 끝내 사소설의 유혹을 이겨 냈다. "아아, 우리 땅은 날로 아름다워 간다 [⋯] 우리의 연약하던 팔뚝에는 날로 힘이 오르고 우리의 어둡던 정신에는 날로 빛이 난다. 우리는 마침내 남과 같이 번적하게 될 것이로다. 그러할수록에 우리는 더욱 힘을 써야 하겠고, 더욱 큰 인물 [⋯] 큰 학자, 큰 교육가, 큰 실업가, 큰 예술가, 큰 종교가가 나와야 할 터인데, 더욱더욱 나와야 할 터인데"라고 부르짖는 『무정』이 그것을 웅변한다.

계몽주의자였다가 친일파로 둔갑한 이광수의 역설을 생각해 보자. 그가 민족 개조론을 들고 나왔을 때 많은 사람들이, 이광수 뒤에서 안창호가 복화술을 하는 것으로 여겼을 만큼, 민족 개조론은 당대에 광범위하게 퍼져 있었다. 즉 친일 논리라고 매도되는 민족 개조론이 이광수의 것만은 아니었다는 거다. 그렇다면 이광수로 하여금 그토록 열렬히 민족 개조론에 동조할 수 있게 만든 내면의 기제는 무엇이었을까? 이런 가정을 할 수 있다. 애초부터 그가 창작의 관심사와 주제를 자신의 일상과 가족이라는 범위에 국한하는 사소설을 썼다면, 훗날 공소한 계몽과 친일이라는 변절에 빠지지 않을 수도 있었다. 그가 사소설에 몰두했다면, 민족의 현실에 눈감은 미학주의자였다는 비난을 듣는 것으로 그쳤을 것이나, 사소설을 쓰지 않았기 때문에 민족 개조론의 함정에 빠질 여지도 생겼던 것이다. 이 점은 이광수 개인의 운명은 물론 그를 기점으로 하는 한국의 근대문학의 향후 전개와도 연관되는 중요한 문제다. 이광수는 일본의 사소설로부터 한국의 근대문학을 방어했다.

도손과 이광수의 문학적 입장을 가른 것은, 그들이 처했던 외부적 조건이었다. 한 사람은 성공한 제국주의 국가 안에서 동조의 침묵을 택했고 또 한 사람은 식민 상태의 민족을 위해 발언해야만 했다. 그런 역사적 조건 말고도 이광수를 강박한 조건은 또 있었다. "우리 문학 전통이 너무 이념적이었다. 20세기뿐만 아니라 조선 시대부터 권선징악 소설이 많았다. '도본문말'이란 말이 있다. 도가 먼저고 문이 나중이 됐다는 것이다. 지나치게 도만 생각하고 문을 생각하지 않는 도덕주의적 전통이 강했던 것이다."(〈우리 사회는 이성의 원리가 탄생해 가는 과도기다〉, 김우창과의 대담, 『피플』, 2003. 6).

이광수를 위한 변명

이것이 법이다

'배틀로열' 사회

'배틀로열Battle Royale'은 재미로 만들어진 프로 레슬링의 여러 시합 방식 가운데 하나로, 링 하나에 무제한의 선수가 올라가 최후의 승자가 나올 때까지 싸우는 방식을 말한다. 이런 시합 방식을 '지금 이 순간부터 우리 사회에 적용한다'고 공표한다면 사람들은 어떤 반응을 보일까? 약육강식과 무한 경쟁이란 무시무시한 격투기 사회에서 살아온 한국인들에게 배틀로열은 그 실상이 익숙한, 또 하나의 외래어일 뿐이다.

타카미 코슌의 원작 소설을 읽기 전에 나는 이 소설을 바탕으로 한 후카사쿠 킨지 감독의 영화를 먼저 보았다. 그 영화를 보고 나서 느꼈던 강한 충격은 그러나, 최후의 승자가 나올 때까지 같은 반의 학우들 끼리 서로 죽여야 한다는 비정한 상황 설정에서 오지도 않았고, 아예 과연 '그런 상황에서는 누구나 친구를 죽이게 될까?'와 같은 의문은 생기지도 않았다. 까닭은 성인들의 사회가 프로 레슬링 경기장과 같 으며 거기서 이루어지는 경기 방식이 배틀로열이듯이, 성인 사회의 축소판인 학교와 학생들 역시 매일매일 성적과 '왕따'라는 극히 익숙 한 영역에서 배틀로열을 치르고 있기 때문이라고 말한다면 너무 냉 소적일까? 표면에 드러난 엽기적 설정에는 무감각했던 대신, 나는 좀 엉뚱한 곳에서 충격을 받았다. 내가 보기에 이 영화는 '법이란 무엇인 가?'라는 좀 거창한 질문을 내포하고 있었고, 영화는 나름대로 거기 에 답하고 있었다.

영화 〈배틀로열〉은 일본의 디스토피아를 그린다. 이 영화에서 묘 사하는 가까운 미래의 일본에는 1천만 명의 실업자가 득실거리고, 등 교 거부 학생이 80만 명이나 된다. 늘어나는 청소년 범죄는 당연히 덤이다. 그래서 만들어진 것이 '배틀로열법'으로, 매해 전국에 있는 중3 학급 가운데 무작위로 추출된 한 학급을 무인도로 옮겨 최후의 승자가 남을 때까지 서로 죽이게 한다. 그래서 얻는 것은? 교육 관료 와 통치자들은 그 법을 통해, 약육강식의 세계화 속에서 일본이 살아 남을 수 있는 생존법을 어린 세대들에게 체득시키려 한다. 끔찍한가? 이게 끔찍하다고 생각한다면 〈VJ특공대〉의 아줌마들이나 생각 없는 일부 텔레비전 방송국의 PD들아, 제발 해병대 입소 극기 훈련이니 뭐니 하는 취재기 좀 그만 방송해라. 그 '똥개 훈련'을 무슨 큰 통과제

　　　　　　　　　　　　　　　　　　　이것이 법이다

의나 되는 것처럼 미화하지 마라.

해병대 극기 훈련은 해병대원이 필수적으로 거쳐야 하는 숭고하고 막중한 훈련이고, 좀 과장해서 말한다면 그 과정의 전모가 함부로 공개되어서도 안 되는 일종의 군사 비밀에 속하는 것이지, 국가 대표 운동 선수나 한국통신 신입 사원은 물론이고 한 가족이 자진 입소해 받아야 하는 전 국민의 레크리에이션이 아니란다. 안방에 앉아 이런저런 프로를 통해 거의 두 달에 한 번꼴로 그런 '스너프 필름'을 봐야 하는 진짜 '건전한 시민'의 고통을, 제발 좀 헤아려다오. 제대로 된 사회에서라면 어린 가족들을 이끌고 그런 훈련소에 가는 아버지를 정신 감정해야 옳고, 신입 사원을 단체로 입소시키는 회사는 전망이 없거나 곧 망할 회사 따위로 우스갯감이 되어야 정상이다. 1995년, 삼풍 백화점 붕괴 때, 아무런 물과 음식물 없이 15일 17시간을 생존하여 국내 최고 기록을 세운 박승현(19세, 여)이, 일찍이 해병대 극기 훈련으로 인내심을 다졌다더냐? IMF는 '악바리 근성'이나 '근육' 또는 '까라면 까는 맹목적 충성'으로 극복할 수 있는 것이 아니라, 각 개인의 창의성과 자발성은 물론 한국 사회의 구조 관행을 개선하는 것으로부터 극복되어야 한다. 그런데도 IMF를 핑계로 이런 극기 훈련 캠프가 자주 부각되는 것은 우리 속에 인이 박인 군사 문화 탓인가, 아니면 전국 도처에 SM클럽이 없어서인가? 저 짓을 하고서야 삶의 자신감을 얻는다니, 아흐, 이 변태성욕자들아! (갑자기 이 주제가 장황하게 끼어들게 된 것은, 이 글을 쓰는 중에 어느 텔레비전 프로에서 또 다시 해병대 극기 훈련 참관기가 흘러나왔기 때문이다. 올라오려는 걸 억지로 참았다. 구제금융기와 함께 시작된 번지점프 열풍 역시 밀접한 연관이 있지만, 여기서는 더 말하지 않는다).

범죄의 천진난만함과 범죄자들의 활력

〈배틀로열〉을 보고 나서 제일 먼저 들었던 의문은, 이 영화 속에 나온 학급은 대체 몇 회째 시행된 배틀로열의 대상자였을까 하는 것이다. 우선 영화가 시작되자마자 방금 끝난 배틀로열의 우승자를 둘러싼 기자들이 "이번엔 여학생이다"라고 말하는 것을 보아 분명 1회는 아니다. 그리고 전 회의 우승자였던 두 명의 유급생을 횟수에 합하면 적어도 네 번째 시행되는 배틀로열로 간주될 수 있다. 그렇다면 배틀로열이라는 무시무시한 법이 이렇듯 시행되고 있는데도 학생들은 왜 정신을 차리고 선생들의 말에 복종하지 않는 걸까? 잘 납득이 가지 않아 보이지만, 여기에 법의 맹점이 있다. 다시 말해 그것은 형법이 엄연하게 존재하고 있어도 살인자가 생기고 강도가 생기는 것과 같은 이치다. 그래서 배틀로열법이 공표되고 또 시행되더라도 학생들은 그것을 의식하지 않는다.

극단적으로 말해 우리가 살인죄나 강도죄에 대해 생각해 보는 경우는 살인을 행하기 직전이거나 강도를 모의할 때이다. 그 순간이 아니라면 일생 동안 한순간도 살인죄나 강도죄에 대해 생각할 필요가 없다. 즉 '길에 침을 뱉으면 벌금 얼마, 무단 횡단을 하면 벌금 얼마' 하는 식으로 법을 의식하며 살지 않는 것이다. 법이 가진 이런 타성惰性

이것이 법이다

은, 미성년과의 성 매매자를 신상 공개하는 법이 점점 강화되는데도 매번 발표하는 성 범죄자 숫자가 왜 줄어들지 않는가를 설명해 준다. 또 앞서 우리가 살인죄에 대해 생각해 볼 때는 살인을 하기 직전이라고 말했지만, 그럼에도 불구하고 살인 범죄가 계속되어 온 것을 보면 그 말조차 신빙하기 힘들게 만든다.

과연 욕정에 눈먼 그 '나쁜 남자'들이 미성년 여성을 안기 전에, 신상 공개법을 떠올려 보았을까? 범죄에 앞서 한번쯤 형법을 떠올려 보는 것만으로는 범죄 억지력이 되지 못한다. 왜냐하면 모든 범죄는 완전범죄를 상정해야만 비로소 저질러질 수 있기 때문에, 그 순간에 떠올리는 형법의 억지력은 거의 없는 것이나 마찬가지다. 모든 범죄는 '나는 안 잡힌다'고 믿고, 스스로를 세뇌해야만 가능하다. 막가파의 '막가파식' 범죄가 대담 악랄한 것은, 또 우리가 막가파식 범죄에 치를 떠는 이유는, 그들이 완전범죄를 아예 상정하지 않기 때문이다. 이렇듯 법이란 어떤 행위에 대해 사후 처벌과 조치를 할 뿐이다. 우리가 법만능주의를 경계하는 것은 바로 이 때문이다. 법은 범죄와 사회문제를 억제하는 최고의 예방 수단이기도 하지만 사후약방문일 수밖에 없기 때문에, 사회문제나 범죄는 법 이전에, 사회가 함께 관심을 기울여 해결해야지, 처벌의 강도를 높인다고 해서 해결될 게 아니다.

배틀로열이라는 무시무시한 법이 있음에도 불구하고 거기에 주눅들지 않는 학생들의 활력을 보여 주는 이 영화의 초반부는 〈배틀로열〉 최대의 수수께끼지만, 앞서 분석해 보았듯이 그 장면은 아무리 가혹한 법조차도 타성 앞에서는 얼마나 무력한가를 보여 주며, 사회와 법

사이에 존재하는 끔찍한 시소게임을 떠올려 준다. 예를 들어 처음에는 미성년 관련 성 범죄자들의 이름과 주소를 공개하는 것만으로도 위력을 갖지만, 어느덧 사회 전체가 거기에 무감각해지면 직장과 사진까지 공개하게 되는 것이다. 이쯤 되면 인간이 천성적으로 나쁜 건지, 아니면 살인자를 극형에 처하는 법이 고래古來부터 존재해 왔으나 살인죄를 막을 수 없었던 법이 무력한 건지 도무지 알 수가 없게 된다.

법에 오염되지 않은 사람들만이 법을 바꾼다

하지만 뭐니 뭐니 해도 〈배틀로열〉은 반항의 영화고, 위반의 영화다. 영화 속의 배틀로열법은 물론이고 이 영화가 관객에게 제시한 최초의 전제는 무인도에서 '단 한 사람'만 살아 나갈 수 있다는 것이었다. 하지만, 또 당연한 일이겠지만, 영화 속에서 학생들은 여러 무리로 어울려 무인도를 탈출하기 위해 노력한다. 재미난 것은 그 중에는 철저한 개인주의자들이 있어 배틀로열의 숭고한 법칙을 따라 혼자서만 살기 위해 애쓰기도 한다. 공동체주의자들과 개인주의자들 간의 투쟁이라고 말해도 좋을 이 극명한 대비를 통해 〈배틀로열〉은 현대 사회가 겪는 갈등을 성공적으로 부각시키고 있을 뿐 아니라, 부조리한 법에 대항하는 방법으로써의 연대의 가치를 가르쳐 준다. 이 영화를 보기 전까지는 나는 늘 이렇게 생각해 왔다. 즉 별생각 없이 어디에서든지 무리 짓기를 좋아하는 사람들을 법과 질서에 순종하는 맹목적인 무리로 보아 왔고, 집단이나 공동체로부터 초연한 개인주의자들을 체제 저항적이라고. 하지만 〈배틀로열〉에 자연적으로 형성된 동아리들은 '단 한 사람'이 아니라 '함께' 살아남기를 바라며, 다시 말해 법을 위반하기를 바라며, 그 상황에서 혼자 살기 위해 애를 쓰는 개인주의자들이야말로 철저한 법준수주의자들이라는 역설을 보여 준다. 그리고 두 부류 가운데 어디에도 속하지 않으려는 니힐nihil 집단이 있다. 그들은 이런 법 아래서는 어떤 경기도 할 수 없다며 자살을 한다.

법이란 타성에 의해 자꾸만 처벌의 강도를 높이게 되어 있다. 그럴 때 사회 구성원이 할 수 있는 것은 그 법을 끊임없이 무시하고 위반하는 것이다. 사회 구성원들은 법을 위반함으로써, 보이지 않는 법의 일방적인 횡포와 자가 증식을 적극적으로 재구성한다. 영화 속에서 슈야와 노리코의 생존은 '단 한 사람'만 살아남도록 규정된 배틀로열을 '두 사람'이 살아남는 것으로 바꾸는 한편, 영화가 관객에게 제시한 최초의 전제를 허문다.

이 영화는 법이란 늘 우리에게 '나는 아무런 강제력도 행사하지 않아요'라고 말하면서 우리 사회 전체를 감시하고 있다고 말한다. 그렇다면 배틀로열에 초대되기 전에 보여 주던 학생들의 그 수수께끼와 같은 활력은, 지배하려 들지 않으면서 실상은 그 모든 것을 지배하고 있는 법의 온전한 승리를 의미하는 것인가? 또 다른 예를 들자면, 일탈과 위반을 획책하던 주인공의 모든 노력에도 불구하고 카프카는 늘 보이지 않는 법의 우세를 말했다. 하지만 이 영화는 또 말한다. 결국은 법에 오염되지 않은 학생들의 그 순진한 활력이 우리를 법 밖으로 데려간다고!

　마지막으로 〈배틀로열〉의 가장 뛰어났던 시퀀스 하나. 이 영화의 모든 시퀀스들은 그 자체로 이야깃거리다. 컴퓨터를 끼고 사는 어린 학생들은 신지 일행이 통제 본부를 컴퓨터로 공격하는 장면에서 환호할 게 분명하고, 386세대들은 무인도에서 생환한 슈야와 노리코가 도쿄의 한 도심에서 "자, 달리자"라고 말하는 끝 장면에서 80년대의 학생운동을 생각했을지도 모른다. 하지만 이 영화의 압권은 등대에 모여 있던 여학생들이 서로를 죽이는 장면이다. '간호원 놀이' 또는 '소꿉놀이'를 하듯 평화로운 상태에서 황망히 일어나는 처참한 살육극은, 아, 두고두고 가슴이 아프다. 소녀들은 무한 경쟁이라는 처참한 살육의 섬 안에 그들만의 유토피아를 건설하려고 했으나, 사소한 불신 끝에 서로 죽이는 파국이 오고, 거친 남성들만의 전유물인 홍콩 느와르의 총격전을 어린 소녀들이 패러디하는 듯한 그 놀라운 시퀀스 가운데 등장하는 두 번의 전면 자막—"이것들이 의미하는 것을 알아?"—은, 예술에서의 기법이 무엇을 의미하는가를 가르쳐 준다. 자막이란 토키(발성영화)가 발명되기 이전에 배우의 대사를 대신하던 것으로, 영화 기법으로 따지자면 영화 예술의 원시 시대에 해당하는 기법이다. 하지만 예술 기법이란 연장통 속에 든 공구와 같은 것일 뿐, '최신 기법＝좋은 것', '과거 기법＝나쁜 것'이란 등식은 적용되지 않는다. 전선을 자르는 데는 펜치가 필요하지 전기톱이 필요하지 않은 것처럼, 예술 기법 역시 공구처럼 연장통 속에 가지런히 챙겨 놓은 다음 적재적소에 쓰면 그만이다. 그런 의미에서 등대 장면에

　　　　　　　　　　　　　　　이것이 법이다

사용된 두 번의 전면 자막은 전율을 느끼게 할 만큼 잘 쓰인 기법이었다.

일본은 성공한 파시즘의 나라

영화 〈배틀로열〉을 보고 나서 원작 소설이 무척 궁금했다. 원작이 있는 영화의 경우, 매번 겪었던 경험적 진실은 '원작보다 나은 영화는 없다'이다. 하지만 이상하게도 〈배틀로열〉의 경우는 그 반대로, '이 소설만큼은 영화보다 못할 것이다'라는 생각이 자꾸 들었다. 그만큼 〈배틀로열〉이 잘 만들어진 영화였기 때문이다. 하지만 막상 읽어 본 소설은 영화보다 훨씬 더 섬세하고, 모순되지만 더 과격했다(섬세하고 과격하다?). 그렇다고 해서 영화가 잘못 만들어진 것은 절대 아니다. 언젠가 다른 글에 간략히 쓴 바도 있지만 원작의 영화화란, 『돈 키호테』나 『삼국지』 또는 『아라비안나이트』와 같은 길고 복잡한 대작물을 청소년용 저작으로 축약하는 작업처럼, 책을 읽기 싫어하는 대중들을 위한 이유식이다. 그래서 원작의 복잡하고 과격한 부분을 간추리고 순화하는 것은 감독의 재량이다.

영화 〈배틀로열〉은 같은 학우들끼리 죽이게 하는 설정으로 청소년 상영 가부가 문제됐다. 하지만 소설 『배틀로열』(대원씨아이, 2002)은 아예 그런 정도가 아니라, 일본의 국체를 거부하는 섬뜩한 주제로 문학상의 심사를 거절당하기도 했다. 작가의 한국어판 서문은 영화와 원작 간의 커다란 차이를 이렇게 암시한다.

〔…〕후카사쿠 킨지 감독이 만든 영화에 대해서 그곳〔한국〕에서 어떻게 선전되고 있는지 모르겠지만, 일본에서는 15세 미만 관람 금지가 된 작품이며, 분명 '과격'하다거나, '흉폭'하다거나 하는 평가를 많이 받고 있는 게 사실입니다. 따라서 제 소설 역시 흉폭한 점에 있어서는 (어쨌든 원작이니까요!) 둘째가라면 서러울 정도지만, 어디까지나 참고하여 두 작품이 결과적으로 상당한 차이가 있다는 점만은 말씀드리고 싶습니다. 소설과 영화의 문법 차이도 있겠지만, 그 이상으로 후카사쿠 감독의 테마 설정이 저의 그것과 다르다는 말이겠죠. 영화를 본 후, 이 책을 읽고 '완전 다르잖아!'라고 생각하시는 분들, 너그러이 이해해 주시기 바랍니다.

같은 서문에 분명히 밝혔듯이 이 소설은 "'안티 일본'을 특별히 지향했던 이야기"지만, 감독의 테마 설정은 교실 붕괴와 세대론으로 국한·축약한다. 그 단적인 예가 배틀로열법에 대한 영화 속의 설명과 원작의 설명이 서로 다른 것이다. 영화 속에서 '교실 붕괴를 막고, 청소년을 강하게 키우기 위해서'로 설명되는 그 법이, 소설 속에서는 전혀 다른 차원으로 설명된다. 소설의 말미에 가서 작가는 정부가 배틀로열법을 만들고 그것을 시행하게 된 저의를 밝혀 놓았다. 중학생 나이의 어린 학생들을 대상으로 가장 친한 친구를 서로 죽이게 하는 게임을 벌임으로써, 누군가를 믿는다는 생각을 아예 하지 못하게 만들려는 것이 배틀로열법의 취지다. 청소년 시절부터 친구를 신뢰하는 것을 불가능하게 함으로써, 반체제 단체를 만들어 "쿠데타를 일으키려고 하"는 짓을 사전에 방지할 수 있다는 것이다. 그렇다. 서로 믿지 못하는 극한의 경험을 한 뒤에, 무슨 단체가 만들어질 수 있겠는가?

엉뚱한 기상奇想으로 여겨지지만, 조지 오웰이 한 것을 타카미 코슌에게 하지 말라고 할 순 없다. 『1984년』을 읽어 보면 안다. 그래도 납득이 잘 가지 않는다면 차라리 소설의 시초에 설명된 다른 설명으로 배틀로열법을 설명해 보자: "우리나라의 유일한 징병제라고 생각해 주십시오." 평화 헌법으로 정규군을 가질 수 없는 일본 정부가 국민 전체에게 군사 훈련을 시킬 목적으로 만든 게 배틀로열법이라는 것이다. 아무리 소설이지만 섬뜩한 발상이 아닐 수 없다. 정규군을 가질 수 없는 대신 생사를 건 극기 훈련으로 전 국민을 정예 요원화한다? 물론 전국의 중학생 전부가 아니라 재수 없이 걸린 3학년 학생에게만 해당하지만, 정예 요원 하나면 일당백이다. 작가는 이 작품 속에서 일본을 가리켜 "썩은 나라", "성공한 파시즘" 사회라고 말하면서, 근대 공업국으로 성공한 일본의 국민들은 천황제에 의한 전제주의를 안정된 삶에 대한 "약간의 대가"라고 생각하기 때문에 "혁명"은 영원히 오지 않을 것이라고 말한다. 그러면서 한국과 일본을 비교한다: "[일본인은 한국인과 달리 체제 저항 정신이 없다면서] 결국 이 나라가 운영하고 있는 시스템이, 이 나라 사람들에게 아주 잘 어울리는 게 아니냐 하는 거지. 그러니까 위에서 하는 이야기에 거스르지 않는 것, 부화뇌동, 타인 의존성과 집단 지향, 보수성과 무사안일주의, 전체를 위해서라는 그럴듯한 평계만 생기면 가령 밀고를 하더라도 좋은 일을 했다고 자기를 합리화하려고 하는 구제할 길 없는 우둔함, 이런저런 것들. 말하자면 긍지도 없고, 윤리도 없는 셈이 되나?"

학생들을 무인도로 데려가는 책임자가 검은 선글라스를 끼고 있거나, "대동아공화국에서는 록 음악 소스를 구하기는 쉽지 않다. 외국에서 들어오는 음악은 포퓰러 음악 판정 학회라는 조직이 엄격하게 심사하기 때문에 거의 모든 록 종류는 세관에서 걸러진다"와 같은 구절과 전기 기타가 반체제의 상징이라는 따위의 설정, 그리고 사고사로 위장되는 반체제 인사에 대한 처형 등은 박정희와 그 시대에서 차용해 간 듯하다. 이처럼 영화와 원작의 테마 설정이 틀리기는 하지만, 무장 혁명 전사로 세계를 떠돌아다니는 삼촌의 사진을 소중히 간직하는 신지를 통해 감독은 자신이 지나온 일본 학생운동과 적군파의 이념을 영화 속에 새겨 놓았고, '30대 이상은 믿을 수 없다'라는 히피 시대의 세대론을 배면에 녹여 놓았다.

한국 문화와 일본 문화

나는 일본 소설과 영화를 좋아한다. 한마디로 일본의 대중문화에는 지체遲滯가 없다. 한 사회의 지체란 기술과 사회현상은 앞서 가는데 법이나 제도가 그것을 뒤따르지 못하는 것을 말한다. 사실 법이나 제도는 사회현상이나 기술을 한 발짝 뒤늦게 따라와야지 그것을 앞서 갈 수 없긴 하다. 때문에 어떤 사회현상이 일어났을 때 전체 사회가 가진 응전력이 문제가 된다. 한마디로 선진국과 후진국의 차이란 사회적 지체를 처리하는 속도로 가늠된다.

이것이 법이다

소설이나 영화와 같은 문화가 중요한 것은 그래서다. 제도나 법은 속성상 새로운 사회현상을 선도하고 진단하기보다 추후 승인하는 성격이 강한 반면, 문화는 이미 추인된 사회현상에 의문을 제시할 뿐 아니라 새로운 현상을 재빨리 진단한다. 적어도 제대로 된 문화라면, 그 사회가 어물쩍거리고 있는 지체를 메워 주어야 한다. 그런 뜻에서 나는 우리나라의 소설과 영화를 못마땅하게 생각한다. IMF라는 전대미문의 사태에 당면하고도 왜 우리 드라마는 〈육남매〉처럼 60년대로 되돌아가고, 왜 우리 소설은 『봉순이 언니』처럼 70년대로 되돌아가는지……

이상하게도 우리 문화는 월드컵 때의 그 묘한 박수처럼 항상 엇박이다. 바로 응전하는 게 아니라 반 박자 늦다. 그에 비해 일본 문화는 현실에 응전하는 속도가 너무 빨라, 오히려 현실을 상회한다. 그래서 소설·영화 할 것 없이 일본 문화의 우세 장르는 SF이고, 식민 경험으로 인한 피해 의식을 떨치지 못하는 우리들의 눈에 그들의 문화는 이면이 의심스러운 탈역사주의 책략이나 은폐된 제국주의로 비치기도 한다. 『배틀로열』 역시 그런 단점을 지니고 있다. 예를 들어 남북한의 분단은 일제 식민의 결과인데도, 작가는 통일된 한국이 미국의 앞잡이가 되어 일본을 위협하고 있다는 식의 가상 설정을 해 놓았다.

약간의 곁말이지만, 한국 문화의 지체와 일본 문화의 선진성에 대해 어느 영화 제작자에게 설명을 했을 때, 그는 중국에서 벌어지는 한류 열풍의 상당 부분이 '한국 문화의 지체' 탓에 덕을 보고 있는 것이라고 말해 주었다. 즉 일본의 대중문화는 한국의 대중문화보다 너무 앞서 나간 탓에 중국인들에게 현실감을 주지 못하는 데 반해, 지체가 심한 한국의 대중문화는 중국보다 아주 약간 빠르거나 거의 동시대로 여겨진다는 것이다. 그래서 일본보다는 한국의 대중문화가 중국에 통할 가능성이 높다는 것이다. 이걸 긍정적이라고 해야 할지 나는 잘 모르겠다.

마지막으로 뛰어난 청춘 소설로서의 『배틀로열』에 대해 말하지 않을 수 없다. 영화 속에서는 주인공을 많이 생략했지만, 소설 속에서는 21명의 남학생과 21명의 여학생이 하나같이 생생하게 묘사되었다. 누군가를 사랑하면서도 속마음을 밝히는 일에 익숙하지 못했던 42명의 중학생들은, 죽음이라는 극한상황 앞에서 비로소 이제껏 망설여 왔던 감정들을 드러낸다. '평소에 내 사랑을 받아 주지 않았던 너를 이번 기회에 꼭 죽여 주겠어' 혹은 '마음속으로 사랑해 왔던 너를 지키기 위해, 다른 놈들은 내가 다 죽여 주겠어.' 하지만 사랑이란 그렇다. A는 B를 좋아하는데, B는 C만 좋아하고, C는 그런 B를 거들떠보지도 않는다. 요즘 유행하는 '사랑의 스튜디오'류의 짝짓기 프로라면 웃고나 말지, 『배틀로열』 속의 잘못 전달된 사랑의 화살표들은 곧바로 처단이고 죽음이다.

그렇다. 죽음이 예고된 극한상황에서 고백은 고백이 아니라 폭탄이다! 아, 이 소설은 정말 나쁘다. 숨겨져 있어야 할 소중한 감정들과 차근히 풀어내야 할 사랑의 맹서들을, 죽음이라는 극한상황 앞에서 폭약 터뜨리듯 일시에 노출시켜 버린 어린 연인들! 신경질적인 바이올린 줄처럼 가늘어질 대로 가늘어진 증오의 인계 철선이 42명의 청소년들을 이리저리 얽어 놓은 상태에서는, 굳이 배틀로열법이 아니더라도, 무한 살육은 시작된다. 누구도 이 승부를 중단시키지 못하게 되어 있다. 그리하여 무인도는 현기증 나는 짝짓기의 '동물 왕국'이 되었다. 이런 생물학적 다위니즘Darwinism 또한 배틀로열법을 만들었던 통치자들의 계산 속에 포함되어 있었던 게 아닐까? 이런 생각까지 하고 보면, 허약한 신생아를 땅바닥에 던져 죽였다는 고대 스파르타인들은 참 순진해 보인다.

사족이다. 〈배틀로열〉을 만든 후카사쿠 킨지는 속편을 만들던 중에 타계하고, 그의 아들인 후카사쿠 켄타가 후속 작업을 했다. 하지만 나는 이 영화를 비디오로 빌려 보다가 도중에 껐다. '이것이 법이다'라는 내 논리에 충실하자면, '단 한 사람만 살아남을 수 있다'던 배틀로열법은 '두 사람만이 살아남을 수 있다'로 고쳐 시행되어야 하고, 그것이 속편의 전제가 되어야 한다. 이미 배틀로열법은 무법자(학생들)에 의해 깨졌고, 통치자들은 당연히 법을 바꾸었을 것이기 때문이다. 예상과 달리 '한 사람'이 아닌, '두 사람'은 오히려 학생들 간의 연대를 저해한다. '한 사람'만 생존할 수 있도록 했던 최초의 배틀로열법은 학생들로 하여금 '하나냐, 전체냐?'라는 갈등을 일으키면서, 개인주의적인 생존 방식과 연대주의자의 생존 방식 가운데 하나를 선택하게 한다. 그러나 생존자를 '두 사람'으로 늘린 새로운 배틀로열법은 개인주의 대 연대주의가 아니라, 연대주의자 속에 숨어들어 연대주의자들 간의 균열을 일으킨다. 윌리엄 골딩의 『파리대왕』이 그런 경우다.

법은 입법자(통치자)와 피입법자(피통치자) 간의 전장戰場이며, 피입법자는 법을 끊임없이 위반하는 것으로 입법자들이 만든 법을 재구성한다는 이 글의 논리를 따르자면, 속편의 전제는 '두 사람만이 살아남을 수 있다'가 되어야 하며, 그것에 대한 보기 좋은 결말은 '세 사람'이 살아남는 것이다.

이것이 **법이다**

모차르트를
둘러싼 모험

모차르트는 수수께끼를 낸다

소포클레스의 비극 『오이디푸스 왕』에 등장하는 스핑크스는 테베 시민들을 향해 단 하나의 수수께끼를 낸다. 그런데도 스핑크스는 테베 시민들을 벌벌 떨게 만들었다. 하지만 클래식(고전음악) 애호가들에게 모차르트는 스핑크스보다 더 지독한 존재다. 왜냐하면 그는 하나가 아니라 무려 세 개씩이나 되는 수수께끼를 던져 주기 때문이다. 그렇다고 해서 우리가 공포를 느낄 필요는 없다. 모차르트는 자신이 낸 수수께끼를 풀지 못한다고 사람을 잡아먹을 괴물이 아니다. 두려움은커녕 우리는 모차르트의 일생이 빚어낸 세 가지 수수께끼가 곧 그가 만든 음악만큼 천진하며 풍부한 즐거움을 준다는 것을 알게 된다.

방금 나는, 모차르트는 세 개씩이나 되는 비밀을 가졌다는 식으로 허풍을 쳤지만, 실은 어떤 클래식 애호가도 '모차르트의 3대 수수께끼'를 정식화해 놓은 바 없다. 누구에게나 비밀이 있듯이 모차르트에게 비밀이 있고 수수께끼가 있었다고 말하기로 한다면, 어찌 고작 세 개밖에 없을 것인가? 그의 일생을 세 가지 수수께끼로 압축하고자 하는 시도는 잘 해 봐야 수학적 신비주의에 지나지 않는다. 그렇다고 우리가 다음과 같은 질문을 만들 수 없다는 것은 아니다. 첫째, 모차르트는 천재였는가? 둘째, 모차르트는 당대의 혁명가였거나 그 동조자였는가? 셋째, 모차르트는 암살당했는가? (여기서는 다루지 않지만, 그가 가톨릭 신자였는지도 모차르트의 비밀 가운데 하나다.)

알로이스 그라이터의 『모차르트』(삼호출판사, 1991), 노베르트 엘리아스의 『모차르트』(문학동네, 1999), 폴 맥가의 『모차르트: 혁명의 서곡』(책갈피, 2002), 필립 솔레르스 『모차르트 평전』(효형출판, 2002)을 도서관에서 빌려 와 한꺼번에 읽기 전까지, 나는 몇 년 동안 모차르트의 음악을 손에 잡히는 대로 즐겨 들었을 뿐 그의 삶에 대해서는 백지에 가까웠다. 그런데 이처럼 모차르트에 관한 독서를 준비하게 된 까닭은, 2002년에 있었던 대통령 선거 때문이었다. 40세가 되면서부터 서양의 클래식에 관심을 갖게 된 나는, 서양 고전음악에 대한 지식도 쌓고 또 음반에 관한 귀중한 정보를 얻기 위해 모 클래식 음악 동호회에 가입했다. 그런데 16대 대선이 가까워지면서 동호회의 자유게시판에는 심심찮게 모차르트를 둘러싼 '소유권 싸움'이 벌어지곤 했다. '모차르트는 당대의 혁명가였다'는 쪽과 '그의 삶은 혁명과 상

　　　　　　　　　　　　　　　모차르트를 둘러싼 모험

관없거나 반혁명적이었다'는 쪽의 논쟁이 바로 그것이었는데, 전자는 노무현의 지지자 쪽에서 많이 나왔고, 후자는 반노 진영에서 압도적으로 주장되었다.

국내 최대의 클래식 동호회인 그 사이트의 구성원들은 대개가 높은 교육 수준과 안정된 직업에 종사하고 있었으며, 무엇보다도 클래식 전문 동호인들답게 음악 지식이 상당했다. 모차르트는 물론이고 클래식에 대한 지식이 별무했던 나는, 친노와 반노 간의 모차르트 쟁탈전이 바그너와 쇼스타코비치로 번지면서 음악 혹은 예술이 정치나 사회로부터 얼마만큼 초연할 수 있으며 또 얼마만큼 그것의 영향을 받는가라는 폭넓은 문제로 비화하는 것을 목격하게 됐다. 게르만 신화에 탐닉하던 바그너는 나치의 선전용 국가 음악으로 이용됐고, 쇼스타코비치는 생존을 위해 스탈린과 사회주의 리얼리즘의 창작 원리를 기꺼이 받아들였다.

'모차르트는 혁명가였는가?'라는 질문과 함께, 모차르트에 관한 책을 모아 읽도록 동기를 마련해 준 것이 2002년 12월에 있었던 16대 대통령 선거였으니 내게 이 글은 대선 후일담이라고 해야 한다. 하지만 나는 모차르트에 관한 책으로 바로 진입하기보다, 어떤 규정으로부터도 자유로우며 아무런 언어에 의해서도 설명되지 않은, 순수한 상태의 모차르트를 좀 더 오래 접하고 싶었고 그래서 이 글은 의식적으로 미루어져 왔다. 각설하고, 나는 앞서 말한 네 권의 책을 빌려 온 다음, 가장 재미있어 보이는 필립 솔레르스의 책부터 골라잡았다. 하지만 이 책을 한 100여 쪽 정도 읽어 나갔을 때 예전의 어느 악몽이 되살아났다. 글렌 굴드에 매료된 바 있던 나는 우연히 미셸 슈나이더 라는 프랑스인이 쓴 『글렌 굴드, 피아노 솔로』(동문선, 2002)라는 책을 서점에서 발견하고 사 왔다. 하지만 몇 번이나 잘 읽어 보려고 시도했 으나 아직까지 읽어 내지 못했다. 사변적이고 지엽적이며, 비체계적 이고 언어유희적인 프랑스 작자들의 글쓰기에 질려 버린 것이다. 그 런데 솔레르스라니? 이 자는 무려 『텔켈』지의 수괴가 아닌가? 그래서 읽던 책을 잠시 덮고 네 권의 책 가운데 가장 오래전에 쓰인 것부터 차례대로 읽기 시작했다.

모차르트가 살았던 시대

엘리아스의 책은 1991년에 발표되었다는 것을 알 수 있었으나, 폴 맥가의 책은 자세히 알 수 없었다. 하지만 서론에 쓰인 "볼프강 아마 데우스 모차르트의 서거 200주기인 1991년은, 모차르트 애호가가 폭 발적으로 증가한 유별난 해였다"라는 언급만으로 그의 책을 엘리아 스의 책 뒤에 놓았다. 가장 먼저 읽게 된 그라이터의 책은 1962년 독 일 로볼트 출판사의 유명한 전기 총서 '로로로' 시리즈 가운데 한 권 으로 나온 것이며(이 시리즈의 일부가 한길사에서 번역되었는데, 해당 서 적은 서점은 물론이고 도서관에서마저 찾을 수 없었다. 하지만 이 판본의 번 역자도 믿을 만하다), 솔레르스의 책은 2001년에 발표되었다.

모차르트가 35년간 생존했던 1756년에서 1791년에 이르는 18세 기 후반은 절대 왕권이 서서히 무너지고 있던 시기다. 한마디로 그는 사회적 모순이 분출했던 혁명의 시대를 살았다. 그가 태어났을 때는 7년 전쟁이 시작된 해였는데 그 전쟁은 유럽만이 아니라 경쟁하는 제국들의 전 영역에서 치러졌고, 전장은 인도에서 카브리해, 북아메리카까지 뻗어 있었다. 뿐만 아니라 모차르트는 그의 생존 시에 두 차례 커다란 혁명을 경험한다. 하나는 미국독립전쟁(1775~1783)이고 다른 하나는 1789년의 프랑스대혁명.

18세기 중·후반은 계몽주의 사상가들이 뛰쳐나와 과학과 합리적인 이성이 세계를 지배해야 한다고 외치던 시대였으나, '계몽적 전제주의' 또는 '계몽 군주'라는 형용 모순적인 용어가 번듯이 사용될 만큼 과도기적이고 모순된 시대였다. 1740년부터 1789년까지 프러시아를 다스렸던 프리드리히 대왕과 1765년부터 1790년까지 오스트리아 제국을 통치했던 요제프 2세는 그 시대의 대표적 계몽 군주로, 새로 태동하는 부르주아 세력을 끌어들여 구질서의 핵심 요소인 가톨릭교회와 지방 영주의 힘을 약화시키고, 왕이 중심이 되는 군주제와 절대주의 국가를 강화하려고 했다. 35세로 요절을 하고 마는 모차르트의 비극은, 그가 살았던 사회의 과도기적이고 모순된 성격에 많은 원인이 있다. 너무 이른 결론을 내자면, 그는 더 일찍 태어났거나(한 24년 정도), 조금 늦게 태어나야 했었다(한 15년 정도). 하지만 태어나고 죽는 것을 어찌 사람 마음대로 할 수 있으랴.

모차르트가 활동하던 시기에 음악가들은 거의 모두가 왕실이나 교회의 고용인으로 생계를 유지했다. 맥가에 의하면 그들의 지위는 "귀족의 궁정이나 성직의 위계에서 상당히 낮은 하인에 불과했"고, 실제로 요리사보다 낮고 시종보다는 조금 높았다. 그 가운데서 유명 오페라 좌의 위임을 받아 작업했던 소수의 성공한 오페라 작곡가들과, 연주회와 교습으로 돈을 벌어들였던 소수의 기악 연주 대가들만이 특정 궁정의 하인으로 종속되지 않은 채 살아갈 수 있었다. 그러나 그런 성공은 흔하지 않았다. 모차르트보다 24년 연상이었던 하이든은 생애의 대부분을 헝가리의 에스테르하지 가문의 하인으로 봉직했다. 음악계에서 '파파 하이든'으로 불릴 만큼 유명했던 그는 하인의 복장을 하고 있어야 했으며, 주인의 허락 없이는 여행도 할 수 없었다.

타고난 재능과 영재교육

사람들은 볼프강 아마데우스 모차르트를 타고난 신동이라고 말한다. 하지만 모차르트의 아버지인 레오폴드 모차르트의 아들에 대한 열성적인 교육과 야심을 빼놓고서는 신동으로서의 모차르트에 대한 어떤 설명도 가능하지 않다. 제본업자의 아들로 태어난 레오폴드 모차르트는 아들의 인생을 지배한 유일한 인물이었다. 그라이터는 아예, 모든 위인의 삶에서 "이토록 강하고 전지전능한 아버지를 가진 위인은 결코 없었다"고 말할 정도다. 고등학교 시절부터 뛰어난 바이올리니스트로 명성을 얻고 있었던 레오폴드 모차르트는, 대학에서 철학과 법학을 공부했으나 마음은 늘 음악에 있었다. 그는 아버지(아마데우스 모차르트의 할아버지)가 돌아가자 직업으로 음악을 선택하고 귀족 밑에서 시종을 겸한 음악가 생활을 시작한다. 그가 쓴 바이올린 교

모차르트를 둘러싼 모험

본은 오늘날에는 적합하지 않다고 평가되지만, 그럼에도 불구하고 그에 필적할 만한 지식인은 당대의 음악가들 가운데 없었다.

세 살 때부터 연주 여행을 다녔던 모차르트는 한 번도 학교에 다니거나 교사를 청해 본 적이 없다. 까닭은 아버지 레오폴드 모차르트가 아들의 음악 수업은 물론 언어와 여타의 기본 과목까지 손수 가르쳤기 때문이다. 18세기에 부모가 직접 자식을 교육시키는 것은 흔한 일이 아니었다고 말하는 그라이터는 모차르트 아버지의 특유한 교육 방식이 오히려 적절했다고 말한다. 다시 말해 당시의 "아이들의 보육과 교육은 머슴·유모·보모·급사·가정교사와 같이 능력이 의심스러워 보이는 인물들이 맡았"기 때문에, 지식과 능력을 갖춘 아버지가 아들을 직접 가르친 것은 "비범한 것으로 받아들일 만한 가치가 있는 것"이라는 것이다.

이 대목은 자식을 둔 많은 부모들이 한번쯤 생각해 볼 만하다고 나는 생각한다. 하지만 아무리 오늘날의 학교가 의심쩍더라도, 뛰어난 부모가 자식을 직접 가르치는 일에도 부작용은 있다. 레오폴드 모차르트는 자식을 교육시키기 위해 자신의 창작 활동과 인생 모두를 희생했다. 오로지 자식의 일에만 매달린 결과 그의 창작 활동은 고갈되었고 중요한 다른 직업적 의무에서도 어려운 일이 생기게 되었다. 아들의 교육과 장래에 전념하느라 레오폴드 모차르트는 궁정 악단에서 맡은 의무를 최소한으로 수행할 수밖에 없었으며, 자신의 작품을 시연하는 일도 없게 되었다. 그래서 "그를 부렸던 상전들은 그의 능력과 재능을 조롱하고 만년 부악장으로 두게 된"(그라이터) 것이다. 이렇듯 모차르트의 성공이 자신의 희생을 바탕으로 한 것이었기 때문에 아버지는 아들에 대한 막강한 영향력을 가질 수 있게 됐고, 그것은 모차르트를 억누르는 이중의 억압으로 기능했다. 즉 모차르트가 당대의 예술적 관습이나 신분 질서에 저항하고자 할 때, 아버지는 모차르트가 뛰어넘고자 하는 장애물 그 자체가 되었고, 그것을 넘을 때마다 깊은 죄의식을 심어 주었다. 바로 이 점이 아버지가 죽고 나서 겨우 4년밖에 더 살지 못했던 모차르트의 급격한 몰락을 되돌아보게 한다.

5세 때 처음 작곡을 하고, 8세 때는 교향곡을, 그리고 13세에 이르러 오페라를 작곡했던 아이. 모차르트는 신동이고 천재다. 음악학자와 과학자들에 의해 만들어진 '모차르트 이펙트'라는 교육 프로그램은 모차르트가 천재라는 숭고한 신앙에 바탕한다. "소리와 음악을 통해 인간이 타고난 청각 능력을 계발해, 인간의 건강·행복·창의성을 북돋우고 학습 효과를 높이는 데 미치는 효과"를 모차르트 이펙트라고 하는데, 그들의 주장에 따르면 "모차르트 음악은 유아들의 뇌신경을 적절히 자극, 머리를 좋게 만들어 준다"고 한다. 모차르트 음악을 들으면 머리가 좋아진다는 이런 주장에 대해 나는 아무런 할 말이 없다. 하지만 한 가지 알고 있는 게 있어서 알려 주마. 인간의 뇌에 대해 논하는 사람은 다 바보라는 것. 아니, 현대 과학은 뇌에 대해 겨우 2퍼센트도 밝히지 못했기 때문에, 뇌에 대해서는 어떤 멍청한 말을 해도 다 옳다는 것이다!

모차르트 이펙트라는 프로그램에는 확실히 주술의 냄새가 난다. 『황금가지』를 쓴 프레이저는 고대인의 사유는 두 가지 유비적 사고에 의해 움직인다고 말하면서, '동종 주술'과 '감염의 법칙'을 내세웠다. 동종 주술이란 비슷한 것은 비슷한 것을 낳는다고 믿는 것이며(적과 닮은 모습을 만들어 상처를 주면 적을 죽게 할 수 있다는 생각이다. 〈조선왕조 500년〉과 같은 사극에 가끔씩 나올 뿐더러, 시험을 치기 전에 엿을 먹으면 합격한다는 속설 또한 동종 주술의 일종이다), 어떤 사물의 일부는 그것과 똑같은 성질을 가지고 있다는 믿음이 감염의 법칙(성자의 유골에 입 맞추면 불치병이 낫는다)을 신봉하게 한다. 그러므로 천재 모차르트의 음악을 들으면 천재가 될 수 있다는 현대판 주술가들의 논리가 아무런 근거도 없는 것은 아니다. 하지만 신동 혹은 천재 모차르트 자신은 또 다른 '유사類似 이펙트'의 도움을 전혀 받은 바 없다. 어려서부터 받은 가혹한 개인 교습과 유럽 국경을 넘나드는 국제적 유학 과정을 거쳤을 뿐, 한마디로 그는 영재교육의 산물이었다.

위대한 사람은 과도기에 태어난다

한 예술가를 혁명적이라고 할 때 우리는 그의 정치적 견해와 미학적 성취를 따로 분리하는 버릇에 길들여져 왔다. 하지만 엘리아스는 그런 이분법을 거부한다. 삶과 예술 또는 예술가와 그 인간을 별개의 것으로 분리할 수 없다는 엘리아스의 견해는 후술하기로 약속하고, 늘 논란이 되는 모차르트의 정치적 성향부터 먼저 살펴보자. 모차르트와 그의 아버지는 18세기 기존 질서에 맞서 개혁과 진보를 표방했던 프리메이슨 단체의 일원이었다. 바로 이 점이 훗날 그를 혁명적 인물로 채색하게 되는 근거가 됐다. 워낙 많은 종류의 프리메이슨 단체가 난립하고 있었기 때문에 프리메이슨 운동을 한마디로 규정할 순 없지만, 맥가에 따르면 "프리메이슨은 기본적으로 부르주아지의 이데올로기와 그들의 의식을 반영하는 운동"이었다. 그래서 "국가 교회가 부과한 종교적 전통성과 정치적 절대주의라고 하는 확고한 기성 질서와 충돌"할 수밖에 없었다. 프리메이슨이 거행한 다수의 의식과 사상의 중심에는 늘 이성 숭배가 자리하고 있었으며 전제적·비합리적 제도와 본성을 거부했다.

그렇다고 해서 프리메이슨에 너무 현혹되어서는 안 된다. 7,80년대 한국 사회의 지식인과 대학생 대다수가 엄정한 정치적 태도 없이도 군부 독재를 타도하는 전선에 함께 섰듯이, 모차르트가 살던 당시의 식자들은 모두가 프리메이슨이었다. 때문에 단지 그가 프리메이슨이었다는 근거를 들어 정치적으로 혁명가였다고 말할 수는 없다. 실제로 우리는 프리메이슨 단원이었던 하이든을 아무도 혁명가라고 말하지 않는다. 그 시대엔 왕족이나 귀족·성직자가 아니면서 프리메이슨에 동조하지 않는 식자는 '왕따'를 당하는 때였다. 그래서 그라이터는 "모차르트의 생애는 결코 혁명적이지 않았다"고 쓴다. 하지만 곧 엘리아스의 저작을 살펴보겠지만, 그건 당신이 정말 뭘 모르고 한 말이야!

한 예술가의 혁명적 성격을 논할 때는 반드시 그의 작품이 성취한 미적 혁명성을 따져 보게 된다. 맥가에 따르면 모차르트가 활동을 하던 시기는 사회적으로는 물론이고 "음악 분야에서도 그 시대는 혁명의 시대"였다. 18세기가 시작될 즈음의 지배적인 음악 양식은 종교음악이었으나, 세기가 저물어 갈 무렵에는 세속적 음악이 질과 양 모두에서 종교음악을 압도했다. 지나친 단순화의 위험이 있긴 하지만, 음악상의 새로운 도전은 멜로디의 부상으로 요약된다. 교회와 궁정에서 용인된 바로크 음악은 "일단 곡이 시작되면 템포의 갑작스런 변화나 현저한 차이 없이 시종일관 규칙적인 속도로 진행"된다. "이런 종류의 음악은 교회와 봉건적 위계질서, 절대 군주와 같이 무한한 신의 섭리로 질서 정연하게 유지되는 사회체제와 잘 어울렸"던 것이다. 하지만 부르주아 사회가 성장하면서 개인주의적인 특성과 개성이 부각되면서 멜로디가 솟아올랐다. 그러면서 명료한 구조와 긴장된 연극적 대조 등이 "매끄럽고 복잡한 바로크의 대위법적 악상 전개 방식"을 대신했다. 모차르트가 작품 활동을 하던 시기는 바로 그런 때였고, 스스로 고전주의 시대의 기수가 되었다.

기호나 취향은 물론 모든 예술 양식은 계급과 계급 간의 주도권 싸움이 벌어지는 전장이다. 실내악의 발전이 부르주아 계급의 경제적 능력과 상응하며, 현악 4중주의 탄생이 민주주의의 발전과 시민 계급의 사적인 정서를 반영했던 것처럼, 18세기의 지배계급은 오페라의 두 장르 가운데 오페라 세리아(비극)를 오페라 부파(희극)보다 더 선호했다. 영웅이나 높은 신분의 주인공이 등장하는 비극은 당대 상류계급의 가치와 지배의 미덕을 나타내 주었으나, 희극은 평범한 보통 사람들의 촌극으로 여겨졌다. 하지만 "사멸해 가는 지배 질서를 옹호하는 생명력 없는 선전물"이란 설명이 오페라 세리아에 대한 가장 정확한 요약"(맥가)이라는 것을, 모차르트의 역동적인 오페라 부파들이 웅변해 준다. 청각 기호들만으로 이루어진 기악과 달리, 대본이 전제된 모차르트의 오페라들은 모차르트의 음악에 나타난 정치적 입장을 유감없이 드러낸다. 봉건 권력에 대한 공격을 담고 있는 〈피가로의 결혼〉은 모차르트의 정치적 입장 표명이 드러난 작품이다.

'한 천재에 대한 사회학적 고찰'이라는 부제를 가진 엘리아스의 『모차르트』는 네 권의 책 가운데 가장 흥미롭고 뛰어나다. '천재적 재능'의 성숙이 개인의 인간적 운명과는 별개로 완성되는 "자동적이고 내면적인 과정"이라는 일반적 오해를 반박하고 있는 이 책은, 모차르트의 성공과 비극을 치밀하게 추적한 끝에 '자유 예술가/수공예 예술가'라는 도식을 제출한다. 모차르트는 궁정에 귀속된 금 세공사나 화가들처럼 "자신이 가진 기능의 조건에 맞게 구속"당하면서 사는 것을 싫어했다. 궁정의 주문 생산에 응한다는 것은, 자신의 감수성을 지배 계층의 그것에 맞춘다는 것을 의미하기 때문이다. 잘츠부르크 대주교의 후견 아래 근무하기를 포기했던 모차르트 말년의 결정은 "자신의 삶, 자신의 사회적 존재 전체를 도박에 건" 행위였으나, 자유 예술가로 정착하려는 모차르트의 성급한 시도는 "사회구조상 정상급의 음악가들을 위한 자리가 존재하지 않는 시기"에 이루어졌다. 다시 말해 입장료를 지불하는 관객들이나 기획 연주회는 물론이고, 유명 작곡가들의 곡을 팔고 그들에게 인세를 지불하는 출판 제도와 같은 시장이 없었던 것이다.

솔레르스가 "1781년 5월 9일은 모차르트의 개인사에 있어서 큰 의미를 갖는 날이다"고 명기했던 그 날은, 모차르트의 성공과 비극이 시작된 날이다. 잘츠부르크 대주교로부터 쫓겨난 바로 그 날, 모차르트는 오스트리아 제국으로부터 배척당했다. 당대 최고의 음악가에게 주문이 들어오지 않았다는 사실이 오늘날의 음악 애호가들에겐 전혀 이해되지 않지만, 사회규범과 질서를 어기는 사람에게 돌아오는 복수는 그처럼 잔혹했다. 하지만 많은 평자들은, 잘츠부르크 대주교에게 사표를 쓴 이후 10년 동안, 모차르트는 생애 최고의 걸작들을 쏟아낼 수 있었다는 데 동의한다. 그러므로 천재 예술가와 실패한 인간으로 모차르트를 구분해서는 안 된다. 모차르트의 음악은 모차르트라는 인간으로부터 나왔다는 게 엘리아스의 전언이다.

우리는 흔히 위대한 업적으로 유명해진 이들을 "이런저런 시대의 정점"에 출현했다고 믿는다. 하지만 엘리아스는 모든 위대한 사람들은 "과도기"에 출현한다고 단언한다. 그러면서 그들의 업적은 "항상 몰락하는 구계급의 규범과 부상하는 신흥계급의 규범 사이에 전개되는 역동적인 갈등"으로부터 나온다고 말한다. 엘리아스의 결론은 이렇다.

모차르트의 비극은 결국, 그의 음악적 환상과 음악적 양심이 아직 그 사회의 전통에 묶여 있음에도 불구하고 개인적으로나 창조적 작업에 있어서 순전히 혼자 힘으로 사회 권력 구조의 벽을 부수려 했다는 데, 그것도 전래의 권력 관계가 온전했던 사회적 발전 단계에서 그것을 행했다는 데 있다.

그 점에서 모차르트의 삶은 충분히 혁명적이다. 그라이터는 "모차르트는 노예와 같은 종속의 굴레를 깨고, 그에 따라 외적인 독립을 획득하지만, 불안정한 대가를 치렀던 최초의 인물 가운데 한 사람이었다"고 쓰고도, 그 행위에 대해 적극적 의미 부여를 하지 못했다.

사회적 공모에 의한 암살

모차르트보다 15년 늦게 태어난 베토벤은 창작만 해서 먹고살 수 있는 자신의 삶에 흡족해 하며 한 친구에게 '아무것도 부러울 게 없다'는 투의 편지를 쓴 바 있다. 그래서 엘리아스는 모차르트가 요절하지 않았다면 자신의 꿈을 이룰 수 있었을지도 모른다고 말한다. 아니라면 앞서도 썼듯이, 차라리 하이든처럼 25년 일찍 태어나야만 했을까? 그런데 어쩌자고 모차르트는 좀 더 느긋이 기다리지 못하고, 그토록 서둘러 자유 예술가 선언을 했던 걸까? 엘리아스의 책을 두 번째로 읽지 않았다면 나는 해답을 영영 찾지 못했을 것이다: "한 인간을 이해하려면 그가 간절히 성취하고자 하는 지배적인 소망이 무엇인지 알아야 한다." 음악밖에 모르던 모차르트는 그렇게 할 수밖에 없었다. 아주 놀랍게도 엘리아스는 그걸 가리켜, 운명이라고 말한다.

피터 셰퍼가 쓴 희곡에 기초한 밀로스 포먼 감독의 영화 〈아마데우스〉는 많은 사람들에게 모차르트 암살설을 퍼뜨렸다. 하지만 그 기원은 A. 푸슈킨이 1830년에 완성한 희곡 「모차르트와 살리에리」에까지 거슬러 올라가며, 모차르트 생전에 이미 그의 입으로 발설된 바 있다. 모차르트의 아내 콘스탄체는 모차르트가 "누가 나에게 독을 주입하였다"(그라이터)고 말했다는 것을 증언하고 있다. 밀로스 포먼의 영화는 살리에리의 질투에 의한 독살설을 채택했으나, 프랑스혁명으로 위기를 느낀 요제프 2세가 모차르트의 오페라 〈마적〉을 못마땅하게 여겨 살해했을 것이라고 주장하는 사람들도 있다. 이처럼 의견이 분분하지만, 모차르트의 불우했던 말년을 보면 '사회적 공모에 의한 암살'에 가까웠다. 그리고 그런 일들은 개명한 현대 사회에서도 공공연하게 일어난다. 마광수가 그런 예다. 2003년 8월 29일자 몇몇 일간지는, 마광수 교수가 작년에 "재임용 과정에서 나를 탈락시킨 동료 교수들에 대한 배신감으로 심각한 정신적 충격을 받았고 지금은 죽고 싶은 심정"이라며 사직서를 제출했으나 수리되지 않았다는 복직의 변을 싣고 있다. 나는 그가 1980년대 후반부터 우리 사회를 대표하는 파괴력 있는 에세이스트였으며, 우리 시대의 모차르트라고 생각한다(개정판 교정을 보고 있는 지금도 같은 생각이다. 대가연하는 지식인이나 잘났다는 한국의 글쟁이 모두, 마광수보다는 조금씩 모자란다).

마지막으로 솔레르스를 읽었다. 그리고 알았다. 프랑스인의 글을 '메인 디쉬'로 여기고 읽으면 영양실조에 걸리기 좋으나, 디저트로 읽으면 이루 말할 수 없이 즐겁다는 것을! 자, 글을 끝내자. 서양 고전음악이란 뭔가? 그것은 대중음악과 어떻게 다른가? 고급 문화는 무엇이고 저급 문화란 무엇인가? 고전이란, 고급 문화란 한마디로 '귀'의 세계를 향해 있다. '나는 대중음악이 싫어!'라고 말할 때, 진정한 음악 애호가들은 대중음악이 '소음'이기 때문에 거부하는 게 아니라, 소음에도 미치지 못하며, 소음조차도 거부하는 '눈'의 세계를 지향하기 때문에 거부하는 것이다. 10대 댄스 가수들이 역겨우며, '홈시어터'가 같잖게 여겨지고, 눈을 감고 되뇔 권리를 빼앗아 가는 화보 가득한 책들이 싫은 것은, 고급과 저급의 차원이 아니라, 귀와 눈이 지향하는 세계가 다르기 때문이다. 솔레르스는 "듣는 것이 바로 보는 것"이라는 하이데거의 말을 인용하면서, "이런 발언은 이미지가 우상이 되는 세상에서는 점점 더 미친 소리로 여겨질 것이다"라고 쓴다.

모차르트를 둘러싼 모험

미국의 극우파에
대한 명상

개인주의 신념과 청교도가 세운 나라

9·11 테러 사건 이후 미국에 대한 관심이 새삼 높아졌다. 지구상
에서 한국처럼 미국에 관심이 많은 국민도 없고, 미국화한 나라도 없
는데, 굳이 '새삼'이라는 부사를 쓴 이유는 무엇인가? 까닭은 9·11 이
후에 드높아진 미국에 대한 우리들의 관심 속에는 기왕에 있어 온 한
국과 미국 간의 특이한 역사 속에서 이루어졌던 국지적인 관심사를
뛰어넘는, 훨씬 넓고 깊은 호기심이 새로 생겨났다고 여기기 때문이
다. 사실 2001년 이전까지 미국에 대한 우리의 관심사는 즉자적인 것
이었다. 하지만 2001년 이후 미국에 대한 우리들의 관심과 이해 욕구
는 '우리에게 미국은 무엇인가?'라는 국지적이고 즉자적인 수준을 넘

어 '우리가 사는 세기世紀에 미국은 무엇인가?'라는 좀 더 광역화되고 근본적인 것으로 바뀌었다.

희생자들에겐 몹시 미안한 말이지만, 어떤 의미에서 9·11은 한반도라는 좁은 틀 속에서만 반응하던 한국인의 정치·경제·군사·문화적 시야를 벗어나 지구적으로 사고할 수 있는 기회를 열어 주었다. 9·11 이후 봇물처럼 쏟아져 나온 문명서와 아랍권에 관한 서적은 물론 미국에 관한 다양한 종류의 연구서들은 처참하게 형해화한 무역센터빌딩과 수천의 애꿎은 희생자들이 우리에게 가한 또 다른 종류의 충격이다. 우리는 이 충격을 한때의 유행이나 출판사들의 잽싼 상혼으로 여기지 말고, 좀 더 넓은 공간과 긴 시간 속에서 자신을 생각하고 세계와 관련을 맺는 기회로 삼아야 한다.

2003년 6월, 책세상과 문학과지성사에 이어 살림출판사에서도 우리 필자 손으로 이루어진 문고를 발간하기 시작했다. 출간된 서적의 제목을 한번 훑어보는 것만으로도 '세상의 모든 지식을 담기 위한 노력'이라는 캐치프레이즈가 그냥 하는 말이 아니라는 것을 알 수 있다. 그리고 무엇보다 반가운 것은, 이 문고의 첫 기획·발매본에 앞서 말했던 '우리가 사는 세기에 미국이란 무엇인가?'라는 관심사가 고스란히 반영돼 있다는 것이다. 이번에 출간된 첫 회분(001~010) 열 권은 모두 미국을 주제로 하고 있으며, 근간될 목록 가운데도『미국 혁신주의 운동의 선구자들』(가제)·『건국 초기 미국의 정치사상』(가제) 같은 책들이 예고되어 있다. 이런 기획은 9·11이 아니었으면 쉽게 입안되지 못했을 것이며, 여기서 다루는 주제들 또한 미국에 대한 표피적

미국의 극우파에 대한 명상

호기심과 상업적인 계산을 뛰어넘는다.

열 권의 책 가운데 특히 흥미를 끈 것은 이주영의 『미국의 좌파와 우파』, 손영호의 『마이너리티 역사 혹은 자유의 여신상』, 김형인의 『두 얼굴을 가진 하나님: 성서로 보는 미국 노예제』, 정욱식의 『MD 미사일 방어 체제』, 김진웅의 『반미』이다. 대부분의 비미국인들은 미국이 다른 나라와 달리 국민들 사이에 갈등이 거의 없는 나라라고 생각한다. 하지만 제일 먼저 읽은 이주영의 『미국의 좌파와 우파』를 읽어 보면, 그건 오해다. 이 책을 읽어 보면 현재의 미국은 기왕의 미국인들이 획득하고 보존해 온 미국적 가치와 합의가 곳곳에서 와해되어 심각한 갈등을 일으키고 있는 중이라는 것을 알게 된다.

미국의 역사는 애당초부터 군주·귀족·성직자와 같은 세습적인 특권층이 전무한 상태에서 시작되었다. 타파해야 할 봉건 체제가 없었으므로 구대륙에서와 같은 시민혁명이나 계급혁명이 필요 없었다. 대신 신대륙에 안착한 이민자들은 몇 가지 기본 가치를 내세웠다. 첫 번째는 개인주의에 대한 신념이다. 신대륙에서는 유럽의 부르주아 계급이 피를 흘려 가며 얻고자 했던 개인의 자유와 개인의 자기실현이 아무런 권력의 제지 없이 최고의 가치로 받아들여졌다. 이러한 개인주의 정신을 토대로 하여 미국인들은 평등권·공화제·법의 지배·대의제·사유재산·인권·언론 자유를 구현할 제도를 확립했다. 개인주의적인 생활 방식을 토대로 이루어진 미국의 자유 사회liberal society는 봉건제도를 청산한 최초의 근대적modern 사회로 일컬어진다.

미국 사회를 이끈 두 번째 가치는 프로테스탄티즘 윤리다. 개인의 영적 구원과 개인의 직업적 성공을 결부시켜 생각하는 칼뱅주의 교리는 최초의 신대륙 이민자들이었던 청교도puritan에게 전수되었다. 청교도들은 세속적 성공을 위해 근면·자조·절약·도덕적 생활을 강조했으며 많은 미국인들이 그런 청교도적 생활 방식에 동의함으로써, 프로테스탄트 윤리는 미국 국민의 윤리로 자리 잡았다. 바로 위의 두 가치는 시간이 흐르면서 미국적 가치american values가 되고, 미국적 생활 방식american way of life이 되었으며 그것을 토대로 미국적 체제american system가 세워졌다. 그 체제는 근본적으로 자유방임주의적인 것으로, 정부는 각 개인이 자신을 실현할 방법을 찾는 데 간섭해서는 안 되었다.

뉴딜로 깨진 미국에 뉴 라이트를 켜라

미국인들의 자유 사회 내지 국민적 합의가 깨어지기 시작한 것은 1929년에 대공황이 일어나면서부터다. 1933년에 들어선 프랭클린 루즈벨트의 민주당 정권은 대공황을 해결하기 위해 뉴딜 정책을 시행했는데, 정부 개입 또는 국가 통제에 의한 복지 정책과 공공사업은 개인적 자립과 자유방임을 강조해 온 미국의 전통에 어긋났다. 대중의 지지에 의해 미국 대통령사상 네 번이나 대통령에 당선된 루즈벨트 정권은 종전의 개인주의적·자유방임주의적인 가치를 대신하여 공동체주의적·사회주의적·정부간섭주의적인 가치를 강조했을 뿐더러, 1933년에는 공산국가인 소련을 승인하기도 했다. 이후 민주당은 지

미국의 극우파에 대한 명상

속적인 대 공산주의 유화정책을 폈는데, 바로 이런 점 때문에 뉴딜 진보주의자들은 보수 세력에 의해 공산주의자와 동일시되었고 역설적이게도 자신이 공산주의자가 아니라는 것을 밝히기 위해 민주당 행정부는 한국전쟁과 베트남전쟁에 돌입했다. 그럼에도 불구하고 일부 미국의 우파들은 루즈벨트를 공공연히 공산주의자라고 부른다.

뉴딜 정책을 옹호하는 과정에서 뉴딜 진보주의New deal liberalism 이념과 추종자들이 생겨났고, 루즈벨트가 4선 대통령직에 있는 동안과 트루먼 행정부가 끝나는 1952년까지 약 20년 동안 집권했던 민주당의 공식 이데올로기가 되었다. 그 후 8년간 아이젠하워의 공화당 정부가 권력을 잡았으나, 공화당 역시 표를 잃지 않기 위해 복지 정책을 포기할 수 없었다. 진보주의는 시대의 대세가 되었으며, 케네디와 존슨의 민주당이 정권 교체에 성공한 1961년부터 1968년 사이에 진보는 절정기를 맞이한다.

뉴딜 정책 이후 미국인 사이에서는 정부의 개입을 통해 빈곤을 비롯한 사회문제를 해결해야 한다는 생각이 널리 퍼져 나갔으며, 진보주의 이데올로기는 60년대에 들어서부터 경제 영역을 넘어선 새로운 영역으로 활동 범위를 넓혀 나갔다. 연방 정부의 민권civil rights 문제에 대한 개입이 바로 그것이다. 민주당 정권에 의해 흑인에 의한 인종 차별이 법적으로 폐지되었다. 그뿐 아니라 민주당은 낙태 허용·소수 세력 우대 조치 등의 정책을 통해 미국 사회가 백인 남성 위주에서 벗어난 인종적·문화적으로 다양한 다문화 사회로 나가게 하는 계기를 마련했다.

루즈벨트와 루즈벨트의 행정부를 차지하고 있었던 진보주의 권력층은 60년대 이후 등장한 문화적 좌파the cultural left와 연대함으로써 진보-좌파 세력을 만들어 냈다. 문화적 좌파로 불리는 이들의 뿌리는 60년대의 신좌파the new left들이다. 베트남전쟁이 끝나고 미국 사회가 안정을 찾으면서, 미국에서는 마르크스주의 혁명이 불가능하다고 여긴 그들은 지금까지의 정치혁명 대신 문화혁명으로 방향을 전환한다. 그들이 말하는 문화혁명은 기성 체제의 개인주의적이고 청교도적인 생활 방식과 의식구조를 완전히 초월하는 것으로 탈근대주의·공동체주의·소유로부터의 해방·성 해방 등의 대항 문화를 구현한다.

　　1930년대의 진보주의 권력층과 1960년대 문화적 좌파는 서로 다른 사회 환경 속에서 태어난 별개의 세력이었으나, 그럼에도 불구하고 두 세력은 수십 년 동안 서로 엉켜 하나의 세력처럼 행동했다. 진보-좌파에 대한 집단적이고 의식적인 최초의 보수-우파 출현은 1974년에 생겨났다. 워터게이트 사건으로 공화당의 닉슨이 물러나고 후임으로 백악관을 물려받은 제럴드 포드가 민주당과 진보주의 언론을 달래기 위해 부통령에 공화당 내의 진보적 인사였던 넬슨 록펠러를 지정하자, 공화당의 젊은 보수주의자들은 크게 우려했다. 포드의 이런 선택은 중산계급 정당인 공화당을 민주당과 같은 빈민의 당으로 만드는 것과 함께 근면·자조·자유방임의 미국적 생활 방식을 훼손하여 국가의 성격과 진로마저 바꿀 수 있는 위기로 받아들인 것이다. 진보-좌파 세력에 대항할 보수-우파 세력을 조직해야 할 필요성을 느낀 기업가와 정치가들이 신우파the new right라는 기치 아래 모이기 시작했고 해리티지 재단과 같은 두뇌 집단의 가동과 보수주의 잡지 발간, 진보주의 정치가들에 대한 낙선 운동, 진보 입법 반대 운동이 이때부터 활동한다. 진보주의 권력층이 훗날 문화적 좌파와 연대했듯이, 미국 사회의 상층부에서 시작된 보수주의 인사들의 반격은 시간이 지나면서 중하층 대중의 민중주의populism 운동으로 변이·착종됐다.

미국 중하층 대중들이 자진해서 보수-우파에 가담하게 된 까닭은 상류층과 하류층의 중간에 끼어 정부와 사회로부터 아무런 혜택도 받지 못한다고 여겼기 때문이다. 즉 사회적 특권을 누리고 있는 상류층이나 정부로부터 복지 혜택을 받고 있는 하류층과 달리, 각종 세금 납부에 시달리면서 희생당한다고 생각한 것이다. 또한 그들은 진보-좌파가 이루어 놓은 흑인 민권 확장에도 분개했다. 부자들은 자녀를 흑인이 없는 사립학교에 보낼 수 있지만 중하층 구성원들은 삶의 현장에서 매일 흑인과 부딪쳐야 하므로 민중들에게 사회적·인종적 평등 실험을 강요하지 말라는 것이다. 나아가 그들은 여성 권익의 신장과 소수 인종에 대한 우대 조치는 물론 개인의 범죄를 사회의 책임으로 돌리는 진보-좌파에 대해서도 분노했으며, 베트남전쟁에서 싸울 때 (양심적) 병역 회피를 했을 뿐 아니라 귀환 장병을 조롱하고 모욕한 진보-좌파에 대해서도 원한을 품었다.

보수주의 정객들을 기꺼이 따르고자 원하는 미국의 우파 민중주의는 제3세계의 좌파 민중주의와 전혀 다르다. 제3세계의 민중주의자에게는 자본가와 지주가 타도해야 할 적이지만, 미국의 우파 민중주의자들에게는 진보-좌파 지식인·관료·언론인·성공한 여성과 흑인

(또는 소수 인종)이 그 적이다. 미국에 좌파 민중주의는 없다는 전제 하에서, 현대 미국 민중주의는 중서부와 남부 농업 지대에서 일어난 19세기 말의 민중주의 세력과도 전혀 비슷한 점이 없다. 19세기 말의 미국 민중주의자들의 적은 동부의 금융가 엘리트와 산업가 엘리트였으나 위에서 본 것처럼, 현대 민중주의자들의 적은 월 스트리트의 금융가나 자본가를 피해 간다.

1974년을 기점으로 나타나기 시작한 신우파는 한마디로 경제적·정치적 문제보다는 사회적·문화적인 문제와 생활 방식을 더 중요하게 생각하기 때문에, 자연스럽게 사회적 보수주의 또는 문화적 보수주의 운동을 띠게 되었다. 경제적·정치적인 공세가 아니라 사회적·문화적 공세이기 때문에 공격의 강도와 파급력이 약하다고 생각하면 큰 오산이다. 사회적·문화적 공세를 통해 그들이 강화하는 것은 자본주의에 대한 절대적 신봉이다. 신우파는 뉴딜로 부서진 미국에 '뉴라이트new light'를 비추려고 한다.

극우파는 돌연변이?

자본주의에 대한 절대적인 신봉과 함께 미국의 보수-우파 혹은 신우파 운동이 지키려고 하는 것은, 진보-좌파가 물들여 놓은 여러 가지 세속적인 타락으로부터 미국을 구원하겠다는 종교적 사명이다. 때문에 미국의 신우파 운동에서 근본주의 신앙을 가진 프로테스탄트들, 즉 '종교적 우파'가 중요한 자리를 차지해 나가고 있다. 이들은 세속주의자·진보주의자·사회주의자·유태인을 청교도적인 미국적 가치를 파괴하는 주범으로 꼽는다. 앞으로 더 살펴보겠지만 종교적 근본주의는 이슬람에만 있는 것이 아니다. 인종주의라는 허물이 더 크게 보이기 때문에 은닉되었을 뿐, 예를 들어 흑인 민권운동이 활발했던 60년대 말부터 더욱 기승을 부리며 존속해 온 KKK단 같은 단체는 종교적 근본주의가 아니고서는 설명할 길이 없다.

94쪽밖에 안 되는 이 얇은 책은 진보-좌파가 형성된 기원과 활동 상황을 22쪽에 걸쳐 간략히 설명한 다음, 나머지는 보수-우파에 대해 할애하는데 그나마 48쪽 이후부터는 우리에게 생소하기 짝이 없는 극우파에 대한 기술이다. 진보-좌파에 의한 미국의 도덕적 세속화와 경제적(복지 정책·사회적 약자 보호)·정치적(소련에 대한 공존과 유화) 좌경화를 막기 위해 신우파가 등장한 게 1970년대부터이다. 이처럼 일찍부터 신우파가 활동하기 시작했으나 미국은 진보-좌파 엘리트가 이끄는 방향으로 바뀌어 갔고, 보수-우파의 위기의식은 더욱 커졌다. 극우파the far right의 출현은 시간문제였고, 미국이라는 토양에서는 결코 돌연변이가 아니었다.

신우파를 1970년대의 우파라고 한다면 1980년대의 우파는 극우파다. 신우파가 홍보 활동과 법 제정의 방법을 사용했던 것과 달리 극우파는 무력 사용 방법을 선택했다. 그에 따라 남부와 중부 지대를 중심으로 준군사 조직인 민병대militia가 생겨났다. 이들은 자신을 200여 년 전에 영국에 대항해 미국의 독립을 위해 무기를 들었던 민병대와 똑같은 성격의 것이라고 여기며, 자신들의 활동을 제2의 미국혁명이라고 부른다. 총기로 무장하고 군사 훈련을 하며 아마겟돈(?)을 준비하는 이들의 사고 근저에는 두 가지 신념이 자리 잡고 있다. 첫째는 헌법근본주의constitutional fundamentalism다. 1789년에 채택된 미국 최초의 헌법에는 연방 정부에 대한 어떠한 법적 권리도 부여되어 있지 않다는 것이 이들의 주장이다. 그래서 연방 정부에 대한 납세의무를 질 필요나 연방 정부의 환경 규제에 응할 까닭이 없다. 또 재판은 그 지역의 지방민에 의해 이루어진 배심원이 맡아야 한다. 헌법 근본주의자들의 이러한 주장 속에는 정부의 총기 규제에 대한 반대도 포함된다. 실제로 미국 학교에서의 총기 난사 사건이 그토록 빈발한데도 불구하고 총기규제법이 통과되지 않는 까닭은 총기 제조업자들의 막대한 로비도 있지만, 시민이 총을 가질 권리는 미국식 민주주의의 마지막 보루며 시민 계급의 권리라고 믿는 사고가 미국인에게 팽배해 있기 때문이다.

극우파를 지탱시켜 주는 두 번째 신념은 기독교 정체christian identity 신학이다. 극우파들에게 영향을 준 이 기독교 신학은 기성 교회의 신학과는 매우 다르다. 이 신앙의 기원은 19세기 영국에서 시작된 브리티시 이스라엘리즘의 미국적 변형으로, 이스라엘 왕국이 아시리아에 의해 멸망당한 이후 행방을 알 수 없는 몇 개의 부족 가운데 하나가 몰래 영국 땅으로 흘러들었다가 19세기에 그 일부가 미국으로 건너왔다는 이야기를 근거로 한다. 독일의 신나치주의자들과도 스스럼없이 연대를 한다는 이들 극우파의 황당한 선민 의식에 기가 막히기도 하지만, 정작 불쌍한 사람들은 각종 극우 행사에 미국 국기를 흔들며

미국의 극우파에 대한 명상

참여하는 우리나라의 일부 개신교 교단이다. 혹시 이들도 행방을 알 수 없던 이스라엘 부족 가운데 하나가 아닐까?

굳이 기독교 정체 신학이 아니더라도, 미국의 우파들에게는 헌법 근본주의와 기독교 근본주의가 합체되어 있다. 그들은 미국 헌법 어디에도 교회와 국가의 분리라는 말은 없다고 주장하며, 미국 역사에서 교회와 국가를 분리시키려고 한 세력이 바로 진보-좌파 세력이라고 말한다. 극우파의 정체 신학이 곧 보수-우파의 기독교관은 아니겠지만, 부시가 자주 사용하는 기독교적 수사와 선악 개념 그리고 종교차별적인 정책은 종교와 국가를 철저하게 분리하는 유럽과 달리 종교와 국가를 결부시키는 성향이 강한 미국인들에겐 환영을 받고 있다.

우파가 극우파를 응징하다

극우파와 신우파는 여러 면에서 공통점이 있지만 반목하는 점도 있다. 극우파의 강력한 신념 가운데 하나가 반연방주의이며 중앙 정부를 악으로 본다는 것이다. 때문에 공화당 역시 극우파의 공격 대상이 될 수 있다. 하지만 아직까지는 주로 민주당이 주된 공격 대상이 되어 왔고, 클린턴이 재임하던 1993년에서 2000년 동안 극우파의 민주당에 대한 증오심은 절정에 달했다. 그들은 클린턴 행정부가 빈민을 돕기 위한 복지 정책으로 정부 예산을 낭비하고 채무·세금을 가중시켰다고 여긴다. 또 민주당 정권은 낙태와 동성애와 같은 비기독교적인 악행(?)에 호감을 보인 데다가 총기규제법을 통해 시민의 자유를 빼앗으려고 했다고 믿는다. 게다가 클린턴은 베트남전쟁 당시 반전주의자로 병역을 기피했으며 섹스 스캔들을 일으킨 장본인이기도 했다.

극우파는 클린턴 재임 시에 세상을 떠들썩하게 한 두 개의 무장 봉기(?)를 일으킨다. 첫 번째는 1993년 데이비드 지파支派 사건이다. 텍사스 주 웨이코에 소재한 데이비드 코레시의 기독교 근본주의자들 공동체에 무기가 있다는 정보를 입수하고 연방 주류총기반이 수색하려고 갔을 때 공동체 측이 이를 거부하고 요원 한 명을 살해하자, 단속반은 장갑차를 앞세워 공동체 건물을 파괴했다. 이때 불이 나서 어린이를 포함한 신도 80여 명이 죽었다. 이 사건은 제대로 규명되지 못한 채 두 해를 넘기고 난 1995년, 티모시 맥베이가 데이비드 지파의 원수를 갚기 위해 오클라호마 시티 연방 청사를 폭파시켜 168명의 무고한 시민을 살해하자 다시 세간에 떠올랐다.

사건을 일으키던 당시, 28세의 티모시 맥베이는 걸프전 참전 병사로 백인우월주의에 심취해 있었다고 한다. 그는 미국의 신나치주의 작가 윌리엄 피어스의 『터너 일기』를 읽고 그 소설에 나오는 백인 테러리스트 윌리엄 터너를 숭배했다고 알려져 있다(윌리엄 피어스가 썼다는 문제의 소설은 윌리엄 스타이론이 쓴 『네트 터너의 고백』에 관한 명백한 고쳐 쓰기임에 분명하다. 네트 터너는 1837년 남부 버지니아에서 일어났던 최초의 흑인 노예 반란의 지도자였고, 스타이론은 수정주의 입장에서 그 사건을 소설로 썼다). 티모시 맥베이는 2001년 6월 11일, 사형 제도에 관한 찬반 논란 속에 형을 집행당하기 직전에, 영국 시인 윌리엄 어니스트 헨리(1849~1903)의 시 「정복 불능Invictus」의 전문을 교도관에게 남겼다. 그 시의 마지막 구절은, "나는 내 운명의 주인/ 내 영혼의 선장." 티모시 맥베이는 전 세계인에게 농담을 건넨 것이 분명하다. 그가 유서 삼아 남긴 이 시구는 영화 〈죽은 시인의 사회〉에 나오는 키팅 선생이 아이들에게 가르쳐 준 바로 그 시구詩句다. 그런데 아무리 웃자고 해도, 이 농담은 좀 야비하다. 멋모르고 죽어 간 폭탄 테러범의 희생자들이 죽는 순간에 "나는 내 운명의 주인/ 내 영혼의 선장"이라고 읊조렸을 리 만무하기 때문이다.

미국을 깜짝 놀라게 한 데이비드 지파 사건과 오클라호마 연방 청사 폭파 사건은 클린턴 재임 기간에 일어났으나, 사실 그 사건은 어느 날 갑작스레 일어난 게 아니었다. 1970년대 말부터 1980년대 초까지 많은 민병대 조직이 연방 정부의 공무원이나 국세청 공무원들과 무력 충돌을 벌였다는 사실과 현재 미국에는 22개의 극우파 군사 조직이 암약하고 있다는 사실에 주목해야 한다. 농담 삼아 하는 말이지만, 이들이 성역으로 선포하고 대거 이주한 오리건·워싱턴·아이다호·몬태나와 같은 북서부 지역에 우리 같은 유색 인종이 잘못 길을 잃고 들어갔다가는 2003년 여름에 개봉한 영화 〈데드 캠프〉와 같은 일이 벌어질 수 있다.

위에서 잠깐 말했듯이 미국의 정통 (신)우파와 극우파는 동상이몽을 하는 불편한 관계다. 흥미롭게도 티모시 맥베이에 대한 사형이 부시 정권 아래서 행해졌다는 것은 미국의 보수-우파에 대한 또 다른 명상을 요구한다. 다시 말해 미국의 보수-우파는 티모시 맥베이 같은 극우파들의 러브콜을 뿌리치면서 '너 같은 보수 골통들 때문에, 진짜 합리적이고 진취적인 보수-우파가 욕을 얻어먹는 거야!' 하고 극우파의 귀싸대기를 갈긴 것이다(실제로는 귀싸대기가 아니라, 사형이었지만). 그런데 이거 어디서 많이 들어 본 말 아닌가? 요즘 들어 우리나라에는 언죽번죽 합리적인 보수를 부르짖으며 보수주의자로 커밍아웃하는 지식인들이 많이 생겨났다. 하긴 약삭빠른 교수나 지식인들을 조롱해 무엇하랴. 한때 '골통 보수'의 수장인 최병렬마저도 입만 뻥긋하면 합리적이고 진취적인 보수를 말하지 않는가. 그러니 제발 바라건대 박근혜 대표님, 부시가 그랬던 것처럼 몇몇 골통 보수들의 귀싸대기를 갈겨 주소서! 그래야 보수가 삽니다.

한국은 미국을 따라가나?

미국의 좌파와 우파에 대해 간명하게 정리해 놓은 이 책은 몇 가지 의문을 품게 한다. 먼저 책 전체를 통해, 우파 민중주의자(우파 민중주의)라는 말에 대응하는 좌파 민중주의자(좌파 민중주의)는 오늘날의 미국에 존재하지 않는다는 듯한 저자의 단정이 느껴지는 것은 나만의 오해일까?

리무진 진보주의자limousine liberals라는 현지 용어가 있기는 하지만, 정말 미국의 좌파들은 모조리 엘리트 계층뿐일까? 보수-우파들이 말하는 것처럼 미국에서는 노동조합 구성원들마저 모조리 노동 귀족이 되어 버려, 미국 땅 어디에도 좌파 민중주의란 존재하지 않는 걸까?

미국의 극우파에 대한 명상

쑥스러운 자문자답이 될지도 모르겠지만, 지금 읽고 있는 리처드 로티의 『미국 만들기』(동문선, 2003)는 미국의 좌파들이 세속주의와 실용주의로부터 멀어진 '고도의 지적 이론'으로 후퇴했기 때문에, 공적 영역에서 미국 우파의 견해가 점점 더 우세한 공적 견해가 되어 가고 있다고 비난한다. 아직 다 읽지 않은 그 책의 주장이 옳다면, 우파에 비해 좌파에 대한 설명이 4분의 1밖에 지면을 차지하지 못한 이 책의 불균형한 구성도 납득이 가지 않는 것은 아니다.

그렇기는 하지만, 이 책에 대한 불만은 여전히 남는다. 미국의 극우파에 대한 소개는 흥미진진했지만, 이 책과 함께 나온 정욱식·김진웅·손영호·김형인의 책을 함께 겹쳐 읽고 나서, 『미국의 좌파와 우파』의 다음과 같은 결어를 읽는다면 누군들 불편하지 않겠는가?

> 앞으로 미국이 오늘날과 같은 국력과 국가적 위신을 얼마나 누릴 수 있는가는 애국심과 종교를 강조하는 보수-우파 세력이 얼마나 강하게 유지될 수 있는가에 달려 있는 듯하다. 왜냐하면 미국 사회를 근면하고 정력적이고 창조적으로 만드는 국민정신은 보수-우파가 내세우는 개인주의-청교도주의의 전통에 그 뿌리를 두고 있기 때문이다.

손영호의 『마이너리티 역사 혹은 자유의 여신상』과 김형인의 『두 얼굴을 가진 하나님: 성서로 보는 미국 노예제』를 읽어 보면, 미국의 주류인 WASP White-Anglo-Saxon-Protestant에 속하지 않은 비주류 미국인들이 미국 사회에 동화되기까지 얼마만 한 차별과 고난을 겪었는지 알 수 있다. 또 정욱식의 『MD 미사일 방어 체제』와 김진웅의 『반미』는, 냉전이 종식된 이후에도 미국은 군사적 우위 확보와 힘에 의한 세계 지배라는 목표를 놓칠 수 없는 중요한 국가 전략으로 삼은 것을 알 수 있다. 일례로 공화당이 민주당의 견제와, 국제법·국내법 모두를 위반하면서까지 MD Missile Defense 사업을 관철시킨 것을 들 수 있다. 이런 사실은 미국의 보수─우파가 국내적으로는 사회적·문화적인 투쟁에 주력하고, 대외적으로는 경제적·정치적·군사적인 주도권 싸움에 매진하고 있다는 이중의 진실을 드러내 준다.

원래 이번 글은 다섯 권의 책을 읽고 권당 10매씩의 요약·소개문을 쓰려고 작정했었다. 그런데 막상 글쓰기에 들어가 보니 다섯 권을 읽고 권당 10매씩 쓰는 것이, 한 권에 50매를 쓰는 것보다 훨씬 까다롭고 수고가 필요한 일이라는 걸 알게 됐다. 그래서 독자들이나 저자들에게 두루 께름칙한 글이 됐다. 그러니 독자들은 이 책들을 사서 읽기 바란다. 한 시간 정도면 족히 읽을 수 있는 이 책들의 가격은 커피한 잔 값이다.

마지막으로 최근 들어 더욱 심각해진 서민층의 보수화와 연관하여, 최근에 읽은 홍은택의 『블루 아메리카를 찾아서』(창비, 2005)를 소개한다. 미국의 대통령 선거 개표 방송은 민주당 후보가 이긴 지역은 파란색, 공화당 후보가 이긴 지역은 붉은색으로 표시한다. 2004년 대통령 선거의 결과를 보면, 못사는 농촌과 쇠락한 공장 지대에서 부자의 이익을 대변하는 공화당에 표를 던진 것을 알 수 있다. 이 책의 저자는, 실제로 '블루 아메리카'여야 하는 곳이 왜 선거만 하면 '레드 아

미국의 극우파에 대한 명상

메리카'가 되느냐고 반문한다. 창궐하는 '뉴 라이트'와 서민층의 보수화, 한국은 미국을 따라가나?

과두정이 온다

미국은 종교적 열정의 산물

엠마뉘엘 토드의 『제국의 몰락』(까치, 2003)은 복잡한 국제 정세를 여러 학제를 통합하는 능력으로 극복한 경우다. 스스로 역사가이며 인구학자라고 밝혔지만, '미국의 몰락'을 분석하기 위해 저자가 동원한 수단은 역사와 인구학은 물론 경제·군사·인류학까지 넘나든다. 이 책은 유럽 지성의 방대한 직업적 훈련을 보여 주는 증거물이자, 유럽 지식인들이 미국의 지식인들을 얼마나 가볍게 희롱할 수 있는지 보여 주는 전리물이다.

미국산 지식인 가운데 하나인 새뮤얼 헌팅턴은 비웃음을 받기 위해 쓴 『문명의 충돌』(김영사, 1997)이란 저서에서, 세계를 종교에 따라 범주화한 다음, 미국과 서구 유럽이 '기독교 지역'이란 동질성으로 연대해야 한다고 호소한 바 있다. 그런 전략적 호소에는 작금의 미국 주류 집단이 느끼는 고립과 불안이 정직하게 반영되어 있긴 하지만, 종교적 범주로 세계를 구획하는 것에는 이론적 허실이 있다.

토드는 "러시아를 러시아정교 지역으로, 중국을 유교 지역"으로 분류하는 헌팅턴을 괴물로 여기며, "이 두 나라에서 원래 종교가 강하지 않았다는 점이 20세기 전반에 공산 혁명이 성공하는 데 기여했다"고 쓴다. 저자의 재미난 표현에 의하면, 헌팅턴이 이슬람권 이데올로기를 호전성으로 덧칠하고 이슬람을 근본주의적으로 파악하는 것은 그 "이론" 자체로 서구의 "근대적 지하드(성전)"에 해당한다. 사실 9·11 사태가 이슬람의 호전성과 근본주의를 동일시하는 데 큰 역할을 하긴 했지만, 서구 사회의 이슬람에 대한 불길한 인식은 9·11 이전부터 존속해 왔던 것이다.

종교적 주술로부터 벗어나 개개인의 합목적적인 의지를 발견하는 것이 근대성이라고 말한 사람은 막스 베버이다. 베버식의 근대적 자아가 깊이 아로새겨진 현대인의 의식으로 보자면, 순교도 마다하지 않는 이슬람 세계의 정치적 투쟁 방식은 마술처럼 위험한 것이다. 하지만 토드는 "근대적 지하드" 광표인 미국을 이렇게 질타한다. "16세기의 아야톨라들인 루터와 특히 칼뱅은 미국이라는 갱생되고 정화된 사회의 탄생에 기여했다. 결국 종교적 열광의 산물인 아메리카는 근대 이란과 똑같은 현상인 것이다." 1620년 9월 16일, 메이플라워호에 승선한 131명이 신대륙으로 이주하고자 마음먹은 근저엔 종교적 열망이 자리하고 있었고, 때문에 미국은 오늘날까지 유럽보다 훨씬 신정적神政的인 성격을 유지하고 있다. 이 점에 대해서는 쥐스탱 바이스가 쓴 얇지만 간명한 저서 『미국식 사회 모델』(동문선, 2002)도 도움이 된다.

학제 간 연구로 얽힌 저작이니만큼 『제국의 몰락』에 대해서는 적어도 다섯 편의 독후감이 필요하다. 하지만 78쪽에서 저자가 겸손히 쓴 것처럼 "미국과 세계 사이의 재편을 살펴본다는 이 책의 제한된 의도"를 따라가는 한 편의 독후감만을 작성한다.

1776년 독립 선언부터 미국의 외교는 고립주의의 기조를 고수했다. 그러다가 1823년, 5대 대통령 먼로가 '먼로 독트린'을 선언하면서부터 미국의 외교는 차츰 개입주의로 나가게 된다. 미국과 유럽의 상호불간섭주의를 강하게 천명하고 있는 듯이 보이기 때문에 먼로주의가 미국의 고립주의를 재확인하는 문서로 여겨지지만, 실제는 그와 반대다. 먼로 선언을 기점으로 미국은 미국의 서부와 남부로 영역 확장을 하기 시작했다. 1840년대에는 텍사스와 오리건을 멕시코로부터 매입하거나 병합했고, 1867년에는 알래스카를 러시아로부터 사들였다. 먼로 선언은 '북아메리카는 내 마음대로 하겠으니, 유럽은 이 대륙에서 손을 떼라'는 경고였던 것이다.

미국은 19세기 말이 되자 가장 경제력이 강한 국가가 되었고, 20세기 초에 이르러서는 더 이상 나머지 세계를 필요로 하지 않을 만큼 자기 충족적인 경제 대국이 되었으나, 아직 제국과는 거리가 멀었다. 1898년 스페인과의 전쟁을 벌여 카리브해(쿠바·푸에르토리코)와 태평

과두정이 온다

양(필리핀·괌 제도)상에서 미국 국기를 휘날리기는 했지만, 여전히 정치·군사면에서는 고립주의의 기저가 남아 있었다. 고립주의라는 램프 속에 잠자고 있던 거인을 불러낸 것은, 일본의 진주만 공습과 2차 세계대전 시 독일의 대미 선전포고다. 흥미롭게도 이 책이 통계로 삼고 있는 1998년도 해외 파병 미군의 수는 독일과 일본이 나란히 1,2위를 차지하고 있는데, 두 나라가 미국의 군사적 보호국이 된 것은 램프 속의 거인을 불러낸 벌일까?

로마와 미국

독일의 나치즘과 일본의 군국주의에 맞서 민주주의를 지킨 미국은 2차 세계대전 종식 후에 찾아온 소련과 중국의 공산주의 위협으로부터 자유세계를 방어하는 역할을 연이어 떠맡았다. 이때 미국은 좋은 의미에서 '헤게모니의 제국'이었다. 하지만 1989년에 베를린 장벽이 철거되고 1992년에 구소련이 해체되자 군사 강국으로서의 미국은 무용한 존재가 되어 버렸다. 국방의 의무를 다한 병사가 전역을 할 때가 된 것이다. 그러나 문제는 그리 간단치 않았다. 세계가 미국을 더 이상 필요로 하지 않는 상황에서 미국은 2차 세계대전 이전의 미국으로 되돌아갈 수 없게 된 것이다.

2차 세계대전이 벌어지기 전, 미국이 정치·군사적인 고립주의를 택할 수 있었던 것은 미국의 자기 충족적인 생산력 때문이었다. 하지만 1970년대 초부터 무역수지 적자를 겪어 온 미국은 이제(2002) 무역수지 적자를 메우기 위해 날마다 10억 달러가 필요한 세계 제일의 채무국이 됐다. 미국의 무역수지 적자 대상국 목록에 일본이나 유럽 연합과 같은 선진국은 물론 한국·중국·멕시코·이스라엘·러시아· 우크라이나마저 포함된다는 것은 무엇을 의미하는가? 그것은 "미국 이 전 지구에 대해서 비생산적이며 소비 위주의 공무원"이 됐다는 것 을 의미한다.

저자는 미국의 변화를 설명하기 위해 '국가적-민주적' 국가와 '제 국적-과두적' 국가라는 공식을 만든다. '국가적-민주적' 국가란 말 그 대로 자급적이고 민주적인 국가로, 우선 자국의 불균형한 무역수지 균형을 맞추고 중산층을 보호하는 국가를 뜻한다. 토드에 의하면 1990년부터 1995년까지는 미국이 자신의 국가 체제를 선택하기 위 해 고심했던 시기로, 군비 축소는 '국가적-민주적' 국가로 되돌아가 기 위한 명백한 시도로 평가된다. 하지만 1997년부터 1999년까지의 폭발적인 무역수지 적자는 미국의 주류 세력으로 하여금 재군사화를 가동하면서, 2차 세계대전 종전 이후 늘 미국을 유혹해 왔던 '제국 적-과두적' 국가로의 유혹에 확실히 발을 담그게 했다.

이때에 이르러 미국인은 마침내 자신의 부가 생산 활동에서 나온 게 아니라, 외부 세계에 대한 정치적 지배의 결과로 이룩됐다는 사실 을 직시할 수밖에 없게 된 것이다.

1999년경에 미국의 정치적 주류 세력은 제국적 유형의 경제, 다시 말해서 의존적인 경제를 가정할 때 미국의 군사적 능력이 실질적으로는 불충분하다는 점을 의식했다. 외국의 부를 보상 없이 수취해 가면서 살아가는 나라의 군사적 안전 문제는 균형을 맞추어 가며 살아가는 나라의 안전 문제와는 차원이 다를 수밖에 없다.

역사에 기대어 미국 체제를 사고하려는 사람들 가운데 미국 예찬자는 아테네를, 반미주의자는 로마를 미국의 준거로 삼는다. 하지만 그것은 역사를 모르고 하는 소리다. 페르시아가 그리스를 침공해 오자 아테네는 도시국가 연방(델로스 동맹)을 만들어 페르시아와 싸웠다. 그때 함께 싸운 나라가 스파르타다. 하지만 페르시아가 첫 패배를 기록한 후 스파르타는 전쟁에서 발을 뺐고 아테네는 대對 페르시아전을 계속 주도했다. 이때 델로스 동맹의 대부분 국가들은 직접 전투에 참가하지 않는 대신에 포로스(조공)를 바치고 군사적 의무를 면제받았다. 아테네는 그것으로 저항적인 동맹국들을 제어하는 데 썼을 뿐 아니라, 아테네를 전 세계인의 뇌리 속에 민주주의의 발상지로 각인시켜 놓은 아크로폴리스 신전을 건축했다. 페르시아의 자리에 해체 이전의 소련을 대체하고, 아테네의 자리에 미국을 대체하면 거의 완전한 20세기의 우화가 된다. 아테네가 결국은 스파르타에게 무너졌다는 것을 상기한다면 우리 세기의 우화는 소련 대신 새로운 스파르타를 찾는 데서 완성을 보게 될 것인가?

미국을 어떻게 견제할 것인가를 두고 저자는 많은 고심을 한다. 그 가운데 하나는 독일이 미국의 보호령에서 깨어나 프랑스와 좀 더 밀착하고, 두 나라를 중심으로 유럽 연합이 좀 더 강한 목소리를 내는 것이다. 유럽의 단합을 중시하면서 중국의 역할에 대해 전혀 언급하지 않는 것은, 이 책의 유럽 중심적 시각을 드러내는 것처럼 보이지만, 중국이 미국을 향해 제 목소리를 내려면 아직 시간이 더 필요하다.

그리스의 도시국가들이 아테네에게 했듯이, 지구라는 피라미드의 최상층에 있는 미국에게 세계가 바치는 조공의 내역은 어떤 것일까? 첫째, 미국이 참전하는 각종 전쟁에 군비를 각출하기. 둘째, 미제 무기를 구입하기. 셋째, 아랍의 석유 생산 지역을 미국의 통제권에 맡기고 미국의 다국적 석유 기업의 지위를 인정하기. 넷째, 달러를 세계의 기축 화폐로 인정하기. 이런 것들이 군사 대국인 미국이 전 세계로부터 거둬들이는 조공의 내용이다. 생산 부문에서 거의 실적을 올리지 못하는 미국은 자국의 군사적 안정성이 금융 부문(투자)의 수입으로 돌아온다는 것을 알고 더욱 군비를 확장한다. 그리고 자신이 군사적 강국이라는 것을 알리기 위해 '군사적 연극 행위'를 거듭한다.

토드의 냉소에 의하면 미국의 군사력은 "국가의 안전을 확보하기에는 너무 크지만 제국을 유지하기에는 너무 작"다. 미국이 자신의 유용성을 계속해서 과시하고 또 군사 대국이라는 것을 세계에 알리기 위해 사용하는 전략은 다음과 같은 것들이다. 첫째, 팔레스타인처럼 어떤 지역의 문제를 결정적으로 해결하는 일을 피한다. 둘째, 이라크·이란·북한·쿠바와 같은 소국들만 상대한다. 셋째, 무기 경쟁에서 훨씬 더 멀리 달아나기 위해 신무기 개발에 노력한다.

과두정이 온다

램프 속의 거인은 허약해

1990년대 중반 이후 미국은 '제국적-과두적' 국가를 선택했지만 저자가 보기에 미국은 결코 제국이 되지 못한다. 로마와 같은 제국이 되기 위해서는 강력한 군사력과 이념적 보편성을 가지고 있어야 하는데 미국은 두 가지 다 잃어 가고 있다는 게 토드의 반복되는 주장이다. 미국은 최강의 군대를 가졌다고 큰소리치지만 공군력과 해군력을 빼고서는 군사적 무능력이 그 나라의 전통이라는 것이다. 자, 보자! 미군의 승리라고 말해지는 2차 세계대전의 진실은, 1941년 1월 소련군이 스탈린그라드에서 독일군을 궤멸시키고 나서 전쟁의 양상이 바뀌었기 때문이고, 1944년 6월의 노르망디 상륙작전은 너무 늦게 이루어졌다. 유럽에서 나치를 무너뜨린 것은 소련군이었으나 2차 세계대전 이후의 이데올로기적인 편파가 미국에게 월계관을 씌워 주었다. 그 후 미국은 소말리아나 그라나다와 같은 '촌락 국가'와 싸워서 이겼을 뿐, 한국전에서는 절반의 승리를 거두었고 월남전에서는 완패했다.

미국이 이라크에 일방적인 선전포고를 하고 난 이후, 지금 우리나라는 2억6천만 달러나 되는 전후 지원비는 별도로 하고 제국에 바치는 조공의 한 형태로 파병을 강요당하고 있다. 대구 출신으로 한나라당의 전국구 의원이 된 어느 여걸女傑은 "탈냉전 후 미군의 전쟁이 바뀌었으며 벌초는 미군이 하고 쓰는 것은 다국적군이 한다"고 말했는데, 대강 맞는 말이다. 영국의 한 군사 전문가에 따르면 탈냉전 이후가 아니라 그 이전부터 미군은 "희생정신이 필요한 작전"은 늘 동맹국에게 떠넘겼다. 이탈리아의 카시노 전투에서는 폴란드군과 프랑스군이, 노르망디에서는 폴란드군이 어려운 작전을 도맡아 했다. 어쩌면 한국은 이번 파병을 계기로 "벌초(공중전)"는 미군이 하고 "쓰는 일(지상전)"은 한국군이 하는 분업에 본격적으로 동참하게 될는지도 모른다. 하지만 미국을 얍삽하다고 욕하지 말자. 이 책에도 나오듯이 로마를 비롯한 모든 제국은 그런 식으로 전투를 치렀다. 또 다른 예로 동양의 고전이라는 『삼국지』를 들라치면, 한족 정권인 위魏나 촉蜀도 꼭 어려운 전투를 치를 때면 평소에는 경원하던 오랑캐를 불러 전군前軍에 세웠다.

미군의 무능한 지상전 능력과 함께, 보편주의 이념의 상실은 미국을 불안정한 제국으로 만든다. 역동성과 안정성을 동시에 가지는 보편주의는 인간과 민족을 평등하게 취급하는 능력이라고 말하는 저자는, 중국의 여러 제국들과 초기의 아랍 제국들은 강한 군사력은 물론 민족과 사람들을 평등하게 취급하는 보편주의 때문에 가능했다고 말한다. 1917년의 혁명으로 성립된 소련은 취약한 경제적 능력을 가졌으나, 앞서 말한 보편주의적 특성 때문에 제국이 될 수 있었던 반면, 최근의 제국 건설 시도 가운데 참혹하게 실패했던 나치즘은 급진적 인종주의로 인해, 독일이 원래 가졌던 힘에 피정복 집단의 추가적인 힘이 더해지는 것이 아니라 극렬한 저항을 불러왔다.

그런 의미에서 역설적이게도 미국의 보편주의가 최고점에 달했던 시기는 냉전 시기였다. 그 예로 토드는 바로 그 시기에 성과를 보았던 흑인 민권운동을 꼽는다. "공산주의 경쟁국의 몰락을 목도한 최근의

과두정이 온다

시기는 미국 보편주의의 후퇴기이다. 이것을 보면 미국이 실제로 할 수 있는 수준 이상으로 보편주의가 확대되었던 이유는 경쟁적인 제국의 압력이 작용했기 때문인 것으로 보인다. 이런 압력이 사라지자 미국의 정신 체제는 다시 자연스러운 균형을 되찾아서 사람들을 포함하는 둘레를 '자신의' 보편성에 맞게 축소했다." 바로 이것이 우리가 목격하고 있는 이라크전의 실체인지도 모른다. 바그다드에도 사람이 살고 있다고 느끼지 못하는 한 공습은 계속된다.

세계 평화를 위해서는 미국의 쇠퇴를 관리해야

이 책의 서두에 약간의 빈정거림을 수반한 채 거론된 프란시스 후쿠야마의 1989년작 『역사의 종언』은 전 세계의 이념 갈등이 끝났으며 자유민주주의의 보편적 확대와 승리를 선언했다. 그리고 마이클 도일이라는 학자는 그보다 일찍인 1983년에 '도일의 법칙'이라는 것을 선보였다. 그 법칙은 "민주주의 국가들 간에는 결코 전쟁이 일어나지 않는다"는 것인데, 도일에 의하면 그것은 구체적인 역사 속에서 증명되었다고 한다. 그럴듯하지만, 잘 생각해 보면 서구 중심적이고 편의적이다. 저런 논리 속에서는 서구 민주주의 국가에 의한 제3세계 침탈이 눈에 보이지 않게 된다. 더 거론하지 않아도 독자들은 '도일의 법칙'이 가진 논리적 맹점을 눈치챌 것이지만, 말이 나온 김에 그의 논리를 연장해 보자.

1차 세계대전과 2차 세계대전은 민주주의 국가와 민주주의적 수단을 포기한 파시즘 국가 간의 전쟁이었고, 2차 세계대전 이후의 냉전은 (자유)민주주의 국가와 공산주의의 대결이었다. 두 차례에 걸친 세계대전과 냉전의 승리자는 민주주의 진영이었고, 파시즘의 수뇌국이었던 나치 독일과 공산주의 모국母國인 소련은 패망했다. 후쿠야마의 자유민주주의의 보편화와 도일의 민주주의 국가들 간의 전쟁 불가능성을 합쳐 놓고 보면, 세계는 이제 확고한 영구 평화의 세기로 들어서야 옳다. 그러나 "경제적으로는 종속적이면서 정치적으로는 무용한" 군사 대국인 미국이 민주주의 국가임을 포기한다면? 그럴 때 "미국이 신흥 민주국가이든 선진 민주국가이든 가리지 않고 공격할 수도 있다는 전략적 가설을 더 이상 선험적으로 배제할 수" 없다.

이제껏 나는 '국가적-민주적' 국가보다 '제국적-과두적' 국가를 선택한 미국의 제국적 변질에 대해 힘껏 저자의 의도를 설명해 왔다. 그러므로 이 독후감의 마지막은 당연히 미국의 과두적 성격에 대한 설명으로 끝맺어야 한다. 미국이 '국가적-민주적' 국가에서 '제국적-과두적' 국가로 변형된 원인은 냉전 이후 자유무역과 세계화를 진척한 결과이다. 그 때문에 국내 산업은 피폐화되고, 상위 20퍼센트와 하위 80퍼센트의 수입과 부는 18세기 말 영국 귀족과 하인의 차이만큼 크게 벌어졌다.

대규모 지역들 혹은 메타-국가들을 기반으로 한 신보호주의의 성립은 경제 활동 영역과 국민소득의 배분에서 노동자 및 엔지니어들에게 유리하게 작용함으로써 민주적 경향을 강화한다. 정반대로 소득의

과두정이 온다

불평등화를 강화시키는 절대적 자유무역은 과두제의 원칙으로 이끌고 간다.

아테네가 그랬듯이 미국은 모든 시민이 평등한 기회를 가졌던 민주적 국가에서 소수의 부자들이 모든 것을 가져가는 과두적 국가로 바뀌었다. 때문에 미국의 목표는 더 이상 자유민주주의 질서의 수호가 아닐 수도 있다. 미국에서 "서서히 그런 자유민주주의적인 내용들이 사라져 가고" 있는 것이다.

미국 사회가 부자들만의 과두정으로 바뀌었다는 토드의 말이 과장이라고 느껴진다면 "세계 최고의 부국 미국에서도 10가구 중 1가구 이상이 가난 때문에 끼니 이을 걱정을 하고 있다는 놀라운 조사 결과"(〈문화일보〉, 2003. 11. 1)를 보라. AP통신이 제공한 이 기사는 지난해의 경우 식료품 살 돈이 없어 걱정할 정도의 빈곤층이 미국 전체 가구(1억 800만)의 11퍼센트를 차지했다고 알려 준다. 이런 상황이 지속된다면 미국에서 히틀러가 나오는 것도 시간문제라고 봐야 하지 않을까?

미국의 중산층 몰락과 함께 눈여겨보아야 할 것은 부시 행정부가 적극 추진하고 있는 MD 구상이다. 간명하게 쓰인 정욱식의 『미사일 방어 체제 MD』에 의하면, MD는 "미국을 제외한 전 세계 국가들의 합솜보다도 강력한 군사력을 구축함으로써 미국만이 선제공격할 수 있는 권리를 확보하겠다"는 제국적 의도에서 비롯된다. 핵 억지력이란 '나도 적으로부터 공격을 받을 수 있다'는 상호 간의 두려움을 기반으로 하는데, 상대의 보복으로부터 자유롭다면 언제라도 선제공격을 할 수 있다.

"소련 제국의 해체 10년 뒤인 현재 미국 제국도 해체 중에 있다"고 말하는 토드는 "모든 나라를 위해서 미국의 쇠퇴를 관리"해야 한다고 말한다. 외부적 해결로 치닫는 군사주의는 그 사회 내부의 경제적·사회적 문제를 안에서 해결할 것을 회피한다. 현재 미국이 택한 것은 바로 그것이다. 하지만 들어라, 양키들아!: "미국의 유일한 문제는 힘이 너무 강한 것이라는 정형화된 이미지를 벗어던지는 일이다", "만일 그들이 원한다면, 더 이상 존재하지도 않는 헤게모니 유지를 위한 전쟁의 대용품으로 '테러와의 전쟁'을 하면서 자신들에게 남아 있는 에너지를 모두 소모하도록 내버려 두자. 미국이 자기의 전능함을 과시하려고 고집한다면 결국 그들의 무능함만 폭로하게 될 것이다."

『제국의 몰락』을 쓴 토드는 1976년에 쓴 『최후의 몰락』이라는 책을 통해 소련의 해체를 예견했다고 한다. 그런 그가 이 책에서 주장하는 것은 단순한 미국의 몰락이 아니다. 민주주의가 없었던 지역에서 민주화가 이루어지고 있는 반면, 민주주의가 선취된 곳에서는 현대의 귀족(부자)들에 의해 과두정이 이루어지고 있다는 것이 이 책의 숨은 주제다. 그 현상을 미국이 앞장서서 주도하고 있을 뿐, 서방의 모든 국가들은 그 혐의로부터 벗어날 수 없다.

과두정이 온다

역사의 종언은 과두제로 마감되는가

우리가 목도하듯이, 비행기의 1등석에 탈 수 있는 사람에게는 국경이 없지만 3등석밖에 탈 수 없는 사람들에게 국경의 벽은 높다. 서울에서 뉴욕의 증권시장에 투자할 수 있는 사람에게 세계화는 복이지만, 내가 다니는 공장이 중국으로 이동하지나 않을까를 전전긍긍하는 사람들에게 세계화는 재난이다. 한마디로 말해 돈은 이윤을 찾아 자유롭게 세계를 주유할 수 있지만, 몸뚱어리는 그럴 수 없다. 세계화는 부자와 빈자를 양극화시킬 뿐 아니라, 권력과 부를 쥔 자들의 과두정을 불러온다.

공산 제국이었던 구소련과 동구권의 현실사회주의가 패망하면서 역사는 민주주의의 승리로 끝났다는 프란시스 후쿠야마의 진단과 달리, 『제국의 몰락』은 역사는 과두제로 마감될지도 모른다고 우려한다. 로마제국 말기와 오늘의 미국을 여러 각도에서 비교하고 있는 모리스 버만의 『미국 문화의 몰락』(황금가지, 2002)은 토드의 누리에 증거를 더해 주는 책이다. 문명의 지속 여부와 발전 가능성은 오로지 '엘리트의 손에 달려 있다'고 말하는 이 책은, 레오 스트라우스(1899~1973)의 추종자였던 앨런 블룸의 유명한 대중서 『미국 정신의 종말』(범양사, 1989)을 상기시키기도 하지만, 한 문화가 몰락할 때 나타난다는 다음의 네 가지 요인은 새겨들을 만하다.

첫째, 사회적 불평등의 가속화.
둘째, 사회문제를 해결하기 위한 비용 투자에 따른 한계 이익 감소.

셋째, 비판적 사고와 전체적인 지적 의식의 급격한 저하와 문맹률 확산.

넷째, 비판적 사고나 지적 의식보다 훨씬 더 깊은 정신적 가치의 쇠퇴와 죽음.

위의 요인들 가운데 첫 번째와 두 번째에 해당하는 수치와 분석은 토드의 것과 너무 흡사해서 읽고 있는 책의 제목을 다시 보게 만든다. '기업 문화 지배와 교양 문화의 종말'이란 부제를 가진 이 책은, 오늘의 미국 문화가 활력을 보여 주고 있는 것 같지만 그 활기는 "소비주의의 승리와 사회적 몰락을 제대로 분간하지 못하는" 문화적 몰락기를 자세히 들여다보지 못했기 때문이라고 말한다. 그는 미국식의 문화를 특징짓는 것으로 기업이 주도하는 상업 문화, 미국식의 포스트모더니즘과 해체주의, 시장 주도의 대학 교육, 가볍고 값싼 미디어, 민주적 소비라는 환상 등을 꼽는다.

그런데 우리는 이런 문화로부터 얼마나 멀리 떨어져 있을까? 성형수술비를 경품으로 내놓아 텔레비전 뉴스가 된 한국의 햄버거 브랜드 롯데리아의 상술은, 그 세계의 원조이면서 기업 소비 문화의 상징으로 사회학 용어가 된 맥월드McWorld를 찜 쪄 먹는다. 그래서 저자는 말한다. "20세기가 미국의 세기였다고 한다면 21세기는 미국화한 세기가 될 것이다."

저자의 의기소침이 절절히 배어 있는 이 책은 "핵전쟁보다는 기업 주도의 소비 문화야말로 현대의 문화 해체를 불러오는 요인"이 될 것

과두정이 온다

이라고 말하면서, "시장 가치와 실용주의 가치 따위가 온통 지배하는 세계로부터 벗어나자"고 권한다. 그 방법으로 그는 로마의 몰락 이후 긴 중세 동안 필사를 통해 로마 이전 시기의 문명을 보존했던 수도원과 수도사를 떠올리며 21세기식 수도사적 해법의 유형들을 예시한다.

대서양을 사이에 두고 2000년과 2002년에 발표된 두 저자의 책은 서로 상이한 주제를 다루고 있지만, 그 배면에는 '민주주의란 무엇인가?'라는 질문이 어른거리고 있으며, 똑같이 '민주주의란 더도 덜도 아닌, 책을 읽는 능력이다!'라고 답한다. 버만의 책은 책을 읽는 능력의 저하는 민주주의가 태어나고 자란 요람을 파괴하는 일이라고 일침하며, 토드의 책은 문자 해독률과 민주주의 의식의 비례를 강조한다. 물론 여기에도 함정은 있다. 버만이 "가난한 계층은 인문 교육을 받지 못하는 것이 현실이다. 인문 교육은 세상을 바로 보고 생각할 수 있는 법을 터득하게 해 주며 이것이야말로 정치적인 힘을 얻을 수 있는 힘이 된다. 이것이 바로 현대 사회에서 '가진 자'와 '못 가진 자'의 근본적인 차이"라고 말할 때, 토드는 아예 이렇게 말한다.

선진국들은 문자 해독률이 이미 높은 상태이며, 다만 민주적 경향을 띠는 대중의 문자 습득과 과두제 경향을 띠는 대학 교육의 계층화 사이의 모순을 관리해야 한다.

토드의 말을 염두에 두고 고교 평준화 논란이 쟁점이 되고 있는 우리 사회를 잘 들여다보자. 고교 평준화 폐지가 어떤 사람들의 입에서 나오는가를 잘 생각해 보면, 우리 사회의 과두적 성격이 보인다. 20대 80의 세계에서 더는 '가난한 수재'가 나올 수 없다. 부잣집 수재만 있는 것이다. 이런 세계에서 교육은 민주주의가 아닌 과두제의 산실이며, 이는 모든 선진국이 맞이하고 있는 현실이라고 토드는 쓴다.

> 선진국에서 중등교육, 특히 고등교육은 심성 및 이데올로기의 차원에서 불평등의 개념을 다시 제기한다. '고등교육자들'은 상당 기간 동안의 망설임과 허위 의식 끝에 드디어는 자신이 정말로 우월하다고 믿기에 이른다. 선진국에서는 새로운 계층이 부상하고 있는데 이 계층은 단순화하면 수적으로는 사회구조의 20퍼센트를 점하고 재산상으로는 50퍼센트를 점한다. 이 계층은 갈수록 보통선거가 가하는 제약에 불만을 표한다.

현실이 그러하다면, 교육부나 교육부 장관에게 무슨 힘이 있어 고교 평준화를 방어할 수 있단 말인가? 고액 과외와 유학이 일상화된 최상층의 과두계급에게 형식적인 고교 평준화가 무슨 강제력이 될 수 있는가? 사마귀가 앞발을 들고 수레를 막으려는 것과 같다. 내 생각으로는, 형식적으로만 평등이 이루어져 있을 뿐 실질 내용은 전혀 평준화되어 있지 않은 작금의 고교 평준화는 상처뿐인 영광도 못 되는 상처뿐인 형식이다. 차라리 평준화를 폐지하여 외국으로 빠져나가는 과두계급의 인재와 재화를 이 나라에 묶어 두는 것이 좋지 않겠는가?

과두정이 온다

부서진 손잡이를
움켜쥐고

독재자들은 전통을 좋아해

동일한 주제나 문제의식을 공유하고 있는 신간이 동시에 쏟아질 때, 그것을 모아 읽고 싶은 독자는 나만이 아닐 것이다. 2003년 7월과 8월 사이에 출간된 안인희의 『게르만 신화, 바그너, 히틀러』와 데틀레프 포이케르트의 『나치 시대의 일상사』 그리고 귀도 크놉의 『히틀러의 뜻대로: 히틀러의 조력자들』(울력, 2003)은 이 기회에 나치와 히틀러에 대해 좀 더 깊이 알고 싶은 욕망을 충동질했다. 하지만 나는 책을 모으는 과정 중에 오인석의 『바이마르공화국의 역사』(한울, 1997)를 제일 먼저 읽게 되었고, 나머지 세 권을 다 읽고 난 뒤에 우연히 노르베르트 레버르트와 슈테판 레버르트 부자가 쓴 『나치의 자식들』(사람과사람, 2001)이란 책을 발견하고 나서 그것마저 반갑게 읽었다.

이번에 읽은 네 권의 책은 차례대로 나치가 대두하기 직전의 독일(『바이마르공화국의 역사』), 나치 시대(『나치 시대의 일상사』·『히틀러의 뜻대로』), 나치가 멸망하고 난 뒤의 독일(『나치의 자식들』)을 통시적으로 보여 준다. 그러므로 신화(게르만)가 예술(바그너)이란 형태로 현실에 개입함으로써 나치(히틀러)를 정당화시켜 주었다는 논지를 다루고 있는 안인희의 『게르만 신화, 바그너, 히틀러』를 독일 역사 가운데 배열하자면, 위 책들 가운데 가장 선두에 놓아야 할 것이다.

하지만 나치 시대의 정신적 전사前史를 알기 위한 목적에서라면 전진성의 『보수 혁명: 독일 지식인들의 허무주의적 이상』(책세상, 2001)이 훨씬 간명하게 당대 독일인의 정신적 상황과 지적 풍토를 설명해 준다. 안인희가 '나치를 키운 것은 8할이 게르만 신화였다'고 말하는 것은, 고작 서정주를 떠올려 줄 뿐, 인과관계가 그릇된 비역사적 속설이라고 해야 한다.

독일은 1914년에서 1918년 사이에 벌어진 서구 유럽과의 속도전에서 전면적인 패배를 당한 결과, 신화적인 방법으로 당면한 국가의 모든 문제점을 해결하려고 들었다. '피와 흙'으로 천명되는 인종주의와 반문명으로의 회귀가 독일적 가치로 적극 숭앙받기 시작한 것은 그때부터였다. 때문에 게르만 신화가 나치를 만든 게 아니라, 나치가 게르만 신화를 이용한 것이라고 해야 옳다. 안인희는 이 간단한 역사적 명제를 전도시켜 놓은 채 나치를 설명하려 든다. 실제로 귀도 크놉의 『히틀러의 뜻대로』를 보면, 히틀러는 국민들을 현혹하기 위한 신화적 '상징 조작'은 허용했지만 전근대적인 신화 세계를 현실에 적용하고자 하는 부하들의 시도는 어리석은 짓으로 여겼다. 히틀러는 말한다: "우리 계획의 정점에 서 있는 것은 신비로움으로 가득 찬 선조들이 아니라, 명확한 인식입니다. 그러나 신비로운 요소들이 점점 더 깊숙이 침투되어 우리의 운동이나 국가에 이해할 수 없는 임무가 부여된다면, 그것은 비통한 일입니다."

게르만 신화에 대해 히틀러가 품었던 양가적 태도는 전통과 민족주의에 대해 가졌던 박정희의 이율배반적 태도와 동일하다. 그는 세종대왕이나 이순신과 같은 민족의 영웅을 기리는 작업을 통해 자신의 통치 신념을 민족주의로 채색했으나, 막상 민족주의와 유사 근대적 가치가 정면으로 부딪칠 때는 스스럼없이 개발주의자가 됐다. 카메라 앞에서는 농부들과 막걸리를 마셨으나 안가에서는 연예인을 불러 놓고 시바스 리갈을 마셨던 것처럼, 박정희는 겉으로 드러난 상징조작을 통해서는 민족주의자임을 자처했으나 외교와 경제정책에서는 철저히 반민족적이었다. 이 문제에 대해서는 책세상에서 출간된 전재호의 『반동적 근대주의자 박정희』(책세상, 2000)에 자세히 나와 있다.

사족 삼아 한 문단을 더 덧붙이자면, 최근에 관람한 이윤택 감독의 영화 〈오구〉는 군사혁명으로 정권을 잡은 박정희가 농촌에서 굿을 하지 못하게 했던 비화를 배면에 깔고 있다. 그는 농촌 공동체에서 대의代議 기능을 하던 굿을 무조건 근대에 반하는 것으로 여기고 탄압

했으나, 자신에게 유리할 때는 언제나 전통을 차용하고 전유했다. 좋은 예로 북한의 천리마운동과 같은 국민 총동원이 필요했을 때, 국민을 설득시킬 요량에서 새마을운동에다 향약이나 두레와 같은 전통을 빌려 와 덧씌웠다. 마찬가지로 히틀러 역시 자신의 야욕을 위해 국민을 기만해야 할 필요가 있을 때만 게르만 신화를 이용했던 것이다.

좌파 세력의 분열이 나치를 불러와

오인석의 『바이마르공화국의 역사』를 읽던 도중에 나는 갑자기 약 20여 년 전에 처음 들었던 이동원의 〈불새〉가 자꾸 듣고 싶어졌다. 그래서 인터넷의 음악 서비스 사이트를 찾아 그 노래를 들었다. 20대 무렵, 처음 그 노래를 들었을 때, 나는 산울림의 모든 노래를 처음 들었을 때처럼 충격을 받았다. 까닭은 그 노래의 1절과 2절 사이에 "하늘에 계신 우리 아버지"로 시작하여 "아멘"으로 끝나는 주기도문이 낭송되기 때문이었다. 대중음악 속에 주기도문이 삽입됐다! 그것은 참으로 장관 가운데 장관이었다. 하지만 근 20여 년 만에 다시 그 노래를 들으며 나는 새로운 충격을 받았고, 그 충격으로부터 헤어나지 못한 상태에서 이 글을 쓰고 있다.

바이마르공화국은 1918년 독일이 1차 세계대전에서 연합군에게 패한 후, 1919년 2월부터 국가사회주의 독일노동당(나치당)의 당수인 히틀러가 수상에 임명됐던 1933년 1월 직전까지 약 14년 동안 명맥을 유지했던 최초의 독일 공화국을 일컫는다. 영국과 프랑스 등에서

부서진 손잡이를 움켜쥐고

혁명과 계몽이 진행되고 있던 수세기 동안 독일은 왕정을 고수했고, 1차 세계대전 역시 빌헬름2세와 그를 추종하는 군부에 의해 일어났다. 뒤늦었지만 독일이 그나마 공화국이 된 것은, 연합군 특히 미국이 강화조약(항복 조건)으로 집요하게 내건 민주 정권 수립과 황제 퇴위 요구 때문이었다. 다시 말해 독일인은 공화국을 받아들일 준비가 전혀 되어 있지 않았으며, 황제 퇴위를 독일 정신에 대한 파괴와 간섭이라고 여겼다.

공화국을 받아들일 준비가 되어 있지 않았던 당시의 독일인들에게 황제의 퇴위는 정신적 공황을 느끼게 했다. 하지만 정작 독일인을 괴롭힌 것은 따로 있었다. 당대의 독일인들은 1917년의 혁명으로 출현한 붉은 러시아를 두려워했다. 많은 보수주의자들과 독일 민족주의자들은 "무제한의 의회주의가 어느 때엔가는 사회주의 다수파를 가능하게 하여 그들이 국회를 지배하게 만들고, 나아가 사회주의 국가를 창건하게 할지도 모른다"는 가상의 두려움을 가지고 있었다. 실제로 독일에서 사회주의자들이 활동하기 시작한 역사는 이미 50년이 넘는 유구한 전통을 가지고 있었으며, 무장 혁명이나 봉기가 아닌 의회를 통한 혁명을 강령으로 택한 사회민주당은 왕정 치하의 제국 의회에 이미 100여 명의 의원을 내보내 놓고 있었다.

당시의 사회민주당은 1차 세계대전 참여를 놓고 격론을 벌인 끝에 전쟁을 지지하는 다수파 사회민주당과 전쟁을 반대하는 독립사회민주당으로 분열돼 있었으나, 황제가 퇴위하고 공화국 헌법에 의해 최초의 연방의회 선거가 치러지기 전까지의 과도 기간 동안 서로 협력하여 실질적으로 정부를 주도했다. 두 정당의 의석은 도합 45.5퍼센트에 달했으나, 그들은 군부를 장악하지 못했고 급속히 조직된 숱한 우익 의용군의 테러에 속수무책이었다. 독립사회민주당의 리더였던 로자 룩셈부르크가 우익 테러에 의해 제거된 것은 그런 와중에서였다. 1920년 6월에 치러진 최초의 연방의회 선거로 되돌아가자. 보수주의자와 독일 민족주의자들 그리고 자본가와 중산층·퇴역 군인들이 걱정한 대로, 의회의 제1당과 제2당은 사회민주당과 독립사회민주당이 나란히 차지했다. 단독으로 내각을 꾸릴 수 없었던 사회민주당은 다른 부르주아 당과 연정을 해야만 했고, 사회민주당과 독립사회민주당은 이 짧은 과도기 외에는 다시는 서로 협력하지 않았다.

온통 적대 세력에 둘러싸인 가운데서도 6·7대 의회만 빼놓고 사회민주당은 늘 제1당이었으며, 두 개의 사회민주당 의석을 합쳐서 나치당에 미치지 못했던 때는 나치가 크게 약진했던 6대 말고는 없었다. 바이마르공화국이 사실상 끝난 거나 마찬가지인 8대 선거 때는 히틀러가 수상에 지명된 뒤였고, 이미 나치 세상이었다.

역사에 가정법은 없다지만, 두 개의 사회민주당이 힘을 합쳤더라면 어떻게 됐을까? "만일 이때 다시금 양 사회민주당이 협력했더라면 군부의 위협을 벗어날 수 있었을 것이며, 공화국과 사회주의 노동자 계급 간의 관계가 소원해지지 않을 수도 있었다." 하지만, 수치상 다수를 차지하고 있었던 민주주의·사회주의 세력은 반파시즘 기치 아래 결집하지 못했다. 특히 사회주의자들은 서로를 경원시할 뿐 아니라 최우선적인 적으로 생각했다. 그 와중에서 독립사회민주당은 거듭

부서진 손잡이를 움켜쥐고

온건과 극좌로 내부 분열을 일으켰고, 반대로 사회민주당은 시간이 흐를수록 점점 부르주아 쪽으로 밀착했다. 그것의 결과는 14년 뒤에 찾아올 나치의 암흑 시대였다.

전후 독일은 외우내환이 겹친 최악의 상황을 맞고 있었다. 승전국들끼리 일방적으로 정한 베르사유조약은 매우 가혹했다. 독일의 무장 해제와 전쟁범죄자 인도는 기본이고, 연합국 측에서 독일로 수출되는 물품에 대한 관세는 완화하는 대신 독일의 상품 수출은 금지하는 등의 과중한 경제적 제재와 거의 천문학적인 전쟁 비용 상환은 독일의 생존을 위협했다. 바이마르 시대의 연정은 빌헬름 황제와 군부가 저질러 놓은 잘못을 대속하는 희생양으로, 어떤 정부가 들어서더라도 베르사유조약에 대한 독일 국민들의 불만을 무마할 수 없었다. 그래서 아프리카 신흥 공화국의 불안한 정권처럼 당시의 독일 역시 허약한 연정을 간신히 유지할 뿐이었다. 나치는 그 사이를 비집고 올라왔다. 그들은 전후 독일 군부와 민족주의자들에 의해 지속적으로 제기된 '등 뒤의 칼'(군사력이 못해서가 아니라, 후방의 사회주의자·지식인들의 교란과 배반 때문에 패했다는 설)을 선전 삼아, 퇴역 군인과 실업자는 물론 반유태주의·반자유주의·반공산주의 세력을 긁어모았다.

그럼에도 불구하고 세계 최대의 노동자 조직을 가졌으며 의회 내 제1당을 독차지했던 사회민주당의 우유부단과 반혁명 노선은, 바이마르공화국 역사에서 특기해야 할 사항이다. 그들은 본래부터 무저항을 기본으로 하는 정당은 아니었으나, 마르크스의 필연론과 사회적 다위니즘 사상이 결합된 대기주의에 빠져 "조직만 유지된다면 언젠가는 승리할 수 있다"는 착각에 사로잡혀 있었다. 더 심각한 문제는 당수였던 에베르트를 비롯한 당의 지도부는 입헌군주제를 선호했으며 공화국을 원하지 않았다는 점이다. 샤이데만과 노스케와 같은 당의 지도부들은 사회주의자이면서 독일이 사회주의 국가가 되는 것을 극력 방해했고, 아예 에베르트는 "나는 혁명을 원하지 않습니다. 오히려 나는 혁명을 죄악처럼 증오합니다"라고 말하고 다녔으며 실제로 그렇게 했다. 그들이 "이처럼 혁명을 혐오하게 된 것은 바로 한 해 전에 러시아혁명을 목격하고는 독일도 그와 같은 상태에 빠져서는 안 된다고 굳게 믿었기 때문이다. 오랜 동안 민주주의를 표방해 온 그들은 러시아의 볼셰비즘을 그들이 목표하였던 사회주의라고 생각할 수 없었던 것이다."

매우 흥미로운 역설이지만, 황제 퇴위 직후의 과도기 동안 공화국을 얻기 위해서 또 사회주의 혁명을 위해서 거리로 나섰던 대부분의 사회민주당원들은 에베르트·샤이데만·노스케가 더 이상 사회민주당원이 아니라고 생각하면서도 그들에게 표를 주었다: "내전에서 거리의 전사들이 되어 싸우던 급진 노동자들은 그들 자신만이 진정한 사회민주주의자이며, 에베르트와 사회민주당을 배반한 자들이라고 생각한 정치적 신념을 가지고 있었으면서도 사회민주당에 투표하였다. 그것은 일종의 시대착오적인 착각이기도 했다."

부서진 손잡이를 움켜쥐고

부르주아 정당의 계통발생 혹은 자기 복제

노동자들의 표를 도둑질해 간 사회민주당의 지도부는 어떻게 해서 생겨났으며, 지도부가 혁명에 뜻이 없다는 것을 알고도 노동자 대중들은 왜 그들에게 표를 몰아주었을까? 그래서 이 책을 읽던 도중에 필자는 책 읽기를 멈추고, 스물한두 살 때 처음 들었던 〈불새〉를 찾아 인터넷 뮤직 사이트를 뒤지고 다녔던 것이다. 우선 1절의 가사를 소개한다.

> 부서진 손잡이를 움켜쥐고
>
> 왜 나는 문을 열려 하는가
>
> 그 속에 보이지 않는 그 무엇이 있기에
>
> 이토록 나를 끌어당기나
>
> 그 속에 그 속에 뭐가 있나

현실사회주의가 몰락한 이후, 사회주의 이념과 노동운동은 "부서진 손잡이를 움켜쥐고" "문을 열려"는 것과 같이 느껴지기 십상이다. 그래서 2001년, 우연히 술자리에서 만난 민주노동당원을 향해 나는 "민주노동당이 당으로 성립할 수 있느냐?"는 무례한 소리도 내뱉었다. 하지만 그런 비아냥은 부당하고, 내 생각은 잘못됐다. '부서진 손잡이'는 사회주의나 노동운동이 아니다. 현실사회주의가 몰락했다고 해서 일시에 노동자가 사라지고, 계급 간의 차이와 대립이 없어진 것은 아니다. '부서진 손잡이'는 민주노동당이 아니라, 개혁과 민주를 미끼로, 개혁과 민주를 열망하는 대중의 표를 도둑질해 가는, 제도 정당이다! 부르주아 정당이 희망이 아니라는 것을 알면서도, 거기에 표를 찍는 나의 어리석은 투표 양식이다!

'부서진 손잡이'를 잡고 아무리 잡아당겨 봐라. 무엇이 나오는지. 민정당을 열면 민자당이, 민자당을 열면 신한국당이, 신한국당을 열면 한나라당이 나온다. 2004년 총선을 앞두고 있는 지금 한나라당은 공천 물갈이와 함께 당명마저 바꾸겠다고 한다. 그래서 '부서진 손잡이'인 한나라당을 열면 또 뭐가 나올까? 마찬가지로 새정치국민회의를 열면 민주당이 나오고, 민주당을 열면 열린우리당이 나온다.

개혁당은 좀 다를 것 같아 잔뜩 기대를 하고 손잡이를 잡아당겨 보았는데, 아뿔싸, 그 문을 여니 열린우리당이 나왔다! 당명부터 '열린당'이라서 그런지 이 당에는 워낙 많은 입구가 있어, 자유총연맹 임원부터 한나라당 낙천자까지 '개나 소나' 들어온다. 강준만 교수는 바로 거기에 당했다. 개혁당인 줄 알고 손잡이를 잡아당겼는데 알고 보니 하나도 개혁적이지 않은 열린우리당이 나온 거다. 그래서 강준만 교수는 민주당으로 황급히 되돌아가(당원이 되었다는 말은 아니다), 민주당을 위해 열린우리당을 맹공하고 있다. 아아, 강준만 교수는 정치를 시작하기도 전에 '정치 철새'가 되어 버린 걸까?

한국의 정당은 워낙 오래가지 못하기 때문에 적어도 계통발생의 범주 안에서 당적을 옮겨 다니는 것은 '정치 철새'라고 비난하지 않는다. 말하자면 한나라당에서 신한국당으로 갔다가 다시 한나라당으로 복귀하거나, 민주당에서 자민련으로 갔다가 도로 민주당으로 돌아오는 것을 '정치 철새'라고 말하지 않는다(그럼에도, 흔히들 이런 작태를 '정치 철새'라고 부르긴 한다). 그러면 왜 유독 민주당에서 국민통합21로 갔다가 다시 복당하려는 김민석을 두고, 철새의 대명사로 핍박하며 복당을 저지하는 걸까? 민주당의 입장에서 보기에 국민통합21은 계통발생이 아니라는 건가? 그렇다면 정몽준을 단일 대통령 후보로 영입하기 위해 막후교섭을 하고 다녔던 박상천은 무슨 낯으로 민주당에 눌러앉아 있는가? 우리가 강준만 교수를 '정치 철새'로 부르지 않는 것은, 개혁당이 민주당과 같은 계통발생 안에 있다는 것을 인정하고 있기 때문이 아닌가?

한국의 정당정치는 무한 반사된 거울 속에 비친 풍경과 같다. 계속 새로운 손잡이를 잡아당겨 보지만 새로운 세계가 아니라, 늘 퀴퀴한 곰팡이가 피어나고 있는 그때 그 방이다. 때문에 김민석이나 강준만 교수는 마치 체력장 시험에 나오는 5미터 왕복 달리기를 반복하는 것처럼 보인다. 왕복 달리기에는 출구가 없다.

쥐스탱 바이스라는 프랑스 출신 학자는 『미국식 사회 모델』이라는 책 속에서 "미국의 양 당은 전혀 이데올로기가 없이 권력을 쟁취하기 위해서 후보자들의 명부를 제시하는 단순한 기계 장치 같은 것에 지나지 않는다"고 말하면서, 미국의 두 정당인 공화당과 민주당은 "당의 고유한 이념은 없다 하더라도 유권자들의 주요 성향을 대표하고 있다"고 말한다. 즉 민주당과 공화당은 소수 집단들을 보호할 것인가 말 것인가, 연방 정부의 불개입을 확대할 것인가 말 것인가에 대한 유권자의 취향을 반영할 뿐이라는 것이다.

한국의 정당은 이념이 없는 지역 당

그렇다면 한나라당과 민주당 또는 한나라당과 열린우리당 혹은 민주당과 열린우리당의 이념은 어떻게 서로 다를까? 박정희와 전·노이후의 한국 정당사를 보면 정당 간의 이념이 크게 변별되는 경우란 없다. 민주당과 열린우리당이 대북 관계와 이데올로기 면에서 관용적인 태도를 보이고 있지만, 송두율에 대해서는 철저히 침묵한다. 나아가 노동 정책은 물론 사회 각층의 기득권을 해소하려는 개혁과 복지 정책에 대해서조차 한나라당과 큰 차이를 보여 주지 않는다. 그러니 '한나라당//민주당/열린우리당'이나, '민주당//열린우리당'의 이념적 차이는 미미할 뿐이라고 해야 한다. 그들을 변별 지우고 유권자의 표심을 가르는 것은 이념이 아니라 지역적 지지 기반과 지역주의 성향이다. 그러니 이런 '부서진 손잡이'를 움켜쥐고 아무리 문을 열려고 해 봤자 새로운 미래와 희망은 열리지 않는다.

강준만 교수가 개혁당에서 나와 민주당을 위해 변론하게 된 까닭이, 스스로 인정했듯이 열린우리당과 합당한 개혁당의 호남 배제와 영남 패권주의 때문이라면, 그것은 고작 경상도와 전라도 사이를 왕복 달리기하는 것밖에 되지 않는다. 개혁당을 박차고 나와 민주당을 옹호하게 된 강준만 교수가 양 당의 정책과 이념적 차이에 대해 짚어주고 거기에 대해 비판을 해 주었더라면 실망할 사람이 없었을 것이다. 하지만 지역주의를 문제 삼는 강준만 교수의 행태는 어떤 사람들, 예를 들어 민주노동당 사람들에게는 한 편의 해프닝 내지 코미디로밖에 보이지 않는다. 새로운 미래와 희망을 열고 싶은가? 그렇다면

부서진 손잡이를 움켜쥐고

성향이나 지역적 고려가 아닌, 이념이라는 단단한 손잡이를 잡아당겨야 하지 않겠는가?

우리 속의 레드 콤플렉스

그럼에도 불구하고 나는 오랫동안 '부서진 손잡이'를 붙잡고 있었다. 1987년 6월 항쟁 이후, 국민들은 민주와 개혁이라는 미끼에 속아 김영삼과 김대중을 거듭 당선시켜 주었다. 겉으로는 진보적인 체하면서 우리는 늘 보이지 않는 손으로 부르주아와 연정을 하고 있었던 것이다. 그런데도 왜 우리는 이들을 포기하지 못할까? 한나라당의 '차떼기'가 웅변하고 노무현 대통령의 '10분의 1'이 옹색하게 변명하듯이, "그 속에" 우리를 끌어당길 만한 것은 아무것도 없지 않는가? 그런데도 "그 속에 보이지 않는 그 무엇이 있기에/이토록 나를 끌어당기"는 걸까? 〈불새〉의 2절이다.

> 나는 왜 저 하늘의 천사처럼
> 순결한 기쁨을 갖지 못하나
> 내 몸 안에 또 누가 있길래
> 이토록 나를 불태우려 하나
> 내 안에 내 몸 안에 또 누가 있나

1절과 2절 사이에 주기도문이 낭송된다는 것은 앞서 말했다. 스물

두어 살 때 나는 그걸 듣고 놀랐다. 이 노래는 지금 들어도 여전히 충격이되 나는 더 이상 주기도문 때문에 놀라지 않는다. 2절에서 나를 솔깃하게 하는 것은 "내 안에 내 몸 안에"이다. 놀랍지 않은가? "그 속에"가 갑자기 "내 안에"로 바뀌다니? 정말이지 2절의 가사 속에서 "그"가 "나"로 바뀐 것을 제외하고는 다 헛소리다. "나" 빼고는 아무래도 상관없는 것이다. 그러니 "천사"니 "순결한 기쁨" 운운은 제쳐 놓자. 그런데 어떻게 해서 〈불새〉는 "그"에서 "나"로 전화되는 놀라운 각오를 보여 주게 되었던가? 여기에 주기도문이 있다. 주기도문이야말로 "그"를 "나"로 바꾸는 세례 요한이요, 지렛대요, 계기다. 주기도문은 그 자신이 충격이 되기 위해 삽입된 게 아니라, "그"가 "나"로 바뀌는 충격을 예비하기 위해, "그"를 "나"로 이끄는 인식론적 전환을 마련하기 위해 동원됐다.

"그 속에"는 당연 '차떼기'가 있고 '10분의 1'이 있겠으나, 우리는 그 똥물에 유혹된 게 아니다. 그 똥물에 유혹되기는커녕, 언제나 우리는 그 똥물을 더러워한다. 침 뱉을 준비가 되어 있다. 우리는 다만 "나"에 끌렸던 것! 그러니 "그 속에"라고 말하면 안 된다. 그것에 속았다고 말하면 할수록 "나"는 빠져나간다. "그"라고 평계를 대지만 나는 "나"에게 속은 것이다. 그러면 거듭, 대체 "내 안에 내 몸 안에" 뭐가 있길래 "부서진 손잡이" 잡고 놓지 못하나? 내 안에 있는 무엇이 "이토록 나를 끌어당기"는 걸까? 바이마르공화국의 역사는, 민주주의를 옹호했던 시민이 사회주의당에 투표하지 않고 나치당에 투표한 까닭이 "사회심리학적인 측면에서 부르주아 심성 속에 깊이 각인되어 있

부서진 손잡이를 움켜쥐고

는, 이른바 '붉은 공포'" 때문이었다는 것을 알려 준다.

내 속에 있는 '붉은 공포(=레드 콤플렉스)'는 단순히 공산주의에 대한 두려움만을 의미하진 않는다. 그것은 딱히 공산주의가 아니라, 질서와 안정에 대한 중산층의 끈질긴 집착을 색채로 표현한 것에 다름 아니다. 오인석의 『바이마르공화국의 역사』와 데틀레프 포이케르트의 『나치 시대의 일상사』는 나치 시대의 독일 국민들이 나치라는 전체주의에 일방적으로 굴복한 것이 아니라, 안정과 질서를 위해 스스로 권위주의를 희구했다는 분석 또한 담고 있다. 다시 말해 박정희가 용인된 것은 박정희 정권의 억압 때문이기도 했지만, 안정과 질서를 원했던 우리 스스로가 박정희 독재에 협력했다는 뜻이다. 예를 들어 80년대의 광주 민주의거 당시, 광주 시민들이 '김일성은 오판 말라!'는 플래카드를 내걸었다는 사실은, 그들 스스로 '붉은 공포'를 두려워했다는 것, 다시 말해 우리 모두는 안정과 질서를 위해 박정희 체제에 자진해 복종했다는 것을 증거한다.

다음 기회에 여기에 못다 쓴 『나치 시대의 일상사』는 물론이고 그것과 관련된 윤해동의 『식민지의 회색지대』에 대해 쓸 수 있었으면 좋겠다. 행여 쓰지 못하더라도 독자들은 이 책들을 읽어 봤으면 좋겠다. 원래 공부란 한 사람이 '조금' 하고, 그 사람이 지치거나 힘이 달리면, 선행자가 조금 공부해 놓았던 것을 맛본 사람이 이어서 계속 하는 것이다. 다시 말해 누가 해 주는 게 아니라, 자기가 해야 공부다.

마지막으로 한나라당과 민주당·열린우리당이 한 뿌리인 데다가 판박이나 같다는 말은 내 논지를 강화하기 위한 수사일 수도 있으나,

바라건대 그들은 나와 같은 사람의 냉소를 극복하기 위한 노력을 더 해야 한다. 이 자리를 빌려 5년 전, 술집에서 우연히 만났던 민주노동 당원들에게 마음속 깊이 사과한다. 이전의 대통령 선거에서 민주노동 당 후보는 전혀 고려의 대상이 되지 못했지만, 앞으론 반드시 고려하겠다. 나는 〈불새〉를 좀 더 오랫동안 흥얼거리게 될 것 같다. "내 안에 내 몸 안에" 있는 '붉은 공포'를 깊이 직면해야겠다.

부서진 손잡이를 움켜쥐고

'정형화된 기억'으로부터
벗어나려는 시도들

나치 근대화론

나치는 유태인을 미워했다. 그리고 그것과 똑같이 집시와 재즈를 미워했다. 나치가 집시를 미워한 까닭은 그들이 "대단히 불균형하고, 불투명하고, 예측 불가능하고, 신뢰할 수 없고, 게으르거나 이동적이고, 자극에 약"한 데다가, 간단히 말해 그들은 "노동을 기피하는 반사회적인 자"들이기 때문이라는 것이었다.

그러면 재즈는 왜 탄압받았을까? 나치의 문화 정책자들이 보기에 재즈는 "리듬에의 완만한 몰입, 정해진 댄스 스텝이 아닌 즉흥적인 몸동작, 질서 정연한 멜로디가 아닌 돌발적인 불협화음이 느슨하고 해이한 삶의 느낌을 표현"하는 것으로 여겨졌으며, 이는 곧 그것을 즐겨 듣는 청소년들에게 "청소년단의 군사 훈련, 학교 규율, 공공 기관들의 경직된 요구, 나치 공직자들의 '날 선' 태도, 일상적으로 강요하는 의무"로부터 벗어나려는 의지를 심어 주는 것으로 간주됐다. 21만 명이 넘는 집시가 수용소에서 말살되고, 재즈를 듣는 청소년들이 처벌을 당하거나 학교와 사회로부터 쫓겨나 수용소에서 강제 노동을 해야만 했던 것은, 나치가 건설하고자 했던 국가가 어떤 것인지를 말해 준다.

나치는 규범화·계량화·획일화되지 않은 모든 "예측 불가능"한 것들과 "돌발적인 불협화음"을 제거하고, 일사불란한 규범을 꾀했다. 독일 역사가들이 나치의 유태인 멸절 정책(홀로코스트)을 설명하는 방법이나 강조점은 모두 다르지만, 『나치 시대의 일상사』(개마고원, 2003)를 쓴 데틀레프 포이케르트는 규범화라는 나치의 기준에서 볼 때, 유태인이 얼마만큼 불가해한 존재였던가를 이렇게 설명한다.

문화적으로 동화된 지적인 유태인들은 근대성이라는 적을 구현하는 존재였고, 종교적인 정통 유태인들은 전통적인 기독교적 반유태주의의 이미지에 잘 맞아떨어지는 존재였으며, 경제적으로 성공한 유태인들은 '착취 자본'과 자유주의의 모델이었고, 유태인 사회주의자는 혐오스러운 '볼셰비즘'과 '마르크스주의'를 대표하는 존재였으며, 동유럽 게토의 이질적인 문화로부터 독일로 건너온 유태인들은 제국주의 시대의 문명적·식민주의적 우월감을 표출시키기에 적절한 공격 대상이었다.

'정형화된 기억'으로부터 벗어나려는 시도들

위의 인용은 나치가 유태인을 모든 악의 원흉으로 몰아붙일 때 쓰는 모함용 목록이기도 하지만, 위의 목록은 유태인처럼 규범화되지 않는 집단에 대해 나치가 얼마나 큰 공포를 가지고 있었는가를 역설적으로 설명해 준다. 유태인·집시·재즈는 비정상이나 일탈 또는 혼돈을 의미했으며, 그것은 나치가 만들고자 했던 규범화된 국가에 이질적인 요소였다. 때문에 그것들은 제거되어야만 할 암세포와 같았다.

나치즘을 "근대의 병리사病理史"로 보는 이 책은, 나치를 독일사의 돌연변이로 보는 기존의 통념을 전복한다. 하지만 독일 역사 속에서 반근대적이고 파쇼적인 예외로 치부되었던 히틀러의 나치를 독일의 근대화 수행 과정 속에 위치시키고자 하는 데틀레프 포이케르트의 이런 입장은, 통독 직전에 있었던 서독 내의 좌·우 '역사가 논쟁' 이래로 활발하게 연구되고 있다. 나치의 특수성을 근대화라는 보편적 역사 속에 복원시키는 이런 작업은, 기능주의로 무장된 독일 우익의 홀로코스트 관觀과 상당히 맞닿게 되지만(홀로코스트는 근대 서구 문명의 관료적이며 기술적인 특징이 갖고 있는 효율 추구의 산물일 뿐, 멸절의 의도는 없었다), 이 자리에서는 '나치 근대화론'이 가진 일장일단을 공평히 짚고 넘어간다. 단점은 나치를 서양 근대 문명의 병리로 봄으로써 나치의 죄과를 사면해 준다는 것이고, 장점은 현재까지 득세하고 있는 서양의 현대 문명을 겸허하게 들여다보게 해 줌은 물론, 우리들의 현재까지 반성하게 해 준다는 것이다.

독일의 특수한 파쇼적 조건과 상황을 그저 비판만 하고 그러한 조건이 이제는 다행스럽게 지나가 버렸다고 함축하는 역사학은, 그 과거로부터 받는 도덕적 상심과 그 과거가 현재의 행동에 제시하는 의미에 대한 물음을 비켜 가는 아주 편리한 수단으로 비친다 (…) 따라서 파시즘에 대한 책임 있는 성찰은 반드시 현재와 대면해야 하고, 우리의 근대가 발전하면서 노정시킨 문제 지대들에 대해 질문을 던져야 (한다).

홀로코스트의 논리

흔히 나치의 대두를 독일 사회의 전근대적인 후진성에서 찾는 논의가 무성하지만, 저자는 독일 사회의 전근대적 낙후성 때문이 아니라 선진적인 "근대 문명의 구조와 문제 상황"으로부터 나치의 발생적 근거를 찾는다. 예컨대 유태인과 집시들에게 행해진 멸절 정책 또한 게르만 민족의 순수성이나 우수성을 입증하기 위한 신화적 기획의 소산이 아니라, 서구의 "진보"에 내재된 "병리"로부터 연유한다. 나치가 유태인·집시들의 멸절 정책을 입안하기 훨씬 이전, 푸코가 고전주의 시대(1650~1880)라고 말하는 17세기 후반과 18세기 전반에, 서구 사회는 이미 거지·부랑자·게으름뱅이·방탕아 등등의 비사회적이고 비순응적인 일탈자들을 구빈원으로 추방시켜 왔다.

다시 말해 나치의 멸절 정책은 "중세적 야만성"에서 비롯한 게 아니라, "신체로서의 사회"를 "과학적"으로 재편하고 개선하려는 근대성 기획이 광폭하게 현실화한 것이다. 아우슈비츠는 히틀러와 그 곁에

'정형화된 기억'으로부터 벗어나려는 시도들

있었던 몇 명의 열렬한 인종주의 정책가들에 의해 만들어진 게 아니라, 사회를 규범화하고 정상화하겠다는 근대성의 병리가 만든 것이다: "교육적-사회 개혁적 진보와 유전 형질의 인종 위생적-유전학적 개선을 조합함으로써 사회적 모순을 과학적으로 그리고 최종적으로 해결할 수 있다는 믿음은 극우에만 한정되어 있었던 것이 아니다. 그것은 대중적인 과학 문헌을 관통하고 있었던 발상이었다〔…〕요컨대 나치의 사회적 다윈주의는 고비노에서 체임벌린에 이르는 상대적으로 기괴한 19세기적인 인종주의에만 뿌리박고 있었던 것이 아니다. 그것은 심리학·의학·범죄학·사회복지학 등에서 학문적인 입지를 구축한 학파에 근거하고 있었다. 그러한 인간 과학들은 파쇼적이지 않았다."

나치가 만들고자 하는 새로운 사회는 "능력과 노동 의지를 가진 자들만이 정상적인 지위"를 가질 수 있었고 "일탈과 혼란을 야기하는 자들은 사회적으로 불필요"했다. 때문에 규범화와 정상성이라는 근대화 프로젝트는 유태인과 집시만을 목표로 하지 않았다. "반항적인 청소년, 작업장에서 빈둥거리는 노동자, 반사회적인 인간, 창녀, 동성애자, 직업적으로 무능하여 업적을 내지 못하는 사람, 장애자" 등 규범에 어긋나는 모든 사람을 유전학에 입각하여 사회로부터 도려냈다. 노동과 생산에 쓸모없다고 판명된 사람들은 수용소에 격리되었고 안락사를 선고받았으며, 종전終戰까지 "20만 내지 35만 명"이 불임 시술을 당했다.

이처럼 "생물학적으로 왜곡된 자"를 제거하는 것은, 푸코가 말하는 대감호의 효과를 얻기 위해서였다: "노동 교육소의 주된 목적은 수감자에 대한 '교육'에 있지 않았다. 그 목적은 노동 대중 일반에 대한 계고였다. 노동 대중은 상급에게 도전하거나 작업 속도를 늦추거나 병가를 자주 얻을 경우 자신에게 어떤 일이 닥칠 것인가를 눈으로 확인해야 했던 것이다."

계몽주의의 도구적 이성이 아우슈비츠라는 예고된 파국을 불러왔다는 아도르노와 호르크하이머의 진단을 여기서 다시 떠올릴 필요가 있을까? 『나치 시대의 일상사』는 어떤 면에서 두 사람이 쓴 『계몽의 변증법』(문학과지성사, 2001)보다 더 우울하고 냉소적으로 말한다. 즉 나치가 멸망한 1945년 이후 서독 정부로부터 "보상을 받은 동성애자는 한 명도 없"을 뿐 아니라 오히려 동성애자를 강제했던 형법 175조는 강화된 형태로 1969년까지 존재했다는 것, 그리고 소위 "노동 기피자, 반사회적 인간, 반항적인 청소년 등은 서독에 와서도 사회적인 혐오를 받았다"는 것은 과연 무엇을 의미하는가? 게다가 현재의 독일인들이 "공개적이지 않게 사적으로 지나가는 듯이 표현되기는 했지만, 그들을 수감할 수용소가 더 이상 존재하지 않는 것을 유감스러워하는 경우"는 어떻게 설명되어야 할까?

근대는 우리를 개인으로 리모델링한다

독일에서 나치가 패망하고도 규율 권력과 대감호로 이루어지는 '근대성 사회'는 여전히 지속된다. 그러므로 '나치 혁명'이 승승장구했던 1930년대와 패전 이후 독일로 이월된 "일상의 연속성"들을 바로 보지 못하는 한, "1945년 0시"(나치 패망 이후 서독이 수립되자 독일의 지식인들은 1945년을 0시로 설정하면서, 새로운 독일이 나치즘과 무관하다는 것을 선포)는 허구일 수밖에 없다. 그래서 저자는 이 책의 어느 페이지에, 노동운동을 폭력적으로 불법화한 나치나, 법률의 도움을 받아 어떻게 해서든 노동운동을 무력화시키려는 현재나 크게 다른 것이 무엇이냐고 묻는다.

흔히 나치를 일컬어 '피와 흙'이라는 전근대적인 공동체로 돌아가려는 시대착오적인 정치운동이었다고 말한다. 실제로 1차 세계대전에 패한 독일 제국이 서구 유럽식 근대화를 억지로 받아들여야만 했을 때(일례로 왕정의 포기와 민주화), 나치가 흔들리는 대중에게 내놓은 약속은 "좋은 옛 시절"을 회복시키고 "근대의 혼란을 제거"하겠다는 것이었으나, 실천적으로는 그와 반대로 "근대의 장기적인 경향들을 촉진"시키는 것이었다. 두 가지 예 가운데 하나, 나치는 여성을 모성화하는 정책을 내세웠지만 실천에서는 여성을 노동시장의 하위직으로 끌어내는 것으로 향후 근대적 산업 경제가 요구하는 성적 분업을 관철시켰다. 그 둘, 교회·가정·학교라는 전통적인 공공 영역과 일상 관계를 해체하고 세대와 직장·지역으로 편성된 고도의 이데올로기적 기관 안에 흡수했다. 청소년의 경우 연령별로 가입하게 되어 있는 여러 종류의 소년·소녀단이 가정(부모)과 학교(선생)를 대신하게 함으로써, 전통적인 삶의 유대를 파괴하고 공동체를 모래알로 이루어진 개인으로 만든다.

나치에 의한 공공 영역과 공동체 파괴는 너무나 극심해서 "2차 세계대전이 끝난 뒤 노동자 정당과 조합은 부활했으나 노동자들의 전통적인 사회문화적 환경"은 부활하지 않았고, 노동운동의 연대 구조 대신 "개인주의적이고 능력주의적이고 '회의적'인 새로운 노동자 유형이 발달하는 길을 닦"았다. 그리하여 라인강의 기적이 일어났을 때, 대중 소비가 요구하는 "표준화된 개인"을 공급하게 됐으니, 그것은 나치가 의도한 결과가 아니었을 것이다.

　이 책은 흥미롭다. 나치가 민족 공동체를 완전히 파괴하고 자아 중심으로 퇴행한 개인들만 양산해 놓았기 때문에 서독은 고도의 산업 사회를 이룩할 수 있었고, 동독은 곧바로 공공 영역과 일상 관계가 모조리 국가 기관에 복속되는 사회주의 국가를 건설할 수 있었다는 것이다. 두 독일의 체제는 확연히 달랐지만 두 독일에 사는 시민들의 생활 세계는 극히 파편화되고 마모된 채 지속되었다는 저자의 설명은, "도덕적으로는 정당하지만 분석적으로는 부당하게 뒤집어씌웠던 특수한 악마성으로부터 독일사를 해방"시키겠다는 저자의 집필 의도를 환기시킨다.

　요즘 출판가에 유행하는 '속옷의 역사衣'나 '설탕의 역사食' 혹은 '침대의 역사住'와 같은 자질구레한 일상사를 늘어놓는 책으로 가볍게 여겼던 이 책은, 머리를 무겁게 한다. 나치를 현대를 규정짓는 근대성이라는 연속된 역사 속에 위치시킴으로써 오늘의 문명을 되돌아보게 하는 장점을 지닌 이 책은, 그 대가로 다음과 같은 결론에 근접하기 때문이다: "역설적이지만, 현재 독일은 나치가 만들어 놓은 '실

　　　　　　　　'정형화된 기억'으로부터 벗어나려는 시도들

패한 사회혁명'의 열매를 따 먹고 있다. 나치는 전후 서독의 경제 기적을 낳는 토대를 마련해 주었다."

나치를 경험했던 독일인들 가운데 아직까지 살아 있는 노인들은 제3제국을 다음과 같은 두 가지 업적으로 기억하고 있다고 한다. 첫째 "당시에는 자전거에 자물쇠를 채우지 않고 문 앞에 세워 둘 수 있었다는 것"이고, 둘째 "당시에는 장발長髮과 싸움패는 제국노동봉사단에 끌려갔다는 것"이다.

강력한 공권력에 의해 유지되는 질서에 대한 예찬은, 우리나라 사람들의 박정희 향수의 일부를 구성하는 것이기도 하지만, 이 책의 파괴력은 더 깊은 데 있다. 이미 눈치챈 독자도 계시겠지만, 여러 가지 이념적 취약성에도 불구하고 "나치즘은 근대의 장기적인 추세에 기꺼이 적응했다"는 것, 또 제3제국 속에서 "보이지 않는 차원에서 장기적인 근대화 흐름이 관철되고 있었"다는 것, 결정적으로 근대화는 "낡은 권력 관계를 유지한 채 사회가 재조직되는 것을 의미할 수도 있다"는 저자의 언사는 박정희를 근대화의 아버지로 추앙하게 하는 시각을 부여할 수 있기 때문이다.

그런데 이 책의 역자는 책의 쓰임새를 더 윗 세대로 확장한다: "누구 말마따나 독서는, 책의 저자는 말을 걸고 책을 읽는 독자는 의미를 가져오는 소풍 놀이다. 다만 한 가지, 역자가 강조하고 싶은 것이 있다. 이 책은 나치즘 연구에서나, 일상사라는 역사 방법론에서나, 친일 청산 문제에서나, 일제 시대 연구에서도 곱씹을 만한 가치가 있는 책이다."

공공 영역이라는 회색지대

윤해동의 『식민지의 회색지대』(역사비평사, 2003)는 『나치 시대의 일상사』와 공통된 문제 틀을 가진다. 데틀레프 포이케르트가 나치 시대의 일상을 분석하면서 국민들의 광범위한 "체제에 대한 합의"가 없었다면 나치 정권이 유지될 수 없었다고 말하는 것처럼, 윤해동 역시 책 제목과 동일한 논문에서 다음과 같이 쓴다: "제국주의 식민 지배는 제국주의 지배자의 일방통행적 지배가 아니라, 식민지와의 상호작용에 의해 유지된다. 따라서 제국주의 지배에 대한 협력의 문제가 제기되는 것이다."

너무나 상식적으로 보이는 이 말을 이해하는 데 우리나라 국사학은 오랜 시간이 필요했다. 민족국가라는 틀 속에서 역사적 상상력을 키우고 또 그것을 절대 불변의 진리로 섬겨 온 한국사는 일제 시대를 일제의 가혹한 수탈과 한국민의 가열한 저항이라는 이항 구분 속에서만 사유해 왔다. 다시 말해 일제에 대한 저항만 있었을 뿐, 협력은 없었다는 것이다. 이에 대해 저자는 "저항의 범위를 민족주의적 잣대만을 사용함으로써 부당하게 좁혀" 왔던 것처럼 이에 대응하는 친일이라는 개념 역시 새로 해석할 필요가 있다는 것이다. 식민지에 존재했던 광범위한 회색지대를 옳게 이해하기 위해 "친일이라는 개념을 협력이라는 개념으로 바꾸어서 이해"할 필요가 있다고 저자는 말한다.

식민지 국민이나 전체주의 국가의 시민이 꼭 총을 들고 항거를 해야만 저항이 되는 것은 아니다. 그런 강성 투쟁론으로부터 조금만 시야를 달리하면, 저항보다는 약하지만 분명히 체제 비판에 해당하는 여러 가지 저항이 눈에 들어온다. 데틀레프 포이케르트는 그것의 강도에 따라 "비순응 → 거부 → 항의 → 저항"이라는 단계로 나누고, 나치 시대의 독일 국민들은 비순응과 거부의 방법으로 전체주의에 저항했다고 말한다. 이런 등식을 일제 식민 시대에 적용해 보면 광범위한 저항이 존재했을 것이라고 짐작할 수 있다.

하지만 민족주의라는 잣대만으로 저항운동을 투시해 온 한국사는 근대사회 이행 과정 중에 불거져 나온 여러 가지 부문 운동을 모조리 억압하거나 민족주의 투쟁 속에 귀속시켜 버렸다. "노동운동이나 농민운동 등의 계급운동, 청년운동이나 학생운동 나아가 여성운동 등은 사회의 근대적인 분화 과정에서만 그 집단으로서 정체성의 기반이 주어질 수 있다. 예컨대 모든 부문 운동은 근대화의 산물이자 식민 지배기 사회 분화의 산물일 터인데, 이런 운동 발생의 근대적 측면을 민족주의로만 귀속시킬 때 고유한 운동성은 제대로 해명되기 어려운 것이다"라는 말은, 앞으로의 일제 식민 시대 연구 방향을 가늠하게 한다.

민족주의라는 잣대만 가지고는 포착하기 어려운 '일상적 저항의 범주'가 있을 수 있듯이, 협력 역시 민족주의라는 잣대로만 볼 때는 친일이고 매국노지만 근대성이라는 맥락에서 볼 때는 다른 차원을 가진다. 예를 들어 일제에 의해 설치되었던 도협의회·부회·읍회·면협의회와 같은 일련의 자문기관은 동화정책을 효율적으로 돕는 일이기도 하지만, 한국인은 그렇게 주어진 공간에서 공공의 문제 제기를 통해 "공적 영역"을 확대했다. 민족주의적 시각에서는 거기에 참여한 인사들을 모조리 일제의 주구로 낙인찍지만, 윤해동의 의견은 매우 다르다: "식민 지배하에서라고 하더라도 참정권의 확대 또는 지역민의 자발적 발의로 공적 영역은 확대되었던 것이다. 그리고 일부나마 공적 영역의 확대를 통하여 일상에서 문제되는 공동의 문제를 제기할 수 있었고, 일정한 영향을 유지할 수 있었다. 식민지 인식의 회색지대, 즉 저항과 협력이 교차하는 지점에 '정치적인 것' 공공 영역이 위치하고 있었던 것이다. 우리는 이를 '식민지적 공공성'이라고 부르고자 한다. 식민지적 공공성은 식민 권력에 의해 지배되고 있었고 식민 권력을 전복시킬 수 있는 능력을 가지고 있지는 않았지만, 식민 권력과 대치선을 그릴 수는 있었고 일상에서 제기되는 공동의 문제를 통해서 정치의 영역을 확대하고 있었다."

일제에 의해 만들어진 학교·군대·자문기관과 같은 기구는 일제의 황민화 정책을 관철하기 위한 수단이기도 하지만, 근대화의 과정과 맞물리며 탄생된 규율적 권력의 일부이다. 식민지민은 공공화된 규율적 권력 속에서 저항과 협력을 동시에 해야 하는 비애를 감내할 수밖에 없다. 때문에 저자는 "친일 개념을 협력 개념으로 전환함으로써 항상적으로 동요하면서 저항과 협력의 양면적 모습을 가지고 있었던 회색지대"를 탐사해 보자고 권하는 것이다.

그렇다면 친일진상규명법과 친일인명사전으로 국회가 어수선하고 국민들의 공분이 들끓는 지금, 친일 부역자는 어떻게 규정되어야 하는가? 「친일파 청산과 탈식민 과제」라는 글을 통해 저자는 한국의 민족주의가 해방 직후 벌어졌던 반탁운동을 통해 또 한 번 강성으로

'정형화된 기억'으로부터 벗어나려는 시도들

굴절되면서, 일제 잔재 청산은 친일파 처단이라는 인적 청산 문제로 축소되었다고 말한다. 진정한 일제 청산은 탈식민 과제를 의식하는 것이었으나, 법과 제도 속에 깃든 여러 가지 제국주의 지배의 잔재는 온존시키면서 인적 청산에만 급급해 왔던 게 바로 한국의 잘못된 일제 잔재 청산이었다. 그나마 인적 청산마저도 1949년 6월, 반민특위 습격사건과 한국전쟁으로 유야무야되었다.

친일을 판단하는 데 민족이라는 개념은 외연이 너무 넓다는 게 저자의 생각이다. 예를 들어 민족 내부의 어느 계급에 기준을 두느냐에 따라서 부역의 기준도 달라질 수밖에 없다. 부회 의원이나 읍회 의원·면협의회 의원이 일제의 지방행정 기구에 참여했기 때문에 단죄되어야 한다면, 일제 통치 말단에서 전쟁 동원에 직접 참여했던 면장이나 면서기 또는 말단 경찰이 제외되어야 하는 근거는 무엇인가? 또 황국신민화 교육을 담당하면서 황국 신민을 양성하고 민족성 말살에 참여했던 초등학교 교사들과, 일본군 내의 한국인 장교들과의 근본적인 차이점은 무엇인가?

친일 부역자와 전범은 다르다

해방 정국에서 친일 인적 청산을 하지 못한 것은 민족주의가 약해서가 아니라 오히려 민족주의가 너무 강했기 때문이라고 설명하는 저자는, 대담집 『인텔리겐차』(푸른역사, 2002)를 통해 친일파에 대한 나름의 판단 기준을 일찌감치 세워 놓고 있다: "저는 친일 문제에 두 가지 차원이 있을 수 있다고 봅니다. 하나는 일본 식민지에 대한 한국인들의 협력이라는 측면이 있고, 또 동아시아 각국이 우려하는 일본의 우경화나 일본의 또 하나의 측면인 전쟁 책임과 연관되는 것으로, 일본의 총력전 체제에 대한 협력이라는 측면이 있습니다. 이건 명백히 구분되어야 하는 건데요, 조선에 대한 식민지 지배와 일본의 동아시아 침략 또는 태평양전쟁 발발의 책임 문제는 다른 문제라는 겁니다. 그런데, 한국인들의 입장에서는 이게 굉장히 교묘하게 얽혀져 있습니다. 일본 제국주의 조선 지배에 협력한 부류가 있고, 다른 하나는 일본의 침략 전쟁을 수행할 때 전쟁에 협력한 부류가 있습니다. 물론 이건 논리적인 문제겠습니다만, 이걸 구분하지 않고 일반적으로 친일파라고 하는데 논리적으로는 구분을 해야 합니다."

　일본의 조선 지배에 협력한 부류(친일파)와 일본이 일으킨 태평양전쟁과 중일전쟁에 참여했던 부류(전범)는 구분되어야 한다는 위의 주장은, 굉장히 충격적이면서 어떤 궁극을 지향하고 있다. 일제 잔재 청산의 진정한 목표가 탈식민이라고 한다면, 우리는 우리 속의 식민주의부터 발본해야 한다. 우리가 민족이라는 협소한 잣대에 얽매여 친일파의 행적만을 문제 삼을 때, 우리가 만주나 태평양 도서에서 저질렀던 만행은 청산할 방법이 없다. 예를 들어 만주에 주둔하면서 중국군을 토벌했던 다카키 마사오(박정희)는, 우리 입장에서는 그저 친일파로 단죄되지만, 중국인 입장에서는 전범이다. 그도 그럴 것이 만약 다카키 마사오가 만주가 아니라, 이승연이 숯검정을 묻히고 위안부 누드를 찍었던 남태평양의 팔라우 섬에서 미군에게 잡혔다고 상

　'정형화된 기억'으로부터 벗어나려는 시도들

상해 보라. 아마 그는 많은 한국계 일본군 장교들처럼 전범으로 처형
됐을 공산이 크다. 다카키 마사오는 물론이고 태평양전쟁에 참여하기
를 호소했던 수많은 문인들과 언론들을 더 이상 친일파라고 부르지
말아야 한다. 일본의 침략으로 고통을 당한 여러 아시아 국가 사람들
이 보기에 그런 지칭은, 팔이 안으로 굽는 식의, 제 식구 감싸기에 불
과하다.

　반복컨대 우리들이 친일을 단죄하는 것은 민족주의라는 잣대다.
하지만 바로 그 잣대가 무의식 중에 제국주의 전범을 보호해 주고 있
다는 것은 슬픈 역설이다. 그렇다면 민족주의라는 빗장을 풀고, 우리
손으로 전범을 규정하는 것에서 얻는 이득은 대체 무엇일까? 앞서 말
했던 것처럼, 그때야 비로소 탈식민이라는 진정한 일제 잔재 청산에
도달할 수 있다는 것을 꼽을 수 있다. 그 다음으로는 우리 스스로 한
국인 전범자를 탄핵함으로써 아직도 자신의 전쟁 죄과를 인정하지
않는 일본에 대한 압박을 행사하고, 나아가 일본 천황제 청산을 요구
할 수 있다는 점이다. 사실 한국은 국내의 친일 청산에만 몰두하는 바
람에 일본의 전후 청산에 대해서는 깊이 개입하지 못했다. 또 미국이
얻어 준 해방이기 때문에 일본의 전후 청산에 대해 우리가 관여할 여
지가 그리 폭넓지 못했던 것도 사실이다. 하지만 꼭 그렇게만 생각할
것은 아니다. 먼저 20만 명 이상의 한국인이 일본군으로 징병된 사실
을 기억해야 하고, 다음으로는 전범으로 처형된 한국인 출신 일본군
이 있었다는 사실을 크게 부각해야 한다.

　전후 미국의 주도로 일본의 전쟁 범죄를 묻는 두 개의 재판이 열렸

다. A급 전쟁 범죄인을 다룬 도쿄 재판에서는 전쟁 지도자의 책임을 추궁했고, 필리핀 마닐라에서는 포로와 일반 시민 등에 대한 일본군의 학살·학대 등을 취급하는 B·C급 전범 재판이 따로 열렸다. 이때 '옛 일본군'으로 재판을 받은 한국인은 148명이었고 그 가운데 23명이 사형됐다(일본 정부는 교도소를 나온 일본군 전범에게는 보상을 했으나, 한국인들에게는 일본인이 아니라는 이유로 보상조차 하지 않았다). 이런 사실을 기억한다면, 이제라도 우리에게 일본 전후 청산을 요구할 권리가 충분하다는 것을 알게 된다. 여기에 더하여 일제의 대아시아 침략 전쟁에 앞장섰던, 우리 안의 '전범'을 우리 손으로 단죄한다면, 궁극에는 모든 전범의 우두머리인 일본 왕도 응분의 책임을 지지 않을 수 없게 된다. 우리는 이제라도 일본의 식민 지배에 대한 사과와 배상을 미루고 있는 북한과 연대하여, 천황제 청산에 대한 문제를 제기해야 한다. 일제의 2등 시민이 되자고 부르짖으며 중국과 태평양전쟁에 여러 형태로 참여했던 우리 손의 피만 씻어 내는 게 아니라, 우리 뇌수 속의 민족주의까지 씻어 낼 비장한 각오가 되어 있다면, 이는 결코 불가능한 일이 아니다.

두 개의 혼효된 친일 차원 속에서 태평양전쟁과 중일전쟁에 적극 참여했던 전범을 제외하고 나면, 일본의 식민 지배에 협력했던 자들이 남는다. 윤해동은 그들을 민족주의의 시각에서 단죄하지 않고, 민족주의에서 비껴 난 다른 기준으로 심판할 것을 제안한다: "민족과 민족을 단위로 한 '국가'라는 기준 이외에 인간의 기본권이라든지 전쟁 참여라든지 하는 기준은 대개 깊이 고려되지 않았다 〔…〕 민족이

'정형화된 기억'으로부터 벗어나려는 시도들

기준이 되는 한, 기본권이라든가 전쟁 협력 같은 객관적 기준이 제시될 수 없어 애초에 개념의 모호함을 피하기는 어려운 일이다."

위의 언급에서 중요한 것은 인간의 기본권이다. 단순히 일제의 행정 조직이나 금융 조합과 같은 공서에서 근무했다고 해서 친일분자라고 몰지 말고, 예를 들어 고문과 같은 인간의 기본권을 침범한 자들만 처벌하자는 것이다. 2차 세계대전 시 독일에 점령됐던 프랑스와 달리 일제에 의한 장기간의 식민 지배가 피지배 민족의 손을 모조리 더럽혀 놓았을 때, 광범위한 친일 설정에 따르는 얕은 처벌보다는, 폭 좁은 친일 설정에 따르는 깊은 처벌이 훨씬 현실적이다.

앞의 두 논문에 이어지는 세 번째 논문 「억압된 '주체'와 '맹목'의 권력: 동아시아의 역사 논쟁과 국민 국가」는 일본의 역사 교과서 문제를 계기로 저자가 생각하는 민족과 역사학에 대한 뜨거운 회의와 반성을 보여 주고 있다. 역사학에 관심이 있는 독자라면, 이 책의 머리말 일부와 함께 꼭 읽어 보아야 할 글이다.

〈영광의 탈출〉
잊어버리기

할리우드가 만든 이스라엘 건국신화

더 중대한 이유들은 따로 있지만, 내 뇌리 속에 이스라엘과 시오니즘에 대한 긍정적인 상을 심어 준 것은 아무래도 초·중학교 시절 몇 차례나 텔레비전의 명화극장을 통해 보았던 폴 뉴먼 주연의 〈영광의 탈출〉이다. 이스라엘 건국의 순간을 그리고 있는 이 할리우드산 영화는, 안 그래도 외화 재방영이 잦았던 그 시절에 펄 벅 원작의 〈대지〉와 함께 무슨 국경일만 되면 단골로 전파를 타는 영화 가운데 하나였다.

1947년 2차 세계대전 종전 직후, 유럽에서 팔레스타인으로 이주한 유태 난민들의 '나라 세우기'를 내용으로 하는 그 영화는, 시오니즘과 이스라엘 건국에 대해 무지할 수밖에 없었던 나에게 두 가지 큰 오해를 심어 주었다. 첫째, 팔레스타인을 지배하고 있던 영국인들은 팔레스타인 토착민과 이스라엘 난민들 사이의 분쟁을 우려하여 갑자기 식민 지배를 포기하고 중립을 선포했다. 둘째, 때문에 이스라엘 난민들은 사방에서 달려드는 팔레스타인 무장대와 맨주먹으로 싸워야 했다.

어린 나이에 이런 잘못된 정식화를 할 수밖에 없었던 것은, 이스라엘이나 시오니즘에 대한 무지가 원인이기도 했겠지만 앞서 거론했던 〈영광의 탈출〉을 몇 번씩이나 되풀이해서 보며 세뇌된 탓이 크다. 그래서 파리 7대학의 커뮤니케이션학과 교수이면서 반세계화론자로 유명한 이냐시오 라모네는 영화를 가리켜 '소리 없는 프로파간다'라고 하지 않았던가?(『소리 없는 프로파간다: 우리 정신의 미국화』, 상형문자, 2002) 나는 이 글을 쓰면서 다시 한 번 〈영광의 탈출〉을 보게 되었는데 그 영화를 보고 나면 정말이지, 힘없고 작은 이스라엘에 대한 동정과 자기 땅을 수복하려는 유태인의 정당한 투쟁에 대한 지지 감정이 자연스레 생겨난다.

때문에 나는 그 영광스러운 유태인 건국신화가, 실은 2천 년 동안 그 지역에 살아왔던 팔레스타인 사람들에 대한 추방과 박해의 시발이라는 것을 의심할 수 없었던 것이다. 이 글의 후미에 부연하겠지만, 내 유년을 감히 과장해서 말해 본다면, 어느 나라 사람 할 것 없이 인류는 다 조금씩 '역사 왜곡'이라는 세뇌와 무신경 속에 살고 있다. 우리가 역사 왜곡이라는 세뇌와 무신경 속에서 어쩌다 한 번씩 각성하는 체 할 때는, 일본의 우익 교과서 파동이나 중국의 고구려사 편입과 같은 사건이 우리 민족 감정을 정면으로 들쑤실 때뿐으로, 나와 아무 이해 상관이 없는 민족이 당하는 역사 왜곡에 대해서는 '네 멋대로 해라'인 것이다. 랄프 쉰만의 『잔인한 이스라엘』(미세기, 2003)은 이스라엘 인종주의 이데올로기인 시오니즘의 추악한 과거와 시오니스트들의 무서운 중동 지배 전략에 대해 열정적으로 이야기한다.

〈영광의 탈출〉류의 이스라엘 건국신화는, 나치 독일의 핍박을 받아 유럽에서 쫓겨나게 된 유태인들에 의해 평화적으로 건국이 진행되었다고 말하지만 사실은 그렇지 않다. 구약성서가 보증하는 시오니즘의 성서적 소유권 선점을 차치하고 나면, 참 얄궂게도 근대 시오니즘의 출발은 누명을 뒤집어쓴 유태계 프랑스 장교의 인권으로부터 시작한다. 1894년, 드레퓌스 사건에 충격을 받은 오스트리아의 유태계 언론인 테오도르 헤르츨이 유태인 국가에 대한 소망을 담은 『유태인 국가』(1896)를 발표하고, 그 이듬해 스위스 바젤에 모인 동조자들이 팔레스타인에 유태인 국가를 건설할 것을 결의함으로써 시오니즘은 근대 역사에 최초의 모습을 드러냈다. 가능성이 희박한 채로, 수천 년을 떠돌아다닌 유태인에게 작은 희망이 되어 주었던 그것은 현실로 구체화되면서 어떤 인종주의보다 더 지독한 인종주의가 되었고, 어떤 근본주의보다 더 타협 없는 근본주의로 변해 갔다.

시오니즘의 탄생

헤르츨과 같은 초기의 시오니스트들이 팔레스타인에 유태인 국가를 세우자고 주장하기 훨씬 이전인 1820년대부터 유태인의 팔레스타인 이주는 소규모로 있어 왔다. 하지만 그것은 근대적인 시오니즘과는 상관이 없었고, 예루살렘에 살고 있던 2만 명이나 되는 당시의 유태인들은 팔레스타인 사회에 완전히 통합돼 있었다. 하지만 『유태인 국가』에 의해 시동이 걸린 시오니즘은 팔레스타인에 유태 국가를 세우기 위해 길고 치밀한 외교전外交戰에 돌입한다. 초기 시오니즘의 특징은 '나라를 잃은 힘없는 민족'이 대개 그렇듯이 강한 나라에 협력하는 것으로 자신의 독립을 구걸하는 것이었다.

시오니즘이 막 태동되던 당시 팔레스타인 전역은 오스만(터키)제국의 식민지였다. 그때 헤르츨은 오스만제국의 힘을 빌려 팔레스타인의 팔레스타인 사람을 몰아내고 그곳에 유태인 국가를 세울 계획을 세웠다: "술탄 폐하께서 팔레스타인을 우리에게 주신다면, 우리는 그곳에 투르크의 재정 정리를 떠맡을 수 있을 것입니다. 우리는 그곳에 야만에 대항하는 문명의 전초 기지를 세워야 합니다."

시오니스트들은 오스만제국의 세력이 약해지거나 팔레스타인 민중들의 독립 요구가 거세지는 것이 달갑지 않았다. 그것은 곧 유태 국가 건설이 불가능해지는 것을 의미했다. 그래서 시오니스트 지도자들은 자신들의 재력과 인력을 오스만제국의 경찰력으로 제공하고 그 대가로 팔레스타인 땅의 일부를 얻으려고 했다(1905). 시오니스트들의 이런 노력은 팔레스타인의 지배자가 누구인가에 따라 눈치 빠르게 변했다. 오스만제국의 영향력이 차츰 상실되어 가면서 독일·영국·프랑스가 중동의 패권을 놓고 경쟁하자 시오니스트들은 독일 황제 카이저에게 오스만 황제에게 했던 것과 똑같은 제안을 한다. 하지만 1914년에 이르러 오스만제국 대신 영국이 팔레스타인을 완전히 장악하게 되자 시오니스트들은 영국의 보호 아래 유태인을 이주시킬 계획을 짠다. 그때도 시오니스트들은 대영제국을 향해 "우리는 팔레스타인 문명을 회복시키고 수에즈 운하를 지키는 효과적인 보호막"이 되겠노라고 예전에 오스만 황제에게 했던 추파를 되풀이한다.

영국은 시오니스트들의 추파가 요긴해서보다, 또 다른 더 깊은 이유에서 "대영제국 정부는 팔레스타인에 유태 민족의 고향을 건설하는 것을 우호적으로 생각하며 이 목적의 성취를 위해 최선의 노력을 다할 것이다"는 벨포어 선언을 발표한다. 그 선언이 나오기 전까지 유태인 정착민들에 대한 팔레스타인 사람들의 반응은 어리석을 만큼 관대했고, "자결"을 보장해 주겠다는 영국인의 말만 믿고 팔레스타인 사람들은 오스만 군대와 싸웠다. 하지만 대영제국이 자신들에게 약속한 땅을 시오니스트들에게 양도하겠다고 선언하자 팔레스타인 사람들은 충격을 받고 반발했다. 그때 영국 식민주의자들이 "팔레스타인에 거주하는 비유태인 공동체의 시민적·종교적 권리를 손상시키는 어떤 일도 행해지지 않을 것"이라고 달랬음은 물론이다.

당시의 영국 수상이었던 아더 벨포어가 유태인 국가에 대한 지원을 발표했던 1917년, 팔레스타인에는 5만 명의 유태인과 64만 명의 팔레스타인 사람이 있었다(1922년에는 8만 대 66만, 1931년에는 17만 대

〈영광의 탈출〉 잊어버리기

75만). 영국이 대독 전쟁을 수행할 때 미국과 영국 내의 유태인 자본가들은 전쟁 비용을 각출해 주었고, 팔레스타인의 유태인들은 영국 식민 정부의 경찰력이 되어 주었다. 이런 암묵적인 협력 관계를 통해 시오니스트들은 팔레스타인의 토지와 경제를 강탈했다. 1930년대 초·중반이 됐을 즈음, 유태인은 팔레스타인 내의 도로 건설·광산·전기·항만은 물론 산업 시설 전체를 수탈했다. 그리고 유태인의 정착을 돕고 팔레스타인 사람을 쫓아내기 위해서 아랍 노동자들에게 불리한 차별적인 노동법을 만들었다. 그 몇 년 후에 나치는 유태인의 취업과 노동을 금지하는 노동법을 만들게 되었으니, 시오니스트는 나치의 선구자였던가?

유태인에 의한 팔레스타인 토지의 약탈과 노동자 억압은 곧 팔레스타인 민중 봉기(1936년 5월)를 불러왔으니, 팔레스타인 사람들의 텃세로 국가 건설이 위태로웠다는 〈영광의 탈출〉의 이스라엘 건국신화는 완전 날조다. 봉기가 시작되자 영국 정부는 2만 명의 병력을 급파했으나, 1937년 말과 1938년 초에 이르러서는 팔레스타인 민중들에 대한 통제력을 완전히 상실하고 만다. 이때부터 대영제국은 통치를 위해 노골적으로 시오니스트 민병대에 의존하게 된다. 오늘날 팔레스타인에서 벌어지고 있는 이스라엘인들의 대규모 군사 작전과 암살·고문은 모두 그 당시의 연습 기간에 갈고 닦여진 것들이다.

작고, 수세적이며, 방어적인 이스라엘?

예상 밖의 저항에 부딪쳤던 영국은 반란의 원인을 조사하기 위한 위원회를 설립했고, 1여 년에 걸친 조사 끝에 반란의 원인과 해결책을 분석한 보고서를 내놓았다. 무척 흥미롭게도 1937년에 내놓았던 그 대책은 토씨 하나 바꾸지 않고도, 오늘날의 팔레스타인 문제를 해결할 수 있을 만큼 정곡을 찌르고 있다. 첫째, 시오니스트들의 이민을 즉각 중단할 것. 둘째, 아랍인 소유 토지를 시오니스트들에게 양도하는 것을 중단하고 금지할 것. 셋째, 팔레스타인 사람들이 주도적 역할을 하는 민주 정부를 수립할 것이다.

하지만 이스라엘은 위에 제시된 그 어느 사항도 받아들일 생각이 없다. 예를 들어 2002년, 샤론 이스라엘 총리는 100만 명의 유태인 추가 유입 계획을 발표했다. 그것이 의미하는 바는, 팔레스타인 난민촌을 밀어내고 거기에 새로운 이민들을 위한 정착촌을 세워야 한다는 뜻이다. 그러므로 우리는 '작고, 수세적이며, 방어적인 이스라엘'이라는 선입견을 씻어 내야 한다.

2차 세계대전이 연합국 측의 승리로 돌아간 다음, 팔레스타인은 국제연합의 표결에 의해 분할됐다. 그때 팔레스타인 땅 가운데서 가장 비옥한 54퍼센트의 땅이 시오니스트들에게 불하되었고, 〈영광의 탈출〉이 보여 준 것과 달리 시오니스트 민병대들은 이스라엘 건국 이전에 "팔레스타인 땅의 4분의 3을 장악하고 팔레스타인 주민들을 실질적으로 추방한 상태"였다: "국제연합이 팔레스타인을 분할했던 1947년 11월 29일부터 이스라엘 건국이 선포된 1948년 5월 15일 사이에 시오니즘 군대와 민병대는 팔레스타인 영토의 75퍼센트를 점령했고 78만 명의 팔레스타인 사람들을 영토 밖으로 내쫓았다."

『잔인한 이스라엘』의 저자에 의하면, 세계인들 특히 미국인들은 시오니즘에 대한 네 가지 주요한 신화에 세뇌되어 있다고 한다. 첫째, "땅 없는 국민들을 위한, 사람 없는 땅"이라는 신화다. 시오니스트들은 팔레스타인 땅이 아무도 살지 않는 황폐하고 주인을 기다리고 있는 땅이라는 허구를 만들어 퍼뜨렸다. 그래서 팔레스타인 사람들의 국민으로서의 지위는 부정되었고 그들이 팔레스타인 땅에서 살 권리 또한 박탈됐다. 팔레스타인 분할과 이스라엘 건국 초기, 이스라엘이 점령한 영토에 살고 있던 95만 명의 팔레스타인 아랍인들 가운데 13만 명만이 남아 있을 수 있었다. 단 6개월 만에 이루어진 이 일은 이스라엘 정부에 의한 체계적 파괴 공작이 아니고서는 성공할 수 없는 일이었다.

둘째, 이스라엘의 민주주의와 경제 부흥에 관한 것으로, 중동 지역에서 이스라엘만이 유일한 민주주의 국가며 자신들의 근면과 헌신·기술이 황무지를 정원으로 변모시켜 사막에 꽃을 피워 놓았다는 주장이다. 하지만 이스라엘이 들어서기 이전에 팔레스타인이 황무지에 불과했다면, 그 많은 팔레스타인은 어떻게 생존했을까? 얼토당토않은 주장이다. 또 민주주의에 대해 말하자면, 현재의 이스라엘에서는 인종과 종교라는 기준에 부합되지 않는 사람들에게는 재판을 받을 권리는 물론 기본적인 인권조차 법적으로 부정된다. 이스라엘 본토와 이스라엘군이 점령한 영토 안에는 약 250만의 팔레스타인 사람들이 살고 있는데 그들은 '팔레스타인 인구 줄이기'라는 극심한 위협 속에 살고 있다. 추방과 불법 구금·테러·고문은 물론이고 인종 청소에 가까운 군사 작전이 공공연히 벌어진다. 특기할 것은 이스라엘을 지배하고 있는 소수의 아쉬케나지(독일·폴란드계 유태인)가 인구의 70퍼센트나 되는 동방 유태인(이라크·모로코·예멘)과 세파르딕(스페인·포르투갈 계통)을 경제적·정치적으로 지배하고 있다는 것이다. 동방 유태인들의 경우 관습과 풍속은 물론 외모까지 이슬람이나 기독교인들과 비슷해서 "이스라엘 법에 따라 동등한 권리"를 가지고는 있으나 그 권리는 "형식적"일 뿐이다. 이스라엘의 경제 부흥은 팔레스타인 사람들의 토지와 산업을 강탈하는 것으로 '원초적 축적'의 기회를 마련했고, 분할 이후 팔레스타인 사람들이 버리고 떠날 수밖에 없었던 부재자 재산을 무상으로 접수한 결과다.

셋째, "증오를 먹고사는 원시적인 아랍 사람들로부터 자신들을 보호하기 위해, 이스라엘이 세계 4대 군사 강국의 지위를 유지해야 한다"는 주장이다. 하지만 아랍 사람들의 증오는 최근 들어 형성된 것으로 시오니스트들의 대거 이주와 탄압에 대한 반동이 그 원인이다. 그리고 이보다 더 중요한 것은 시오니스트들의 팽창주의다. 유엔이 팔레스타인 분할을 준비하던 때 이스라엘의 공식 대표였던 랍비 피셔만이 "'약속의 땅'은 나일강에서 유프라테스강에 이르는 지역으로 시리아와 레바논의 일부를 포함한다"고 말했던 것처럼 시오니즘의 궁극적인 목표는 "레바논과 요르단의 모든 영토, 시리아 영토의 3분의 2, 이라크 영토의 절반, 투르크의 일부, 쿠웨이트 영토의 절반, 사우디

아라비아의 3분의 1, 포트 사이드와 알렉산드리아 그리고 카이로를 포함한 시나이반도와 이집트의 3분의 1"이다. 이스라엘의 막강한 무장과 군사적 도발은 '골리앗과 싸우는 다윗'의 힘겨운 방어가 아니라 팽창을 목적으로 한다. 1956년 10월에 벌어진 2차 중동전쟁은 이집트 정부의 수에즈 국유화를 핑계로 시나이반도를 집어삼키려는 이스라엘의 장기적 계획이 드러난 것에 불과하며, 1982년의 레바논 침공은 벨포어 선언 직후부터 시오니스트들이 영국 정부에 지속적으로 요구했던 영토 정책의 일환이다. 미국이 두 차례나 이라크 침공을 하면서 이스라엘에게 도움을 청하지 않는 이유 가운데 하나가, 이스라엘의 팽창주의에 불을 지르는 게 두려워서였다는 분석은 더 이상 허구가 아니다.

넷째, 시오니즘이 홀로코스트 희생자들의 도덕적 계승자라는 주장이다. 여러 가지 시오니즘 신화 가운데 가장 강력한 힘을 발휘하는 이 신화는 그러나 시오니즘 운동이 나치와 적극적으로 결탁했다는 역사적 사실을 은폐하고 있다. 최초의 시오니스트들이 '팔레스타인으로 돌아가자'는 운동을 벌일 때, 시오니즘의 미래는 그리 밝지 않았다. 유럽의 유태인들은 "팔레스타인을 식민지화하는 데 아무런 관심도 나타내지 않았고, 시오니즘은 유럽의 유태인들 속에서 주변적인 운동"으로 머물렀다. 유럽의 유태인들은 "그들이 태어난 나라에서 차별받지 않고 살기를 원하거나 박해를 피해, 보다 관대한 민주주의 국가로 이주하는 것"을 원했다. 한마디로 "시오니즘은 유태인들의 필요와 열망에 부응하지 못"했던 것이다. 그래서 역설적이게도 그들은 적대적 공범인 "반유태주의자들을 자신들의 동맹자로 여기게" 됐다. 시오니스트들과 반유태주의자들은 자기 나라에서 유태인을 추방하려는 욕구를 공유했기 때문에 유럽 여러 나라에서 연대할 수 있었다. 이 문제를 좀 더 자세히 살펴보자.

시오니즘의 추악한 이면

헤르츨은 러시아 정부의 재정적 지원을 받고 팔레스타인 이민을 재촉하기 위해 유태인 학살자로 유명한 짜르 정부의 고관을 만나 동유럽과 러시아에서 "볼셰비키 유태인들을 제거"해 주겠다고 제의했고, 수정주의 시오니즘(팔레스타인 사람들과의 어떠한 타협도 거부하는 오늘날의 시오니즘)의 창시자인 야보틴스키 역시 우크라이나의 파시스트와 동맹을 맺고 적군赤軍과 맞섰다. 더욱 놀랄 만한 사실은 히틀러가 집권했을 때 세계 시오니즘 기구는 극도로 취약한 나치 경제를 돕기 위해 유태인의 '금융 공격(저항)'을 저지했을 뿐더러, 나치의 물자 보급원 역할을 자청했다. 나치의 인종 정책은 시오니스트들의 이해와 일치했을 뿐 아니라 "제3제국이 시오니즘 식민지를 건설하기에 충분한 힘을 가진" 것으로 비쳤기 때문이다. 시오니즘 지도자들은 아이히만과 같은 나치 친위대의 고위 인사들을 팔레스타인으로 초대하여 나치의 지지를 끌어냈다.

유태인 절멸 정책에 직면하여 시오니스트들이 동족을 구하려고 하지 않았다는 명확한 사례는 허다하다. 박해받고 있던 유럽의 유태인

〈영광의 탈출〉 잊어버리기

들을 돕기 위해 영국과 미국이 이민법을 개정하려고 했을 때 시오니스트들은 조직적으로 그 법안을 저지했다. 까닭은 "구조 법안이 팔레스타인의 식민화에 대한 관심을 분산시킬 수 있"기 때문이었다. 유럽 유태인들을 구해 봤자 그들은 다른 곳으로 가기를 원할 것이며, 그렇다면 구출 활동은 팔레스타인을 정복하려는 자신들의 계획에 아무런 도움이 되지 않는다고 판단했던 것이다. 시오니스트란 "대중 투쟁과 사회혁명을 통해 반유태주의를 극복할 수 있는 가능성을 거부했던 사람들"이며, "유태인들을 식민주의자로 만들기 위해 유태인에 대한 박해를 요구했"던 사람들이라고 말하는 저자는 시오니즘이 홀로코스트 희생자들의 도덕적 계승자라는 주장을 이렇게 반박한다: "그들은 홀로코스트의 수의로 자신들을 감싼 채 생존한 유태인들에게 팔레스타인 민중에 대한 새로운 대량 살상이라는 임무를 부여했다. 이 얼마나 잔인한 역설인가." 시오니즘 운동과 나치즘은 단순히 공통 이해관계를 가졌을 뿐만 아니라, 극단적인 국수주의와 인종주의에 뿌리를 둔 이데올로기적 친화성을 가지고 있다. 시오니즘은 나치즘이다.

시오니즘의 진짜 나쁜 특징은 항상 제국주의의 하수인으로, 제국주의와 결탁하여 자신의 안전과 독립을 보장받으려는 점이다. 오스만제국·대영제국·나치에게 차례대로 손을 벌렸던 시오니즘의 역사는 제국주의의 도움이 없이는 팔레스타인 식민지를 건설할 수 없다는 사실을 잘 알고 있다. 시오니즘의 주창자들은 신의 의지나 민족국가에 대한 헌신이 자신들의 계획에 정당성을 부여하고 또 오늘의 성공을 끌어냈다고 말하지만 현실에서의 시오니즘은 중동 지역을 지배했던 제국주의 국가, 즉 처음에는 영국 그 다음에는 미국의 이익에 기반한 것이다. 이 책에 추천사를 쓴 게리 폴리는 이것이야말로 "시오니즘의 원죄"라고 말하며, 저자 역시 여러 차례 시오니즘과 미국의 야합에 대해 말한다: "시오니즘의 팽창은 미국 세계 지배 전략의 핵심적 요소다", "시오니즘 국가는 이 지역에서 미국의 세력이 확장된 것이라는 것이다."

성서고고학과 오리엔탈리즘

『잔인한 이스라엘』을 읽고 나서 이스라엘 지역의 고고학과 성서 연구가 어떻게 오리엔탈리즘 권력을 수행하는지에 대한 실증적인 연구서를 읽었다. 키스 W. 휘틀럼의 『고대 이스라엘의 발명』(이산, 2003)은 고대 이스라엘 역사는 팔레스타인 역사라는 거대한 범위 안에 한순간(시간)밖에 되지 않으며, 한 지역(공간)밖에 차지하지 않는데도 마치 팔레스타인을 대표하는 것처럼 되어 버렸다고 말한다. 서구의 성서학자들에게 역사 연구의 주도권을 송두리째 빼앗긴 팔레스타인은 '성서적 시간'과 '성서 내러티브'에 자신들의 고유 역사가 농단됨으로써 "땅 없는 국민들을 위한, 사람 없는 땅"이라는 근대 시오니스트들의 이스라엘 건국신화를 '침묵으로 승인'하는 처지가 되어 버렸다.

서구와 이스라엘의 역사학자들은 고대 이스라엘은 물론 다윗과 솔로몬의 이스라엘 왕국에 대한 고고학적 증거가 너무나 빈약함에도 불구하고, 혹은 팔레스타인에 살았던 민족들과의 연관성을 통째로 부인하고, 오로지 구약성서의 시대 구분에 따라 '족장 시대-출애굽 시대-가나안 정복 시대-정착 시대-다윗과 솔로몬의 통일 왕국 시대-이스라엘 왕국과 유다 왕국의 분열 시대-포로 시대-재건 시대' 등으로 팔레스타인 전체 역사를 전유해 버린다. 이때 그것은 "팔레스타인의 역사와 지리학이 아니라 '성서적 이스라엘'의 역사와 지리학이다." 그것도 허구의 연대기에 의존한!: "성서 연대기에 대한 최근의 연구에서, 판관기와 사무엘의 연대기는 이스라엘이 가나안에서 천 년 동안 살았다고 하는 것을 가장하기 위해 만들어 낸 완전한 허구로서 바빌론 유수기의 창작물이라고 결론짓는다."

이스라엘 민족이 가나안의 산악 지대에 이스라엘이라는 민족국가를 세우기 이전에 팔레스타인 전역에는 느슨하게 결합된 도시국가들밖에 없었다는 또 다른 가정들은, 2천 년 뒤에 팔레스타인에 돌아와 이스라엘 국가를 세운 시오니스트들에게 땅에 대한 권리를 주장하게 해 준다. 이런 사고에는 오직 국가만이 영토를 주장할 수 있고, 국가만이 역사의 주체라는 제국주의 시기의 서양 역사관이 전제되어 있다. 이스라엘인들만이 팔레스타인에 왕국을 건설했다는 상상의 역사는 "현재를 합법화하고 정당화하기 위해서 과거" 속에 오늘의 모습을 투사한 것에 지나지 않는다.

성서고고학을 처음 시작한 서구 역사가들은 왜 갑자기 발명을 해서까지 이스라엘 왕국의 존재를 맹신하게 된 것일까? 사정은 그리 복잡하지 않다: "하나의 국민국가로서, 또는 국민국가의 초기 형태로서

고대 이스라엘은 문명의 정수인 유럽과 직결된다. 그 지역이 의미가 있는 것은 (유럽) 문명의 기원을 이해하는 데, 그리고 서양 안에서 유태-그리스도교 문화의 발전을 뒷받침해 온 성서적 전승들을 이해하는 데 중요하기 때문이다." 아더 벨포어의 선언은 바로 그런 깊은 이유를 배면에 깔고 있는 것이다. "팔레스타인의 역사는 곧 이스라엘의 역사이며, 나아가 서양의 역사"가 되는 것이므로, 유태-그리스도교 전승의 상속자인 서구인들은 자신들의 문명이 탄생된 모태를 보존하고 싶었던 것이다. 다시 말해 시오니즘은 유럽 문명이 자기 뿌리를 찾기 위해 서구 세계가 탄생시킨 것이다.

성서고고학과 오리엔탈리즘은 똑같이 유럽 식민주의 시대에 생겨난 인식적 왜곡과 폭력이라고 말하는 저자는 "역사를 구성해 내는 일은 하나의 정치적인 행위"이며 "내셔널리즘적인 역사 서술과 역사학의 초점은 항상 국민"이라고 강조해 준다. 이 말은 왜 모든 국정(또는 검정) 교과서가 역사 왜곡일 수밖에 없는가를 웅변하는 한편, "사회적·정치적 맥락, 곧 근대의 역사 서술과 그것에 대한 비평 방법을 온존시켜 왔던 근대 국민국가가 파열되고 변화"될 때에야 비로소 온전한 역사학이 가능하다는 암시마저 해 준다. 이 점, 민족국가를 중심에 놓고 작업을 할 수밖에 없는 우리 역사학자의 다음과 같은 고민과 상통한다: "내가 영위하고 있는 학문〔역사학〕의 인식 대상에서 인류, 인간이 부재한 것이 아닌가라는 질문은, 학문 행위 자체에 대한 근본적인 회의로 나아가게 하는 것이었음을 고백하지 않을 수 없다."(윤해동, 『식민지의 회색지대』)

〈영광의 탈출〉 잊어버리기

『잔인한 이스라엘』과 『고대 이스라엘의 발명』을 읽고 나니, 에드워드 사이드의 『오리엔탈리즘』(교보문고, 1991)이 대상으로 하는 오리엔트가 철저하게 중동을 가리키고 있다는 것을 새삼 깨닫게 됐다. 사이드의 오리엔탈리즘 분석이 중동에 한정되어 있기 때문에 더 넓고 다양한 동양을 포획하고 있지 못하다는 비판도 가능하며, 사이드의 오리엔탈리즘을 '피압박 민족에 대한 제국주의자들의 인식론적 폭력'이라는 일반 담론으로 한 차원 발전시키는 것도 좋지만, 오리엔탈리즘이 배태된 중동인들의 고통을 먼저 실감하는 것이 우선이다. 그런데도 한국의 지식인들은 사이드의 오리엔탈리즘을 마치 우리를 위해 만들어 놓은 듯이 무단으로 전취한다. 이런 사려 없는 태도는, '한국인의 마음속에 중동 세계를 멸시하는 심각한 오리엔탈리즘이 있는 게 아닐까?'라는 확신에 찬 의문을 갖게 만든다.

유시민이 쓴 『거꾸로 읽는 세계사』(푸른나무, 2002 재판)는 한국인들에게 '친이스라엘, 반아랍' 정서가 생긴 사정을 이렇게 설명한다: "우리나라에서 석유 파동이 일어난 74년 이전까지만 해도, 이스라엘을 편드는 주장만 판을 쳤고 아랍의 처지를 옹호하는 의견은 정치적으로 탄압을 받았다. 이 같은 사태는 한국이 '서방 세계'의 일원으로서 특히 외교 면에서 미국의 입김을 결코 벗어날 수 없었기 때문이다." 국민의 압도적인 반대에도 불구하고 이라크 파병을 감행하는 노무현 정권을 보면 일면 유시민의 말이 타당해 보이기도 한다.

하지만 한국인의 심부에 뿌리내린 오리엔탈리즘의 연원은 훨씬 깊다. 미국의 입김을 강하게 받기 시작한 군부 정권 때부터가 아니라,

일제 식민 시절부터 한국인들은 수난의 민족주의를 통해 알게 모르게 오리엔탈리즘을 내화하고 있었다. 박노자의 『나를 배반한 역사』(인물과사상사, 2003)를 보면, 일제 시대를 겪은 함석헌과 같은 민중 사상가들이 "가시 면류관을 쓴 조선을 못에 박힌 예수에 비유"했다는 말이 나오는데(함석헌의 영향인지 개신교 목사들 가운데는 이런 비유와 수사가 흔하다), 한국인들은 그만큼 신산했던 우리 역사를 유태인의 역사에 자주 비교했다. 아주 맞춤하게도 남북으로 동강난 채 해방된 한반도는 호사가들에게 또 한 번 이스라엘(북)과 유다(남) 왕국으로 분열된 유태의 역사를 상기시켜 주었을 것이다. 몇 천 년 동안 나라 없이 유랑을 했던 유태인의 역사는 오랫동안 중국과 일본의 지배를 경험했던 우리 역사와 동일시되고, 온통 적국에 포위된 이스라엘의 처지가 지정학적으로 하등 더 유리할 게 없는 듯한 우리나라 형세와 비교될 때, 한국인들은 이스라엘과 동병상련을 느꼈다.

나는 아직도 기억한다. 1974년 4차 중동전이 일어났을 때, 담임선생님이 이스라엘 역사를 이야기해 주면서, 중과부적으로 보이는 아랍과 싸워 세 번이나 통쾌한 승리를 얻어 냈다는 것을 열정적으로 설명해 주던 모습을! 검은 안대를 한 애꾸눈 장군 모세 다얀이며, 단 6일 만에 끝났던 3차 중동전. 그리고 아랍 국가들의 전투기가 뜨지 못하도록 이스라엘 공군이 활주로로부터 기습 공격했다는 전술과, 조국에서 전쟁이 일어나면 전 세계의 유태인들이 귀국하기 위해 다투어 공항으로 몰려든다는 이야기들은 어린 학동들의 가슴을 얼마나 뛰게 했는가? 아아, 그때 우리는 모두 시오니스트였다.

〈영광의 탈출〉 잊어버리기

오래되지 않았다

르네상스의 기반을 놓은 중국 문명

주겸지가 『중국이 만든 유럽의 근대』(청계, 2003)를 초간한 것은 1940년이다. 이 책을 다 읽고 나서 느꼈던 최초의 느낌은 역자의 서문 한 구절과 거의 일치한다: "이 책의 원서인 『중국 사상이 서구 문화에 끼친 영향』은 〔…〕 중외관계사의 매우 중요한 저작이며, 중서 철학 교류에 관한 중국 학계의 대표적인 저작이다. 책의 중요성으로 보자면 진작 번역되어 한국에 소개되었어야 함에도 불구하고 책의 난해함과 학계의 관심 부재로 지금껏 번역·출판되지 못한 점이 못내 아쉽다. 또한 주겸지라는 학자가 중국 및 해외 학계에서 차지하는 큰 비중과 인지도에 비해 한국에서는 그 이름조차 낯설 정도라는 사실은 시사하는 바가 크다고 하겠다."

　동양이 유럽의 근대를 모방해 왔다는 것은 개화 이후 우리들의 사고를 지배하는 상식이다. 하지만 주겸지의 이 책은 우리의 오래된 상식이 말짱 거짓말이라고 말한다. 중국이 유럽의 근대를 만들었다고 주장하는 이 책은 우리들이 믿고 있는 오래된 상식의 준거를 뒤집기 때문에, 오히려 제목만 읽고서는 국수주의적인 견강부회로 역사를 농단한 책이라는 선입견을 부추기기도 한다. 그러나 막상 이 책을 통독하고 나면 '동서양의 문명은 물론 동서양의 역사에 관한 새로운 상식을 만들어야 한다'는 강렬한 각오가 떠오른다. 이게 나만의 착각일까? 아니면 늘 그랬듯이, 다른 사람들은 다 알고 있는 것을, 이번에도 나만 늦게 깨우친 것일까?

　중세라는 오랜 암흑에 잠겨 있던 유럽은 13세기에서 16세기 사이에 문예부흥을 통해 새로운 세기로의 전환을 꾀한다. 많은 서양 역사가들은 이 시대를 추동한 정신을 단순히 "희랍 정신의 복고"라고 말한다. 문예부흥은 "고대 희랍의 학문을 부흥시킨다는 기치를 내걸었으며" 당시의 인문학자들은 모두가 "희랍광希臘狂"이었다는 것이다. 이런 통설을 주겸지는 정면으로 반박한다. 13세기에서 16세기 사이에 활동한 유럽 인문학자들이 18세기의 인문학자들과 달리, "중국광中國狂"이 아니었던 것은 분명하지만, 당대의 문예부흥은 중국 문화의 물질적 기초가 아니었으면 성립할 수 없었다는 것이다: "문예부흥은 고대 희랍 로마의 세계관을 정신적 기초로 삼는 동시에 실은 중국의 주요 발명을 수용하여 그 물질적 기초로 삼았다."

우리는 19세기의 서세동점西勢東漸만 알고 있지, 서구인들이 흔히 황화黃禍라고 비하해서 표현하는 13세기의 동세서점東勢西漸에 대해서는 큰 의미를 부여하지 않는다. 13세기에 이루어졌던 몽고元의 유럽 정복은 군사적인 정복이기도 했지만, 동양 문명의 유럽 정복이기도 했다. 몽고인이 유럽에 끼친 무수한 혁신적 생각과 혁명적 기술은 세계사에서 그 유례를 찾아보기 힘들 만큼 막대했다. 그 가운데 가장 중요한 것 여섯 가지는 나침반·화약·초폐鈔幣·희도지폐戲賭紙牌·활자판 인쇄술·주판이다.

중국 문명이 유럽 문예부흥에 제공한 물질적 기초 가운데, 중국의 4대 발명에 대해서는 그 중요성을 아무리 강조해도 지나치지 않을 것이다. 기원전 105년 채륜蔡倫에 의해 발명된 제지술과 1041년에서 1049년 사이에 필승畢昇에 의해 발명된 활판 인쇄가 몽고인들에 의해 유럽에 전해짐으로써, 유럽인들은 비로소 값싼 서적을 얻을 수 있었고 지식의 보급이 가능해졌다. 화약 또한 중국인에 의해 발명되어 아라비아인을 통해 유럽에 전해졌는데, 화약은 유럽의 봉건사회를 소멸시키는 것으로 문예부흥에 이바지했다. 마지막으로 후한後漢 초기에 발명되어 11세기 말과 12세기 초에 중국에서 실용화된 나침반 역시 몽고인에 의해 유럽에 전해졌다. 유럽인들은 그 나침반을 가지고 항해와 발전을 촉진시켰다: "문예부흥은 희랍을 그 정신적 기초로 삼았기 때문에 희랍이 우선이고 중국은 그 다음이라 할 수 있다. 그러나 정신은 물질을 벗어나서 존재할 수 없기 때문에, 중국이 문예부흥에 끼친 물질적 기초는 이미 역사서 이면에서 대서특필감으로 확고하게 그 자리를 차지하고 있다고 하겠다."

철학형 문화와 과학형 문화

13세기 초 몽고인에 의해 중국과 서양 문화가 최초로 접촉한 이래로 "14~15세기 원말元末 명초明初에 이르기까지, 유럽 특히 이탈리아 선교사·상인·외교사절·여행가·기술자들은 끊임없이 동양을 방문"했다. 유럽에 퍼진 광범위한 동양 열풍은 1492년, 콜럼버스로 하여금 아메리카 대륙을 발견하게 했는데 콜럼버스의 항해 목적은 새로운 인도 항로를 발견하는 게 아니라 중국에 닿는 것이었다. 중세의 유럽 여행가들이 인도를 말할 때 대부분은 그 가운데 중국이 포함돼 있었다.

오늘날 일본을 방문한 외국인이 본국으로 돌아가서 반드시 일본론을 쓰는 것처럼, 중국을 방문한 서양인은 너나없이 중국에 관한 책이나 논문을 썼다. 그 가운데 18년 동안 원나라 황제의 총애를 받았던 베니스 출신의 마르코 폴로(1254~1324)가 쓴 『동방견문록』은 14세기와 15세기 동안 크게 유행하여, 서양에 인쇄술이 도입된 이후 『성서』 다음의 베스트셀러가 될 정도였다. 그 책은 유럽인에게 지리적 시야를 크게 일신시켜 주었고, 유럽인들의 미적·물질적 생활에 대한 열망을 불러일으켰으며, 자유로운 연구 정신을 환기시켰다.

중국의 물질문명은 7,8세기에는 아라비아인을 매개로 전파되다가 몽고가 유럽을 정복한 13세기부터는 직접적인 경로로 바뀌었다. 앞서 열거했던 것처럼 처음에는 물질문화가 전수됐고, 16세기에 이르

오래되지 않았다

러서는 물질적 전수에서 일변하여 미술적 접촉이 무성해졌다. 중국의 비단과 칠기·자기·풍경화·정원은 당대의 첨단 유행이자 귀족들의 필수 명품이었다. 프랑스 궁정은 물론 이탈리아 예술가들은 모두 중국을 모방하기 바빴다. 그래서 주겸지는 레오나르도 다 빈치의 〈모나리자〉에 대해 말하면서, 아주 자랑스럽게 "여기서 가장 주목되는 것은 이 그림의 배경이 바로 중국풍 산수"라고 쓴다.

주겸지는 문화의 유형을 종교형 문화·철학형 문화·과학형 문화로 나눈 다음 인도는 종교형 문화, 중국은 철학형 문화, 서구는 과학형 문화라고 규정한다. 그리고 철학이 중심이 된 중국은 철학적 종교·철학적 과학·철학적 예술을 구조화하고, 서양은 과학을 중심으로 과학적 종교·과학적 철학·과학적 예술을 구조화한다고 말한다. 나아가 모든 문화는 종교 시대 → 철학 시대 → 과학 시대 → 예술 시대로 발전한다고 주장하는 이 백과사전적인 박학다식가는, 유럽의 문예부흥기는 신 중심의 종교 시대에서 철학 시대로 이행하기 위한 정신적·물질적 토대를 마련했지만, 애초부터 철학형 문화가 아닌 유럽 스스로는 종교 시대를 탈피할 수 없었다고 말한다: "우리는 유럽의 18세기를 '반종교적' 철학 시대, 곧 이성의 시대라고 말한다. 그렇다면 우리는 물을 수 있다. 이 이성의 시대는 어디로부터 온 것인가? 문제의 핵심은 여기에 있다."

중국 철학이 유럽으로 유입된 사정은 퍽이나 역설적이다. 1517년, 루터가 교황의 면죄증서를 논박하는 게시문을 붙이는 것으로 시작된 종교개혁은 가톨릭의 정통성을 위협하고 교회를 신교와 구교로 분열

시켰다. 영국과 독일 등이 로마교에서 이탈하자 로마교(가톨릭)는 급격하게 감소하게 됐고, 로마 교황은 외부로 확장을 꾀하지 않을 수 없었다. 그래서 만들어진 것이 예수회의 조직이고 선교사의 동래전교東來傳敎 사업이다. 하지만 누가 알았으랴? 예수회에 의해 1541년부터 시작된 중국 선교가 부메랑이 되어 유럽의 종교 시대를 끝장내고 말았으니!

문명은 충돌하는 게 아니라 교호한다

중국에 진출한 예수회 선교사들은 저 옛날 힌두쿠시산맥을 넘어왔던 인도의 불교 포교사들이나 초기의 중국 불경 번역자들이 격의格義(뜻 맞추기)라는 방법을 통해 유교 용어에 불교 교리를 담아 전하려고 했던 것처럼, 공자의 경전과 기독교의 공통점을 찾아내 복음용으로 이용할 수 있다고 믿었다. "자신이 하고 싶지 않은 것을 남에게 시키지 말라己所不慾望, 勿施於人"는 공자의 말씀과 "너희는 남에게서 바라는 대로 남에게 해 주어라"라는 예수의 황금률을 동일시하는 격의 작업을 통해, 공자와 기독교의 일치가 선전됐다. 중국 철학과 풍습을 가톨릭과 상호 조화시키려고 했던 예수회 수도사들의 가변적인 교리 운용은, 뒤이어 당도한 도미니크회와 프란시스코회 선교사들과 큰 마찰을 불러왔다.

조상과 공자에 대한 제사를 어떻게 받아들여야 하는가, 또 상제上帝·천天이 만물의 변화를 주재하는 존재를 지칭하는가 등을 놓고 벌어진 전례 논쟁典禮論爭은 근 100년 동안(1645~1742) 유럽 신학계와 지식계를 뜨겁게 달구었다. 그리고 그것과 겹쳐 진행된 송유宋儒 이학理學에 대한 가톨릭 신학자들의 논의와 공격(1603~1753)은, 역설적으로 유럽에 중국 철학을 전하는 계기가 됐다. 유럽의 신학자들은 공자의 초기 유학先儒(=眞儒)은 긍정하면서 이기이원설理氣二元說을 근간으로 하는 주자의 후유後儒(=俗儒)는 부정했다. 까닭은 인격신도 아닌 이理가 만물을 주재한다는 논리는 무신론의 논리인데다, 이理가 기氣를 통해서만 나타날 수 있다는 논리는 유물론으로 타기되었기 때문이다.

논쟁이 가열되자 교황 베네딕트 14세는 1742년에 이르러 전례 논쟁을 일체 금지시키고 단유斷儒를 명한다. 하지만 예수회가 적극적으로 소개한 공자 사상과 100여 년에 걸친 전례 논쟁은 유럽의 지식인 계층의 관심을 불러일으켰고, 유럽에 반기독교·반신학·반종교의 '철학의 시대'를 형성하고 말았다.

종교적 견지에서 볼 때 중국의 이학은 단지 이단일 뿐이었지만 철학의 견지에서 본다면 중국의 이학은 유럽 철학의 "조상"이 된다고 말하는 주겸지는, "18세기 프랑스·독일 학자들은 중국 철학에 반대하든 환영하든 간에 모두 송유의 이기이원설을 그 대상으로 삼고 있"다고 결론지으면서, 중국 철학의 무신론적이고 유물적인 성격은 데카르트·파스칼·스피노자·몽테스키외·볼테르·디드로·루소와 같은 프랑스 계몽 철학가들에게 영향을 주어 "제왕의 사형을 판결[정치적 혁명]"하게 했으며, 이理나 자연 질서가 신이 될 수도 있다는 생각은

라이프니츠·칸트·셸링·헤겔·쇼펜하우어와 같은 독일의 관념 철학자들로 하여금 "하나님의 사형을 판결(정신적 혁명)"토록 했다고 말한다.

중국 철학은 유럽이 종교 시대를 마감하고 철학 시대의 문을 열 수 있게 해 주었으나, 곧이어 서구에 과학 문화가 대두함에 따라 "중국 사상의 유럽에 대한 영향은 그야말로 공을 이루고 은퇴하는 시기로 접어들게 되었다"고 쓸 때, 주겸지의 심정은 어땠을까? 본서는 1940년도 초판본 이외에 마르크스·레닌 사상의 감수를 받은 개정본(1985년)이 나와 있으나, 이 역본은 초판본이다. 오리엔탈리즘은 물론 옥시덴탈리즘으로부터도 자유로운 이 책을 읽고 난 후에, 서양인의 손으로 주겸지의 논거를 보강해 주는 몇 권의 탈오리엔탈리즘 독본이 연이어 출간됐다. J.J. 클라크의 『동양은 어떻게 서양을 계몽했는가』(우물이있는집, 2004)와 존 M. 홉슨의 『서구 문명은 동양에서 시작되었다』(에코리브르, 2005)가 그것들이다. 아직 이 책들을 읽지는 못했지만, 한 가지 분명한 사실은, 사무엘 헌팅턴이 틀렸다는 것이다. 주겸지는 말한다: "명말·청초의 중서 문화 접촉에서 중국이 받아들인 것은 예수회의 '종교 문화'가 아니라, 예수회 선교사들이 종교의 방편으로 가져온 '과학 문화'였다는 사실이다. 또한 이와 동일 선상에서 18세기 중국 문화가 유럽에 끼친 영향 역시도 예수회 선교사들이 가져와 교의에 억지로 갖다 붙인 이른바 '천학天學'이 아니라, 그들에 의해서 전해졌고 또한 유해하다고 인식되었던 바로 '이학理學'이었다는 점에 주목할 필요가 있다." 문명은 충돌하는 것이 아니라, 서로 교호한다.

오래되지 않았다

천황 만들기

 '근대 일본의 권력과 국가 의례'라는 부제를 가지고 있는 다카시 후지타니의 『화려한 군주』(이산, 2003)의 서론은 "오늘날 역사학자들이나 문화를 역사적으로 분석하는 사람들이, 종래 당연하게 여겨 온 관습·관행이나 상징·의식·제도 중의 일부가 비교적 근대에 '발명'된 것이라고 말하는 것은 이제 특이한 일이 아니다"는 말로 시작한다.

 실제로 근래에 쏟아지고 있는 신간들을 가만히 살펴보면, 근대에 발명된 것은 다카시 후지타니가 위에 열거한 것뿐만이 아니다. 민족·국가·행복·아동·교양·연애 등등, 수없이 많은 것들의 비천한 연원이 낱낱이 밝혀지고 있는 게 오늘의 실상이다. 봇물 터지듯 터져나오는 '근대에 발명된 것' 시리즈들은 다 무엇을 의미할까? 이 물음을 나의 숙제로 남겨 두면서, 일본의 천황제가 국가주의의 필요에 의해 날조된 근대의 발명품이라는 다카시 후지타니의 흥미로운 주장을 뒤쫓아 보자.

 많은 일본인들은 천황과 천황 숭배가 아주 옛날부터 오늘과 같은 고정불변의 가치를 지니고 유구히 이어져 온 것이라고 믿는다. 하지만 동서양의 역사를 고찰해 보면, 일본인만큼 군주를 함부로 다룬 나라는 없었다. 천황은 폐위되거나 암살되었고, 유배형을 받거나 살해를 피해 유배지의 섬에서 도망치기도 했다. 애초에 일본 천황에게 '신의 현신'이라는 오늘날의 후광은 있지도 않았으며, 도쿠가와 시대 (1600~1868)까지만 해도 일반 백성들은 천황의 존재조차 몰랐다. 일본인들이 일본의 정체성과 일본 문화 전체를 "천황을 중심으로 이루어졌다고 생각하는 경향"은 1868년 메이지유신 때에 와서야 비로소 생겨났다.

천황에 대한 확실한 이미지가 없었을 뿐더러 메이지유신 이전의 일본인에게는 강력한 국가 의식과 정체성이 부재했다. 까닭은 일본의 정치 체제는 자율적인 번藩으로 유지되었고 지방색이 강했기 때문이다. 그래서 메이지 정부의 지도자들이 천황의 친정 복고를 선언하면서, 민속 종교와 혼욕 등의 민중의 생활양식을 파괴하고 의무교육과 징병·세금 같은 의무를 지우자 민중들은 거세게 저항했다. "이들 중 일부가 정부 관리들을 '구니國의 배신자, 불법佛法의 적敵'이라 불렀을 때, '구니'란 결코 '나라'의 의미가 아니라 분명 '지방地方'을 뜻하는 것이었다."

메이지유신이 일어나기 전까지 일본인에게는 아직 국기도 없었고 국가國歌도 없었으나, 19세기 말과 20세기 초 국내외의 특정한 정치 세력들에 대응해야 한다는 필요에서 황실 의례와 국가 의례가 발명됐다. 메이지 입안자들은 국민에게 일체감을 부여하고 황실을 근대적 발전의 상징으로 삼기 위해 제일 먼저, 황거皇居 깊숙한 곳에서 고색창연하게 존재하고 있던 천황을 공적인 시·공간으로 불러냈다. 그러기 위해서 천황과 관련한 국가적 축일을 무수히 만들어 냈고, 그 축제일에 "국가 공동체와 황실이 이전부터 존재해 왔"다는 "기억"을 조작해 입혔다. 천황 숭배를 조장하기 위해 메이지 입안자들은 폐기 처분되었던 신도神道를 국교로 승격시키고 불교와 민간의 관습과 관행을 황실로부터 몰아냈다. 또한 "천황·국가를 중심으로 하는 기억에 보탬

이 되지 않는 신사들을 통폐합"하면서 천황에 대항했던 반역자들의 신사는 '대항 기억'을 남긴다는 이유로 없애거나 지위를 강등시켰다.

메이지 입안자들은 천황을 중심으로 과거에 존재하지 않았던 기억을 구성하고 현재의 국가적 성취와 미래의 가능성을 기념하기 위해 여러 공공장소에 국가적 영웅들의 조상彫像을 세우는 물리적 풍경 조작을 했으며 일본인으로 하여금 천황 숭배와 국가 숭배가 발명된 것이라는 사실을 망각하게 하고자 "아주 최근에 만들어진 것까지도 부지불식간에 자연적이고 자명한 것인 양 꾸며 내는 잠재의식"을 조작했다. 다카시 후지타니는 이런 일본인들의 천연덕스러움을 피에르 부르디외의 명명을 따라 '기원의 기억상실'이라고 부른다. 과거를 기정사실로 받아들이는 이 객관주의는 일반적으로 자기에게 이익이 되는 것을 믿어 버리는 대중적 편의주의와도 통한다.

이 책이 가장 공을 들여 분석하고 있는 부분은 천황의 순행巡幸(국토 시찰)이다. 메이지 이전의 막부는 의도적으로 천황을 불멸의 신성한 존재로 만들기 위해 천황을 정치와 백성들로부터 유리시켰다. 하지만 유럽 문명에 필적하는 수준으로 근대 군주를 창조하기 위해 서양의 황실 의례를 깊이 연구한 메이지 입안자들은, 메이지유신이 선포된 바로 그 해부터 약 20여 년 동안 대규모 순행만 여섯 차례나 거행했다. 그것의 의미는 1차적으로, 옥렴玉簾을 걷고 나와, 국민에게 친숙하며 정치에 깊숙이 관여하는 근대적 군주의 모습을 보여 줌으로써 국민·영토를 통합하는 상징 효과를 얻는 것이었다. 뿐만 아니라 순행을 비롯한 황실 패전트pageant(황실 및 천황과 관련된 공식 의례)

는 시각적 지배라는 고차원적 목적을 따로 가지고 있었다. 천황이 벌이는 스펙터클(구경거리)은 군중(국민)을 시각적 주체로 만들고 천황을 관찰 대상으로 보이게 하는 것 같지만, 역전된 시각에서 보면 "천황이 전국을 순회할 때나 도쿄의 황거에서 내려다볼 때, 국민이 도리어 천황의 관찰 대상"이 될 수도 있는 것이다.

천황이 벌이는 순행과 국가 행사는 제국의 모든 국민이 만물을 지배하고 두루 바라보는 유일한 군주에게 가시화되는 메커니즘이었다고 주장하는 저자는, 푸코의 규율 권력이란 개념을 빌려 "메이지 시대의 거창한 황실 행차는 근대 일본에서 일종의 시각적 지배를 구축하는" 중심 요소였다고 말한다: "순행은 메이지 정부가 국토와 국민, 그리고 나라의 국경을 볼 수 있고 알 수 있는 천황의 능력을 현실화하고 이를 믿게 하는 최초의 기회를 제공했다. 순행과 그것에 관한 이야기, 문서 등을 통해 천황이 일망감시적panoptic 국가의 정점에 있음을, 그리고 그의 응시로 영토와 국민을 규율화하는 대大감독자임을 상상하기 시작했다."

메이지 시대의 첫 20년간 화려하게 치러졌던 순행은 1880년 중반에 전면 중단된다. 까닭은 첫째, 지배 엘리트의 노력으로 전국의 학교에 천황의 초상과 교육 칙어가 하달되고 표준화된 국민 의례와 각종 국가적 기념일이 자리를 잡게 되어 천황이 직접 여러 지역을 다닐 필요가 없었으며, 둘째 장엄하고 화려하지만 번잡한 순행 대신 도쿄와 교토를 국가의 상징적·의례적 '국가 극장'으로 확정했기 때문이다.

메이지유신이 선포된 이후 15년 동안 메이지 입안자들은 교토와

오래되지 않았다

도쿄 가운데 어느 곳을 수도로 삼을지 망설이고 있었으나, 교토를 황실의 과거 표상으로 삼고 도쿄를 세계를 향해 열어 천황의 중심 무대로 삼는 것으로, '유구한 전통과 전진하는 근대'라는 국가주의적 내러티브를 만들어 낼 수 있었다. 그들은 또 천황이 중심이 된 국가 의례와 황실 문화의 일신을 통해 일본의 근대화와 국가주의의 완성을 꾀했다. 천황이 주관하는 국가 의례는 국가와 국민이라는 거시적인 대상뿐 아니라 가족·젠더gender와 같은 미시적 대상에게도 영향을 주어 그것을 새로 조직하게 했다.

일례로 일본의 근대 군주를 만들어 낸 사람들인 메이지 입안자들이 "천황과 황후가 마차에 동승하여 황실의 공적 이미지를 제조"하는 과정과 메이지 천황 부부의 "은혼식"(1894) 행사를 계획한 것은 무척 흥미롭다. 천황 부부가 마차에 같이 타는 것으로 신생 근대국가인 일본은 불평등한 여성을 동등한 국민으로 호명하는 시혜를 베풀었으며, 천황의 은혼식은 노골적으로 아내 이외의 여자들과 교제하고 가벼운 마음으로 결혼하고 몇 번씩 이혼하는 경우가 많았던 당시의 일본인들에게 결혼생활의 소중함과 일부일처의 미덕을 강조했다. "가족과 국가의 환유적 관계가 통제의 효율적인 메커니즘"으로 작동하기 위해서는 위계적 국가 질서에 상응하는 "규범화된 가족"이 존재해야 했던 것이다.

저자는 일본의 현모양처 '가족국가' 이데올로기를 이렇게 공박한다: "결국 '자연적 신체'의 천황이 전형적인 남자가 되고(남성으로 유형화되고) 황실 여성이 모든 여성의 귀감이 된 바로 그 순간, 근대 일본

의 정치는 남성화된 영역이 되었고 여성에게는 문을 닫아 버렸던 것
이다."

날조된 전통과 공식 기억 지우기

"공식 기억을 해체하는 이 작업은 내셔널리즘을 추궁하는 것이기
도 하다"고 말하는 저자는, 천황을 내세운 국가 행사와 메이지 입안자
들이 제정한 여러 국가 의례는 다양한 계급·지역·성별 등으로 나누
어진 "개개인이, 시공을 넘어 시간 안에서 그리고 시간을 통해서 서로
이어져 있다는 경험"을 얻게 했으며, 그런 가상의 통합에 의해 일본의
국가주의가 완성됐다고 말한다. 하지만 이런 조작을 통해 국가와 국
민적 정체성을 자연적인 것 또는 역사를 초월한 영원불멸의 것으로
세뇌하는 일은 비단 일본만이 아니라, 근대국가의 모든 문화기구가 대
중을 계몽시키기 위한 메커니즘이다: "유럽과 미국의 학자들(은) 공
적 패전트나 의례적 행사가 근대와 더불어 쇠락한 것이 아니라 19세
기 말과 20세기 초에 믿기지 않을 만큼 융성했다고 주장하고 있었다.
대관식, 국가원수의 행진, 국가적 영웅을 기리는 장례와 축제, 왕실이
나 국가의 축전, 박람회와 같은 새로운 의례적 행사 등이 그 예였다."

태평양전쟁에서 패한 직후 일본의 천황은 '상징 천황'의 자리로 물
러났고, 일망감시적 권력으로부터 뭇 대중들의 관음 대상 또는 '트루
먼 쇼'의 주인공으로 전락했다. 하지만 작금에 부쩍 빈번해진 일본 총
리의 야스쿠니 신사 참배와 학교에서의 일본 국가(기미가요) 제창을

강요하는 시도는 무엇을 뜻하는 것일까? 동서양의 무수한 예는 국가의례의 강화가 필히 국가주의와 우익 보수주의의 준동을 불러왔다는 것을 보여 주지 않는가?

저자는 결론을 통해 "근대국가는 기억을 저장하거나 지우는 기계"이며 공식 기억은 작고 주변적인 기억을 지워 버림으로써 국민이라는 획일적인 단위를 만든다고 말한다. 때문에 국가적 표상과 의례를 독점하고 있는 국가에 대해 "누구의 전통인가?"라고 물으면서, 국가가 지워 버린 주변적이고 다양한 기억들을 복원해야 한다는 것이다. 일본의 경우 천황에 의해 지워진 "오키나와인·부락민部落民·재일 한국인·재일 중국인·페미니스트"들의 존재를 기억함으로써 일본의 동질성과 무구성에 의문을 던지는 일이다.

미국 태생 일본계 학자가 쓴 『화려한 군주』는 천황제와 근대성·국가주의의 연관을 파헤치면서, "일본 근대사에서 천황제가 돌출한 것은 일본의 근대성이 불완전했기 때문"이라는 마루야마 마사오 이래 일본 학계가 되풀이해 온 공론을 뒤엎고, 천황제가 "일본의 근대성을 창출하는 데 중심적"이었다는 새로운 해석을 내놓았다는 점에서 파격적이다. 저자는 천황제의 '근대적 발명'을 꼼꼼히 추적하여, 일본의 국가적 정체성과 신화를 전복하고 만다.

『중국이 만든 유럽의 근대』와 『화려한 군주』는 우리가 무심결에 믿고 있는 역사적 상식들이, 도무지 상식이 될 수 없을 만큼 '오래되지 않았다'고 말한다. 동양이 유럽을 모방하기 위해 급급했다는 말은 아편전쟁(1840)에서 청이 영국에 패한 이후부터나 적용되는 말이다.

적어도 200년 전에는 유럽이 중국을 이상향으로 여겼다. 또 천황을 태양의 여신 아마테라스 오미카미의 후예로 여기는 한국인은 아무도 없겠지만, 일본에서 천황이 신격화된 역사는 채 150년도 되지 않는다.

조봉암 ; 우리 현대사가
걸어 보지 못했던 길

44년 만의 진보 정당 국회 진출

2004년 4월 15일에 치러진 17대 총선에서 민주노동당이 원내에 진출한 사건을 놓고, 그것을 미리 예상했던 민노당 측은 물론 대다수 시민들과 언론들마저 크게 놀라고 있다. 그러면서 민주노동당의 원내 진출을 '50년 만의 결실'이라고 말하는데, 정확하게는 44년 만의 진보 정당 국회 진출이라고 해야 한다. 1960년 4·19 직후에 치러진 7·29 총선에서 사회대중당 등의 여러 진보 계열 정당이 마지막으로 당선자를 냈기 때문이다.

하지만 현대사에 대한 우리들의 두루뭉술한 지식이 정작 놓치고 있는 것은, 44년 만의 진보 정당 국회 등원을 '50년 만의 결실'이라고 부정확하게 반올림하는 것만큼이나 진보 정당 자체에 대해 무지하다는 사실이다. 그리고 이런 무지는 4·15 총선을 전후하여 새천년민주당의 운명을 놓고 '50년 전통의 야당'이라는 가당치도 않은 수사가 분분했던 것과 동전의 양면을 이룬다. 사견이 될지도 모르지만, 또 다른 이견이 있음도 알고 있지만, 나는 세 가지 이유로 새천년민주당이 한국 전통 야당의 적통이 될 수 없다고 보는 편이다. 첫째, 새천년민주당이 자신의 뿌리라고 지목하는 한민당(한국민주당)은 야당이 아니라 미군정의 실질적 여당이었고, 임시정부 측과 반대편에서 이승만의 단독 정부 수립을 지지했던 당이다. 둘째, 1949년 한민당이 이승만과 결별하면서 민국당(민주국민당)을 만들고, 1955년에 다시 민주당으로 변모하던 시기에 이 계보의 정치 세력이 과연 당대의 개혁 임무와 진보 이념을 온전히 담아냈는지 검토해 볼 때, 모든 정책 면에서 정통 야당이라고 불리어야 할 당은 따로 있었다. 셋째, 소위 '전통야당'으로서 새천년민주당의 정체성은 과거에 잇대어 온 계보에 의해서가 아니라 지금 추구하고 있는 가치에 따라 정해진다. 한나라당과 공조하여 노무현 대통령을 탄핵한 새천년민주당은 이미 자신들이 주장하는 '전통 야당'이 아니다.

박태균이 쓴 노작 『조봉암 연구』(창작과비평사, 1995)는 제명이 가르쳐 주는 것처럼 조봉암에 대한 연구서기도 하지만, 해방 공간에서부터 5·16 직전까지 활동했던 한국의 진보 정당과 정치에 대한 폭넓은 안내서기도 하다. 조봉암과 오로지 그의 노력에 의해 결성됐던 진보당의 짧디 짧은 역사가 곧바로 해방 공간에서부터 5·16 직전까지 활동했던 모든 진보 세력의 약사略史가 되는 까닭은, 박헌영이 월북하고(1946) 여운형이 우익 테러의 제물이 되고 난 뒤(1947), 조봉암 홀로 남한 사회의 혁신계를 짊어지고 반이승만 투쟁이라는 간난艱難의 길을 걸어야 했기 때문이다.

조봉암 행장行狀

해방 이후, 남한에서 합법적인 진보 정당을 만들기 위해 애쓰는 동안 늘 죽음의 그림자가 어른거렸던 조봉암은 1899년 9월 25일 경기도 강화군 원면마을에서 가난한 농부의 아들로 태어났다. 13세 때인 1911년, 4년제 소학교와 2년제 농업보습학교農業補習學校를 마친 그는 강화 군청에서 사환 일을 하는 것으로 사회생활에 첫발을 내디뎠다.

주산珠算에 재능이 있었던 그는 군청의 고원雇員으로 채용됐으나, 일본인 서무 주임과 사사건건 다툰 끝에 1년도 채 되지 못해 사직하고 감리교 계통의 교회에서 교회 일을 도우며 생활하게 된다. 일제 식민지였던 조선 땅에서 활동하던 한 외국인 선교사가 '조선인에게는 선교와 독립운동이 구분되지 않는다'고 푸념했던 것처럼, 조봉암은 교회에 나가게 되면서부터 처음으로 개인적 삶의 테두리에서 벗어나 민족의 암울한 운명을 직시하게 됐다. 그러던 1919년, 서울에서 시작된 3·1 독립만세운동이 강화도에 전해지자 기독교회를 중심으로 3월 18일과 29일 양 일에 시위가 조직됐다. 이때 조봉암은 시위운동을 지원하기 위한 문서의 작성·배포 활동을 벌이다가 체포되어 1년간 수

형생활을 했다.

서대문 형무소를 출감할 때 조봉암은 21세의 청년이었는데, 그는 해방 후에 "3·1운동은 나로 하여금 한 개의 한국 사람이 되게 하였고, 나를 붙잡아서 감옥으로 보내 준 일본 놈은 나로 하여금 일생을 통해서 일본 제국주의와 싸운 애국 투사가 되게 한 공로자였다. 나는 완전히 심기가 일전되었다. 어떻게 하면 직업이나 얻어 볼까 하던 생각은 아예 없어졌고, 그 환경에서 그대로 살 생각을 아니했다. 그 테두리를 벗어나서 알기 위한 노력, 싸우기 위한 기회를 가져야 되겠다고 작정했다"고 회고했다.

3·1운동을 계기로 민족해방운동에 투신하기로 결심한 조봉암은 동경으로 유학을 떠난다. 여운형의 딸 여연구가 쓴 『나의 아버지 여운형』(김영사, 2001)에 잘 피력되어 있듯이, 그때는 러시아에서 10월 혁명이 승리한 후 마르크스·레닌주의가 세계적으로 급속히 퍼져 가던 때였다. "사회주의 사상을 외면하는 사람은 머저리로 인정될 만큼 너나없이 마르크스주의 서적을 탐독"했고 "똑똑하고 눈이 반짝이는 젊은이들은 거의 다 사회주의 사상을 신봉"했다.

조선 유학생들은 외부적으로는 일본 제국주의의 식민지가 되어 있는 민족을 해방시키고 내부적으로는 오랫동안 조선 인민을 짓눌러 왔던 봉건 계급 질서와 싸우는 방법으로, 일본 사상계에 팽배해 있는 사회주의나 무정부주의 가운데 양자택일을 했다. 주오대학中央大學 정경과政經科에 입학한 조봉암은 한때 무정부주의에 기울어져 재일 조선인 사회운동 단체의 효시가 되는 흑도회黑濤會에 참여했으나, 아

조봉암 ; 우리 현대사가 걸어 보지 못했던 길

나키스트의 관념적인 유희로는 일제와 싸우는 것이 불가능하다고 여기고 볼셰비즘으로 전향한다.

유학생활 1년을 포함해 일본에 2년간 체류했던 조봉암이 1922년 서울로 돌아왔을 때, 국내에서도 많은 젊은이들이 사회주의를 신사조로 받아들이고 있었고 무산자동맹無産者同盟과 서울청년회가 양대 세력을 이루어 활동하고 있었다. 조봉암은 그 가운데서 무산자동맹과 관계를 맺고 활동을 하기에 앞서, 시베리아의 이르쿠츠크Irkutsk에서 활동하는 이르쿠츠크파 고려공산당高麗共産黨과 중국 상해上海에서 활동하는 상해파 고려공산당 간의 통합을 위해 개최되는 베르흐네우딘스크 대회에 참석하기 위해 러시아로 떠난다. 초기 조선인 공산주의 운동의 주도적 인물이 대거 참가한 이 대회에 국내 대표로 참석하게 된 조봉암은 회의 결렬에 따른 코민테른의 명령으로 양 그룹의 대표와 함께 모스크바로 향한다.

모스크바에 당도한 양 파벌의 대표는 일국일당一國一黨을 원칙으로 하는 코민테른의 통합 조정을 받았으나 조정은 끝내 무산됐다. 코민테른은 모든 조선인 공산주의 단체의 해산을 종용하고 코민테른 극동총국 내에 꼬르뷰로高麗局를 설치하고 블라디보스토크에 주재시켰다. 이때 조봉암은 파벌 연합으로 구성된 꼬르뷰로에 가담하지 않고 공부를 하기 위해 동방노력자공산대학(세칭 모스크바 공산대학)에 입학한다. 하지만 조봉암은 폐결핵이라는 당대의 불치병을 선고받고, 학비는 물론 일체의 여비가 무료로 제공되며 용돈까지 지급되는 대학생활을 8개월 만에 종료한다. 객지에서 무의미하게 죽을 바에는 국내로 돌아와 여한 없이 일이나 하다가 죽겠다는 생각으로 조선으로 돌아온 것이다.

그가 서울로 돌아왔을 때, 국내에는 화요회火曜會가 주최가 되어 조선공산당朝鮮共産黨이 결성되어 있었다. 베르흐네우딘스크 대회와 모스크바 공산대학에 다닌 경력으로 위상이 높아진 조봉암은 박헌영과 함께 당 산하 청년 조직인 고려공산청년회高麗共産靑年會에서 간부로 활약하게 된다. 이들 두 사람은 상해에서 활동하고 있던 이르쿠츠크 계열의 여운형과도 일찌감치 연이 닿아 있었지만, 이런저런 이유로 훗날의 해방 공간에서 세 사람이 머리를 맞대고 함께 일할 기회는 없었다. 세 사람은 서로 반목하는 경쟁자였지만, 그들의 죽음은 한국 근대사의 비극적인 축소판이다. 제일 먼저 해방이 되자 얼마 되지 않아 여운형이 우익 테러에 희생되었고(1947), 박헌영과 조봉암은 6·25동란 직후 각자 '미제 간첩'과 '북괴 간첩'이라는 누명을 쓰고 남과 북에서 각각 재판을 받고 죽었다.

조봉암의 항일과 공산주의 운동 전력

귀국해서 숱한 활동을 전개하던 조봉암의 정치 노선은, 명사名士 집단에 의한 개량주의적이고 문화적인 민족운동의 허구성을 비판하면서 민중이 중심 되는 운동을 주창한 것으로 요약된다: "우리가 말하는 사회운동이라는 것은 한 국가, 한 사회에 있어서도 유산계급과 무산계급이 대립하는 경우에는 계급투쟁을 전제로 하여 철저히 사회

조봉암 ; 우리 현대사가 걸어 보지 못했던 길

를 개선하라는 것입니다. 그런 까닭에 서로 이해가 충돌되는 양대 계급을 혼동하여 같은 민족이라는 막연한 관념 아래서 부르짖는 민족 운동과는 본질상으로 차이가 되는 것이올시다. 그 실례를 들어 쉽게 말한다 하면 우선 무엇보다도 먼저 민족적으로 독립이 되어 있는 영국이나 불란서나 독일 같은 나라에서도 가장 맹렬히 사회운동이 일어나는 것을 보아도 족히 알 수 있는 것이며, 또한 그 반면에는 민족 운동이라 할 만한 반동 세력이 사회운동과 대립하여 한 가지 운동이 되어 있는 것도 우리가 알 수 있는 것이올시다. 이태리의 파시스트나 일본의 적화방지단赤化防止團 같은 것이 모두 이러한 종류의 민족운동으로 볼 수 있는 것이올시다. 만일 민족운동자로서 정당히 관찰해 보면 반드시 그 가운데서도 한 민족의 독립으로 말미암아 자기 민족 전체가 동일한 행복과 자유를 얻을 수 없는 것을 간파하게 됩니다. 다시 쉽게 말하면 노동계급이 처해 있는 무산 대중은 생산과 분배의 관계가 공평하게 변경되기 전에는 항상 한 모양으로 자본가의 발길 아래서 신음할 것이올시다. 뿐만 아니라 민족운동 그 물건도 결국 침략의 정체를 발견하지 못하는 날에는 항상 피상적인 운동으로 헛수고에 돌아가 버리고 말게 됩니다."(〈동아일보〉, 1925.1.7)

이 책의 저자가 지적하는 것처럼 제국주의 침탈에 의해서 피해를 입는 단위는 계급 단위가 아니라 더 큰 민족 단위였기 때문에 식민지 상태에서는 무엇보다도 민족 문제가 중심축이 되어야 했고, 따라서 광범위한 계급과 계층을 망라한 민족통일전선의 결성이 시급한 과제였으나 조봉암과 이 시기의 사회주의 운동은 민족 해방의 중요성에 대해 인식하고 있었음에도 불구하고 계급을 우선에 놓고 사고했다. 이는 1920년대 초반 사회적인 명망성에서 더 앞서고 있던 부르주아 민족주의 계열 인사들에 대한 위기감이 반영된 것이자, 초기 사회주의 사상의 소아병적인 한계로 지적된다.

조선공산당과 고려공산청년회 조직에서 주도적으로 활동한 조봉암은 1926년 6월, 모스크바에 도착해서 코민테른으로부터 조선공산당이 유일 기초 단체라는 것을 인정받고 고려공산청년회 역시 국제공산청년동맹의 지부로 승인받는다. 하지만 그 해 11월, 두 단체는 사소한 부주의가 발단이 된 신의주사건新義州事件으로 말미암아 6개월 만에 와해되고 만다.

국내와 모스크바 사이의 연락 임무를 띠고 상해에 체류하고 있던 조봉암은 1932년 말, 일제 경찰에 체포되어 국내로 압송되기까지 약 7년간 상해와 만주에서 활동한다. 조봉암이 중국에서 활동을 하는 동안 국내에서는 두 차례에 걸쳐 조선공산당이 새로 재건되었으나, 그는 국내 공산주의자들의 반조 운동反曺運動에 휘말려 사회주의운동 주류로부터 밀려난다. 종파주의자라는 오명과 공금 유용 사건 그리고 당원이던 아내를 버리고 비당원 여자와 동거했다는 사연이 반조 운동의 빌미가 되었으나, 실은 조선공산당 재건을 놓고 국내를 장악했던 박헌영·김단야 세력이 조봉암을 견제하기 위한 성격이 짙었다.

일제의 검거령 때문에 국내로 들어올 수 없었던 조봉암은 속지屬地 원칙에 의해 중국공산당에 입당한 뒤, 중국국민당과 중국공산당의 국·공 합작에 고무받아 상해에 있는 대한민국 임시정부 요원들과 접촉하며 민족·공산 진영을 함께 어우르는 민족유일당民族唯一黨 운동을 벌인다. 당시의 사회주의자들은 첫 번째 국내에서 당 재건 운동에 참여하는 계열과, 두 번째 중국공산당에 입당하여 중국공산당과 함께 항일운동에 참여하는 계열, 그리고 세 번째 만주에서의 항일 무장 투쟁 그룹으로 나누어져 있었는데, 조봉암이 택한 두 번째 길과 달리 많은 사회주의자들은 첫 번째와 세 번째의 길을 선택했고 해방 이후 남과 북에서 주도권을 잡은 이들 역시 첫 번째와 세 번째 세력이었다.

1932년 11월 상해를 떠나 12월에 인천항으로 압송된 35세의 조봉암은 징역 7년형을 받고 신의주 형무소에 수감된다. 이때 그는 아주 모범적인 수형생활을 하여 함께 수감된 동지들로부터 혁명적 열정이나 투쟁 의식을 상실하고 현실 순응적인 인간으로 변모되는 것으로 비쳐졌다. 그리고 그가 만기 출옥 예정보다 1년이나 빨리 출옥하자 전향서를 제출했다는 소문이 돌았다. 실제로 1930년대에 들어서 쟁쟁한 공산주의자들이 다수 전향을 한 것은 사실이나, 한국 공산주의 운동사의 비중에 비추어 볼 때, 전향을 했다면 틀림없이 훌륭한 선전 도구로 이용되었을 조봉암의 전향 성명이나 반공을 천명한 글은 없었으며 그런 사실을 시사해 주는 단편적인 기록조차 발견할 수 없다. 박헌영을 비롯한 공산주의자들이 조봉암의 전향을 대놓고 비난하기 위해서는, 1946년 6월 23일까지 기다려야 했다.

1938년, 6년간의 수형생활을 마치고 출옥한 조봉암은 인천 비강粃糠조합 조합장이 되어 생계를 유지하면서 무활동 상태에 빠져든다. 그가 혁명운동을 완전히 배신하고 훼절한 것도 아니었지만 공산주운동에서 탈락한 것은 분명했다. 그렇기는 해도 그는 여전히 일제 관헌의 감시를 피할 수 없는 요시찰 인물이고, 1945년 1월 태평양전쟁의 전황이 급변하자 헌병사령부에 의해 예비 검속되어 그 해 8월 15일까지 구금된다.

여기까지가 『조봉암 연구』의 전체 가운데서 약 4분의 1(1~2부)도 채 되지 않는, 식민지 시기의 조봉암 행적이다. 이 글의 모두에서 이미 말했듯이, 이 책이 조봉암 개인에 대한 연구이기도 하지만 해방 공간에서 5·16 직전까지 활동했던 진보 정당과 정치에 대한 안내서고 보면, 좀 더 자세히 음미되어야 할 부분은 남은 4분의 3(3~8부)의 내용들이다.

전향과 중간파 활동

그러나 이 독후감이 얻을 수 있는 지면의 제약상, 면밀히 음미되어야 할 많은 분량이 오히려 더 거칠게 요약될 수밖에 없게 됐다. 이 점 독자들의 양해를 구하는 바지만, 실제로 이 책을 읽으려고 결심한 독자들에게는 1~2부에 대한 독서를 생략하게 해 주는 이점이 있다고 과언하고 싶다. 그만큼 지루하고 재미없는 부분이다. 그럼에도 불구하고 이 부분을 길게 요약한 까닭은 일제하의 사회주의자가 탄생하는 순간은 물론 그들의 노역勞役과 허물마저 한눈에 들어오기 때문이다. 그 시기의 운동가들은 국제적인 활동가들이었다.

식민지 시기에 민족해방운동을 전개한 사람 가운데는 크게 부르주

조봉암 ; 우리 현대사가 걸어 보지 못했던 길

아 민족주의를 이념으로 하는 사람과 사회주의자들이 있었으나, 1930년대 후반 이후 일제에 의한 황국신민화 정책이 폭압적으로 실시되면서 다수의 우익 민족주의자들이 전향을 하여 적극적인 친일에 나섰다. 반면에 사회주의자들 가운데는 해방이 되는 그 날까지 체포를 불사하고 민족해방운동을 펼친 인사들이 많았다. 바로 이런 저력이 해방 직후 여운형을 중심으로 한 건국준비위원회(이하 건준)가 전국적인 지지를 얻게 된 원동력이며, 박헌영의 제안에 따라 건준이 조선인민공화국(약칭 인공)을 남한에 선포할 수 있었던 자신감의 근원이다. 다시 말해 일제가 물러난 상황에서 그동안 활발한 민족해방운동을 전개했던 사회주의자들이 정국의 주도권을 장악하고 정부를 수립할 수 있는 위치에 선 것이다. 하지만 그렇다고 해서 우익 부르주아 민족주의자들이 뒷짐을 지고 있었던 것은 아니다. 8·15 직후 남한에는 우후죽순처럼 무수한 정당이 생겨났고 사회주의 계열에 대항할 목적으로 친일파들과 지주·자본가들이 창당한 대표적인 부르주아 정당이 바로 한국민주당이다.

이 글의 서두에서 밝힌 것처럼 4·15 총선을 전후하여 새천년민주당의 쇠멸하는 진로를 놓고 50년 역사의 전통 야당을 지켜 달라고 읍소하는 민주당 지지자들이 꽤 있었다. 하지만 새천년민주당의 50년 전통 운운은 민주노동당의 '50년 만의 진보 정당 의회 진출'이라는 환희에 찬 구호와 달리 사기성이 짙은 것이다.

새천년민주당의 기원을 1990년 1월 22일, 김영삼이 행했던 보수 대타협(3당 합당) 거부에서부터 찾지 않고, 한민당 → 민국당 → 신한

당으로 이어지는 계보에서 찾고자 한다면, 안티 조선 논객과 논쟁을 자청했던 〈조선일보〉 기자 이한우의 다음과 같은 치졸한 비아냥에 직면할 수밖에 없다: "진보 진영에서는 늘상 이승만 대통령이 친일파를 감싸 안았다고 비판한다. 그런데 묘한 것은 이승만이 감싸 안았다는 친일파의 실체가 묘연하다는 것입니다. 그러나 당대에는 분명했습니다. 한민당이었죠. 이승만이 건국 과정에서 한민당과 함께했고 건국 이후에는 한민당을 내팽개친 것을 알고 계시겠죠. 그 한민당이 민주당이 됐고 박정희 때 신민당이 됐고 거기서 쪼개져 김영삼·김대중이 나왔다는 거 아시죠. 정말 친일파에 문제가 있다고 하는 사람이라면 이승만을 더 비판해야 할까요, 양 김씨를 더 비판해야 할까요."

이한우는 한민당이 친일파였기 때문에 이승만이 내팽개친 것처럼 능치면서 "친일파에 문제가 있다고 하는 사람이라면 이승만을 더 비판해야 할까요, 양 김씨를 더 비판해야 할까요"라고 수작한다. 하지만 현대사를 조금이라도 알고 있는 사람은 이승만의 손에 든 패가 모조리 친일파였으며, 한민당을 내팽개친 다음 그가 어떤 당보다 더 선호하며 애용했던 군·경은 물론 법조계 인사가 모조리 원단 친일파였다는 것은 언급하지 않는다. 새천년민주당의 지지자들이 원조元祖 신화에 집착하는 것만큼 이한우 기자가 원조 타령을 맹신할 양이라면, 반공주의 노선에 철저한 〈조선일보〉는 독자에게 사과하고 폐간하는 것이 마땅하지 않을까?: "(1924년에서 1925년경의) 〈조선일보〉에는 조봉암·박헌영·김단야·임원근 등이 사회부에서, 홍남표가 지방부에서, 신일용·김준연 등이 논설반에서 일하는 등 좌익 기자들이 대거

　　　　　　　　　　　조봉암 ; 우리 현대사가 걸어 보지 못했던 길

포진하고 있었다." 그래서 당시의 일제 총독부는 〈조선일보〉가 공산주의 세력이 준동하는 근거지라고 판단하고 끈질기게 주목하고 있었다는 것을 이 책은 덤으로 알려 준다.

해방 이후 조봉암은 박헌영의 독단과 종파주의를 견디지 못하고 '비공산 정부를 세우자'라는 전향서를 쓴다. 그는 이 돌발적인 전향을 통해 조선은 공산당 정권과 정책을 반대하고, 지금의 공산당이 소련에만 의존하고 미국의 이상을 반대하는 태도는 옳지 못하며, 조선의 건국은 민족 전체의 자유생활이 보장되어야 하며 따라서 노동계급 독재나 자본계급의 전제를 반대한다고 밝힌다.

일제의 탄압에도 전향을 하지 않았던 그가, 청춘을 바쳐 왔던 사회주의적 신념의 전면적 청산을 선언한 데에는 헤게모니 쟁탈에서 낙오했다는 사실만으로는 완전히 설명되지 않는 몇 가지 복잡한 이면이 있다. 우선 조봉암의 전향은 모스크바3상회의에서 비롯된 찬·반탁 운동이 이승만 세력의 반탁과 단독 선거·단독 정부를 향해 급박하게 치닫고 있을 때, 그것을 막기 위한 여운형·김규식·김구 등의 좌우 합작 노선이 무르익고 있을 무렵에 나왔다. 다시 말해 조봉암은 박헌영의 조선공산당 활동으로는 민족통일전선을 제대로 꾸려 내지 못하리라고 느꼈던 것이다. 거기에 더하여, 좌익 세력의 약화와 분열을 획책했던 미국의 CIC(군사정보국)가 조봉암을 회유했다는 증거가 남아 있다. 이승만으로는 도저히 남한에 단독 정부를 만들기 어렵다고 판단하고 좌우합작위원회를 만든 미국은, 조선공산당에서 이탈할 수밖에 없었으나 그렇다고 해서 우익 정치 세력에 참여할 수도 없는 조봉암을 정치 공작의 대상으로 삼은 것이다.

미군정에 의해 전향을 했던 조봉암은 그러나 좌익으로부터 사갈시되었고, 우익 또한 그를 진실한 전향자로 받아 주지 않았다. 여운형이 백주에 암살을 당하고 박헌영이 월북한 이후 좌우익 어느 편에도 서지 않으려는 제3세력(중간파)은, 반공을 최고의 정치 이념으로 삼으면서 민족 분단과는 상관없이 오로지 정권 장악에만 혈안이 되어 있던 이승만과 반이승만 세력으로 표변한 한민당 사이에서, 공산주의자로 치부당했다.

이승만의 심기를 건드린 평화통일론

이런 악조건 속에서 조봉암은 단독 정부와 발췌 개헌을 지지하면서 '참여 속의 개혁'이라는 어려운 곡예를 하게 된다. 1948년 5월에 치러진 제헌 국회 선거에서 의원이 된 그는 헌법 기초 위원으로 선임되는 한편 이승만에 의해 농림부 장관에 임명된다. 그 뒤 1950년 5월 제2대 국회의원 선거에서 당선되어 장택상과 함께 국회 부의장에 선출되고, 1952년 8월과 56년 5월에 실시된 2·3대 대통령 선거에 각기 무소속과 진보당 전국추진위원회 후보로 출마(진보당은 선거가 끝나고 나서 창당된다)하여, 두 번 다 한민당의 후신인 민국당과 민주당 후보를 누르고 이승만에 이어 차점자가 된다.

선거란 단 한 표라도 더 많이 차지한 후보가 모든 것을 가져가는 비정한 제도다. 이런 '게임의 규칙' 속에서 2위를 차지했다는 것은 크

조봉암 ; 우리 현대사가 걸어 보지 못했던 길

게 내세울 것도 못 된다. 하지만 그 결과가 온갖 부정과 상대 후보의 생명을 위협하는 탄압 속에서 얻어 낸 것이라면 적지 않은 의미가 있다고 할 것이다.

2대 대통령 선거에서 아무런 정치단체의 지원 없이 11.4퍼센트의 득표율을 거두었던 조봉암은 3대 대통령 선거에서 23.9퍼센트를 얻었다. 민주당의 대통령 후보였던 신익희가 급서急逝하자 민주당은 "조봉암에게 투표하느니 차라리 이승만에게 투표하라"는 노골적인 조봉암 반대 운동을 펼쳤고, 자유당은 부정 선거를 일삼았다. 이런 방해만 없었다면 선거는 조봉암의 당선으로 결론났을 가능성이 농후했다. 조봉암이 아무런 정치적 기반도 없이 연거푸 대통령 선거에서 선전한 이유는 그가 주장한 평화통일론과, 이 책에서는 크게 의미가 부여되고 있지 않은 피해 대중에 대한 호소가 유권자들에게 설득력을 발휘했기 때문이다.

1950년대는 이승만의 북진통일론 외에 다른 통일 논의가 모조리 용공容共으로 탄압되던 시기였다. 그래서 한 학자는 조봉암의 평화통일론을 "당시 한국 사회에서 처벌받지 않고 표현할 수 있는 진보적인 견해의 극한값"이라고까지 말한다. 조봉암의 평화통일론은 이승만의 존립 근거이자 독재를 정당화해 주던 북진통일론과 정면으로 격돌하면서 자신을 죽음에 이르게 했다.

1958년에 실시될 제4대 국회의원 선거를 앞두고 서둘러 진보당 사건을 조작한 이승만 정권은 1년이 넘는 재판 끝에 조봉암을 간첩죄로 처형하는 데 성공했으나, 그로부터 9개월 뒤엔 이승만 역시 3·15 부정 선거로 하야하게 됐으니 조봉암의 죽음이 헛되지는 않았다고 해야 할까? 일찍이 그가 주창했던 평화통일론은 이제 상식이 됐고, 조봉암과 진보당이 주장했던 경제의 계획화와 기간산업의 국유화는 장면 정권 때에 고스란히 실천될 뻔했다. 서중석이 쓴 『비극의 현대 지도자』(성균관대학교 출판부, 2002)에 따르면 "널리 알려진 대로 장면 정부는 출범 직후부터 경제개발 5개년 계획안을 짜기 시작하여 1961년 4월에 성안되었다. 쿠데타 권력이 1961년 7월 3일에 발표한 1962년부터 67년까지의 5개년 종합경제계획안은 이를 도용한 것이었다." 서중석의 같은 글에 의하면 조봉암은 1956년 선거에서 이미 국민의료제도·국민연금제도를 공약으로 내세웠고 초등학교에서 최고 학부에 이르기까지 국비로 지원되는 교육을 약속했다. 그리고 조봉암과 진보당은 공무원 임용과 승진에 엄정한 시험 제도를 택할 것을 누차 역설하였지만, 친일파들이 대거 공직을 차지한 1950년대에는 공채가 거의 없었다.

조봉암의 진보당은 한국 현대사에서 최초로 출현한 사회민주주의 당으로 자리매김한다. 이승만과 보수 야당을 자처하고 있던 민주당은 조봉암과 진보당을 법살(＝司法殺人)했으나, 그들의 정신은 죽지 않았다: "한 가지 중요한 점은 1960년의 4월 민주 항쟁이 무無에서 창출된 것이 아니라는 점이다. 4월 민주 항쟁을 통해 대중들은 이승만 정권에 대한 반대의 의지를 표출하였다. 뿐만 아니라 4월 민주 항쟁 이후 5·16쿠데타가 일어나기까지의 제2공화국 시기에 대미 종속 문제와 민족 통일 문제, 그리고 경제적인 문제의 해결을 위한 움직임이 전

조봉암 ; 우리 현대사가 걸어 보지 못했던 길

면적으로 표출되었다. 바로 이러한 지향을 우리는 1950년대 중반의 혁신 세력들의 움직임, 그리고 구체적으로 조봉암과 진보당의 정치 노선과 활동에서 찾아볼 수 있다."

탄핵 정국 속에서 실시된 17대 총선에서 필자는 민주노동당을 찍지 못했다. 그렇다고 해서 나와 같은 사람들이 민노당의 의회 진출 이후, 각종 보수 언론과 필자들에 의해 자행되고 있는 '민노당 길들이기'에 무심한 것은 절대 아니다. 조봉암의 사회민주주의가 극우반공주의자들에 의해 공산주의로 '색칠'되었듯이, 육해공군·해병대·예비역대령연합회를 주축으로 하는 국민행동본부는 민주노동당의 좌파적 성격을 꼬투리 잡아 정당 해산을 위한 헌법 소원을 낼 작정이라고 한다. 이런 시대착오적인 '민노당 죽이기'를 경계하며, 다음번에는 『조봉암 연구』를 읽는 도중에 발견한 서중석의 『조봉암과 1950년대』에 대한 독후감을 통해 한국인들의 무지막지한 '레드 콤플렉스'가 형성된 기원을 찾아볼까 한다.

철학의 오만

자발적인 나치 지지자

박찬국의 『하이데거와 나치즘』(문예출판사, 2001)은 하이데거를 찬찬히 읽어 볼 엄두조차 못 냈던 나 같은 사람에게도 무척 흥미로운 저작이다. 1927년, 38세의 나이로 『존재와 시간』을 간행하자마자 세계적인 명성을 얻으면서 일약 철학계의 왕으로 등극했던 하이데거가 나치에 협력했던 속내를 통해, 우리는 철학자의 현실 정치 참여가 어떤 해악을 가져올 수 있는지에 대해 사유해 볼 기회를 얻는다. 뿐만 아니라 이 책은, 보편을 가장하고 불편부당을 강조하는 명망 높은 철학자의 사유 체계와 정치적 발언들이 실제로는 자신이 자라 온 환경과 시대의 영향을 반영하는 극히 특수한 자기 이해를 바탕으로 한다는 중요한 철학적 비밀을 누설한다.

하이데거는 1933년 5월, 프라이부르크 대학 총장에 선출되었으나 다음해 2월 총장직을 사퇴한다. 1년도 채 안 되는 기간 동안 나치 치하의 대학 총장직을 수행했다는 것이 하이데거의 구체적인 나치 협력 행위다. 그 짧았던 협력 행위 때문에 하이데거는 전후 나치청산위원회의 조사 대상이 되는 수모를 당한다. 누구나 할 것 없이, 생존을 위해 체제에 협력하지 않을 수 없었던 제3제국의 억압적인 분위기를 감안하면 하이데거에 대한 조사와 교직원 자격 박탈이 너무 가혹한 처분으로 느껴질 수도 있다. 그럼에도 불구하고 하이데거의 이름 위에 아직껏 하켄크로이츠(나치 문양)의 그림자가 깊이 드리워져 있는 까닭은, 그가 누구의 강요나 압력에 의해서가 아닌 자발적인 나치 지지자였다는 사실에 있으며, 나아가 그의 철학이 나치의 이념을 보충해 주기 때문이다.

하이데거가 프라이부르크 대학의 총장직을 맡게 된 것은 결코 개인적 출세나 영달을 위해서는 아니었다. 그가 총장직을 수행하게 된 것은 대학 개혁을 통해 독일 부흥을 완수하고, 또 평생 동안 자신의 시대적 소명이라고 생각해 왔던 기술 문명과의 대결에서 승리하기 위한 진지를 학문과 대학 사회 속에 구축하기 위해서였다. 그가 단행하고자 했던 대학 개혁의 첫 단추는, 베를린 대학을 창설한 훔볼트(1767~1835)가 독일 대학 내에 견고하게 뿌리내려 놓은 대학 내 '학문의 자율성'부터 빼앗는 일이었다. 그의 생각에 훔볼트식의 학문과 대학의 자유는 제멋대로 거리낌 없이 생각하고 행하는 부르주아적인 것으로 여겨졌다. 대학을 그처럼 방만하게 운용한 결과 독일의 대학은 어떠한 공통된 연관도 없이 세분화되고 복잡다기한 전문 분과들의 진열장이 되고 말았으며, 이러한 대학에서 양성되는 인간이란 부르주아적인 개인주의에 사로잡힌 기능인에 지나지 않는다는 것이다.

대학의 자유와 자율이라는 자유주의적인 이념을 비판하는 하이데거는 "대학의 구성원들이 자신들의 임의적이고 자의적인 호기심에 따라서 학문을 하는 것이 아니라, 독일 민족의 역사적 사명에 대한 명백한 자각에 입각하여 학문"을 해야 한다고 촉구했다. 대학은 실증주의적인 학문에 매몰되어 전문적인 지식인을 양산하는 것에 그쳐서는 안 되고, 학문을 통해 "민족에게 봉사할 것"을 요구한 것이다. 그가 총장직에 있는 짧은 기간 동안 대학에 도입한 중요 정책 가운데 '노동 봉사'는 학생들을 노동 현장으로 내려 보내는 일이었고, '국방 봉사'는 학생들의 군사 훈련을 의무화하는 것이었다. 물론 이런 정책들은 하이데거 특유의 것이 아니라, 나치당이 추진한 대학 정책에 속하는 것이긴 했다. 하지만 위의 일례가 보여 주는 것처럼 그의 사상과 정책이 나치의 것과 친연성을 갖고 동시에 추진되었다는 것은, 하이데거의 나치 참여가 자발적일 수밖에 없었던 동기를 설명해 준다.

하이데거가 총장직을 수행하는 동안 나치와 그는 서로를 이용하는 관계였다. 뚜렷한 대학 정책을 가지지 못했던 나치에겐 하이데거가 필요했고, 자신이 생각하는 교육 이념을 펼치기 위해서 하이데거는 나치를 필요로 했다. 하이데거는 자신의 대학 개혁을 완수하기 위해 나치당의 원리인 '지도자 원리'를 고스란히 받아들였는데, 그것은 "총

철학의 오만

장을 교육부 장관이 임명하고 학장은 총장이 임명하며 대학 내에서 총장이 전권"을 갖는 식이었다. 그러나 그 결과 독일 대학은 국가에 종속되고 말았으며 그의 의도와는 반대로 "독일 대학의 자멸"을 초래했다. 그 사이에 하이데거는 몇 건의 고발을 통해 동료 교수를 대학에서 쫓아내려고 시도했으니 그 이유는 모두 애국심이 모자란다거나 자유주의적인 지식인 무리에 속한다는 판단에서였다.

하이데거의 총장직은 그러나 1년을 채우지 못했다. 우리나라 대학의 사정이 항시 그렇듯이, 나치 운동이 자리를 잡아 가던 당시의 독일 대학 역시 여러 가지 계파로 복잡했고 하이데거는 그 와중에서 낙마했던 것으로 보인다. 그를 이용하고자 했던 나치 또한 민족정신을 위해서는 언제든 헌신할 준비가 되어 있으나, 그들이 요구하는 반유태주의와 아리아 인종에 대한 찬양과 같은 인종주의에는 적극적이지 않았던 하이데거를 계속해서 잡아 둘 필요를 느끼지 못했다. 하이데거는 "총통은 이미 혁명은 완수되었다고 주장하면서 혁명 대신에 진화를 앞세운다. 그러나 대학 혁명은 아직 시작도 하지 않았다"는 메시지를 날리면서 나치당과 힘 겨루기를 해 보지만, 유사 이래 권력이 가장 즐기는 토사구팽의 재료감은 언제나 학자일 수밖에 없다.

나치의 불신임 탓에 하이데거의 공식적 나치 참여는 시간적으로 그리 길지 않았지만, 그가 공직을 수행했던 짧은 기간보다 더 주목해서 보아야 할 것은 당대의 독일 청년들에게 행사할 수 있었던 하이데거의 영향력이다. 나치가 필요로 했던 이 정도로 영향력 있는 인물을 오늘날의 우리나라 상황에서 찾자면, 보수 우익의 훈수꾼인 어느 소설가쯤 되지 않을까? 하이데거는 독일 청년들 앞에서 독일의 유엔 탈퇴를 지지하고 나치즘의 우수성을 칭송하는 강연과 저술을 통해 나치 혁명의 대열에 동참할 것을 촉구했다. 비의적秘意的인 뜻에서 일생을 나치 운동가로 살았던 하이데거는 총장직을 사퇴하고 나치와 거리를 두기 시작하면서도, 나치와 나치즘에 대해 깊이 회의한 바 없다. 그는 오히려 "진정한 나치 운동과 거짓된 나치 운동을 구별"할 정도로 나치 운동의 동조자였으며, 전쟁이 종료된 후 1976년에 임종을 할 때까지 한 번도 자신의 나치 참여에 대해 사죄하거나 비판하지 않았다. 나치즘의 내적 진실성을 굳게 믿었던 그는 1969년에 행해진 〈슈피겔〉지와의 대담에서 "모든 진정한 세력들이 나치 운동을 정화하고 그것에 올바른 방향을 부여하기 위해 일치단결했더라면 과연 어떻게 되었을까"라고 태연자약하게 반문하고 있다.

자신의 철학적 이념을 히틀러를 통하여 구현하고 싶어했던 하이데거는 끝내 정치적 오류를 시인하는 것을 두려워했다. 총장으로 선출되기 전에 오랜 동료였던 야스퍼스를 향해 "우리는 현 상황에 개입해야만 한다"고 말했던 이 철학자는, 스스로 정치적 오류를 시인하는 것이 곧 철학적으로도 오류를 범했다는 것을 자인하는 것으로 확신했을 게 분명하다. 그래서 그는 죽을 때까지, 당시의 나치 운동은 서구의 역사를 바꿀 수 있는 절호의 기회였다고 믿을 수밖에 없었다. 한 철학자의 맹목과 변명이 여기까지 도달했으니, 필히 그의 철학을 소환하지 않을 수 없다.

현상학자의 존재론

하이데거는 평생 동안 존재에 대한 규명을 하는 것을 자신의 철학적 임무로 삼았고, 나아가 기술 문명과의 대결과 극복을 시대적 소명으로 알았던 철학자다. 존재에 대한 규명과 기술 문명과의 대결·극복은 서로 다른 시기에, 서로 다른 동기에 힘입어 계발啓發되었으나, 종내에는 서로 긴밀히 연관되어 하이데거 특유의 철학을 구성한다. 그는 모든 존재하는 것들 속에는 공통된 본질이 있으며, 그것을 가능하게 하는 것이 바로 최고의 '존재자'임을 탐구하는 전통적인 형이상학(존재-신-론)에 몰두했다. 이런 형이상학적인 작업에 익숙하지 않은 우리는, 철학자들의 이런 논리학적 추론을 우리의 구체적 삶과 무관한 사변으로 치부한다. 하지만 서양의 중세는 존재자가 존재하고 있다는 사실에 대한 특정한 형이상학적 이해에 근거하고 있다. 즉 그 시대에 존재자가 존재하고 있다는 것은 인간이 "신에 의해서 피조된 것으로 존재한다는 것을 의미"하며, 서양 중세인들의 모든 행위와 이론적 탐구가 이러한 근원적인 존재 이해에 입각하고 있다는 것을 알고 나면, 낯설었던 존재 규명이 한층 절실하고 구체성 있게 느껴진다.

각 시대의 존재 이해가 그 시대 인간의 모든 행위와 이론적 탐구를 근본적으로 규정해 왔을 뿐 아니라 그것에 입각하여 하나의 시대가 세워지고 붕괴되어 왔던 서양의 형이상학적 전통에서, 존재는 차례대로 이데아(플라톤), 형상(아리스토텔레스), 신에 의해 피조되어 있음(기독교), 초월적 통각(칸트), 절대 정신(헤겔), 생산력(마르크스), 권력에의 의지(니체) 등으로 파악되어 왔다. 하이데거 역시 존재자가 존재하고 있다는 문제의식으로부터 출발해서 존재자와 존재의 의미를 파악하고자 했으나, 전통 형이상학과 완전히 다르게 존재자(존재)를 논리적 지성을 통해서 파악할 수 있다고는 생각하지 않았다. 존재자(존재)를 지적인 노력에 의해 이론적으로 파악하고자 하는 시도는 존재자(존재)를 은폐시킬 따름이라는 것이다.

현상학자를 자처하는 하이데거는, 존재자(존재)는 "지적인 작업을 통해서" 드러나는 것이 아니라 "사태 자체가 자신을 드러내 보인다"고 여겼다. 존재나 진리는 말로 설명할 수 없다는 하이데거의 현상학적인 존재 규명은, 데카르트의 '나는 생각한다. 고로 나는 존재한다'던 논리와 존재 사이의 단절을 단숨에 뛰어넘어, "존재는 그 자체로 자신을 드러낸다"고 간주한다. 이런 주장은 이론적 추론에 의해 가려지고 왜곡된 존재와 인간 사이의 거리를 없애고 "근원적 친밀감"을 강조하는 장점이 있는 대신, "현상학적 존재론이 가능하기 위해서는 존재자가 존재한다는 것을 드러내 보이지 않으면 안 된다"는 난점을 가진다. 하이데거는 거기에 답하기를, 인간에게는 "감각적 경험"만 있는 게 아니라 존재를 "직면하게 만드는 경험"도 있다고 말한다. 즉 어느 순간 "우리가 자명하게 생각했던 우리의 존재가 전적으로 낯설게 자신을 드러내며 우리는 스스로의 낯선 존재 앞에 직면하게 된다"면서 그처럼 엄습하는 허무감·수수께끼 또는 불안이야말로 "우리로 하여금 존재한다는 것의 의미가 무엇인지를 묻도록 강제"한다는 것이다. 하이데거가 말하는 이 불안의 개념은 매우 중요한데, 불안이 우리를 엄습할 때 모든 존재자들의 존재가 낯설게 자신을 드러내며, 이제까지 무심코 보아 넘기면서 아무런 관심도 갖지 않았던 "장미나 건물" 등의 존재가 자신을 내보인다는 것이다. 이렇듯 모든 존재자들의 존재가 어느 순간, 일시에, 문득 존재 규명을 해 달라고 달려드는 상황을 하이데거는 '근본 정서'라고 부르며 한번 그 기분에 사로잡힌 인간은 "그러한 기분에 사로잡히기 전과는 완전히 다른 삶을 살게 된다"고 말한다.

불안의 개념으로만은 존재자(존재)의 현현을 다 설명할 수 없었던지 하이데거는 불안이라는 어두운 허무감을 넘어서 존재자(존재)에 대한 경외를 경험함으로써 존재는 암흑과 같은 것이 아니라, 오히려 빛을 발하면서 자신을 내보이는 것이라며 자신의 현상학적 존재론을 보강하기도 했다. 하이데거는 존재자들이 신비스럽게 현존하고 있다는 '경이'에 대한 경험을 통해, 현대인이 일상 속에서 망각한 채 살고 있는 존재 본연의 세계physis(그리스인들이 존재자 전체와 합일한 경험을 누릴 수 있었던 자연 세계)를 되찾을 수 있다고 한다. 앞서 말했듯이 하이데거는 '존재 물음'을 철학적 임무로 여기면서 기술 문명에 대한 대결·극복을 자신의 시대적 사명으로 여겼다. 연관성이 희미해 보이는 철학적 임무(존재 규명)와 시대적 사명(기술 문명의 극복)이 하이데거에게는 분리할 수 없는 동일한 문제였다. 그가 생각하기에 당대인들의 '존재 망각'과 현대의 기술 문명은 서로의 원인과 결과를 이룬다. 존재 망각 때문에 현대 기술 문명이 득세하게 됐다고도 할 수 있고, 현대 기술 문명의 발달이 인간을 존재 망각에 빠트렸다고도 할 수 있기 때문이다. 하이데거가 보기에 "현대의 기술 문명에게 인간이란 다른 존재자들과 마찬가지로 계산 가능한 에너지의 집합에 불과"했으며 "인간은 노동력의 담지자"로, 또 "노동의 대가로 향락 수단을 얻기에 급급해 하는 존재"로 비쳐졌다.

모든 철학은 토포스의 한계를 지닌다

기술 시대 자체를 전체주의의 시대라고 파악한 하이데거는, 자본주의든 볼셰비즘이든 당대에 나타난 거대한 사회체제들은 모조리 기술적 전체주의에 의해 지배되고 있다고 파악한다. 현대는 기술적 발전을 통해서 물질적 풍요를 이룩했지만, 인간들은 그 어느 시대보다도 더 기계적인 근면성과 정확성으로 "권력에의 의지의 자기 확장"에 노역을 하고 있다고 그는 생각했다. 현대인들은 권력에의 의지가 확장되는 것을 자신의 주체성의 확장이라고 생각하지만, 실제로는 자본주의나 볼셰비즘 모두 "인간을 비롯한 모든 존재자들을 총동원"하여 "노동자-군인(산업 전사)"으로 만드는 체제라는 것이다. 따라서 "현대의 근본적인 문제는(자본주의 대 공산주의라는) 세계관들의 투쟁으로 세계 평화가 위협받고 있는 것이 아니라, 평화 시에도 모든 존재자가 자신의 품격과 존엄을 잃었다"는 것이다.

필자는 지금까지 『하이데거와 나치즘』에 전적으로 의지하여 하이데거의 '존재 물음'과 기술 문명에 대한 그의 대결 의식을 요약해 보았다. 그렇다면 하이데거의 '존재 물음'과 기술 문명에 대한 문제의식이 어떤 필연으로 나치즘과 친연성을 갖게 되었으며, 거기에 복무하게 되었는지를 살펴보자. 박찬국은 상당히 도발적인 해석이라고 전제하면서 "하이데거의 존재 사상은 향토와 조국에 대한 그의 애정과 긴밀하게 연관"돼 있다고 말한다. 하이데거가 현대 기술 문명이 부딪치고 있는 모든 위기는 궁극적으로 "고향을 상실했다"는 데서 비롯된다고 말할 때, 그 고향은 철학적으로는 한 개인이 태어난 장소를 넘어 "모든 존재자들과의 참된 친교가 가능한 세계"를 의미하지만, 실제로는 "그러한 고향의 전형"으로서 하이데거 자신이 태어나고 자랐던 독일 남서부의 메스키르히를 염두에 둔 찬가라는 것이다. 즉 그는 뿌리를 잃고 방황하는 현대 기술 문명에 대한 대안으로 자신이 살았던 메스키르히를 제시한 것이다.

하이데거는 아버지가 성당지기로 일했던 성당 앞의 집에서 자랐는데, 그가 농민의 소박성을 가장 중요한 덕으로 내세우는 인민주의적 경향과 반자유주의적이고 민족주의적인 성향을 일생 동안 가지고 있게 된 까닭은, 메스키르히의 기독교 사회주의적이며, 보수적이고, 반유태주의적인 정신적 분위기에 영향을 받으며 성장했기 때문이다. 하이데거의 현상학적 존재론을 설명할 때 약간 말했지만, 헤겔과 같은 보편적 이성이나 데카르트와 같은 이론적 추론을 거부하는 하이데거에게 인간은 단지 "내던져져 있음"일 뿐이다. 전통적인 형이상학은 무의미한 우연에 내던져져 있는 인간의 존재를 필연으로 바꾸기 위해 보편적인 이성을 상정하고 보편적인 이성에 호소하지만, 하이데거는 그런 보편 조작을 과학 기술적인 시도로 배척한다. 이럴 때 중요해지는 것은, "보편적 이성의 소유자로서의 인간이 아니라 구체적인 공간과 시간 안에서 태어난 역사적 현 존재로서의 인간"이다. 이 지점에서, 우연적이고 무의미한 것으로 보였던 고향은 존재자(존재)에 대한 경험을 지속해서 지탱해 주는 천국으로 화한다. 하이데거의 고향에 대한 집착을 달리 풀어 보자면, 그는 고향을 담보물로 고안해야 할 만큼 자신이 주장한 존재 경험 자체를 불안정하고 미약한 것으로 여겼던 게 아닐까?

하이데거의 철학 용어로 유명한 '세계-내-존재'란 우리가 흔히 쓰는 '지금-여기'의 동의어다. 한 개인의 운명을 결정하는 가장 큰 공간이 결국은 그 개인이 속하는 국가일 때, 하이데거의 '지금-여기'는 독일일 수밖에 없으며 그때 그는 '독일-내-존재'이다. "민족주의가 여전히 지배하고 있는 상황에서 한 인간이 어떠한 국가에서 태어났느냐에 따라서 그 인간의 운명은 완전히 달라진다. 독일을 조국으로 하여 태어난 인간과 한국을 조국으로 태어난 인간의 운명은 다른 궤적을 그릴 수밖에 없다. 하이데거가 말하는 존재의 경험은 이런 의미에서 하나의 인간이 자신의 조국에 대해서 무한한 애정을 갖게 되는 경험이기도 하다"고 쓰는 저자는, 하이데거의 철학이 향토적이면서 종교적인 공동체를 지향하는 "고향과 조국의 철학이기에 역시 향토와 조국을 내세우는 나치에 대해서 동질감을 가질 수 있었다"고 결론짓는다. 하이데거의 존재 철학이 고향과 조국의 범주를 넘지 못하고 거기 매몰됨으로써 나치에 협력하게 된 것은 필연이라는 것이다.

박찬국이 조심스럽게 도출한 위의 결론은 하이데거 철학의 국수주의적인 일면을 드러내 주는 한편, 철학 서적을 읽는 독자에게 다음과

철학의 오만

같은 주의를 준다. 즉 모든 철학적 개념은 하나씩의 토포스topos를 가진다는 것. 하이데거의 고향은 '메스키르히 → 독일 → (독일인들이 이상시하는) 그리스'라는 식으로 점차 확대되면서 추상화되는 과정을 밟았지만, 그가 내세우는 고향이라는 철학적 개념을 역으로 되짚어 들어가면, 메스키르히라는 독일 남부의 작은 마을이 나타난다. 철학자의 아주 구체적인 경험과 거주 공간으로부터 탄생한 철학 개념이, 그것을 처음 고안한 학자의 손을 떠나 학문의 장 속에서 여러 차례 의미가 세탁되고, 또 시간에 따라 변화하면서 어마어마하게 추상적인 개념으로 부풀려지는 것을 우리는 간파해야 한다. 비근한 예로 에드워드 사이드의 오리엔탈리즘은 원래 중동에 대한 서양의 인식론적인 지배라는 구체적이고 역사적인 토포스를 가졌으나, 어느새 중동은 동양 일반으로 대체되었고, 최근에는 모든 종류의 지배-피지배 관계에 수반되는 인식론적인 왜곡과 전도를 비판할 수 있는 보편적 논의의 틀로 바뀌었다. 마치 피를 토하는 심정으로 사이드가 공들여 개념화했던 오리엔탈리즘의 고유한 토포스는 이제 아무나 전취할 수 있는 추상어가 된 것이다. 하이데거와 사이드의 예가 보여 주듯이 철학 개념이 고유의 토포스를 내장한다는 말은, '세계-내-존재'로서 '지금-여기'의 한국인에게는 왜 한국인의 철학과 사유가 필요한가를 웅변해 준다.

삼류 잡문가에게 배운 전체주의적 교리

하이데거에게 기술 문명과의 대결이라는 필생의 사명을 심어 준 철학자는 니체와 지금은 아무도 기억하지 못하는 에른스트 융거라는 삼류 잡문가다. 하이데거는 '신은 죽었다'는 니체의 문제의식으로부터 현대 기술 문명의 본질을 간파하기는 했지만, 니체가 내세운 권력에의 의지를 니힐리즘 시대의 새로운 존재자로 여기지는 않았다. 또 니힐리즘의 극복이라는 명제를 니체로부터 전수받기는 했으나, 기술 문명을 극복하기 위해 나치에 참여할 것을 결심하도록 이끈 사람은 삼류 잡문가였던 에른스트 융거다. 1차 세계대전에 참전하여 열네 번이나 부상을 당했던 그는 1920년대와 30년대에 여러 권의 전체주의 교본을 썼다. 자본주의의 문제를 해결할 수 있는 체제로 전체주의를 내세운 그의 책 가운데 『총동원』(1930)과 『노동자』(1932)를 하이데거는 심도 깊게 연구했다.

1차 세계대전이라는 사상 초유의 총력전을 경험한 융거는 다가올 시대에는 전 국민을 총동원하는 전쟁이 영구적인 상태가 되고, 전쟁과 평화의 차이는 물론 군인과 시민 간의 분리는 폐기된다고 보았다. 그의 예견은 2차 세계대전 직후 동서양 세계가 냉전에 돌입하면서 전면적인 현실이 됐지만, 책이 출간된 당시에도 큰 설득력을 발휘했다. 융거는 공간과 시간에 대한 정복을 꾀하는 광적인 의지가 기술 문명을 이면에서 지배한다는 것을 직시하지만, 근대 기술 세계가 우주적 의지의 최종적 발현이며, 노동자들 역시 단순히 기계의 작동을 돕는 소외된 노동의 성격을 벗어나 우주적 의지의 실현을 행하는 유기적 주체라고 말한다.

막스 베버와 같은 근대론자들은 근대의 특징을 세계의 탈주술화에서 찾으면서 근대가 추방한 탈주술의 자리에 과학화·기술화·관료화가 들어서서 인간의 존재를 궁핍하게 할 것이라고 내다봤으나, 융거는 그 쇠우리 속에서 "새로운 종류의 마술적 경험과 원시적 생명력과 공동체 정신으로 충만한 인간이 탄생"할 수 있다고 주장한다. 그러면서 프랑스혁명이 개인주의적이고 자유주의적이며 타산적인 인간을 낳은 반면, 세계대전은 자신보다 전체를 생각하고 방종보다는 규율을 택하는 인간을 탄생시켰다고 말한다. 1차 세계대전 직후, 각국이 이데올로기와 군비로 철저히 무장하면서 자국의 국민들을 세계 정복이라는 과업을 향해 무자비하게 동원하는 사태를 목격한 융거는 "세계는 다시 마술적이 되었고 생은 다시 모험적"이 되었으며, 조만간 세계는 "영웅적인 인간"들의 손에 의해 지배되리라고 장담했다.

하이데거는 융거의 현대 문명 긍정을 끝내 받아들이지는 않았지만, 그로부터 문명을 극복할 수 있는 "내적 고양"과 "희생", "공동체", "영웅" 등의 전체주의적 개념을 물려받았다. 하이데거와 같은 대사상가가 삼류 잡문가의 교설에서 태어났다는 사실이 우스개처럼 여겨지기도 하지만, 무엇보다도 두 사람은 나폴레옹의 침략 앞에 궐기하기를 촉구했던 피히테의 『독일 국민에게 고함』에서부터 '1914년의 이념'이라고 불리는 프로이센 보수 이념의 자양을 함께 저작해 왔다. 그리고 당대의 지식인은 "현대 기술 세계에 대한 냉정한 현상학적 기술의 차원을 넘어서 조국 독일이 세계 지배를 둘러싼 앞으로의 전쟁에서 승리하기 위해 필요한 국가의 철저한 재조직을 요구하는 철학"을 제공해야 한다는, 절박하고도 현실적인 목표를 나누어 가졌다.

아렌트가 바라본 철학의 정치

인간을 보편적인 순수 의식이나 이성으로 보지 않고 특정한 역사적 공간과 시간 안에 존재하는 유한한 존재로 보는 하이데거에게는 "인류애"나 "세계 평화"와 같은 영구불변하고 추상적인 가치에 대해 거론할 여지가 없었다. 하이데거의 존재는 전통 형이상학이 파악하는 것처럼 조국과 민족·시대를 뛰어넘어서 보편적으로 나타나는 것이 아니라, 각각의 국가와 민족에게 그리고 각 시대에 특유하게 현현한다. 이러한 존재론은 서구의 모든 역사를 정당화할 뿐 아니라, 어떠한 보편적 가치도 제시하지 못하기 때문에 역사적 상대주의와 숙명주의에 빠진다고 쓰는 저자는 역설적으로 하이데거의 존재 철학으로부터 두 가지 장점을 발견하기도 한다. 첫째, "인류애의 관점에서가 아니라 그 민족 자신의 본래적 존재를 회복해야 한다는 관점"은 "추상적인 인류애의 관점하에 사실상은 자신들의 종교와 문화를 강요한 서구 제국주의의 입장에 대한 도전이 될 수 있다." 둘째, "하이데거와 고향과 조국을 달리하는 사람들에게 하이데거의 존재 사상은 오히려 그들의 고향과 조국에 대한 애정에 대해서 정당성을 부여하는 [⋯] 파르티잔들의 철학"이 될 수도 있다.

각 개인의 주체적 결단을 전면에 부각하고 있는 하이데거의 철학은 원래 타인과의 의사소통 수단을 만들어 놓지 않았다. 그는 "각 시대는 그 시대의 위대한 사상가들에 의해 정초"되며 자신을 "존재의 매개"로 보는 착각에 사로잡혀서 "자신의 사유가 얼마나 우연한 역사적 조건과 성장 배경 그리고 자신의 독선이나 선입견" 등에 의해 영향을 받는지 알지 못했다. 이것이 당면한 현상을 철저히 현상학적으로 바라볼 수 있다던 하이데거의 실수였다. 하이데거의 현상학적 괄호는 "한 사람의 정신적 기원이 그 사람의 장래를 결정한다"는 더 큰 '기원의 괄호' 속에 종속된다. 때문에 항상 자기 의견의 객관성과 불편부당함을 강조하는 지식인들은, 자신의 말이 복수複數의 세계에서 나와서 복수의 세계로 되돌아가야 하는 것이란 걸 명심해야 한다. 그렇지 않을 때 지식인의 말은 자신이 포박되어 있는 '기원의 괄호'만을 흉하게 드러낼 뿐이다.

하이데거의 제자였던 한나 아렌트는, 일상인들의 삶은 구체적인 다수의 세계인 반면 철학자들은 자신만의 윤리적 이상에 사로잡혀 자신과 다른 다양한 인간들을 고려하지 않는다고 한다. 철학자들은 설득과 의견이 조정되는 정치적 현실을 무시하고, 자신의 내적인 행위가 정치적 영역에서도 모범이 될 수 있다고 생각한다는 것이다. 하지만 의견의 복수성複數性이 활동하는 공적 세계에서, 의견의 복수성 자체를 부정하는 철학적 진리는 제대로 된 정치에 접근할 수 없다. 근대의 정치가 윤리나 신학과 결별한 곳에서 시작되는 것도 그런 이유에서다. 한나 아렌트는 플라톤 이래로 서양의 정치철학을 규정해 왔던 진리의 현실 가능성을 거부하고, 인간들 사이의 조정·균형 그리고 공동체의 법과 공론의 역할을 정치의 실마리로 삼았다.

나치와 합력할 수 있다고 여겼던 정치적 죄상과 그가 실천하고자 했던 정치철학의 단점에도 불구하고, 하이데거에게는 현대 문명을 통찰할 수 있는 장점도 많다. 이 책을 한 번 더 읽는다면, 나는 이 글과 판이한 독후감을 쓸 것이다.

철학의 오만

피해 대중과
'레드 콤플렉스'의 기원

이승만의 테러 정치

　1950년대는 한국 사회의 기본 모형이 형성된 시기다. 이승만이 만
들어 놓은 극우반공체제는 1960년 4·19에 의해 해체·완화의 기미
를 보이다가 1961년 박정희 쿠데타에 의해 더욱 강고한 틀을 구축하
게 됐다. 쿠데타에 성공한 박정희는 예의 그 혁명 공약 1장을 통해
"반공을 국시의 제1의로 삼고 지금까지 형식적이고 구호에만 그친 반
공 태세를 강화한다"라고 일갈하면서 4월 혁명기에 완화된 극우반공
체제를 재정비·강화하는 데 1차적 목표를 두었다. 박정희 군사정권
은 4월 혁명과 함께 어느 정도 자유와 민주주의가 피어 있는 상황에
서 활발하게 제기된 자주성과 주체성, 통일운동과 노동운동, 그리고

이승만 시대에 저질러진 숱한 암살과 학살 사건에 대한 진상 조사 움직임을 모조리 중지시키고 억압했다.

그래서 서중석은 상·하권으로 이루어진 『조봉암과 1950년대』(역사비평사, 1999)라는 두꺼운 저서 가운데 한국의 극우반공체제 성립을 두고 "1950년대가 공고기라면, 1970년대는 극성기라 할 만하다"고 적시하고 있다. 이승만과 박정희의 출신 성분이나 인생 역정은 공통점보다는 서로 반대되는 점이 많았지만, 두 사람의 행위는 아버지와 아들 사이와 같았다. 억울한 간첩 누명을 쓰고 2심에서 사형을 언도받은 조봉암은 1959년 7월 30일 대법원에서 상고가 기각된 다음날인 7월 31일, 재심의 기회도 없이 전격적으로 처형됐는데 이런 갑작스러운 형 집행은 관례에 어긋난 것이었다. 하지만 이 야만적인 행형行刑은 또 한 사람의 독재자가 아껴 쓰기 위해 오랫동안 간수되었던 바, 박정희는 1975년 4월 7일 민청학련사건의 배후로 조작된 인혁당 관계자 여덟 명에 대한 대법원의 사형 판결이 나자 다음날 새벽인 4월 8일, 재심의 기회도 주지 않고 곧바로 처형해 버렸다.

이승만이 일찍이 미군정 관계자에게 "테러리스트의 좌익 공격을 금지할 수도 없고, 금지하는 것을 원하지도 않는다"고 밝힌 바대로, 그는 테러를 정치 활동의 한 수단으로 인정했다. 이승만은 자신에게 반대하는 정치가나 국민을 압박하기 위해 막강한 공권력과 테러를 조합했다. 1953년 6월, 이승만이 사전 협의 없이 반공 포로를 석방하자 조병옥이 일방적으로 포로를 석방하는 것은 유엔·미국과의 관계를 악화시킬 우려가 있다는 성명서를 발표했다. 그러자 괴한이 조병

피해 대중과 '레드 콤플렉스'의 기원

옥의 집을 침입하여 의식불명에 이를 정도로 폭행했고, 이틀 뒤에 찾아온 헌병은 조봉암과 함께 대통령 암살을 기도했다는 혐의로 조병옥을 육군 형무소에 감금했다. 또 1955년 9월, 온갖 정치 시위에 학생 동원을 자제할 필요가 있다던 〈대구매일신문〉 사설이 나오자 자유당 간부들이 우익 청년들을 인솔해 신문사를 습격했다. 이때 사설을 쓴 최석채는 국가보안법 위반으로 구속되었고, 테러 사건을 조사한 자유당의 최상섭 국회 조사단장은 "애국심에 불타는 나머지 이 국가, 이 민족을 원려遠慮해 가지고 정당한 일을 하는 데 있어서는 그 청년에게 훈장을 주고 싶다"고 발언하였을 뿐 아니라, 한 경찰 간부는 "백주의 테러는 테러가 아니다"라는 명언을 남기기도 했다.

오랫동안 미국에서 살았기 때문에 국내 기반이 약했던 이승만은 친일파 특히 친일 경찰을 자신의 중요한 정치 기반으로 삼았다. 그래서 경위 이상의 간부 가운데 82퍼센트가 일경 출신이었다. 이 때문에 한 외국인은 "이승만이 정권 유지 수단으로 계획적으로 경찰을 악용한 행위는 일제 통치의 가장 악랄한 요소를 한국에 항구화시키는 결과"를 가져왔다고 지적했는바, 이들 일제 출신 경찰들에 의해 "사회규범과 가치관을 왜곡시키고 인명을 경시하고 인권을 유린시키는 형태"가 체질화됐다.

이승만 휘하에는 일본 경찰 아래서 법치보다는 전체주의적 수법에 의한 폭압을 따라 배운 친일파 경찰 말고도 숱한 정보·감시 단체가 있었다. 한 국회의원이 1951년에 했던 조사에 의하면 11개나 되는 각종 군 수사기관이 이승만의 극우반공체제와 테러 정치를 위해 서로 충성 경쟁을 하고 있었다. 여기에 더하여 경찰보다 더 위상이 높았던 서북청년단·대동청년단과 같은 관변 테러 단체와 민중자결단·땃벌떼·백골단과 같은 정체불명의 우익 테러 단체가 법의 보호를 받으며 맹동했으며, 전후라는 특수한 혼란에 힘입어 숱한 퇴역 군인 단체가 자칭 대통령 혹은 국방부 직속 단체라고 주장하는 형편이었다. 테러가 법의 눈치를 보지 않고 마음대로 행사될 수 있었던 이런 상황을 이해해야만, 1956년 5·15 정부통령 선거 유세 중인 민주당 대통령 후보 신익희가 5월 5일 전주로 가는 호남선 열차 안에서 과로로 급서하자, 조봉암과 그의 간부들이 선거운동을 그만두고 일제히 잠적하게 된 기막힌 사연도 이해할 수 있게 된다.

1952년 8·5 정부통령 선거에서 무소속으로 나온 조봉암이 민국당의 이시영 후보를 누르고 차점자가 되자, 이승만은 제3세력의 기수로 떠오른 조봉암을 견제하기 위해 1954년 5·20 총선(3대 국회의원 선거)에 조봉암이 후보로 출마하는 것 자체를 원천 봉쇄해 버렸다. 당시에는 국회의원 출마 요건으로 유권자 100명 이상의 추천을 받아 지역구 선거관리위원회에 후보자 등록을 해야 했는데, 조봉암이 서대문 갑구(자유당에서는 2인자인 이기붕이 출마했다)에 후보 등록 서류를 갖추어 신고를 하면 동시에 추천 취소 신고가 들어왔다. 경찰이 추천인을 윽박질러 추천 취소를 받아 낸 것이다. 등록 마감일 현직 국회부의장이었던 조봉암이(그때는 대통령 선거에 출마하기 위해 의원직을 사직하지 않아도 되었던 듯), 직접 서대문 갑구 선거관리위원회에 찾아가 간청했으나, 선거관리위원회는 추천인 한 사람을 심사하는 데 무

　　　　　　　　　　　　　　피해 대중과 '레드 콤플렉스'의 기원

려 한 시간씩이나 허비하는 방법으로 마감 시간을 넘겨 버렸다.

그랬던 이승만과 그 수하들이 선선히 조봉암을 3대 대통령 후보로 등록해 준 것은, 야권의 분열이 이승만에게 절대 유리한 고지를 확보해 주었기 때문이다. 그런데 갑자기 신익희가 급서하자 야권의 표가 조봉암에게 결집하게 생겼으니, 이승만 세력이 가만히 있을 리 없었다. 바로 그런 이유로 신익희 후보가 서거한 다음날, 조봉암과 그의 중요 측근·간부들은 선거운동을 중지하고 뿔뿔이 흩어져 숨어야 했고, 실제로 조봉암의 선거운동원들은 전국 곳곳에서 괴한이라는 이름으로 은폐된 이승만의 공권력과 관변 단체·우익 테러단에 의해 테러를 당했다. 대통령 후보가 선거운동을 멈추고 일체 소재가 밝혀지지 않는 곳으로 숨어야 했던, 정녕 이런 더럽고 부끄러운 과거도 〈조선일보〉가 경애해 마지않는 '이승만과 나라 만들기'의 일환이었더란 말인가?

선거운동 도중에 잠적했던 조봉암이 기자들 앞에 다시 나타난 것은, 개표가 끝난 뒤인 5월 17일이었다. 어디에 있었느냐는 기자들의 질문에 조봉암은 "뭔지 위태위태해서 몸을 숨겼다"고 설명하면서 이기붕을 누르고 당선한 장면 부통령을 향해 "장면 씨도 아마 당분간은 조심해야 할" 것이라고 염려했다. 그의 우려는 장면이 부통령에 취임한 지 겨우 한 달밖에 되지 않던 9월 28일, 치안국장 김종원의 사주에 의해 장면 암살 저격 사건이 일어남으로써 현실이 되었다.

이승만과 조봉암

조봉암 주위엔 늘 사신死神이 따라다녔다. 농림부 장관 시절부터 그의 비서였으며 신당 준비 책임자였던 이영근은 대남간첩단의 일원으로 몰려 사형을 언도받았고(1952), 2대 대통령 선거 때 선거 사무차장이었던 김성주는 조봉암과 함께 국가 변란을 목적으로 하는 집단을 구성했다는 혐의와 1952년 8·15 대통령 취임식장에서 대통령을 살해할 것을 모의했다는 죄목으로 헌병대에 연행되어 고문을 받고 죽었다(1954). 또 특무대장 김창룡은 동해안 반란사건(1955)을 조작해 조봉암을 위해하려고 했다. 그러던 차에 1956년 제3대 대통령 선거에서 조봉암이 대중들의 압도적인 지지를 받자 이승만은 그의 정치 생명이 아니라, 아예 생물학적인 생명을 끝장내라는 지시를 내렸던 것이다. 연이어 일어난 정우갑 사건(1957년 9월), 박정호 사건(1957년 10월)은 조봉암을 죽이기 위한 공작의 신호탄이었다.

정당한 선거운동과 공정한 개표만 이루어졌더라면 조봉암이 3대 대통령에 당선되었거나 패해도 아주 간발의 차이로 패했을 거라는 분석은 자유당 측 인사나 민주당 측 인사들의 기록으로 확인되는 사실이다. 조봉암이 그토록 많은 인기와 지지를 받을 수 있었던 까닭은 이승만 정권의 숱한 기만과 부정부패도 큰 일조를 했다. 하지만 반공 제일주의 말고는 아무런 정책도 제시하지 못했던 이승만이나, '못살겠다, 갈아 보자'라는 좀 품격이 떨어지는 그러나 대중에게 어필했던 구호 말고는 별 뾰족한 공약이 없었던 민주당과 달리, 조봉암과 진보당은 당시 민중들에게 매우 절실한 공약과 정책을 내놓았다.

피해 대중과 '레드 콤플렉스'의 기원

자유당과 진보당은 미군정으로부터 인수받은 여러 귀속 기업체 처리를 놓고 조속히 민영화하느냐 아니면 국유화하느냐 하는 경제정책상의 본질적인 차이점을 가지고 있었다. 그리고 통일 정책에 있어서도 이승만의 자유당은 1950년대 동안 초지일관 북진 통일을 주장해 온 데 반해 조봉암의 진보당은 대담하게도 평화통일론을 통일 정책으로 제시했다. 바로 이 때문에 조봉암과 진보당은 선거 유세 중에는 물론이고 선거 이후에까지 지속적인 박해를 받게 됐다. 평화통일론은 이승만과 그를 위요圍繞하고 있던 극우반공체제론자들에게 엄청난 위기의식을 느끼게 했고, 반대로 평화 통일을 희구하고 있는 지식인과 전쟁에 지쳤으며 또 더 이상 전쟁을 원하지 않는 민중들에게 큰 호소력을 발휘했다.

　　평화통일론과 함께 조봉암이 3대 대통령 선거에서 많은 표를 얻게 된 공약 가운데 하나가 "피해 대중은 단결하라"는 피해대중단결론이다. 서중석은 이 책의 하권을 조봉암이 한국 현대사의 특징으로 파악한 '피해 대중'이라는 용어를 해명하는 데 모두 바치고 있다. 조봉암이 말하는 피해 대중은 "자본주의 체제에서 고통과 희생을 당하는 사람들"과 6·25동란으로 인한 전쟁 피해자들을 포함할 수도 있지만, 좀 더 엄밀하게는 극우반공체제에 희생당한 온갖 집단 학살의 희생자들을 지칭하는 용어다. 조봉암의 평화통일론과 피해대중론은 참혹한 전화 속에서 피어난 정치적 결단으로, 특히 "피해 대중을 위한 정치의 강조는 북진 통일 운동과 그것에 의하여 강화되어 가는 이승만 독재, 극우반공체제에 대한 정면 도전"으로까지 의미매김된다.

"공산주의의 공共자도 모르고 또는 정반대로 공산당에 반대하는 사람까지도 자기네 반대파인 경우에는 공산당으로 몰아서 얼마나 많은 공산주의자 아닌 공산주의자를 만들고 또 혹은 공산당 아닌 공산당이 생겼으며, 또 그로 말미암아 얼마나 많은 민심으로 하여금 대한민국 정부를 이반케 하며 대량으로 공산당을 제조하고 있는가 하는 것도 천하가 다 아는 사실입니다"라고 조봉암이 말할 때, 피해 대중의 가해자였던 이승만 세력은 자신들의 존재 근거가 허물어지는 듯이 느꼈을 것이다.

조봉암이 말하는 피해 대중은 전쟁으로 인한 남과 북의 희생자를 가리키기보다는, 극우반공체제에 의해 '빨갱이'라는 누명을 쓰고 집단 학살된 희생자를 엄밀하게 좁혀 말하는 것이라는 사실을 다시 한번 강조하면서, 제주 4·3과 보도연맹원 학살 그리고 거창 양민 학살과 서울 수복시의 전시 부역자에 대한 학살과 처벌에 대해 알아보자.

피해 대중이란 누구인가

6·25전쟁과 함께 숱한 무고한 양민이 '빨갱이'라는 허울을 뒤집어쓰고 집단 학살을 당했지만, 실제로 그런 공공연한 처형은 "1950년 6월 25일 전쟁이 일어나기 전에도 민간인에 대한 학살이 적지 않게 발생"하고 있었다. 특히 여순 반란 사건 때 토벌을 나온 군인들이 잔당을 소탕한다는 구실로 전남 각지의 마을 주민을 통비분자로 몰아 죽였다.

1948년 11월부터 벌어진 제주 주민에 대한 집단 학살은, 1947년 3월 1일에 있었던 3·1절 기념 대회의 군중이 미군정과 경찰의 간섭으로 거리 행진이 저지되면서 생긴 작은 소요와 경찰의 발포가 원인이 됐다. 이 날의 3·1시위는 전국적으로 이루어졌는데 "제주도는 미군이 직접 시위에 개입한 예외적인 지역"이었고, 대통령에 취임한 지 3개월이 채 되지 않았던 이승만과 제주도 지역 미군 총사령관이었던 브라운 대령은 유달리 혈연 공동체적 요소가 강하고 타지인에 대한 경계심이 높은 제주 도민에 대한 아무런 고려 없이 육지에 있던 1천여 명의 서북청년단에게 경찰 제복을 입혀 제주도에 상륙시켰다.

육지에서 온 경찰과 경찰로 변장한 서북청년단원은 제주도를 무법의 땅으로 만들었다. 주민들의 저항을 받자 이승만은 계엄령을 선포했고 미군정의 묵인하에 초토화 작전이 벌어졌다. 그때 희생당한 제주 도민은 최대 7,8만 명설도 있지만 최소한 3만 명 이상으로 추정된다. 그러나 당시 미군과 한국 군·경이 파악한 무장대(또는 산사람)는 많아야 1천이고, 그나마 무장을 갖춘 사람은 수백 명이라고 파악했다.

1949년 12월 국가보안법으로 구속된 전국의 수감자는 총 3만 명이다. 이들 가운데 얼마가 학살당하였는지에 대한 정확한 통계는 없지만, 평택 이남의 형무소에 재감되어 있던 국가보안법 재소자와 미결수 가운데 국가보안법으로 재판 중이던 수감자들은 모두 학살당했을 것으로 여겨진다. 하지만 3만 명에 가까운 수감자 말고도, 감옥에 들어가는 것만은 면했던 또 다른 국가보안법 죄수들이 있다. 바로 보도연맹원들이다.

이 책을 읽기 전에는 그 개념조차 명확하지 않았던 국민보도연맹은, 오제도 등의 사상 검사(공안 검사)에 의해 1949년 4월경부터 준비되어 같은 해 6월 5일에 발족했다. 설치령 자체가 애매한 국민보도연맹은 내무부·국방부·법무부와 김준연 등의 사회 지도자들의 동의를 얻어 실시하게 됐다. 보도연맹은 준전시 통제에 들어간 일제가 1938년에 만든 시국대응전선사상보국연맹을 본떠 만든 것으로, 요시찰 인물을 관찰하고 예비 검속을 용이하게 하기 위해 만든 사상범 관찰 제도다. 여기에는 해방 이후 건국준비위원회·치안대·인민위원회·각종 노동조합·전국농민조합총연맹(전농) 혹은 각종 좌익계 문화 예술 단체와 조선공산당·남로당 등의 정당에 들어가 있었거나 잠깐이라도 들어간 적이 있었던 사람들이 모두 가입하게 되어 있었다. 뿐만 아니라 1946년의 9월 총파업과 10월 항쟁, 1947년의 3·22 총파업, 1948년의 2·7 구국 투쟁과 5·10 단선단정 반대 투쟁 등에 가담한 사람들도 부분적으로 가입을 강제당했다.

보도연맹에 가입한 사람들은 보도연맹이 무슨 단체인지도 모르고 감언이설에 속아 도장을 찍은 사람들이 많다. 우선 해방 이후 전국에서 발족한 치안대의 경우, 일제 경찰이 사라진 공백 대신 자신의 지역을 지키고 질서를 유지하기 위해 자주적·자발적으로 생긴 단체였다. 그리고 건국준비위원회나 인민위원회는 좌우 합작 형태가 많았기 때문에 거기에 참여한 사람이 모두 좌익일 리는 없었다. 공무원과 경찰은 가입하지 않으면 '신분 보장'을 할 수 없다고 협박을 하며 가입을 종용했으나, 오히려 "가입하면 곧 빨갱이"라는 소문이 퍼져 아무도 가

피해 대중과 '레드 콤플렉스'의 기원

입하지 않으려고 했다. 하지만 한 군에 1만 명이나 수천 명씩 할당된 숫자를 채우기 위해 소속 직장과 단체에 압력을 넣거나 식량 배급을 무기로 회유·협박한 끝에 전국적으로 30만 명의 보도연맹원을 가입시켰고, 보도연맹에 가입하지 않은 주민들을 대상으로 찬조연맹이란 해괴한 것도 만들었다.

보도연맹원들은 당시 농민들이 내기 힘든 액수의 가입비와 회비를 내야 했고, 한밤중이나 바쁜 농사철에도 불시에 소집되어 점검을 받았다. 불평하면 빨갱이임을 확인시켜 주기 때문에 그들은 군소리가 없었다. 이들은 전쟁이 발발하자 이승만의 지시로 7월 1일을 전후해 집단 학살되기 시작했다. 이때 희생된 보도연맹원은 전국적으로 약 3만 명이나 된다. 이승만과 그의 추종자들이 보도연맹원을 전국 각지에서 살해한 것은, 그들이 인민군에 가담할 것이라고 예상하고 예방 수단으로 저지른 것이라지만, 전쟁이 발발하여 단 사흘 만에 서울이 점령당하고도 단 한 건도 "김일성이 기다렸던 봉기가 남한에서 일어나지 않았다"는 것과 "각각의 지역에 인민군이 들어오기 전에는 이렇다 할 후방 교란이나 소요, 폭동이 거의 발생하지 않았다"는 것은 무엇을 의미하는가?

인민군이 각각의 지역에 들어오고 나서 벌어진 좌익에 의한 경찰·군인 가족과 지방 유지에 대한 "숙청과 학살의 자행은 경찰과 우익 단체에 의해 저질러졌던 학살에 대한 보복으로 이루어진 경우가 많았다. 생존한 보도연맹원이나 학살당한 보도연맹원 가족의 보복이 그러하였다"는 분석과 "충북 괴산군 소수면에서는 지서장과 의용소

방대장이 총살하라는 상부의 명령에도 불구하고 이 지역 보도연맹원 및 경찰 감시 대상자 200여 명을 살려 주었다. 이 지역은 인민군 점령 시에도, 국군에 의한 수복 전후의 시기에도 아무런 불상사가 일어나지 않았다"는 사례는 이승만과 그 하수인들이 만든 보도연맹원 학살이 동란기의 주민들을 처절한 피의 복수극으로 몰아넣었다는 것을 고발하고 있다.

전국 곳곳에는 각 군 단위마다 보도연맹원들의 집단 학살지가 있다. 한 지역에 오래 산 나이 지긋한 촌로들은 적어도 한 군데 이상의 집단 학살지를 알고 있다. 내가 살고 있는 대구에서는 가창·성서·월배·팔공산 등에서 보도연맹원 학살이 있었다. 『조봉암과 1950년대』를 읽고 있는 중에 〈한겨레신문〉 2004년 5월 29일자 3면은 "한국전쟁 때 학살 추정 민간인 유골 125구 발굴"이라는 제하의, 끔찍한 사진 한 장과 자세한 기사를 달아 놓았다. 경남 마산시 진전면 여양리의 산태골 폐광 인근에서 M1탄피와 함께 발견된 125구의 민간인 유골은, 보도연맹원인 것으로 추정된다.

1951년 2월 10일을 전후하여 11사단 9연대 3대대에 의해 벌어진 거창 양민 학살 사건은 인민군과 국군이 해당 지역을 번갈아 점령하고 수복하는 과정에서 토벌 전담 부대인 11사단 휘하의 대대가 약 76명의 주민을 학살한 사건이다. 이들이 아무런 혐의나 무기를 소지하지 않은 주민을 학살한 것은, 11사단의 사단장인 최덕신이 지시한 견벽청야堅壁淸野 작전에 따랐기 때문이다. 꼭 지켜야 할 전력 거점은 지키고 나머지는 온통 깨끗이 파괴하는 이 작전은, 모조리 태워 없애

피해 대중과 '레드 콤플렉스'의 기원

고 굶겨 없애고 쏘아 없앤다는 일본군의 3광三光·3진三盡 작전으로
부터 배운 것이다. 원칙적으로 비전투원에 대한 학살을 배제하지 않
는 이런 초토화 작전은 1968년 11월 26일 유엔에 의해 국제법상 범
죄로 명시된 것으로, "국내법상의 제한을 둘 수 없게 하였고, 공소시
효가 적용되지 않고 범행 일시에 관계없이 소추가 가능"하다. 국군에
의한 양민 학살은 거창에서만 벌어진 것이 아니었고, 그것의 미군판
이 바로 1950년 7월 26일 충북 영동군 황간읍 노근리에서 일어난 노
근리 학살이다.

이 사람이 과연 정상인가

한국동란은 '톱질 전쟁이니 피스톤 전쟁이니' 하고 불리었을 만큼
특이한 양태를 보였다. 춘천의 경우 인민군이 다섯 번이나 들어오고
나간 끝에, 그만큼 민간인들의 피해가 가중되었다. 때문에 동란은 숱
한 부역자를 양산했다. 서울에서만 연인원 22만 명이 각종 부역에 동
원되었고, 서울 수복 후 서울에서만 1만 924명이 부역 죄로 수감되었
다. 서울에서 이토록 많은 부역자가 나오게 된 까닭은, 6월 27일 새벽
2,3시경 어느 누구보다 먼저 서울을 빠져 달아난 이승만이 미리 녹음
된 대국민 라디오 방송을 통해 '안심하고 제자리를 지키라'는 방송을
거듭하는 한편, 28일 새벽 2시 30분에 한강 인도교를 폭파해 버렸기
때문이다.

전쟁을 일으킨 "최대의 책임자는 전쟁을 일으킨 김일성 등 북에 있

다"는 것을 몇 백 번 강조해도 부족하다는 저자는, 그러나 국군이 서부 전선에서 2,3일 만에 완패한 것은 화력 이외의 요인이 있다고 말한다. 즉 "이승만은 북진 통일을 외쳤으면서도 전쟁에 대비하지 않았다는 점에서 책임"을 져야 한다는 것이다.

이승만의 북진통일론은 "미국의 의심을 사 절실히 군비 증강이 필요한 시기에 미국으로 하여금 한국에서 거의 경찰이나 다름없는 군대를 만들도록 제한"했으며, 장교 중 상당수가 정치적으로 임명되어 군사적 전문성이 결여되었고 지휘 체계가 문란하였다. 이 때문에 1950년 5월 11일 바로 그의 입으로 "나는 5월과 6월이 위기의 달이며, 무엇이 일어날지도 모른다고 생각하고 있다"고 말해 놓고도, 전쟁이 일어나자 하루 만에 대전으로 부산으로 피신을 떠날 수밖에 없었다. 이처럼 시민들이나 공직자들이 피신을 결정하지 못할 만큼 기만적인 방송을 했을 뿐 아니라, 국민의 생명을 초개처럼 다룬 사람이 서울 수복 후에 부역자 재판을 대대적으로 벌였다니, 작금의 일부 우익 인사들이 숭상하는 국부國父가 과연 정상인이었는지조차 의심스러워진다.

부역자 재판은 피의자에게 "'사형'이 아니면 '무죄'를 판결"하도록 했고 "단심"으로 신속히 처리되어, 1950년 10월 1일부터 12월 15일 사이에 서울에서 242명이 총살형에 처해졌다. 전쟁을 절호의 기회로 여긴 극우 세력은 부역자 처리 과정에서 광범위한 권력 남용과 정경 유착을 벌였다고 말하는 저자는 "극우반공주의자들의 극우성은 권력 남용, 자산(자본) 축적과 일정한 관계가 있다"면서, 여러 차례에 걸쳐

피해 대중과 '레드 콤플렉스'의 기원

극우반공주의는 "한국형 자본주의의 한 단면으로 재산 축적 매카시
즘이었다"고 폭로한다.

주민 집단 학살 지시에 항거한 경찰 간부나 군인이 드물었다는 것
은, 친일파가 대부분이었던 이들이 일제로부터 "반공을 위해서는 가
혹한 행위를 해도 좋다는 사고"를 주입받았기 때문이다. 공산주의뿐
만 아니라, "국체에 대한 국민의 확신에 의혹을 품을 수 있는" 것까지
방공의 대상으로 삼았던 일제에 의해 길러진 친일 군·경은, 이승만
에 반대하는 모든 사람들을 빨갱이로 몰아 핍박하거나 죽이면서도
아무런 의문을 품지 않았다. 그 가운데서도 제주 4·3과 보도연맹원
학살, 국군에 의해 저질러진 거창·산청 등의 숱한 양민 학살 그리고
부역자 학살 등은 이승만 시대의 대표적인 집단 학살로 기록된다.

레드 콤플렉스의 역사적 기원

1931년 일제의 만주 침략을 전후하여 군국주의 파시즘의 강화 속
에 반공·반소 이데올로기가 전체주의적인 방식으로 한국 주민들에
게 주입되고, 친일 경찰·관공리·황국신민화운동에 나선 종교·교육
지도자와 각 지역의 유지·부르주아층이 일제의 침략 전쟁을 찬양하
면서 반공 운동에 나섰던 것이 이 땅에 형성된 극우반공체제의 역사
적 배경이라고 우리는 단순화해서 알고 있다. 게다가 미국에서 건너
온 천주교와 개신교의 반공적인 성향이 더해지고 해방 후 미군정의
지원이 더해지면서 극우반공체제가 완성되었다고 우리는 믿고 있다.

하지만 이 책의 저자는 위에 열거한 사항들이 해방 후 민족 혁명적 상황에서 대중들에게 뿌리내리는 데는 한계가 있다고 본다(실제로 일제 시대와 해방 직후에는 반공 세력을 능가하는 좌파와 중도파가 있었다). 저자에 의하면 이 땅의 극우반공체제는 "1949년 6·6 반민특위 습격 테러 사건, 국회 프락치 사건, 6·26 김구 암살, 6·5 국민보도연맹 창설 이후, 강요되어 구축"된 것이라고 말한다.

그러나 이승만의 체제가 대중들에게 내면화되어 개인의 심리 속에 "극우반공 이데올로기의 지주인 레드 콤플렉스"로 뿌리내리게 된 결정적인 사건은, 뭐니 뭐니 해도 한국전쟁 직전과 직후에 경험한 학살 때문이다. "극우반공 이데올로기, 극우반공체제는 학살을 매개로 하여 강력한 기반을 마련"하게 됐던 것이다. 이때부터 한국인들은 자신이 빨갱이가 아님을 입증하기 위해 다른 사람을 빨갱이로 지목하는, 피해 의식에서 나온 "반동 형성反動形成"을 갖게 되었다. 집안에 좌익이 한 사람만 있어도 한 집안 전체가 풍비박산하는 상황에서, 오도된 반동 형성은 철저히 체제에 순응하는 인간형을 만들어 냈다. 바로 이런 점에서 "공포와 위축을 피해 대중의 기억 속에 주입시켜 놓은 학살은 극우반공체제의 공고화에 가장 분명한 기여를 했다"고 할 수 있다.

쿠데타로 정권을 탈취한 박정희가 1961년 6월 22일 공표한 '특수 범죄 처벌에 관한 특별법'은 "4·19 이후 혼란한 정세를 틈타 과거 빨갱이의 유가족들이 억울한 학살 운운하며 위령비 건립, 형사보상금 청구, 처형 군·경 색출 등을 빙자하면서 합법적인 토대를 구축하여

괴뢰 선전에 고무·동조한 소위 유족회 사건"에 대해 혁명 심판으로 처벌하겠다는 내용을 포함하고 있다. 이것은 학살을 주도하거나 가담한 군인·경찰에게 면죄부를 주고 그들의 행위를 찬양하는 것으로 "쿠데타 권력이 그들과 동류의식 또는 '연대의식'을 가졌다고 공언"한 것이라 할 수 있다. 쿠데타 이후 박정희가 가장 먼저 한 일 가운데 하나가 전국의 학살 유족회가 곳곳에 세운 합동 묘소의 묘비를 뽑고 묘소를 파헤쳐 유골 상자를 깔아뭉개었던 것과 유족회 회원에게 사형과 무기형의 중형을 내렸던 일은 그러므로 눈곱만큼도 놀랄 일이 아니다.

이승만과 자유당 정권의 극우반공 테러가 어용 관제 단체·깡패 그리고 일부 경찰에 의해 저질러졌다면, 박정희의 극우반공 테러는 군부의 정보 장교들에 의해 훨씬 더 잘 제도화·조직화되었으며 거기에 더해 피해 대중들의 골수에까지 스며든 '레드 콤플렉스'는 박정희 시대의 극우반공체계를 더욱더 잘 작동하게 만들었다.

바그너의 경우

히틀러를 게르만 신화 속으로 밀어 넣기

안인희가 쓴 『게르만 신화, 바그너, 히틀러』(민음사, 2003)는 2003년 '올해의 논픽션 상' 역사·문화 부문 수상작이다. 이때 심사에 참여했던 신화 연구자이자 번역자이며 소설가이기도 한 어느 심사 위원은 이 원고를 통독한 뒤 "사건"이라고 표현해서, 독자들의 궁금증을 크게 불러일으켰다. 과연 이 책은 어떤 의미에서 사건이기는 했다. 저자는 선악의 극한 대립 위에 구축된 게르만 신화가 프랑스 계몽주의 이념과 나폴레옹의 군사적 침략에 대항해서 일어났던 독일의 낭만주의 운동에 의해 대중화·국수화 과정과, 게르만 신화와 독일 낭만주의의 종합으로 바그너 악극을 지목한다. 바그너 악극은 게르만 신화가 결정結晶된 것이다.

게르만 신화의 음악적 구현이 바그너 음악이라는 것에는 누구나 쉽게 동의한다. 그러나 제목이 인도하는 것처럼, 바그너의 악극이 혹은 더욱 깊이는 게르만 신화가 히틀러의 삶과 정치 신념을 형성했다는 주장은 너무 과도한 주장이다. 물론 나는 그 과도한 주장을 통해 저자가 강조하고 싶었던 것은, 신화와 현실 사이의 차이를 인정해야 한다는 것과 예술 감상에 있어서 수용자의 거리 두기 태도가 필요하다는 것, 그리고 예술가에게는 낭만적 아이러니라는 미덕이 요구된다는 것 등이라고 믿고 싶어진다. 말하자면 히틀러는 하나의 드문 사례였던 것이다: "히틀러가 자신과 역사를 신화로 만들어 갔다는 점에서, 우리는 그가 예술이나 신화를 현실 정치의 영역과 구분하지 못했거나 혹은 구분하지 않았음을 알 수 있다", "히틀러는 예술가가 아니라 정치 지도자로서 현실 영역에서 자신의 환상을 실현하려고 했다", "히틀러는 항상 환상 및 예술의 세계와 현실의 세계를 구분하지 못하는 사람이었다."

히틀러가 대중을 선동하고 동원하기 위해 게르만 민족주의에 호소했던 것은 사실이며, 대규모 국가 의례를 신화적인 볼거리로 채색한 것도 부인하지 못한다. 그럼에도 불구하고 이 책은 다음과 같은 비난을 비켜 갈 수 없다. 먼저 저자는 히틀러가 바그너 악극이 보여 주는 게르만 신화의 주인공을 열렬히 모방하고자 했다는 것을 강조하기 위해, 히틀러에 대한 더욱 신빙할 만한 인적 자료를 외면하고 누락시킨다. 예컨대 히틀러가 신화 속의 '고아 영웅'으로 자신을 "신화화"하기 위해 권좌에 오르자 "자신의 출신이나 과거를 증언해 줄 만한 기록을 모두 없앴다"고 말하는 것이 그렇다. 하지만 널리 알려진 월터 C. 랑거의 『히틀러의 정신분석』은 히틀러의 아버지가 세 명의 부인을 맞이했다는 사실을 적어 놓고 있으며, 히틀러를 낳은 어머니는 아버지가 맞이한 세 번째 부인으로 23년 연하인 데다가 원래는 수양딸이었다고 밝힌다. 만약 당신이 이런 가계에서 태어났다면, 굳이 신화를 재현하려는 욕망에서가 아니더라도 자신의 과거를 없애려 들지 않았겠는가? 권력자가 권좌에 오르면 제일 먼저 조상의 묘역부터 가꾼다. 히틀러의 가계는 그런 시도를 할 수 없을 만큼 비루했을 뿐이다.

히틀러를 "단순히 정신병자로만 몰아가는 것은 개인적인 차원에 갇히는 우를 범하는 것이다"고 거듭 말하는 저자는 그러나 히틀러와 나치에 대한 사회적이고 정치적인 분석 곧 역사로 돌아가려고 하지 않는다. "인류의 보편적인 심성 속에 들어 있는 어떤 원형 요소"를 들먹이고 "전 세계적으로 인기 높은 컴퓨터 게임이나 영화의 구조를 들여다보면 우리 마음속의 잔인성을 발견할 수 있다"고 말하는 저자에게 악은 우리 마음속에 있는 것으로 규정된다. 그리하여 히틀러와 나치가 획책했던 인종주의·반유태주의·생존 공간 확보를 위해 벌인 전쟁은 딱히 그 누구의 것도 아닌 나치 시대에 살았던 모두의 책임이 되어 버리고, "유태인을 색출하고 수용소로 보내 학살하는 과정에 독일 국민 한 사람 한 사람이 거의 모두 동참하는 결과를 만들어 냈다"는 결론마저 주저하지 않는다. 나치 시대의 독일 국민들이 과연 아우슈비츠에 대해 얼마나 알고 있었는지는 또 다른 논쟁거리라 하더라

바그너의 경우

도, 그 범죄를 독일 국민 전체에게 뒤집어씌우는 것은 "일제 시대 때 95퍼센트가 친일을 했고 5퍼센트만 항일을 했다"는 조갑제의 논리를 보는 것 같아서 입맛이 쓰다. 이들 수구 세력이 요구하는 것은 친일의 범주와 대상을 정하는 데 객관적이고 엄밀해야 한다는 기우가 아니라, 그것을 핑계로 국민 전체에게 공갈을 치며 친일규명법과 인명사전을 만들지 못하게 하는 것이다.

바그너가 2차 세계대전을 일으켰다?

이 책의 몰역사성은 많은 부분 저자 자신이 오래전에 번역한 바 있는 요하힘 페스트의 『히틀러 평전』(푸른숲, 1998)을 통해 히틀러 상像을 구성하고, 나치와 2차 세계대전에 대한 이해를 구했기 때문으로 보인다. 페스트의 책은 히틀러를 악마로 규정하던 종래의 해석을 신화라고 비판하면서 오히려 히틀러를 '시대의 요청을 파악한 인물', '혁명가'로 추켜세운다. 안인희의 책 뒤에 붙은 참고 문헌을 보면, 게르만 신화나 바그너와 달리 히틀러에 대한 서지는 빈약하기 짝이 없어서, 저자가 오로지 페스트 책에만 의지했다는 것이 도드라져 보인다. 더욱 놀랄 만한 사실은 『게르만 신화, 바그너, 히틀러』의 본문 가운데, 그동안의 히틀러에 관한 연구가 "편파적인 방향"으로 치우쳤다는 요하힘 페스트의 말을 당당히 인용해 놓고 있다는 것이다.

1980년대 중반 나치 시대를 두고 벌어진 독일의 '역사가 논쟁'을 정리한 구승회의 『논쟁 나치즘의 역사화』(온누리, 1993)는 페스트를 신보수주의 역사가로 소개하고 있다. 또 데이비드 웰시가 쓴 『독일 제3제국의 선전 정책』(혜안, 2001)을 우리말로 옮겼던 최용찬은 페스트의 책은 "독일의 역사학계에서 이미 상당히 우익 편향의 관점을 담고 있는 책자로 공개적으로 평가"받은 책이라며, 페스트의 주장이 마치 "오늘날 독일에서는 일반적인 상식으로 받아들여지고 있다"고 단정하는 것은 "비판적 지성으로 반드시 거부"해야 할 것이라고 말한다. 그런데도 페스트의 책은 맥락을 알려 주지 못하는 번역자의 한계로 인해 "균형 잡힌 시각으로 저술한 (히틀러) 평전의 모범"이라고 소개·선전되면서, 급기야는 〈한겨레신문〉에 의해 '98년 상반기 추천 도서'로 지정되기도 했다. 최용찬은 "『히틀러 평전』 1·2는 제3제국에 대한 비뚤어진 그림을 그리는 데 상당한 영향력을 행사하여 결국에는 한국의 '히틀러 찬양자들'의 망상을 더욱 부채질할 것이라고 판단된다. 더욱이 이것이 '박정희 신화'를 선전해 대는 한국의 우익들에게 '타산지석(?)'으로 활용되는 대단히 우스꽝스러운 일이 발생할 수도 있지 않을까?"라고 우려한다.

히틀러와 나치에 의해 저질러진 전쟁과 유태인 절멸 정책을 옹호하고 변호하는 페스트의 논지에 기대어 히틀러와 나치에 대한 전모를 얻으려는 것은, 비근한 예를 들어 조갑제의 책을 읽고 박정희에 대한 온전한 상像을 구하는 것이나 마찬가지다. 신보수주의 역사가들의 논리를 그대로 답습한 안인희는 그래서 본문을 통해 두어 번이나 히틀러가 정확히 언제 유태인에 대한 "최종 해결"을 명령했는지 논란이 끝나지 않았다면서 "그가 직접 지시를 내린 흔적은 어디서도 찾아볼

바그너의 경우

길이 없다", "그것은 문서로 된 정확한 명령 기록이 남아 있지 않"다고 주장한다. 하지만 이런 말은 손바닥으로 하늘을 가리는 일만큼이나 뻔뻔스럽다. 전두환이 광주를 봉쇄하고 시위하는 시민들을 쏘아 죽이라고 명령한 문서가 없기 때문에, 5·18은 존재하지 않는 게 되는 걸까?

유태인을 멸절시키라는 히틀러의 "최종 해결" 명령 문서가 언제 작성되었는지가 이제 와서 중요시되는 까닭 가운데 하나는, 동부 전선에서 벌어질 수 있는 불안한 상황 즉 소련군의 공격 위험에 직면하여 비로소 나치 수뇌부는 "최종 해결"을 고려하게 되었다는 변명의 논리를 끌어내기 위해서다. 하지만 히틀러가 정치 건달이던 시절에 썼던 『나의 투쟁』은 일찌감치 유태인 멸절을 공표하고 있으며, 유태인에 대한 핍박과 절멸 정책은 나치의 권력 장악 이후 점점 높은 강도로 실행되고 있었다. 심심풀이밖에 되지 않는 안나 마리아 지그문트의 『히틀러의 여인들』(청년정신, 2001)은 히틀러의 유태인 정책에 대해 심도 깊게 쓴 글이 아닌데도 불구하고, 유태인 박해 정책에 대해 풍부히 알려 준다.

1933년 4월 25일에 선포된 제국법은 학교와 대학의 과포화 현상을 억제하기 위해 유태계 학생과 여학생의 정원 비율을 규정했다. "유태인은 전체 대학생의 1.5퍼센트를 넘을 수 없게 되었고, 여대생의 비율은 10퍼센트로 제한되었다." 1935년 가을에 열린 제7차 뉘른베르크 전당대회에서는 '독일 혈통 및 명예 보호법(뉘른베르크법)'이 통과되어 "유태인과의 혼인 금지가 체결되고, '아리아' 출신 성분이 공직임용의 전제 조건으로 확정되었다." 1938년 11월 9일에 벌어진 "수정의 밤"은 나치의 지도부에 의해 일어난 유태인 박해 사건이었고, 그것은 공식적인 유태인 공격 신호였다. 1939년 9월 1일에 열린 제국의회에서 히틀러는 "이 전쟁의 결과는 유태인의 절멸이 될 것이오. 이번에야말로 고대 유태인의 율법이 제대로 활용될 것이오. 눈에는 눈, 이에는 이!"라고 부르짖었다, 등등.

저자는 본문 중에 아주 여러 번 요즘의 대중문화와 사이버 공간 속에서 신화와 판타지가 뜨고 있다면서, 예술과 현실 또는 신화와 정치를 구분을 해야 한다고 경고하고 있다. 하지만 이 책은, 역사를 신화화하고 범죄를 판타지화하는 잘못된 용례로 거론될 만하다. 이 책이 몰역사적으로 향하게 된 데에는 앞서 말했던 요하힘 페스트의 책이 많은 공헌을 했다. 하지만 어느 저서나 그렇듯이 최종적인 책임은 저자가 져야 할 몫이다. 안인희는 제목이 되기도 한 '게르만 신화 → 바그너 → 히틀러' 사이에 잘못된 인과성을 용납함으로써 이 책을 한낱 잡담거리로 만들었다. 게르만 신화와 바그너 사이에는 인과성이 성립되지만, '게르만 신화+바그너'와 히틀러 사이의 연관성으로부터, 히틀러의 정치 이념과 나치를 추출하려는 시도는 헛된 노고다.

기존의 편견으로부터 바그너를 구해 내지 못한 아쉬움

많은 히틀러 연구자들은 히틀러가 바그너 광표이었다는 것을 침이 마르게 언급한다. 그렇건 말건, 냉철한 사람이라면 누구나 히틀러와 나치 운동은 바그너가 아니라 그것과 범주가 다른 잘못된 정치적 신념과 사회적 불안정의 산물이라는 것을 알고 있다. 히틀러와 나치의 득세는 본문 가운데도 나왔듯이, 나폴레옹의 침략 앞에 궐기하기를 촉구했던 피히테의 『독일 국민에게 고함』에 이미 그 씨앗이 뿌려져 있었으나, 불행하게도 그 이후에 전개된 독일의 현실 정치와 사회는 물론 거기에 대해 경고해야 할 어느 지식인도 독일에 내재한 국수주의적이고 전체주의적인 암종癌腫을 해소할 기회를 갖지 못했다. 오히려 그 암종은 '1914년의 이념'이라고 불리는 프로이센 보수 이념과 전후 바이마르 시대에 재차 창궐했던 보수 혁명의 환호를 받으며 걷잡을 수 없이 커졌다. 어떤 미문이나 변설로써도 '게르만 신화 → 바그너//히틀러' 사이에 놓여 있는 범주상의 단절은 메울 수 없다.

지금까지 상술한 것은 『게르만 신화, 바그너, 히틀러』의 몰역사성에 대한 비판이었다. 이 글을 통해 전문을 인용하고 반박하지는 않겠지만, 이 책 319쪽에 나오는 열여섯 줄로 된 한 문단은 저자의 히틀러에 대한 지식이 얼마나 왜곡되어 있고 진실이 날조될 수 있는지를 단적으로 보여 준다. "인문학에서 역사 지식은 기본"이라는 저자의 말이 무색해지는 순간이다. 하지만 정작 내가 이 책에 대해 안타까워하는 것은, 저자의 기본을 갖추지 못한 몰역사성이 아니다. 내 생각에 바그너는 소위 '잘못된 역사에 부역한 예술가들을 어떤 기준으로 단죄할 것인가?'라는 문제를 제기하고 있는 잉걸불 같은 존재다. 이 문제는 예를 들어 친일 음악계의 대부라는 현제명과 홍난파를 어떻게 볼 것인가에 대한 준거점을 마련해 줄 수 있다. 그러나 이 책의 저자는 이 문제에 관심이 없었나 보다. 바로 그 때문에 바그너 음악을 좋아한다는 저자는 바그너를 나치 예술가라는 오명으로부터 구해 내지 못한 채, 도리어 나치의 이데올로그라는 깎아지른 벼랑으로 바그너를 손수 떠다미는 꼴이 됐다.

함부로 범주화될 수 없는 '게르만 신화+바그너 → 히틀러'라는 공식 속에 바그너를 순장殉葬해 놓고 보니, 바그너를 구해 낼 틈이 없었던 것이다. 물론 위의 공식은 저자도 썼던 것처럼, 바그너가 나치와 동의어로 통할 만큼 바그너가 독일에서 금기시되고 또 나치 시대 최대의 피해자였던 유태 국가(이스라엘)에서 바그너가 금지되어 있다는 사실로 보아 저자 혼자 뒤집어쓰기에는 억울한 측면도 있다. 그래서 독일 사정에 더 정통하고 더 많은 관계 문헌을 읽었을 저자에게 꼭 물어보고 싶은 게 있다. 바그너를 사갈시하고 있는 독일에서도 '히틀러를 만든 것은 8할이 바그너였다'는 저자의 논조가 상식으로 통하고 있는지? 그리고 더 나아가 그곳의 시민들이 '히틀러를 신화화'한 뒤, 게르만 신화의 음악적 완성자였던 바그너와 히틀러를 아예 쌍생아로 여기고 있는지?

예술가들의 부역을 판단하는 기준

독일에서 바그너가 지탄받는 이유는 바그너의 음악이 나치의 당 강령이던 민족 공동체 의식과 지도자 원리를 앞서 반영하고 있으며 나치의 공인된 국가 예술로 찬양받았다는 사실에 기인한다. 하지만 여기엔 바그너를 위해 적극 변명해야 할 부분도 있다. 어떤 작가에 의해 극화되든 간에 민족 신화에서 내용을 채취한 영웅담은 자연 그 민족의 공동체 의식을 고무하게 마련이고 정치 권력자에게 이용당하기 십상이다. 그래서 작가나 주인공이 스스로를 희화화하고 반성할 수 있는 낭만적 아이러니 같은 장치가 요구된다고 저자는 힘주어 말하는 터다. 그것을 등한시한 바그너가 미학적 부실을 추궁받을 수는 있다. 그러나 직접 정치 활동을 하지도 않은 예술가에게, 그것도 사후 死後에 나타날 독재자와 그 정권에 대한 정치적 책임까지 지라는 것은 너무 무리한 비난이다.

동서고금을 통틀어 유명한 사상가나 예술가가 독재 권력의 이데올로그가 된 경우는 허다하다. 이문열은 '독일 지식인들이 정치에 무관심했기 때문에 나치가 마음 놓고 집권하게 되었다'고 매양 되뇌지만, 사실은 그와 반대다. 막스 베버 같은 사회학의 태두는 바이마르 시기에 스스로 정당을 만들기까지 했으며, 하이데거나 칼 슈미트와 같은 석학들은 나치가 집권하기 이전이나 집권할 당시 자진해서 나치를 지지하거나 통치 이념을 제공했다. 이걸 모르지 않으면서도 이문열이 앵무새처럼 같은 말을 되풀이하는 까닭은, 실제로는 활발한 정치 참여를 하고 있는 많은 지식인들을 지식인으로 여기지 않으려는 오만에서다.

생존 시에 나치의 이데올로그가 되었던 사람들과 사후에 나치에 의해 편의적으로 왜곡·이용당했던 니체 같은 사람들은 세심하게 구분해야 한다. 다행스럽게도 니체와 '별들의 우정'을 나누었던 바그너

역시 나치 운동이 일어나기 20여 년이나 전에 죽었기 때문에 불의에 부역할 틈이 없었다. 그가 말년에 반유태주의를 표방했다고는 하지만 이 책의 저자도 말하는 것처럼 그는 사상적으로 어떤 정체성을 가진 사람이라기보다, 당대에 유행하는 모든 학문 조류와 예술 사조를 수시로 취하고 버렸던 사람이다. 일례로 한때 독일 사상계에 불교 철학이 유행하자 그는 불교도로 자처하기까지 했다(정진농, 『오리엔탈리즘의 역사』, 살림, 2003). 니체와 바그너 사후, 그들의 가족들이 히틀러의 극진한 예우와 특혜를 받았지만 그것은 그들과 아무 상관없는 이야기다.

최후의 혁명은 미적 감수성을 개조하는 혁명이라는 어느 시인의 말에 동의하고 나서야, 우리는 바그너의 미학적 반동을 비난할 수 있다. 그의 음악이 파시즘이라는 정치적 반동 세력에 동원된 것은 바그너의 미학이 그만큼 불철저했다는 방증이다. 하지만 그렇다고 하더라도 '게르만 신화 → 바그너 → 히틀러'라는 무리한 공식에 매달릴 것이 아니라, 오히려 바그너와 히틀러 사이의 떠들썩하고 부적절한 관계를 단절하는 데 이 책의 방점이 찍혔어야 옳았다. 저자의 말대로 바그너는 오늘날 『반지의 제왕』과 같은 판타지물이 각광을 받기 훨씬 이전에, 일찌감치 당대의 판타지물을 쓴 사람일 뿐이다.

여기서 또 한 번, 그러나 마지막으로 우리나라 현대사와 바그너의 경우를 예로 들어 보면, 바그너는 박정희의 들러리를 선 세종대왕이나 이순신 같은 처지일 수 있다. 관동군 장교로 독립군을 토벌하는 데 앞장섰으며 위기에 처한 제2공화국을 지키는 게 아니라 찬탈하는 데

바그너의 경우

몸소 나섰던 박정희는, 이후 대일 굴욕 외교와 베트남 파병 등으로 늘 민족 배반자라는 손가락질과 열등감에 시달렸다. 그가 세종대왕(민족 문화 창달)이나 이순신(국토 수호)의 동상과 사당을 만드는 등의 기념 사업을 벌였던 까닭은, 자신을 강력한 민족주의자로 상징 조작해야 할 절실한 필요 때문이었다. 하지만 민족주의적 가치와 근대화의 가치가 정면충돌할 때마다 그는 언제나 민족보다는 근대화의 가치에 우선을 두던 반민족주의자였으며, 그나마 그가 모델로 삼고 모방했던 근대화 이념과 방법은 일본 식민지가 가르쳐 준 반동적 근대주의였다. 하지만 박정희와 그의 시대를 싫어한다고 해서, 박정희에 의해 이미지가 전유되고 탈취되었던 세종대왕과 이순신마저 미움받을 필요는 없는 것이다. 바그너가 그런 경우다.

앞서 말했듯이 바그너의 예는 '잘못된 역사에 부역한 예술가들을 어떤 기준으로 단죄할 것인가?'에 대한 준거점을 예시해 줄 수도 있다. 어느 예술가가 나치나 일제日帝와 같은 잘못된 역사에 부역을 했는지에 대한 여부는 적극성·자발성·연속성과 더불어 부역이 이루어지던 당시 그가 당면했던 강압도와 부역 이후의 반성도가 함께 참작되어야 한다. 이럴 때 바그너는 우리나라의 이광수처럼 적극적·자발적·연속적이었거나, 반대로 서정주처럼 소극적·수동적·단속적이지도 않았다. 탐욕스러운 성격과 무정견에 가까운 기회주의적 행태를 볼 때, 부역자가 될 만한 충분한 개연성은 있었으되 그는 일찍 죽는 것으로 시험을 피해 갔다.

히틀러의 삶과 정책은 바그너와 상관없고, 바그너 쪽에서는 더더욱 히틀러와 상관이 없다. 엄밀한 의미에서 그들은 어떤 우정도 나누어 본 바 없다. 바그너와 히틀러 사이의 '정신적 비역'을 거론하는 사람들은 나치의 토양이 되어 준 바그너만을 비난하지만, 실제로 나치 시대의 예술 정책과 선전술은 바그너만 아니라 독일의 모든 고전음악을 극우 국가주의 예술의 토대로 동원했다. 나치는 바흐의 종교성과 베토벤의 영웅주의적 성향 그리고 브람스의 예술적 완벽을 칭송하며 쇤베르크·알반 베르크·쿠르트 바일·힌데미트 같은 현대 작곡가들을 퇴폐 음악으로 낙인찍어 추방했다. 하므로 자신만을 '콕 찍어' 나치와 연관시키는 것은 바그너로선 억울한 일이다.

사람들은 '미녀와 야수' 같은 그로테스크한 조합을 좋아한다. 모든 서사는 거의 자동 기술적으로 이기적인 놀부와 그렇지 않은 흥부, 완벽한 신체의 심청과 그렇지 않은 심 봉사, 지체 낮은 춘향과 양반집 이 도령으로 짝지어진다. 음악가 바그너(미)와 독재자 히틀러(추)에 대해 여태껏 널리 알려진 속설은, 바그너(미)를 추하게 만드는 것으로 바그너를 히틀러(추)에 용해시켜 왔다. 바그너의 사생활이 온갖 파렴치한 애정과 사기 행각으로 점철되어 있다거나 그의 음악이 신화적 퇴행의 길을 걸은 끝에 나치즘으로 이어졌다는 비난들이 그렇다. 이와 반대로 안인희의 이 저작은, 히틀러(추)의 삶을 신화로 채색하고 그를 난세의 요구에 부응한 정치 사상가로 떠받드는 것으로 히틀러를 바그너(미)에 용해시켰다. "사건"이라면 사건일 수도 있는 이런 도착은 그러나 여전히 그로테스크한 스캔들을 좋아하는 속설의 산물일 뿐이다.

바그너의 경우

바그너와 니체

「바그너의 경우」라는 이 글의 제목은 모두들 알고 있는 것처럼 니체의 책 제목이다. 니체는 이 얇은 책 말고도 바그너의 정신적 초상을 그렸다던 『이 사람을 보라』, 바그너와의 결별을 선언한 『인간적인 너무나 인간적인』, 바그너와의 우정을 총결산한 『니체 대 바그너』 같은 책을 썼다. 안인희는 이 책의 한 장을 할애해서 니체와 바그너가 의기투합하게 된 최초의 순간과 결별에 대해 자세히 설명하고 있다. 바그너 음악을 처음 들었을 때 니체는 바그너가 되고 싶었다. 그러나 곧 신이 죽어 버린 세계에서 인간은 반복되는 우주 질서의 영원 회귀를 받아들이는 것으로 초인이 되어야 한다고 믿는 니체에게, 원죄 → 참회 → 순수 → 구원이라는 기독교적 등식에 투항해 버린 바그너는 그가 타기唾棄해 마지않던 여성적이고 노예적인 구시대의 니힐리즘으로 비쳐졌다. 또한 니체는 유기적 전체성을 상실한 바그너 음악의 무대 효과적인 성질을 간파하고(영화 음악을 생각하면 된다), 무대 효과에만 몰두한 바그너의 음악이 관객의 사유를 중단시킴으로써 세뇌된 대중을 권력의 꼭두각시로 만들어 놓게 될 것을 예견했다.

사상적·미학적인 이견을 고려해 볼 때 바그너와 니체 사이의 파탄은 예정된 것이었다. 그러나 꼭 그런 이유가 아니더라도 두 사람의 우정이 오래 지속되었을지는 의문이다. 니체가 바그너를 만났을 때, 바그너는 당대의 '문화 권력'을 독차지한 '문화 대통령'이었고, 그런 바그너에게 니체는 일방적인 충성을 바쳤다. 바그너는 자신을 추앙하는 떠오르는 젊은 영재를 자기 수하로 거두어, 자신의 음악과 바이로

이트(바그너 악극을 위한 전용 극장) 건설을 선전하는 중임을 맡겼다. 두 사람은 서로의 만남을 통해 상승효과를 기대했던 것이다.

한스 노인치히가 쓴『천재, 천재를 만나다』(개마고원, 2003)를 보면, 황제의 신임을 받고 있던 바그너는 니체에게 독일 대학 개혁이나 새로 창간될 신문의 편집장과 같은 장밋빛 미래를 약속했고, 바그너의 허풍을 굳게 믿은 니체는 위에 언급한 두 가지 역할뿐 아니라 바그너의 아들 지그프리트를 교육시키고 바그너의 자서전을 인쇄·교정하는 등의 잔일을 흔쾌히 떠맡았다. 하지만 니체가 바그너를 찬양했던『비극의 탄생』으로 인해 바젤 대학에서 거의 퇴출을 당하는 지경이 되었으나, 바그너는 어려움에 처한 친구를 구해 내지 못했다. 바그너에게서 더 이상 얻을 것이 없다고 판단했을 때 그제야 니체의 눈에는 그동안 보이지 않았던, 아니 보지 않으려고 했던 자신과 바그너 사이의 여러 가지 차이점이 비로소 드러나 보였고, 그것을 계기로 니체는 바그너에 대한 열등감에서 벗어나 자신만의 '철학적 바이로이트' 건설에 매진하게 됐다.

촘스키와의 대화

정부는 다국적기업의 서비스 기관이자 로펌이며 용역 회사

　변형생성문법이라는 새 연구방법으로 언어학계에 일대 혁신을 일
으키면서 생존 인물 가운데 전 세계의 학술 논문에 가장 많이 그 이
름이 인용되고 있다는 노엄 촘스키는 2001년 9월 11일 세계무역센터
테러 사건 직후, 미국 외교정책의 비판자로 우리나라는 물론 또 한 번
전 세계에 언어학자로서의 자기 명성에 버금가는 명성을 날리게 되
었다. 내 컴퓨터에 깔려 있는 '한글 2002'에 '촘'이라고 치면 저절로
'cha'로 변환되어 버리는 이 까다로운 이름의 소유자는, 9·11 이후에
가장 많이 번역된 미국 학자일 것이다. 그 많은 번역서 가운데 특히
눈길을 끄는 것은 각기 다른 출판사에서 발행된 세 권의 대담집이다.

출간 연도에 따라 나열하면 『촘스키, 9·11』(김영사, 2001)·『촘스키, 누가 무엇으로 세상을 지배하는가』(시대의창, 2002)·『권력과 테러』(양철북, 2003).

처음의 것과 마지막 책은 9·11 이후 9·11을 주제로 행해진 대담이고, 1999년 11월 말부터 약 2년 동안 프랑스의 두 언론인(드니 로베르·베로니카 자라쇼비치)과 행했던 대담을 기록한 『촘스키, 누가 무엇으로 세상을 지배하는가』는 9·11 이전의 대담이다. 하므로 세계무역센터 테러 이전에 이루어진 대담을 먼저 살펴보는 것으로, 촘스키가 일관해서 가지고 있던 사상의 원초부터 알아보자.

촘스키에 의하면 현재 우리가 적용하고 있는 민주주의의 메커니즘은 "전위 부대가 한 나라를 이끌어 가야 한다"는 레닌주의와 거의 흡사한 것으로, 국제 기관과 금융 기관이 긴밀한 관계를 유지하며 거대한 네트워크를 구축한 다국적기업이 자본주의의 전위 부대가 되어 전 세계를 과점寡占의 형태로 지배하고 있다. 한때 국가는 '레비아탄(리바이어던)'으로 불리며 경계받았으나, 현대의 국가는 다국적기업의 고충을 해결해 주는 '서비스 기관'이면서 다국적기업 활동을 법적으로 뒷받침해 주는 '로펌'에 불과해졌다. 뿐 아니라 숱한 개발 국가나 주변부 국가의 정부는, 철거 '용역(깡패) 회사'가 되어 다국적기업가들의 활동을 지켜 주는 합법적인 무장력을 제공한다.

다국적기업이나 대기업은 공익을 추구해야 하는 국가나 정부 구성원의 사익을 파고든다. 기업에 의한 정치 매수買收는 후진국에서만 일어나는 게 아니다. "예컨대 〔미국에서 치러진〕 1998년의 〔의원〕 선거에서 당선자의 95퍼센트가 상대보다 더 많은 선거 자금을 썼습니다. 이 선거 자금은 거의 모두 기업계에서 나온 것입니다. 달리 말하면 민간 기업이 의원의 95퍼센트를 샀다고 말해도 과언이 아"니라는 말이나, 미국 대통령의 전통적인 역할이 "기업계의 이익을 대변"하는 것이라는 현실은, 미국은 물론 우리가 살고 있는 민주주의 사회에 새로운 이름이 필요하다는 것을 말해 준다.

다국적기업과 국가(정부) 사이의 야합이 깊이 이루어지는 곳은 최첨단 테크놀로지 산업이다. "최초의 연구 개발에는 대체로 공공 자금이 대대적으로 투자"되고 그런 후에는 "기업의 과점이 시작"되는 게 바로 첨단 테크놀로지 영역으로, "대부분의 신기술이 군에서 개발된 후에 개인 기업으로 이전"된다. 일례로 컴퓨터는 "원래 군에서 항공 방어 시스템을 개발하면서 발견"한 것이다. 타이프라이터나 만들던 IBM이 오늘과 같은 거대 기업이 된 것은 정부가 재정 지원한 연구 개발 프로젝트 용역을 받았기 때문이다. 인터넷 역시 지난 30여 년 동안 대부분의 아이디어와 개발·자금·용역이 공공 분야의 지원으로 완벽히 정리될 수 있었다. 하므로 "공공 분야의 창의적 발상"과 "공공 자금으로 개발"된 이런 모든 것은 당연히 공공의 재산이 되어야 마땅하지만, 알 수 없는 이유로 민간 기업에 양도되었다. 지금 이 순간에도 정부 기관의 공공 자금과 국방 연구소에 의해 생명공학 프로젝트가 진행되고 있으며, 나노 테크놀로지(10억 분의 1미터를 가리키는 나노미터는 극히 미세한 물질을 제작하는 과학)가 연구되고 있으나, 이렇듯 공공 자금을 쏟아부어 개발된 열매는 민간 기업이 차지하게 된다. 덧

붙여, 미국은 우리나라의 스크린 쿼터처럼 국가가 민간 분야에 보조금을 주거나 특혜를 주는 것을 비난하지만 전 세계의 항공 산업을 장악하고 있는 보잉과 록히드 역시 공공 자금의 지원을 받고 있다는 것은 밝히지 않는다.

'미친 개'라는 이미지를 선호하는 미국

우리가 살고 있는 민주주의 세계는 이미 다국적기업에 의해 접수됐으며, 금융 기관과 투자자는 실질적인 의회가 된 지 오래다. 최근 들어 '다多'국적 기업을 '초超'국적 기업이라는 용어로 대신하려는 분위기가 강세지만, 기업은 늘 국가를 필요로 한다. 그 이유는 기업이 국가로부터 기대하는 역할이 있기 때문이다. "기업은 위험 비용을 사회에 분산시키고, 기업 운영에서 대내외적으로 유리한 환경을 유지하기 위해서도 국가에 의존할 수밖에 없"다. 다시 말해 국가는 대기업에게 재난이 닥쳤을 때 파산을 모면하기 위해 존재하며, 국가의 개입으로 다국적기업이 커다란 혜택을 보기 위해 존재한다.

미국을 비롯한 OECD 수뇌국들이 새로운 무역 협정으로 국제법은 물론 개별 국가들의 경제 관련 법조항을 무기력하게 만들기 위해 집요하게 공격하는 까닭은, "불로불사不老不死의 지경까지 올라간 기업의 권리를 확대시키기 위한 것"이다. 한국 경제의 대마불사론大馬不死論을 떠올리게 하는 다국적기업의 운영 원칙은 "유기적 존재가 개인에 앞선 특권을 갖는다"는 독재적 원칙에 바탕한다. 촘스키는 인간

　　　　　　　　　　　　　　　촘스키와의 대화

의 권리를 넘어서 국가의 권리까지 누리고 있는 이런 다국적기업을 향해 "20세기를 피로 물들인 두 가지 형태의 독재 체제, 즉 볼셰비키와 파시즘도 이런 원칙으로 운영"되었다면서 볼셰비키·파시즘·다국적기업은 "개인에게 절대적인 권리를 인정한 전통 자유주의에 극단적으로 대립하는 사상"이라고 맹비난한다.

엄청난 권력을 지닌 개인 기업들이 서로 전략적으로 연대하고 강력한 국가권력에 의존하면서 위험과 비용을 분산하는 이런 체제를 촘스키는 '연대 국가 자본주의Alliance State Capitalism' 또는 '기업 중상주의 Corporate Mercantilism'라고 부르기를 제안한다. 촘스키는 또 자본주의의 기초를 놓은 자유방임주의 경제학자로 시장의 보이지 않는 손을 믿었던 아담 스미스나, 노동은 이동 가능하지만 자본은 이동 가능하지 않다는 가정 아래 자유무역론을 옹호했던 데이비드 리카도가 살아나 오늘날의 작태를 본다면 "아마도 무덤으로 다시 들어가고 싶을 것"이라고 조소한다.

반세계화론자인 촘스키는 "시민의 권한을 개인 기업에 양도하는 것이 신자유주의"라면서, 신자유주의 정책의 선두에 미국이 있다고 말한다. "세계화는 미국식 모델을 전 지구에 심는 것입니다. 이것이 세계화의 목표이고 결론"이다. 때문에 그는 이 대담집 곳곳에서 미국의 부도덕성과 폭력성을 날카롭게 고발하고 있다. 예를 들어 미국이 이산화탄소와 같은 온실 가스 배출량을 줄이기로 한 1997년의 교토 의정서에 조인하지 않는 까닭이나, 남미 여러 나라에서 독재 정권을 지원하는 까닭은, 자국 기업의 이익 보호와 기업과 결탁된 정치인들의 이해타산이 걸려 있기 때문이다.

현재 생존해 있는 미국의 지식인 가운데 촘스키는 가장 강력한 반미주의자다. 그는 세계 최강의 군사력을 가진 미국은 최강국의 면모를 과시하기 위해서라도 분쟁이 무력으로 해결되기를 바라기 때문에, 외교로 충분히 해결할 수 있는 문제까지 무력으로 해결하려고 든다고 비난한다. 미국은 세계 모든 국가가 자신을 두렵게 생각하도록 만들기 위해 스스로 "변덕스럽고 보복을 잊지" 않으며 "지나치게 합리성을 따지는 국가로 인식"되는 것을 결코 바라지 않아 왔다는 촘스키의 분석은, 미국의 세계 외교를 이해하는 작은 단서가 되어 주며 교착 상태의 북미北美 회담의 배경을 또 다른 시각으로 보게 만든다. 미국의 모든 정책 자료들은 국가 이익을 위협받을 때마다 미국은 "비합리적이고 반드시 보복하는 국가" 즉 '미친 개'라는 이미지를 세계에 심어 주라고 권고하고 있다. 촘스키의 또 다른 책 『불량 국가』(두레, 2001)에는, '미친 개'가 되고 싶은 미국의 술수와 발광이 적나라하게 묘사되어 있다.

지식인들은 체제의 선전원

다국적기업과 또 그것에 결탁한 정치를 격렬하게 비난하는 촘스키는 똑같은 강도로 언론과 지식인을 비난한다. 그는 에드워드 허먼과 함께 펴낸 1988년의 저작 『여론 조작: 매스미디어의 정치경제학』(에코리브르, 2006)에서 언론과 지식인을 가리켜 '조작된 동의'를 배달하는 선전원이라고 비판한다. 촘스키가 〈뉴욕 헤럴드 트리뷴〉의 명칼럼 니스트 월터 리프먼에게서 빌려 온 이 용어는, 지식인들이 정부의 부 정에 대해 침묵하면서 한목소리를 내는 것을 뜻한다. 그람시의 헤게 모니론을 떠올리게 만드는 그의 예리한 논변에 의하면, 사회가 민주 화되고 자유로워질수록 지배계급의 엘리트들은 무력을 사용할 수 없 게 되고, 그렇다고 해서 정부가 "야만적인 무력을 포기할 수밖에 없을 때도 국민의 정신 통제까지 포기하지는 않"기 때문에, 민주주의 국가 의 정부는 국민의 "여론과 행동을 통제"하는 데 더 많은 힘을 쏟아붓 는다고 한다. 이런 점에서 "다른 나라에 비해 미국과 영국에서 홍보 산업이 월등히 발전"하게 되었다는 것이다.

　이런 사실은 흔히 우리가 알고 있는 속설을 근저에서 뒤집는다. 촘 스키에 의하면 선동·선전에 능할 것 같은 전체주의 체제는 오히려 "상대적으로 투명"하고 "그 수법과 목표가 뻔히 읽"힌다고 한다. 뿐 아 니라 "언제라도 무력을 사용해 공포감을 조성"할 수 있기 때문에 전 체주의 체제는 선전을 비롯한 온갖 분야에서 "효율성"을 따지지 않는 다. 그런데도 불구하고 특히 히틀러와 나치 관련 서적들은 제3제국의 빼어난 선전·선동은 모조리 러시아의 스탈린 정권이나 유럽 공산주 의자들의 수법을 고스란히 모방한 것이라고 말한다. 앞서 읽었던 안 인희의 『게르만 신화, 바그너, 히틀러』도 예외는 아니어서, 319쪽에 보면 "나치는 주로 공산당과 좌파 세력으로부터 선전술을 배웠다"는 구절이 나온다. 하지만 러시아 공산주의 정권 역시 "민주국가의 선전 술을 흉내"내기 위해 애썼으나 성공하지 못했고, 나치가 선전에 공을 들인 원인 역시 1차 세계대전 시 규모나 수법에서 독일을 훨씬 능가한 영국과 미국의 선전술이 연합군의 주된 승리의 요인 중 하나라고 생각한 히틀러가 "연합군과 똑같은 수법으로 복수하겠다고 다짐"한 데서 시작되었다.

촘스키의 말이 옳다는 것은 데이비드 웰시가 쓴 『독일 제3제국의 선전 정책』이 뒷받침해 준다. 웰시는 1925년에 출간된 『나의 투쟁』 가운데 히틀러가 오스트리아의 '마르크스 사회주의자' 조직들로부터 선전술에 대한 상당한 영향을 받았음을 인정하긴 했지만, 이 책이 처음 발간되었을 때 전쟁 선전에 관한 히틀러의 견해는 "1918년 독일제국의 붕괴가 모두 연합군의 선전 때문이라는 당시 널리 퍼져 있던 민족주의자들의 주장을 반영"한 것이라고 쓴다. 1차 세계대전에서 연합국이 수행한 선전에 크게 영향을 받은 히틀러는 바로 그 책에 "적들은 우리가 실패한 것을 놀라운 기교와 굉장히 멋진 계산으로 성공시켰다. 나 스스로도 적들의 전쟁 선전에서 대단히 많은 것을 배웠다"고 밝혔다. 하므로 선동·선전을 곧바로 공산 정권이나 공산주의와 연결시키는 단순 무지는 더 이상 되풀이하지 말자. 왜 광고를 자본주의의 꽃이라고 하는가? '인위적 욕구'를 만들어 "대중의 삶을 표피적인 것, 즉 소비에 몰두"하게 만드는 이 선전이야말로 궁극적으로 기업의 이익과 체제를 보존하는 일석이조의 방법이기 때문이다.

소위 민주주의 국가의 통치 계급은 무력을 사용하지 못하기 때문에 국민의 자발적인 동의를 구하거나 온갖 정책으로부터 국민을 소외시키기 위해 선전이라는 방법을 동원한다. 까다롭고 막중한 선전

사업을 수행하는 데 꼭 필요한 사람들이 학식을 쌓고 교육을 받은 지식인들이다. 다국적기업과 국가가 야합하고 있는 오늘과 같은 형식적인 민주주의 사회에서 신문과 방송, 광고와 예술 등을 통해 체제 선전의 역할을 맡은 사람들이 바로 그들이다. 체제에 의해 저명한 지식인 혹은 책임 있는 지식인이라고 불리는 이들 지식인의 역할은 "민중을 소극적이고 순종적이며 무지한 존재, 결국 프로그램된 존재"로 만드는 데 있다.

대중들은 입을 다물어라

체제의 나팔수가 된 지식인들이 민중을 프로그램화하는 방법은 의외로 간단하다. 대중을 민주주의의 참여자에서 방관자 혹은 구경꾼으로 만드는 것이다. 통치 계급과 거기에 기식하는 지식인들은 대중이 민주주의에 참여하는 것을 가장 싫어한다. 예를 들어 1960년대 유럽·미국·일본 등 거의 세계 전역에서 대대적인 시민운동이 일어나자 자유주의 엘리트는 물론이고 사회민주주의를 표방했던 미국의 엘리트 집단들은 크게 당황했다. 그때 석유왕 록펠러의 손자이면서 뉴욕 체이스 내셔널 은행의 회장인 데이비드 록펠러의 제안으로, 사무엘 헌팅턴과 같은 자유주의 학자들이 참여한 삼각위원회가 만들어졌다. 이들이 1975년에 발간한 보고서가 「민주주의의 위기」라는 논문이다. 여기서 그들은, 시민운동이 활발한 국가들의 국민들이 "공공의 장에 진입하려 했기 때문에 '민주주의의 위기'가 닥쳤다"고 주장했다.

그러면서 온갖 현학적인 용어로 당시의 상황을 '과도한 민주주의 excessive democracy'라고 진단했다. 전 세계의 자유주의 석학들이 모여 작성한 보고서 왈, 이런 위기를 극복하려면 '절제된 민주주의moderation in democracy' 교육이 필요하다나.

언제나 얌전하게 있어야 할 대중, 예컨대 여성과 젊은이와 소수 민족을 포함한 전 국민이 정치 토론에 끼어들려고 했기 때문에 민주주의의 위기가 도래했다는 이들의 논리에 따르면, 대중이 온순하고 무관심하게 존재해야만 비로소 진정한 민주주의가 유지된다는 것이다. 대중이 여러 가지 민주주의적 의사 결정 과정에 참여하지 않으면 않을수록, 또 대중이 독자적인 민의를 나타내지 않으면 않을수록 민주주의가 안정되게 운위될 수 있다는 이런 가소로운 논리를 우리는 아주 근래에 신물이 나도록 들었다. 2004년 3월 12일, 대통령 탄핵소추안이 통과되고 난 뒤에 광화문에서 연일 계속된 어마어마한 수의 탄핵 반대 촛불 시위를 보고 위기감을 느낀 보수 언론사와 거기에 기식하는 지식인들은 융단폭격하듯이 떠들었지 않았는가? 광장에 쏟아져 나온 이들은 민주주의를 파괴하려는 우중愚衆이고 폭민暴民이라고! 그러면서 그들은 회유했다. 조용히 헌법재판소의 판결을 기다리라고!

오랫동안 체제에 기식하거나 밀실에 모여 앉아 '자기들만의 민주주의'를 누렸던 보수 기득 세력은 결코 대중이 공공의 장에 나와 국가 정책에 간섭하고 정치 의제를 선점하는 것을 반기지 않는다. 그래서 그들은 무조건하고 촛불 집회를 싫어할 뿐 아니라, 인터넷을 '호랑이나 마마'보다 더 두려워한다. 이문열 같은 이는 인터넷을 아예 포풀리즘·반엘리트주의·네거티브와 동일시하며, 같은 해 4월 15일 있었던 17대 총선을 앞두고 한나라당은 기를 쓰고 인터넷 언론을 규제하고자 했다. 그런 반면 인터넷이 해방을 위한 도구가 될 수 있느냐는 질문에 대해 촘스키는 개인적으로는 인터넷을 그다지 사용하지 않는다면서도 "인터넷은 체제 밖의 소식을 확보하기 위해서 무엇과도 바꿀 수 없는 소중한 도구"라고 대답한다. 가령 무역 협정에 대한 진실한 정보를 '조작된 동의' 기구인 신문으로부터 얻는 게 가능하겠느냐고 그는 반문한다. "뿔뿔이 흩어진 대중의 목소리를 하나로 결집시킬 수 있었던 것은 인터넷" 덕분이라며 MIA(외국 투자자를 자국 투자자와 동등하게 대우함으로써 자유로운 직접 투자를 보장하기 위한 미국 주도의 다국적기업 프로젝트)를 결렬시키는 투쟁, 동티모르 사건을 세상에 알리는 일, 인도네시아의 수하르토 정권을 전복시킨 민주화 운동 등 "전통적인 수단만을 사용했다면 결코 성공하지 못했을 투쟁과 시위가 인터넷"의 활용으로 성공했다고 말한다. 민주주의를 확대시키려는 대중과 그것을 제한하려는 지배계급 간의 투쟁은, 전자 민주주의라는 우군을 얻은 대중에 의해 멈추지 않고 계속된다.

촘스키는 체제에 부역하는 지식인들에 대항해 "지적인 자기 방어법"을 가르쳐 준다. 언론인들 대부분이 시장을 지배하는 다국적기업의 월급쟁이라는 사실, 또 언론계가 이익 충돌의 무대라는 것을 대중들은 이해하지 못한다는 그는 언론은 절대 권력층을 비난하지 않는다고 말한다. 더 나아가 그런 언론 또한 거대한 선전 기계의 아주 작은 부분에 불과하다고 귀띔해 주는 촘스키는, 국민정신을 세뇌시키고 통제하는 거대한 톱니바퀴 속에 학교·지식인, 여론에 영향을 미치는 연구 기관들이 온통 연계되어 있다고 말한다. 교육 제도는 순종과 복종을 조장하며, 기업과 국가의 사주를 받은 지식인과 연구 기관들이 하는 일은 교토의정서에 대응해 국민들에게 "당신의 일자리를 빼앗아 갈지도 모른다!"고 위협하고(환경 재앙은 반기업 정서와 반미주의자들이 꾸며 낸 거짓말), "경계를 늦추어서는 안 됩니다. 러시아가 호시탐탐 우리를 노리고, 니카라과군이 우리 땅을 넘보려고 합니다!"라고 겁을 주어 국방비를 증액하는 일이다(러시아나 니카라과 말고도 적은 얼마든지 있다). 이런 미국 언론과 지식인이 가장 최근에 성공한 반어적 기만 기술(new speak 혹은 double think)은 아프가니스탄과 이라크에 대한 선제 공격을 '예방 전쟁'이라고 호도한 일일 것이다.

통찰력 있는 지식인들은 이런 흐름을 꿰뚫어 보지만, 대부분의 지식인들은 '밥줄'을 놓치기 싫어 입을 다문 채 대중들을 종속시키려는 이런 음모에 가담한다. 그러면서 자신의 양심을 통째 외면할 수는 없어서 누구나 쉽게 이해할 수 있는 것을 전문 용어와 난해한 문장으로 꾸미고 이론적인 냄새를 풍기며 면피免避를 하고자 한다. 어려운 단어를 골라 쓰며 복잡하게 양비론으로 말해야 선전꾼으로서의 자기 본색을 중립적인 것으로 은폐할 수 있고, 계속 특권층으로 군림할 수 있는 것이다.

"선생님을 무정부주의자로 보는 시각도 있는데요"라는 질문에 대해 촘스키는 즉답을 피한다. 꼭 무정부주의자가 아니더라도 그의 이름 앞뒤에는 부정주의자니 반미주의자니 하는 수많은 딱지가 붙어

다닌다. "시대의 변화에도 불구하고 무정부주의자들이 절대 포기할 수 없는 한 가지 기본 원칙"이 있다고 말하는 그는 "지배 구조와 계급 구조는 어떤 형태를 띠더라도 의혹의 대상으로 삼아 그 정당성을 확인해야 한다"고 강조한다. 지배 엘리트들이 수백 년에 걸쳐 "자본주의 윤리에 따라 사람들에게 평등주의라는 환상을 내던지고 자신부터 부자가 되어야 한다고 세뇌"시켜 놓은 미국에서, 그는 드물게 민중을 이야기하는 사람이다.

그러나 항상 민중이 이긴다

20세기 초, 폭력으로 유린된 미국의 노동운동에 깊이 공감하고 있는 그의 민중관은 그가 신랄하게 비난하는 지식인관과 달리 매우 따뜻하다. "때때로 국민은 세상사를 완벽하게 꿰뚫어 보고 있지만 혁명 세력으로 발전하지는 않"는다고 안타까움을 토로하는 그는 대중들이 혁명을 하지 않는 까닭은 현실을 모르기 때문이 아니라, "값비싼 대가를 치러야 한다는 사실을 잘 알고 있기" 때문이라고 말한다. 예를 들어 노동조합이 필요하다는 생각에서 누군가가 노동조합을 만들었을 때, 그의 동료는 혜택을 누릴 수 있겠지만 본인은 그 열매를 즐길 수 없을 뿐 아니라 끊임없는 회유와 협박에 시달려야 한다.

그럼에도 불구하고 많은 진보적인 발전의 원동력은 지식인이 아니라 "대중의 결집된 힘, 그리고 조직화된 노동 계급"이었다며, 지식인 운동이 아닌 노동 계급에 의한 낙관론을 펴는 그는 위에서 예시한 곤경을 벗어날 수 있는 유일한 길은 "조직화되는 것"이라고 말한다. 조직화에 대한 무한한 신뢰는 대담자의 "권력은 피라미드 구조라는 속설을 믿"느냐는 질문에 대한 답에 잘 드러나 있다. 그는 1998년 MIA 체결을 무산시킨 반세계화 투쟁을 예로 들면서 지구상에서 "가장 강력한 힘을 지닌 집단들이 똘똘 뭉쳤지만, '오합지중'이나 다름없는 민중의 조직"이 승리했으며, 놀랍게도 "피라미드의 정상에는 아무것도 없습니다!"라고 단언한다.

조직된 민중에 의해 "전투적 시민운동"이 이루어진다면 "산이라도 움직일 수 있습니다"라고 말하는 그는 "정치 체제는 내란을 예방할 수 있어야 한다는 주장을 어떻게 생각하"느냐는 질문에 "내란을 예방하는 것이 반드시 바람직한 것이라 말할 수 있을까요? 만약 1938년 독일에서 내란이 일어나 히틀러 정권을 전복시켰다면" 하고 가정하면서 "요컨대 정치 체제와 내란의 관계를 규정해 줄 선험적 법칙은 존재하지 않"는다고 대답한다. "독재 정권을 무너뜨리기 위한 민중의 전쟁이라면 내란도 좋은 것"이라는 게 그의 생각이다.

원래 이 글은 글머리에 밝혔던 세 권의 대담집을 함께 읽고자 했으나, 쓰다 보니 한 권만으로 정해진 지면을 다 써 버리고 말았다. 나머지 두 권은 독자들이 직접 읽어 보기를 바란다. 그게 공부다. 대학자라는 선입견과 달리 촘스키의 글은 무척 읽기 쉽다. 그의 글은 "쉬운 말로도 더 깊은 내용을 전달할 수 있"고 "아무리 어려운 내용이라도 쉬운 말로 풀어서 설명할 수 있"다는 자기 원칙에 충실하기 때문이다. 하지만 이것이 그의 글이 쉬운 이유의 전부는 아니다. 그 비밀은 "선

생님은 진실을 무엇이라 정의하십니까?"라는 질문에 그가 의자 위에
있는 책을 가리키면서 "이 책은 지금 의자 위에 있습니다. 따라서 이
책은 의자 위에 있다고 말하는 것이 진실입니다. 아주 간단하지 않습
니까?"라고 반문하는 것 속에 숨어 있다. 진실된 말은 꾸밀 필요가 없
기 때문에 쉽게 읽힌다.

우리들은 모두
오이디푸스의 가족이다

독재자들의 소아기

과문해서 또 누가 그랬는지는 모르지만 '박정희는 히틀러다!'라고 쓴 사람은 이병주다. 이승만·박정희·전두환에 대한 간략한 평전이라고 할 수 있는 『대통령들의 초상』(서당, 1991)을 쓰면서 그는 여러 차례에 걸쳐 박정희를 "히틀러와 동렬에 서는 사람"이라고 말한다. 오래전에 읽었으나 이제야 독후감을 쓰게 된 신용구의 『박정희 정신분석, 신화는 없다』(뜨인돌, 2000)와 월터 C. 랑거의 『히틀러의 정신분석』(솔, 1999)은 전체주의 통치 방식이라는 관점에서 박정희와 히틀러를 동일시했던 이병주와는 다른 방법으로 '두 사람은 똑같다!'고 말한다. 정신분석의인 신용구와 월터 C. 랑거가 대상으로 다룬 인물과 책을 쓰게 된 동기는 모두 다르지만 "[성인의] 성격 형성에 소아기 4년간이 매우 중요하다"(『히틀러의 정신분석』)는 프로이트의 정론을 충실히 따른 두 사람은, 독재자의 소아기小兒期와 가계家系 분석을 통해 히틀러와 박정희의 유사성에 접근한다.

프로이트에 의하면 1~4세 사이의 소아는 주변에서 일어나는 일들, 특히 자신과 밀접한 연관을 가진 가족 내의 일들을 오해하기 마련이고 어릴 때 받아들인 잘못된 전제 위에 자신의 인격 구조를 형성한다고 한다. 우리가 이 가정에 온전히 동의하든 동의하지 않든 월터 C. 랑거가 히틀러의 『나의 투쟁』 가운데서 얄미울 정도로 잘 뽑아낸 다음의 구절은, 히틀러 스스로 자신의 인격이 소아기의 경험으로부터 자유롭지 못하다는 것을 증명해 준다: "자, 세 살짜리 소년이 있다. 바로 이 나이에 소아는 자신의 첫인상을 의식하게 된다. 똑똑한 수많은 사람들에게서 이러한 초기 기억의 흔적이 노령에서조차 발견된다."

『박정희 정신분석, 신화는 없다』를 쓴 신용구는, 정치가와 정치가의 행동에 대해서 잘 아는 것도 중요하지만 그들의 심리에 대해서도 잘 알아야 한다고 말한다. 즉 교사에서 군인으로, 남로당 간부에서 반공주의자로, 또 5·16쿠데타를 일으키고 3선 개헌을 거쳐 유신 독재의 길을 걷다가 급기야는 미국과도 불화하게 된 박정희의 극적인 궤적이 "외형적으로는 정치적인 것이었을지 모르지만 본질적으로는 철저히 심리적인 것"이기 때문이다.

박정희의 아버지 박성빈(1871~1938)은 부농이자 4대 독자였던 아버지의 큰 기대와 편애 속에 자랐다. 부모의 과보호 아래서 무책임하고 무절제하게 자랐던 것으로 평판이 난 박성빈은, 아버지가 전답을 거의 탕진하면서까지 뒤를 밀어 주었으나 아무런 관직을 얻지 못한 데다가 동학에 가담하여 체포되었다가 고종의 대사면령을 받고 구사일생으로 풀려난 전력을 갖고 있다. 그런 장남에게 실망한 아버지는 남은 재산을 막내아들 박일빈에게 물려주고 박성빈에게는 단 한 푼도 남겨 주지 않았다.

부모의 편애 속에서 세상을 자기 것으로 여기며 살았던 박성빈은 아버지의 태도 변화로 상당한 혼란을 겪게 됐고, 그것이 그의 나머지 일생을 술이나 마시고 시조나 읊는 한량 생활로 일관하게 했다. 박정희는 그런 아버지 밑에서 7남매의 막내로 태어났다. 박정희가 태어나던 1917년, 20년 연상의 큰형 박동희는 부도를 낸 채 만주로 도피한 한 상태였고, 아버지 대신 둘째 형인 박무희가 농사일로 집안을 꾸려 나가던 중이었다. 박정희의 어머니 백남의가 당시엔 고령에 속하던 45세의 나이로 임신했을 때 큰딸인 박귀희도 임신을 하고 있었다. 모녀가 동시에 출산을 해야 하는 부끄러운 상황은 백남의로 하여금 여러 차례 유산을 시도하게 만들었다.

유기 불안이 빚은 생존욕

우여곡절 끝에 태어난 박정희는 모유를 거의 먹지 못했으며, 어머니로부터 "널 낳지 않으려고 무진 애를 썼었다"는 얘기를 자주 들으며 자랐다. 이 일화를 놓치지 않고 낚아챈 신용구는 "아직까지 사고

우리들은 모두 오이디푸스의 가족이다

체계가 미숙하고 단순한 5세 이전의 아이가 어른들의 농담을 제대로 이해하기란 거의 불가능한 일"이라면서, 이때 박정희는 "엄마가 진짜 자신을 죽일지도 모른다"는 "유기 불안"에 빠져 들었을 가능성이 있다고 진단한다. 훗날 박정희는 자신의 소년 시절에 대해 밝히면서 "우리 어머니만 한 사람은 없고 모든 것이 어머니 덕택"이라고 자주 말했지만, 그럼에도 불구하고 '환영받지 못한 탄생'이라는 박정희의 '원죄'는 죽는 순간까지 그를 따라다닌 짙고 어두운 그림자가 되었다.

워낙 늦둥이였던 탓에 형제들과 나이 차이가 많았던 박정희는 어머니의 편애를 시기하거나 질투할 경쟁자가 없는 상태에서 '사랑의 독점'을 누린 데다가, 고의적인 유산을 시도했던 여성들이 핍박(?)을 딛고 태어난 아이에게 보이는 특별한 애정('취소 기제'라고 부름)을 듬뿍 받으며 자랐다. 어머니의 눈길과 손길이 자신의 의지대로 움직이는 것을 보면서 유아는 자신의 전지전능함을 믿게 되는데, 바로 이것이 어린 시절에 형성되는 자기애自己愛의 핵심이다. 건강한 생존을 위해 반드시 필요한 '심리적 자산'에 해당하는 자기애는 현실의 고통에 대한 면역력을 높여 주고 쉽게 좌절하지 않도록 도와준다. 하지만 그것이 지나치게 강화되면 일찌감치 유아독존적인 인격을 형성하게 된다.

유기 불안에 시달리던 아이가 어머니의 편애를 받게 될 때, 자기애적인 환상은 걷잡을 수 없이 증폭된다. 어머니가 자기를 버리거나 죽일 수 있었는데도 그렇게 하지 않고 오히려 다른 형제들보다 더 사랑하게 된 것은, 자기가 그만큼 뛰어난 존재이기 때문이라고 믿게 만드는 근거가 되는 것이다. 그런 박정희에게 유기 불안과 자기애를 균형감 있게 처리해 줄 반대급부가 없었다. 농담처럼 흘린 어머니의 유기 위협을 완화해 줄 아버지가 그에게는 없는 거나 마찬가지였고, 없는 거나 마찬가지였던 아버지는 백남의의 과도한 모성애에 제동을 걸어 주지도 못했다. 다시 말해 박정희에게는 어머니의 편애로 인해 아버지의 미움을 사지 않을까 하는 막연한 거세 위협은 있었지만, 모든 남아들이 겪는다고 상정되는 심각한 오이디푸스 콤플렉스가 부재했다. 그것은 박정희의 문제기도 했지만, 어쩌면 우리나라의 일반적 사정일 수도 있다.

오이디푸스 콤플렉스는 프로이트의 정신분석학을 지탱하는 주춧돌이다. 프로이트에 의하면 모든 신경증은 오이디푸스 콤플렉스를 극복하지 못하고 이에 사로잡혀 있기 때문에 생겨난다. 하지만 중국의 수필가 임어당이 『생활의 발견』 가운데 '중국인들과 같은 대가족 사회에서는 오이디푸스 콤플렉스 따위가 생겨날 수 없다'고 단언한 바 있듯이, 오이디푸스 콤플렉스의 문화적 일반화는 문제가 있다. 예를 들어 작년(2005)에 갑작스레 타계하여 많은 사람들을 안타깝게 했던 전인권은 그의 평판작 『남자의 탄생』(푸른숲, 2003)에서, 서양과 달리 한국의 육아 문화는 사내아이로부터 어머니를 차단하지 않는다는 논리로 프로이트의 오이디푸스 콤플렉스를 상대화했다. 서양식 육아법은 아이의 성장에 따라 체계적으로 어머니에 대한 접근을 막지만, 한국에서는 심하면 12세가 되기까지 남아男兒에게 동침권이 부여된다는 것이다. 오히려 아이가 자라는 동안 어머니에게 홀대받는 것은 남편(아버지)이다. 이렇듯 대폭적인 구강 만족(젖 빨기)을 맛본 한국의 남아에게 오이디푸스 콤플렉스는 말 그대로 바다 건너의 이야기에 지나지 않는다. 한국의 남성에게는 프로이트적인 의미에서의 성적 박탈감이나 아버지로부터의 견제(거세 위협)가 문제되는 게 아니라, '동굴 속 황제'로 키워진 유아독존적인 자기애가 문제다. 오이디푸스 콤플렉스라는 난관 극복 과정이 생략된 소황제小皇帝들의 사회 적응이 여간 쉽지 않을 것이기 때문이다.

한국의 아버지들은 어머니를 놓고 아들과 성적 경쟁을 벌이지 않는다. 유교 문화를 체현하고 있는 한국의 아버지들은 가정 내에서 도덕적·사회적 모범으로 간주되며 권력의 상징이자 실체로 군림한다. 하지만 박정희의 아버지는 일반적인 한국 상황에서 아버지가 가져야 할 긍정적인 권위를 가지지 못했고, 경제와 같은 기본적인 의무도 제대로 완수하지 못했다. 때문에 박정희의 유기 불안에 대한 공포와 유아독존적인 자기애는 서로의 영역을 보완해 주거나 자극하면서 한 덩어리로 커졌다. 유기 불안을 이기기 위해 더 많은 자기애가 공급되어야 했던 것이다.

소아기에 습득한 유기 불안의 공포로 인한 동물적 생존욕과 그에 부수된 공격성 그리고 어머니의 편애가 키워 준 과도한 자기애적 유아독존 성향은 박정희의 일생 동안 번갈아 또는 혼효되어 나타난다. 박정희는 미군정 당시 금지되어 있던 남로당에 가입해 조직도상 중요한 자리에 있었으면서도 여순 반란 사건 직후 대대적인 숙군 작업 중에 군 정보부에 구속되자 "이럴 때가 올 줄 알았다"며 단번에 자술서를 써 내려갔다. 박정희를 미화하는 사람들은 "자신의 목숨을 내놓더라도 비굴한 인생은 살지 않겠다"는 "사무라이적 인생관"으로 이 일화를 치장한다. 하지만 신용구의 분석은 정반대다. 소아기 때부터 저장되어 있던 끈질긴 생존 욕구가 죽음의 위협 앞에서 가차 없이 동지들을 배신하게 했던 것이다.

그의 생존욕과 공격성은 자신의 안위를 위협하는 상황이 닥칠 때마다 극단적인 행동도 불사하게 했다. 5·16쿠데타의 경우 『국가와 혁명과 나』의 말미에 스스로 "주지육림의 부패 특권 사회를 보고 참을 수 없어 거사"를 일으켰다고 하지만 그것은 자신의 방어기제가 무능한 정치인들과 군부의 주요 인사들에게 투사된 것일 뿐이다. 쿠데타 직전에 박정희가 처했던 상황은 강제 예편이 확실시된 때로, 문경 보통학교 교사를 집어치우고 "긴 칼 차고 싶어" 만주군관학교를 자원했던 그에게는 사형선고나 다름없었다. 그래서 저자는 "쿠데타를 일으키는 데는 물론 현실적인 명분이 반드시 필요하다. 하지만 개인적 무의식의 차원에서 조망해 볼 때 5·16은 박정희가 자신의 갈등을 해소하는 차원에서 일으킨 사건"이라고 본다.

무리한 3선 개헌과 유신 헌법 선포 역시 국민으로부터 유기된다는 두려움이 낳은 생존욕과 공격성의 발로였으며, 그 일에는 결코 자신의 과실을 인정하지 않으려는 유아독존적 성향이 가세했다. 인권을 내세운 카터 정부의 압박 역시 박정희에게는 유기 불안의 공포를 연상시켰으며, 뒤에 다시 부연되겠지만, 요즘 박정희 신화의 새로운 연료가 되고 있는 핵 개발 또한 "자주국방의 틀을 다진다는 의미도 있지만 [⋯] 거세 불안으로부터 벗어나기 위해서 미국에 대항할 힘이 필요했던 박정희의 신경증적인 욕구가 현실에 투영된 결과"로 해석될 수 있다.

고아가 찾아낸 강한 새아버지

대구사범 4학년에 재학중이던 1935년, 박정희는 18세의 나이로 김호남과 결혼을 한다. 아버지의 강권에 의한 원치 않는 결혼이었다. 저자는 아들에게 강제 결혼을 시킨 것으로 보아, 강한 아버지와 약한 아들 사이의 지속적인 긴장과 거세 위협이 있었다고 추론하지만(이것이 이 책의 단점이다), 앞서 말했던 것처럼 박정희의 문제는 아버지가 부재했다는 것이다. 강제 결혼을 행사할 수 있었던 아버지는 형식적으로만 존재하는 '꼰대'에 불과했지, 존경하고 동일시되고픈 '위대한 아버지'는 아니었다. 없는 것이나 마찬가지였던 '부실한 아버지'는 그로 하여금 나폴레옹과 히틀러 전기를 탐독하게 했고, 식민 시대라는 상황과 맞물리면서 박정희에게 강한 남성성에 대한 갈구와 '나에겐 나라(아버지)가 없다'는 고아 의식을 심어 주었다.

박정희가 불현듯 교사직을 집어치우고 군인이 된 까닭과 일본을 자신의 조국으로 여기게 된 심리 기저에는 역할 모델로서의 아버지가 부재했던 원인이 크다. 부실한 아버지는 단순히 자기 집안의 문제만이 아니라, 식민 지배를 받고 있던 조선의 상황과 동일하게 여겨졌을 것이다. 그런 심리 속에서 박정희는 자신을 고아로 느끼는 것과 동시에 남성성으로 충만한 제국주의 일본을 자신이 닮고 싶은 아버지, 즉 새아버지로 받아들인 것이다. 이런 시각에서 박정희의 미·일 외교를 복기해 보는 것도 흥미롭다. 군사정권을 최초의 위기로 몰아넣었던 1965년의 한·일 국교 정상화 회담은 대다수 한국인들에게는 굴욕 외교로 비쳐졌지만 박정희의 입장에서는 보은 외교였다.

반면 핵폭탄에 의해 새아버지(일본)를 잃고, 해방과 함께 모든 꿈을 잃어버린 채 졸지에 실업자가 됐던 박정희로서는 미국에 대한 감정이 좋을 리 없었다. 많은 사람들은 박정희와 미국 사이가 벌어진 것은 1979년 지미 카터 방문을 전후해서라고 알고 있지만, 서중석의 『비극의 현대 지도자』의 일절에 따르면 "한국군 장교로는 드물게 미국에 가서 훈련받거나 미국적 사고를 익힐 기회나 의사도 없"었던 사람이 박정희였고 "그가 이해하고 긍지를 느끼며 정체성identity을 가질 수 있는 세계는 불행히도 그것(일본)에 한계지어져 있었다"고 한다. 군생활 중에 미군과 상당한 마찰을 빚은 것으로 전해지고 있는 박정희가 미국과 유대를 가지려고 했던 때는 자신의 사상을 의심받던 쿠데타 초기와 달러를 벌기 위해 월남에 파병을 했던 시기에 집중되며, 나머지 기간은 늘 미국의 국내 정치 간섭과 북한에 대한 우유부단한 태도로 불편한 심기를 꾹 눌러 참고 있었다. 박정희의 핵무기 개발은 그의 마음속에 은닉되어 있던 반미反美 혹은 탈미脫美 감정의 소산이다.

5·16이라는 원죄와 3선 개헌이라는 얼룩이 있긴 했지만 유신 이전까지만 해도 박정희는 최소한 '실패한 대통령'은 아니었다고 말하

우리들은 모두 오이디푸스의 가족이다

는 저자는, 박정희를 유신의 길로 인도한 것은 강박적인 '메시아 콤플렉스'라고 지적한다. 메시아는 신적인 존재이며 인간을 고통에서 구원해 줄 수 있는 절대적인 힘을 가지고 있고 영원하다는 특성을 가지는바, 박정희가 메시아적 존재를 자신의 이상적 자아상으로 설정한 것은 "죽음에 대한 무의식적 공포와 매우 밀접한 관련"이 있다: "유기 불안과 거세 불안으로 인해 늘 생존의 위협을 느끼고 있던 그로서는 죽음에 대한 공포 역시 그만큼 클 수밖에 없었을 것이다 〔…〕 이런 문제들에 시달리던 그의 입장에서는 절대적인 힘을 가진 메시아적 인물이 되는 것보다 더 효과적인 불안 해소 방법은 없었을 것으로 보인다. 아버지와의 힘의 대결에서 우위를 확보해 거세 불안에서 벗어날 수 있고, 자기애적인 환상을 현실로 끌어올림으로써 어머니의 관심과 사랑을 자신에게 영원히 묶어 둘 수 있고, 그럼으로써 어머니가 안겨 준 유기 불안에서도 완전히 탈피할 수 있기 때문이다."

박정희가 암살되지 않았다면

박정희 사후, 우리는 두 개의 수수께끼와 대면한다. 하나는 박정희 주변 인사들(김정렴·선우연)이 제기한 평화적 정권 이양 가능성이다. 그들은 김재규를 강도 높게 비판하면서, 박정희가 핵을 개발하고 자주국방의 기틀을 완전히 다진 다음에 김종필에게 대권을 물려주고 미련 없이 정계를 은퇴하려 했다고 주장한다. 유신 헌법 아래서 똑같은 공화당 인사 그것도 조카사위에게 선거도 아닌 추대로 '대권을 물려주는' 것을 일컬어 평화적 정권 이양이라고 말하는 박정희 주변 인사들의 요상한 사고 구조는 따지지 말자. 첫 번째 수수께끼가 평화적 정권 이양과 박정희의 정계 은퇴 가능성에 대한 것이라면, 이어지는 수수께끼는 "국민의 희생을 막기 위해서는 불가피하게 박정희를 제거할 수밖에 없었다"는 김재규의 주장이다. 그는 군사 법정에서 공개하기를, 부마 사태로 인한 데모가 다른 도시로 확산될 것 같다는 보고를 받은 박정희가 "만약에 서울에 4·19와 같은 사태가 일어난다면 내가 직접 발포 명령을 내리겠어. 자유당 때는 최인규나 곽영주 같은 친구들이 발포 명령을 내렸다가 사형을 받았지만, 대통령인 내가 명령한 걸 가지고 누가 뭐라고 할 거야? 나를 사형에 처할 수 있을 것 같아?"라고 말했다는 것이다. 이때 곁에 있던 차지철이 "캄보디아에서는 3백만 명이나 죽었는데 우리가 1,2백만 명쯤 희생시키는 것이야 뭐가 문제가 되겠습니까?"라고 응대했었다. 그러므로 두 번째 수수께끼는 부마 사태의 확산에 따른 유혈 사태 여부가 될 것이다.

신용구는 첫 번째 수수께끼에 대해 다분히 가능성이 있는 시나리오라고 말한다. 평생 거세 불안과 죽음의 공포에 시달렸던 박정희가 이를 극복하기 위해 메시아적 환상에 사로잡혔었다는 것은 앞서 말한 바 있다. 저자에 의하면, 1977년 쌀 생산량이 4천만 섬을 돌파해 자급자족의 길이 열림으로써 박정희는 메시아적 욕구와 자기애적 환상 충족에 바짝 다가섰으며, 핵 개발에 의한 자주국방에만 성공하면 폭군적이고 변덕 많은 아버지인 미국의 종속에서 탈피하거나 최소한 대등한 관계를 맺게 됨으로써 무의식적인 죽음의 공포에서 완전히

우리들은 모두 오이디푸스의 가족이다

해방될 수 있었다고 한다. 자급자족과 자주국방이 완료됨으로써 자아의 안정을 되찾고 정치적 유연성도 회복하게 되었으리란 게 저자의 추측이다. 첫 번째 수수께끼의 답변과는 상반되게도, 저자는 두 번째 수수께끼에 대해서 역시 그랬을 가능성이 농후하다고 말한다. 박정희의 생존욕과 그것을 뒷받침하는 공격성 그리고 자기애적 환상은 절대 국민으로부터 유기되는 자신의 처지를 방관하지 않았을 것이란 게 그 이유다.

박정희의 심리 세계를 통해 통치 스타일의 한 자락을 밝혀 보이는 이 책은 이미 괄호 속에 내가 썼듯이, 오이디푸스 콤플렉스라는 공식에 박정희를 억지로 끼워 맞춘다는 단점을 가지고 있다. 저자는 '아버지-어머니-아들' 세 꼭짓점으로 이루어진 오이디푸스 삼각형이 허물어질세라 자꾸만 일으켜 세운다. 하지만 박정희 집안엔 일반적('정상적'이라고는 말하지 않겠다)으로 볼 수 있는 오이디푸스 삼각형 대신, 아버지의 자리에 셋째 형이 들어선 변형·대체 형태의 삼각형만 보인다. 구미 일대에서 천재로 소문이 파다했던 사회주의자로 박정희에게 지대한 영향을 끼쳤던 박상희가 아버지 대신 삼각형의 한 꼭지를 차지하고 있었다는 것은 무엇을 뜻하는 것일까? 박정희는 셋째 형이 대신 점거한 '부재하는 아버지'의 존재를 의식하며 강한 아버지를 소망했고, 경쟁자였던 셋째 형이 1946년 10월 대구 폭동의 와중에 진압 경찰의 총에 맞아 사망하자 그 자리를 자신이 접수했다. 그리고 무능하고 부실했던 아버지에 대한 반동 형성이 그로 하여금 훗날 10월 유신으로 표상되는 권위적이고 전제적인 아버지, 국부國父가 되게 했다.

이 글의 교정을 보는 중에, 앞서 언급된 바 있었던, 전인권의 유고 『박정희 평전』(이학사, 2006)이 출간됐다. 저자의 서울대학교 대학원 정치학과 박사 학위 논문이기도 했던 이 책은, 박정희의 생존욕이 권력의지를 낳았으며, 박정희의 심리적 고아 의식과 정신적 제왕psychic king 의식이 서로 길항하고 있었다고 진단한다. 박정희의 심리적 고아 의식은 그 자체보다 훗날 박정희가 보여 준 국가주의 정치 사상과 관련이 있기 때문에 중요하다고 말하는 저자의 논리를 한눈에 살펴볼 수 있는 대목은 312~332쪽과 375~394쪽이다.

정치심리학은 가능한가

신용구의 『박정희 정신분석, 신화는 없다』는 2차 세계대전 중 CIA의 전신인 OSS의 의뢰로 쓰인 월터 C. 랑거의 『히틀러의 정신분석』으로부터 많은 영향을 받았다. 신용구의 책 가운데 월터 C. 랑거의 선행 작업이 자주 언급되지 않았다 하더라도 독자들은 두 저술 간의 유사성을 금세 간파했을 것이다. 까닭은 월터 C. 랑거가 모주망태의 아들로 태어난 히틀러의 메시아 콤플렉스를 설명하는 대목이, 누군가 프로이트의 정신분석학을 '가족 소설'이라고 이름 붙였던 것처럼 매우 정형화되어 있기 때문이다. 히틀러의 어머니는 그를 낳기 전에 두세 명의 자식을 잃은 경험이 있었고 히틀러 자신도 건강이 좋지 않았다. 그래서 "왜 다른 애들은 죽었는데 자기는 살아남았는지 궁금"해 했을 아이가 끌어낸 자연스런 결론은, 자신이 "어떤 특별한 목적을 위

우리들은 모두 오이디푸스의 가족이다

해 선택"되었다는 믿음으로 낙착된다. 얼토당토않은 그 신념은 두 의붓자식에 비하여 어머니가 자신을 더 선호하였다는 사실에 의해 보강된다. 이 이야기들은 마치 똑같은 주제와 갈등이 약간씩 변형 반복되는 텔레비전 연속극 같지 않은가!

히틀러의 메시아 콤플렉스를 더욱 강화했던 조건은 박정희의 예에서와 같이, 없는 것이나 마찬가지였던, 혹은 없는 게 차라리 나았던 '부재하는 아버지'의 존재였다: "환자들 중에는 어린 시절에 제멋대로 자라면서 어머니와 강한 애착을 형성한 아이들이 친아버지를 의심하는 경향이 있다. 특히 맏이일수록 그런 경향은 심해지며 아버지가 어머니보다 나이가 많은 경우 더욱 그렇다. 히틀러의 경우 아버지는 어머니보다 스물세 살이 많았다. 거의 어머니 나이의 두 배였다. 이유는 명확하지 않으나 심리학적 관점에서는 그런 경우, 자신의 아버지를 실제 아버지로 믿지 않고 자신의 친아버지를 초자연적인 개념으로 설명하는 경향이 있다고 한다."

독재자들이 자신의 출생과 성장 과정은 물론이고 가족의 역사를 밀봉해 놓고 대중이 접근하지 못하게 막는 까닭은, 그래야만 자신의 '처녀 수태'를 쉽게 조작할 수 있으며 메시아로 등극할 수 있기 때문이다. 신용구와 월터 C. 랑거의 책은 분석 방법이나 분석 대상에서 많은 공통점을 가지고 있지만, 그러나 결정적으로 틀린 것이 있다. 신용구에 의하면, 단지 갈등의 처리 과정이 성공적이지 못했을 뿐 박정희는 결코 "정신병적 수준은 아니었"던 데 반해, 히틀러는 "정신 분열증의 경계에 위치한 신경증 환자"(경계선 인격 장애)였다. 그래서 히틀러는 정신분석에 양성 반응을 보이고(정신분석의 도움을 받지 않으면 설명할 수 없는 사례가 많고), 박정희는 음성 반응을 보인다(정신분석의 잣대로만 설명하는 것이 부적절한 사례가 많다).

　지면이 모자라서 히틀러에 대해 좀 더 자세히 피력하지 못하는 아쉬움은 뒤로 하고, 대신 두 책을 읽으면서 느꼈던 약간의 공소空疎함에 대해 말하고 싶다. 『비주류 역사』(녹두, 2003)를 쓴 마이클 파렌티가 「정치심리학에 대하여」라는 글 가운데 아프게 지적했듯이, 정치 지도자들의 행동이나 정치적 문제에 대한 심리학적 접근은 정치적인 문제에 대한 대중의 이해를 왜곡시키고 역사에 대한 정치적인 의미를 축소시킬 수 있다. 가부장적이고 부르주아 가치 지향적인 프로이트의 심리학을 정치 지도자나 그들의 행동에 잘못 적용하면, 중립적인 학문(정신분석)을 가장한 교묘한 이데올로기 공세가 되기 십상이다. 실제로 공산주의에 대한 혐오감이 미국 사회를 지배하던 5,60년대에 미국의 정치심리학자들은 유·소년기에 아버지에 대한 증오를 억누르고 있었던 사람은 왕이나 자본가들을 타도의 대상으로 삼게 되고, 가난한 프롤레타리아 계급에 대한 자본 계급의 무자비한 착취를 비난하는 사람들은 어렸을 때 가족에 대한 적개심을 가졌던 사람들이라는 주장을 대중에게 널리 퍼뜨렸다. "모든 권력에 대한 저항은 가부장적인 권위에 대한 반항에서 출발한다"고 보는 그들에게, 마르크스·엥겔스는 물론 레닌·트로츠키·체 게바라 등의 혁명가들은 모조리 가족관계에서 얻은 정신적 외상trauma을 사회관계에까지 연장하여 보상받으려고 했던 미성숙아로 치부된다.

　　　　　　　　　　　우리들은 모두 오이디푸스의 가족이다

유년기가 성년기보다 앞서기 때문에 유년기의 경험이 성인이 되어 경험한 것보다 강력하고 지속적인 영향을 준다는 정신분석학적인 모델이 정치가들에게 적용될 때, 정치심리학적인 해석은 중요한 현실을 정확하게 설명하기보다는 오히려 현실 자체를 대수롭지 않게 취급하면서 그럴듯한 변명 거리만 만들어 주었던 것이다. 다시 말해 혁명의 본질적인 문제와 아무런 연관성이 없는데도 아버지에 대한 감정 때문에 혁명가가 되었다고 일단 확신하게 되면, 혁명 그 자체에 대해 의심하지 않을 수 없게 되며 결국은 정치적 무지와 무관심을 양산하게 된다.

정치심리학적 '전이 이론'을 거부하는 마이클 파렌티는, 개개인의 정치적 인격은 어린 시절 TV·영화·학교·공동생활 등을 통해서 받아들인 '사회적 가치의 내면화' 과정을 통해 완성되어 가는 것이라고 말한다. 개인과 가족이 그들이 태어난 사회보다 시간상 앞선다고 보는 고전적인 프로이트 이론 대신 그는 사회가 가족이나 개인의 출생과 성장보다 선행한다고 주장하며, 정치심리학은 그런 방법으로 재구성되어야 한다고 말한다. 이런 그의 주장은 정치심리학의 근거가 되고 있는 정신분석학 자체가, 오이디푸스 콤플렉스에 대한 부단한 도전과 수정·재구성의 역사라는 것을 상기할 때 더욱 수긍이 간다.

다행히도 『히틀러의 정신분석』은 히틀러 개인에 관심을 쏟는 게 아니라 그의 발달 과정에 영향을 미친 "사회적 영향력"을 분석하고자 한다. 그런 노고 끝에 저자는 많은 독일 남자들이 "남자다운" 성격으로 덮여 있지만 그들이 과시하는 복종적 행동·규율·희생 같은 가치들은 반대로 그들의 "강한 여성적-피학성애적 경향"을 나타내 준다고 말한다. 독일 남자들은 그런 혼란을 숨기기 위해 더더욱 극단적인 용기·호전성·결단성을 지향하게 된다. 히틀러는 그런 독일 남성의 이중적 성향을 잘 알았기 때문에 "독일 국민의 무의식적 경향을 이용하고 그들의 대변자 역할을 하는 자신의 능력을 통해 자신의 개인적 갈등"마저 해결할 수 있었다. 저자에 의하면 독일 문화의 집단적이고 권위주의적인 특징이 히틀러라는 악마를 쉽게 수락했다는 것이다.

박정희나 히틀러는 정치 지도자이기 때문에 보통 사람들을 연구한 경우보다 더 뚜렷하게 과장된 형태의 풍부한 사례를 우리에게 제공해 주었을 뿐, 우리 역시 타인의 눈으로 보기에는 티끌 같지만 혼자 감내하기에는 산더미처럼 큰 정신적 장애를 지니고 산다는 의미에서 '오이디푸스의 가족'임을 부인할 수 없다. 자기 손으로 두 눈을 멀게 하고 나서야 비로소 자기 내면을 직시할 수 있었던 오이디푸스처럼 박정희와 히틀러에게도 그런 용기와 성찰의 힘이 있었는지를 감히 따지지 않는다면, 이 책들은 그들만 아니라 우리 자신마저 한없는 연민의 눈으로 살피게 만든다.

우리들은 모두 오이디푸스의 가족이다

엘리자베스 1세 ;
영국사의 한 장면

비밀스러운 여왕

25세에 국왕에 즉위하여 근 45년간 영국을 다스렸던 엘리자베스 1세(1533~1603) 여왕은 흔히 봉건 시대에서 근대 자본주의 시대로 넘어가는 과도기에 군주 전제 정치 형태로 나타난다는 절대주의 왕권 시대의 여왕이다. 리튼 스트래치의 『엘리자베스와 에섹스』(나남출판, 1999)는 절대주의 왕권이 강화되면서 자신의 권력을 내놓아야 했던 봉건 귀족들과 여왕 간에 벌어진 한판 승부를 긴박감 있게 전해 준다.

엘리자베스 여왕의 아버지였던 헨리 8세는 영국의 종교개혁을 일으키고 스스로 영국 국교의 수장이 된 사람이다. 그가 로마 가톨릭에서 벗어나 성공회를 새로 만든 까닭은 아내였던 캐서린 왕비와 이혼을 하기 위해서였다. 캐서린 왕비는 스페인 국왕의 딸로 원래는 헨리의 형인 아서의 아내였다. 하지만 형이 일찍 죽자 국력이 약했던 영국은 스페인과 평화를 유지하기 위해 아서에 이은 왕위 계승자였던 동생 헨리가 형수와 결혼하게 했다. 영국 왕가는 두 사람의 결혼을 합리화시키기 위해 "아서 왕자의 결혼은 나이가 어렸기 때문에 실질적인 부부 관계가 없었다"는 괴변으로 결혼 무효를 선포했다. 때문에 훗날 캐서린과의 이혼이 더 어려워졌다.

헨리 8세는 빨리 후계자를 얻어 정치적 안정을 기하려고 했지만 캐서린은 딸(메리 여왕) 하나만 건사했고 나머지는 모두 어려서 죽거나 사산과 유산을 거듭했다. 이 결혼이 축복받지 못했다고 느낀 헨리 8세는 궁녀였던 앤 불린과의 사랑에 몰두했고, 임신 연령이 끝난 캐서린은 이혼을 당한다(1527). 헨리 8세는 교황과 스페인 왕실의 극심한 반대가 따르자, 이혼을 위해 종교개혁을 선언하게 된다. 이상의 설명은 영국의 종교혁명을 '이혼 법정'이라는 비정치적 멜로드라마로 착각하게 만들지만, 실은 절대 왕권으로 가는 길목에서 가장 먼저 척결되어야 할 계급이 성직자였다는 것을 잊어서는 안 된다. 그 점에 대해 이 책은 "영국의 종교개혁은 단순히 종교적인 문제일 뿐만 아니라 사회적 사건이기도 했다"는 말로 시작하는바, 종교개혁 이전의 영국은 성직자들에 의해 정부와 행정부가 좌지우지되었고 교회가 토지의 3분의 1을 소유하고 있었다.

역사가들에 의해 호색한이라는 딱지가 붙게 될 헨리 8세와 결혼하게 된 앤 불린은 불행하게도 딸만 낳고 왕자를 낳지 못했다. 헨리 8세

엘리자베스 1세 ; 영국사의 한 장면

는 그녀와 갈라서기 위해 간통죄를 뒤집어씌워 단두대로 보냈다. 엘리자베스는 바로 그 두 사람 사이에서 태어난 딸로, 그녀가 두 살 때 겪었던 어머니의 죽음과 왕위 계승자였던 그녀를 둘러싸고 궁정에서 벌어진 모함은 장차 여왕에 오르게 될 엘리자베스의 비밀스러운 성격을 결정지었다.

엘리자베스가 왕위에 올랐을 때 스페인은 호시탐탐 영국 정벌의 기회만 노리고 있었고, 프랑스와 네덜란드 역시 자국의 종교 분쟁과 스페인의 압력으로 결정적인 순간에 누구 편이 될지 알 수 없었다. 설상가상으로 스코틀랜드에는 잉글랜드를 위협하는 강고한 봉건 세력이 있었고 강력한 가톨릭 세력인 아일랜드는 스페인과 내통하거나 영국의 봉건 귀족과 물밑 거래를 하며 독립을 획책하고 있었다. 이런 상황은 여왕 주변의 정객들과 추밀원을 주전론과 주화론으로 나뉘게 만들었다. 엘리자베스와 함께 이 책의 제목을 구성하고 있는 로버트 드브레, 곧 에섹스 백작이 등장하는 때는 바로 그런 어수선한 시기였다.

엘리자베스 여왕은 평생 독신으로 살았다. 여러 상반된 속설에 의하면 그녀는 천성적으로 음란했다고도 하고, 신체적 결함으로 인해 남자를 받아들일 수 없었다고도 한다. 또 어린 시절에 겪은 심각한 심리적 장애로 인해 성행위에 대해 잠재적인 혐오를 가지고 있었다는 분석도 있고, 아이를 낳을 수 없었다는 소문도 있다. 이런 속설을 물리치려는 듯 저자는 엘리자베스의 독신이 외교적 처세 전략이었다는 듯이 "스페인·프랑스, 그리고 여러 제국들에게 장구한 세월 동안 결혼이라는 저 먹지도 못하는 요리를 내놓고 자신만의 외교적 방법으로 그들을 붙잡아 두었던 것이다"라며 여왕의 독신을 찬양한다. 그녀의 독신이 외교의 일환이었다는 것은 믿거나 말거나 식의 비사秘話로 영원히 남겠지만, 그녀의 남성 편력을 차지했던 가장 중요한 두 사람이 부자父子였다는 것만은 확연한 사실이다.

엘리자베스와 에섹스 그리고 로버트 세실

첫 번째 남자는 그녀가 즉위하던 25세 때 만난 레스터 백작 로버트 더들리이다. 엘리자베스와 레스터 백작 간의 사랑은 레스터 백작 부인의 돌연한 암살 때문에 더욱 화제가 됐다. 아내의 사후 레스터 백작은 초대 에섹스 백작의 미망인 레티스 놀리스(그녀의 할머니는 앤 불린의 자매)와 결혼하게 되는데, 그녀가 데리고 온 아들이 아버지의 작위를 승계한 로버트 드브레다. 그는 계부 더들리의 지원을 받으며 경력을 쌓게 되고, 계부가 죽자 스물이 채 되지 않은 나이로 53세의 엘리자베스 여왕의 가장 중요한 두 번째 연인이 된다. 그는 23세 때 명문가의 미망인과 결혼했으나, 엘리자베스 여왕은 단 두 주일간 노여워했을 뿐 두 사람의 관계는 처음으로 돌아갔다.

떠들썩한 마상 시합과 결투 신청이 전매 특허였던 젊은 에섹스 백작은 우리 주위에 꼭 한 명씩 존재하는 그런 사람이다. 큰일을 처리할 능력도 없으면서 항상 앞장서서 덤벙대고, 말은 많지만 실속은 없는 사람. 이런 사람이 별 볼일 없는 관직이나 낮은 자리에 있으면 세상이

평안하지만, 권력을 얻거나 권력자의 총애를 사게 되면 나라가 소란스러워지는 것은 물론이고 언젠가는 패가망신하게 마련이다. 그럼에도 불구하고 에섹스 백작이 엘리자베스 여왕의 총애를 받은 것은, 그가 중세 영국의 모든 명문 혈통을 이어받았을 뿐 아니라 옛 기사도의 화려한 기치를 구현하고 있었기 때문이다. 명문가의 철부지 에섹스 백작은 14세에 문학사 학위를 받은 미남에다가 여왕을 홀릴 만한 춤꾼이었다.

여왕의 출정 금지에도 불구하고 영국이 스페인의 1차 무적함대를 격파한 전투에 참전한 이래로, 에섹스 백작은 영국과 스페인은 물론 영국과 아일랜드와의 관계에서 언제나 주전론을 주장하는 주전파의 중심이었다. 에섹스 백작의 반대편에서 주화론을 펼친 중심인물은 윌리엄 세실과 로버트 세실 부자父子였다. 민족주의적인 애국심과 가톨릭 세계의 반격에 몸을 떨고 있는 당시의 영국 상황에서 주화론자들은 민중의 인기를 끌지 못했다. 그들은 스페인의 내통자라거나 겁쟁이라는 민중과 정적政敵의 비난을 피하지 못했다. 그런 악조건 속에서도 전쟁을 싫어하는 엘리자베스 여왕의 비호 아래 윌리엄 세실은 수상이 되고, 꼽추였던 그의 아들은 여왕의 수석 비서관이 된다.

영국의 문예부흥기라고 일컬어지는 엘리자베스 시대를 다룬 이 책에는 숱한 문학 천재들이 등장한다. 시인 존 단과 에드먼드 스펜서가 등장함은 물론 셰익스피어 역시 '깜짝 출연'을 통해 그 시대를 증언한다. 그 가운데 가장 굵직한 조역은, 최근 셰익스피어의 저작은 모두 이 사람이 쓴 것이라는 설이 제기되고 있는 프란시스 베이컨이다. 프란시스 베이컨과 그의 형인 앤소니 베이컨은 아버지가 대법관이었던 쟁쟁한 집안의 자식이다. 하지만 부친이 별로 많지 않은 재산을 남기고 죽자 재능 있고 야심 많던 두 형제는 어머니의 언니와 결혼한 윌리엄 세실에게 자신들의 미래를 의탁했다. 하지만 이모부였던 윌리엄 세실은 자신의 꼽추 아들이 출세하는 데 지장이 되는 두 형제의 능력을 덮어 두고 끝내 기용하지 않았다.

윌리엄 노인에게 실망을 한 베이컨 형제는 친척 관계를 청산하고 에섹스 백작의 참모가 된다. 프란시스의 형인 앤소니는 성격이 급하고 고집이 센 편이었으나, 당대에 가장 정확한 산문을 쓴 지성인으로 귀납법을 체계화시켜 영국 경험론의 길을 튼 동생 프란시스는 아주 복잡한 사람이었다. 그는 타의 추종을 불허하는 낭비가로 일생 동안 빚에 허덕였고, 말년에는 뇌물죄로 삭탈관직되어 시골에서 화병으로 죽었다. 리튼 스트래치의 『엘리자베스와 에섹스』가 발간된 1920년대의 보수적인 분위기를 감안할 때, 프란시스 베이컨이 측근에 두었던 "잘생긴 청년들"과의 "수상한 교제"는 동성애에 관한 명백한 암시다.

베이컨 형제의 보좌를 받게 된 에섹스 백작은 25세의 나이로 여왕의 총애를 받는 연인에서 조정의 대신으로 두각을 나타내게 된다. 당시의 정치 지형도를 보면 젊은 추종자들을 거느린 에섹스 백작이 얼핏 신흥 세력인 듯 보이고, 윌리엄 세실과 그의 아들은 낡은 세력으로 보인다. 하지만 좀 더 거시적인 역사의 눈으로 보면 에섹스와 그의 주위에 모인 젊은 귀족들은 봉건 시대의 유물에 불과했으며, 세실 부자 일파야말로 봉건 귀족들이 고급 관료로 대체되는 절대 군주 시대의 새로운 흐름을 대표하고 있었다. 그런 흐름은 엘리자베스 여왕의 전왕인 헨리 8세 때부터 이루어지고 있었는데, 전왕 때부터 중요한 관직은 기사나 성직자가 아닌 새로운 계급에 의해 채워지고 있었다. 엘리자베스 여왕 역시 부왕을 따라 봉건 귀족들보다는 대신들의 "개인적인 능력·주도면밀성·충성심"을 기준으로 사람을 골라 썼다. 아직 칼을 빼들기는 일렀지만 그녀는, 에섹스 백작과 그 일파들의 영향력은 소멸되거나 축소되어야 한다고 판단했다. 하지만 엘리자베스는 에섹스 백작을 자신의 애인으로 붙들어 두면서, 새로운 세력과 옛 세력 사이에서 아슬아슬한 균형을 잡았다. 그러면서 국정의 많은 부분은, 사망한 윌리엄 세실 대신 젊은 로버트 세실에게 맡겼다.

돈 키호테와 이순신을 합한 사람

앞에도 말했던 것처럼, 젊은 에섹스 백작은 실속이 없었다. 그럼에도 불구하고 그는 무적함대와 벌인 첫 번째 전투와 두 번째 전투에서 약간의 공을 세웠다. 영국이 유럽의 약소 국가에서 강대국으로 부상하게 된 중요한 전쟁의 중심에 있었던 에섹스 백작은 민중들의 인기를 한 몸에 받았다. 거기에 고무된 에섹스 백작은 여왕에게 스페인과의 마지막 결전을 재촉했다. 그는 태생부터 '싸우는 사람' 곧 기사였다. 하지만 그는 몰랐다. 비유컨대 그는 중세의 해가 희미한 낙조를 뿌리며 서산으로 넘어가고 있다는 것을 깨닫지 못하는 영국의 돈 키호테였다.

전쟁을 반대하는 여왕을 우격다짐으로 설득해서 몇 차례나 더 출전을 했지만, 군사적 재질이 크게 모자랐던 그에게 더 이상의 행운은 없었다. 여왕의 총애를 받으며 궁중에서 소일하거나 자신의 장원에서 독서와 사냥에 몰두했더라면 그의 삶은 이 책의 부제처럼 '한 비극적 이야기'가 되지 않았을 수도 있었다. 전쟁에서 새로운 승리를 더하지 못했다는 것 말고도 그는 정략상의 세 가지 큰 실수를 범했다. 첫째, 국고를 축내는 것을 무엇보다 싫어했던 엘리자베스 여왕은 비용이 많이 드는 전쟁에 늘 반대해 왔다는 것을 그는 간과했다. 둘째, 민중에 의해 전쟁 영웅으로 치켜세워진 그였기에 민중의 인기를 너무 과신하고 있었다. 셋째, 군권軍權에 대한 걷잡을 수 없는 욕구를 적절한 때에 억눌러야 했으나 그러지 못했다. 곧 소개될 프란시스 베이컨의 충고를 면밀히 되새겨 볼 때, 엘리자베스 여왕 역시 무릇 많은 군주들이 그러하듯이 지출에 인색했다거나 신하가 민중의 인기를 얻는 것을 용납하지 않았다손 치더라도, 세 가지 실수 가운데 돌이킬 수 없는 것은 마지막 사항이었다.

두 번의 승리로 기고만장해 있던 에섹스의 상황을 밑바닥까지 꿰뚫어 보고 있었던 사람은 프란시스 베이컨이었다. 그는 스페인 원정을 준비하면서 병참총감이 되고 싶어 하는 에섹스에게 "나는 묻고 싶습니다"라고 시작하는 장문의 편지를 보낸다. 이 세상의 어떤 군주라도 그렇지만 "하물며 그 군주가 여자일 경우" 당신보다 더 위험한 인물이 어디 있겠느냐고 날카롭게 힐책한 끝에 프란시스는 에섹스가 삼가야 할 두 가지 것을 충고한다. 첫째, "여왕 앞에서는 민중의 인기

엘리자베스 1세 ; 영국사의 한 장면

나 민중의 이익에 부합되는 말을 되도록 삼가며 오히려 기회 있을 때마다 민중의 이익에 반하는 발언을 해서 민중의 인기라는 부담에서 벗어날 수 있도록" 노력할 것. 둘째, 여왕에게 "무력에 의존하는" 것 같은 인상을 주어서는 절대 안 되며 "군대를 입에 올리는 점이야말로 각하의 위험이 너무 커서 나는 걱정이 되어 못 견디겠습니다 [⋯] 이 같은 무력에 대한 의존은 의혹을 불러일으키기 때문입니다"라고 쓴다.

김훈의 『칼의 노래』(생각의나무, 2001)가 이질적인 것은 자신의 사유를 극한으로 밀어 나가는 그의 문체 때문이 아니라, 이순신을 모함하고 그를 죽음에 이르게 만들었던 자들에 대한 아주 낯선 보고를 하고 있기 때문이다. 김훈은 이 소설을 통해 이순신을 질투하고 견제한 정적은 원균이나 서익·이일과 같은 동료 무신이 아니라, 선조라는 것을 손가락질해 가리키고 있다. 행여 역사 속의 이순신은 그렇게 느끼지 않았겠지만, 이순신을 최대의 경쟁자로 여긴 사람은 다름 아닌 선조다. 까닭은 이순신의 어깨에 한 나라의 무장력이 온통 집중되어 있었기 때문이다. 왜군이 국토를 유린하고 있는 그 절체절명의 순간에조차 선조의 눈에 비친 이순신은 자신의 왕위를 위협할 수 있는 '무장력의 화신'이었다. 그래서 이순신은 의심의 대상이 되고, 감시받아야 했으며, 제거되어야 했다.

이순신을 생각할 때마다, 이처럼 완전무결한 마키아벨리적 결말이 준비돼 있었다는 것을 우리는 왜 한 번도 상상해 보지 못했던 것일까? 진秦나라를 군사적으로 완성했던 몽염이나, 한漢 고조 유방이 '백만 대군을 거느려 싸우면 반드시 이기고 공략하면 반드시 빼앗는다'

며 칭찬했던 한신과 같은 장군들이 개국 이후 부귀영화와 만수를 누리지 못하고 자진을 명령받거나 처형을 당한 이유는, 그들이 일국의 무력 전체를 감당한 한 나라의 '무장력의 화신'이었기 때문이다. 그래서 미시사의 선구자로 통하는 마르크 블로크 역시 "이상한 역사적 법칙이 국가와 군대의 지도자 사이의 관계를 규정하는 것 같다. 승리한 지도자는 거의 대부분 권력으로부터 제외되었다"(『이상한 패배』)고 말하는 것이고!

그럼에도 불구하고 마키아벨리적 경고에 근접한, 너무나 빤한 소설가의 직관을 우리가 끝내 불편하게 여기는 것은 왜일까? 역설적이지만 그 까닭은 이순신이 죽고 난 다음 선조가 안도하며 그에게 내렸던 충무공忠武公이라는 시호 때문이며, 나아가 무단으로 나라를 찬탈한 박정희가 이순신을 성웅으로 떠받들었기 때문이다. 지배 권력의 필요에 의해 시대와 정체政體를 뛰어넘어 되풀이 선전되는 충군애국忠君愛國 이데올로기는, 선조가 이순신을 죽음으로 몰아넣었을 가능성은 물론이고 이순신이 자신의 무력을 바탕으로 꿈꾸었을지도 모르는 개국에 이르기까지, 우리 뇌가 상상해 볼 수 있는 온갖 정치적 상상력을 아예 말살해 버렸다. 김훈의 소설에서처럼, 조선의 무장력을 혼자 감당하게 된 이순신은 그때 참으로 외로웠다. 적어도 그에게는 두 개, 아니 세 개의 적이 있었다. 적군은 물론 자신의 군주마저도 그가 어서 죽기를 바랐던 것이니, 왜군도 선조도 모두 적이었다. 그리고 조선 유교의 충절 이념이 내화된 그에게 한 나라의 군권을 홀로 짊어진, '무장력의 화신'으로서의 자신 역시 버거운 적이었다. 삼면의

적과 대면한 그에게 노량해전에서의 죽음은 자살이었다.

마키아벨리가 설파했듯이 왕정이든 공화국이든 모든 국가의 초석礎石은 무장력이다. 때문에 왕정하에서 무장력을 독점한 신하는 왕에 의해 반드시 죽어야 하고, 공화국의 무장력을 독점한 정치인은 민중의 견제를 받아야 한다. 그것을 알고 있는 베이컨은 자신의 후견인이었던 에섹스에게 '당신의 어깨 위에 과도하게 얹어져 있는 무장력을 덜어 내어, 주군의 오해를 피하라'고 경고해 주었던 것이다. 직접 지휘를 하지 않더라도 군사권을 통제할 수 있었던 에섹스는 용의주도한 베이컨의 충고를 무시했다. 그것은 이미 강조했듯이 '싸우는 일'에서만 자신의 존재가 증명되는 기사의 존재 방식 때문이기도 했지만, 그만큼 그의 정치 감각이 무뎠다는 뜻이다. 서산의 낙조와 같은 그를 최후까지 위요하여 무모한 반란을 책동했던 에섹스의 친구들 역시 사정은 같았다. 끼리끼리 모인 탓이다.

아주 현명하게도 베이컨은 이 편지를 마지막으로, 새로운 스페인 원정을 준비하고 있는 에섹스 백작 곁을 떠나 이종사촌인 로버트 세실에게 전향한다. "무력에 의존"하는 인상을 주는 것이 얼마나 무익하고 위험한 일인지에 대해 그토록 강조했는데도 에섹스 백작은 베이컨이 그토록 사양할 것을 권유한 병참총장 자리를 차지한 데다가 해군 제독까지 된 것이다. 베이컨이 에섹스를 배반하게 된 것은 안전상의 이유도 있었지만, 자신의 후견인이 출세에 전혀 도움이 되지 않았기 때문이기도 하다. 막강한 구귀족(에섹스)과 신흥 명문(세실) 사이에서 중심을 잡아야 했던 여왕은 "에섹스가 베이컨을 추천하면 할수록” 완강하게 베이컨의 등용을 거절했던 것이다. 검찰 총장과 차장 같은 ‘물 좋은 관직’에서 연이어 미끄러진 베이컨은 그제야 자신이 줄을 잘못 섰다는 것을 깨닫고 줄을 바꾸어 선 뒤, 엘리자베스 여왕의 측근이 되어 훗날 반역죄로 고소당한 에섹스 백작을 심문하는 데 맹활약을 한다. 저자에 의해 르네상스인의 다양성과 양면성을 가진 인물로 평해지는 이 인물은 이 책 속에서 몇 차례나 “큰 뱀”이라고 불리는데, 동서고금을 통틀어 후대 사람들 특히 역사가들은 권력에 빌붙은 지식인을 미워한다.

여왕이라는 장점

이 독후감의 마지막에 가서야 내놓으려고 했으나, 그만 부주의하게도 에섹스의 반역과 재판이 미리 누설되고 말았다. 엘리자베스 여왕의 치세가 끝나기 전에 에섹스가 주동이 되어 일으켰던 그 반란의 불꽃을 저자는 “자신들의 쇠락을 회피해 보려는 구세력의 마지막 몸부림”이었다고 평가한다. 에섹스의 우유부단하고도 엉성했던 무력 봉기의 발단과 과정에 대해서는 독자들이 직접 확인해 보기 바라며, 다만 끝으로 여왕의 총애라는 완벽한 조건을 갖추었던 에섹스 백작이 꼽추라는 불리한 육체 조건을 가졌던 로버트 세실에게 패배한 까닭을 명기하자. 기실 그 이유는 이 책의 저자가 굳이 밝힐 필요가 없었던 것으로, 로버트 세실이 가진 육체적 결함이 오히려 권력 싸움에 집중하기에 더 유리했던 것으로 판단된다. 런던탑 안뜰에서 교수형을 당한 에섹스 백작은 34세의 젊은 나이로 죽기까지, 궁정은 물론 아일랜드 원정길에서마저 방만한 연애 행각을 벌였다. 그러므로 내성적이면서도 치밀한 성격이었던 데다가 정력을 집중할 수 있었던 로버트 세실이 그처럼 방만한 에섹스 백작을 이기는 것은 어렵지 않았다.

이 책의 저자는 엘리자베스 여왕의 "여성적인 면"이 그녀를 구했을 뿐 아니라, 영국을 안정된 유럽의 강국으로 만들었다고 말한다. 엘리자베스는 "겁쟁이"라는 조롱을 받으면서도 "언질을 주지 않는 것, 적당히 얼버무리는 것, 결정을 미루는 것, 주저하며 연기하는 것, 그리고 인색함"을 버리지 않았다. 그렇다면 "극도의 교활함과 얼버무림으로 살아남았"던 그녀에게 "영웅적인 요소가 있다면 차라리 그녀가 그토록 비영웅적인 일을 그렇게도 오랜 기간 동안 지속해 온 것"이라고 저자가 역설하는 까닭은 과연 무엇일까? 유럽의 패권 다툼과 신·구교도 사이의 대립으로 긴장을 늦출 수 없었던 당대의 국제 정치 역학 속에서 결단이란 전쟁을 의미했고, 국내의 정치 역시 항상 그러했다. 그런 상황 속에서 그녀는 "아무런 방향이 없는 바다 위에 고요히 떠 있다가도 바람이 불기 시작하면 이쪽저쪽으로 거칠게 돛을 조정"했다. 강인한 남자라는 공인된 모범이 그러하듯이 "일정한 노선을 선택하고 이를 고수하는 능력이 그녀에게 주어졌더라면, 그녀는 패배했을 것이다"고 말하는 저자는 "오직 여자만이 그렇게 부끄러움도 없이 이리저리 말을 바꿀 수 있으며, 오직 여자만이 마음을 결정해야 한다는 실질적이며 진실된 필요성에서 도망치기 위하여 일관된 신념은 말할 것도 없이 권위와 명예와 일반적인 체면 따위의 마지막 한 방울까지 거침없이 완전히 팽개쳐 버릴 수 있었다"고 쓴다. 저자의 극찬에 의하면 "그녀의 이름으로 특정되는 기간이 없었더라면 영국은 결코 성숙되지 못했을 것이며 아마 민족주의자와 종교이론가 사이에 벌어진 투쟁의 말발굽 아래 유린"되고 말았을 것이다.

평화를 선호하면서 전쟁을 피하려고 했던 엘리자베스 여왕의 이런 태도는 당시의 신앙심 깊은 사람들로부터 꽤 많은 비난을 받았을 뿐 아니라, 후대의 영국 제국주의적인 역사가들은 "그녀에 대해 주먹을 쥐고 통분"한다고 한다. 그녀가 주저와 궤변을 멈추고 위험을 감수했더라면 신교도 유럽의 맹주가 될 수도 있었고, 네덜란드 왕위를 차지할 수도 있었다는 것이다. 더 나아가 무적함대를 처음 무찔렀던 1588년에 확전을 했더라면 스페인 제국을 영국의 통치 아래 편입시킬 수도 있었다는 게 그들이 울분을 터트리는 이유다. 그러나 그녀의 선택은 네덜란드를 독립시켜 해상권을 양분했을 뿐, 유럽 본토에 대한 아무런 후속 조치도 취하지 않았다. 그녀의 시야는 그저 유럽에서 아주 먼 인도로만 열려 있었고 안으로는 문예부흥에만 신경을 썼다. 저자는 엘리자베스를 비난하는 세평과 달리 "그녀가 이상스런 행동을 끝냈을 때 영국에 비로소 문명이라는 것이 생겨났던 것이다"고 평한다.

S. 츠바이크의 『어느 정치적 인간의 초상』(분도출판사, 1977)과 같은, 이런 유의 책은 너무 자세히 요약해 놓으면 독자들이 통 읽지 않는다. 거칠게 요약해야 한다는 의도 때문에 엘리자베스 여왕과 에섹스 백작 간의 '사랑싸움'은 완벽히 생략했다. 두 사람 사이에 벌어진

무수한 '사랑싸움' 가운데 가장 극적인 것은, 아일랜드 총독 지명을 둘러싸고 여왕과 에섹스 백작이 궁정에서 입씨름을 하던 끝에 여왕이 에섹스의 "귓전을 때"렸을 때이다. 그때 에섹스는 흥분해 이성을 잃고 잠시 "칼에 손을 가져" 갔다. 이런 행동은 "런던탑에 유폐, 그리고 신만이 아실 극형으로 이어지는 것이" 당시로서는 자연스러운 일이었다. 연산군의 어머니인 윤씨가 성종의 얼굴을 할퀴어 폐비가 된 것과 같은 운명을 에섹스 백작 또한 따라야 했으나, 여왕은 시부저기 그를 용서했다.

에섹스 백작에 대한 여왕의 총애는 거기서 그치지 않는다. 동서양을 불문하고 전쟁에 나가서 이기지 못하거나 지고 돌아온 장수에게 불충을 물어 극형에 처하는 것이 일반적이던 시대에, 에섹스 백작은 여왕의 만류에도 불구하고 스페인 원정에 나선 끝에 아무런 성과 없이 군비만 축내고 귀향했다. 그 순간이야말로 그가 여왕으로부터 용서를 구하고 낙향을 결심해야 할 때였다. 하지만 그는 아일랜드를 평정하는 새로운 과업으로부터 회생의 기회를 잡으려고 나섰다. 앞서 소개한 바 있는 프란시스 베이컨의 편지에는 이미 이런 일이 있을 줄 알고 만약 그런 기회가 오더라도 "속마음"을 감추라고 했건만, 돈 키호테나 같았던 그는 고집을 부려 사령관직을 차지한다. 연이은 아일랜드에서의 패전은 그로 하여금 반역자가 되지 않더라도 죽음을 면치 못할 처지로 몰아넣지만, 그동안 보여 준 여왕의 비호와 총애는 이미 권력에 대한 에섹스의 자아도취증을 불치병으로 만들어 놓은 뒤였다.

절대 왕정은 꼭 필요한가

유럽 왕국은 근대를 맞이하기 전에 한 번씩 절대 왕정 시대를 통과한다. 영국의 엘리자베스 여왕은 물론이고 프랑스의 루이 14세(1638~1715), 프로이센의 프리드리히 2세(1712~1786), 오스트리아의 마리아 테리지아 여왕(1717~1780), 러시아의 표트르(1672~1725)와 에카테리나 여왕(1729~1796)이 그 예다. 하지만 봉건 시대가 없었던 우리 역사는 한 번도 절대 군주를 가져 보지 못했다. 오히려 왕들은 '정신의 봉토'를 장악하고 나누어 가진 사림士林과 붕당朋黨에 구속돼 있었다. 이인화의『영원한 제국』(세계사, 1993)은 어쩌면 우리 역사에서 최초의 절대 계몽 군주가 될 수도 있었던 정조(1752~1800)의 독살설을 추적하고 있다. 이인화는 선진화된 오늘의 유럽 국가는 하나같이 봉건 시대 말미에 필수적으로 거치게 마련인 절대 왕정이라는 강력한 중앙 집정을 통해서 근대의 기반을 닦게 되었다는 시각 아래, "홍재 유신이 실패함으로써 우리 민족사는 160년이나 후퇴했다. 우리의 불행은 정조의 홍재 유신 대신, 박정희의 10월 유신을 경험해야 했다는 사실이다. 그야말로 권주를 마다하고 벌주를 받은 것으로 현명한 왕법이 지배하는 절대 왕정 대신, 조야하고 참혹한 개발독재를 겪은 것이다"는 결론에 이른다. 그가 박정희에게 매료된 이면에는, 박정희를 우리 역사가 가져 보지 못했던 절대 계몽 군주 즉 '뒤늦게 온 근대의 메시아'로 여기기 때문이다.

역사학자 이덕일은『한국사로 읽는 성공한 개혁 실패한 개혁: 김춘추에서 노무현까지』(마리서사, 2005)라는 책에서 강력한 왕권은 안정된 사회를 이루고, 백성에게 편한 이점은 있다고 인정한다. 하지만 한때의 사회 안정보다 더 중요한 것은 한 시대의 정치 체제를 해체하고 다음 시대의 정치를 준비하는 것이라고 본다. 그런 의미에서 조선 중기의 정치적 개혁은 정치 참여층을 넓히는 것이었다. 즉 사대부들이 왕으로부터 상당량 확보해 놓은 정치권력에 일반 백성이 참여할 수 있는 길을 틔워 놓음으로써, 자연스럽게 근대사회로 넘어갈 수 있었다는 것이다. 또 정치학자 박현모는 『정치가 정조』(푸른역사, 2001)에서 정조의 절대 왕권 강화가 조선조의 공론 정치(붕당 정치)를 파괴했고, 훗날 세도 정치를 불러왔다고 비판한다. 독자들의 일독을 권하며, 마지막으로 다카키 마사오(박정희)를 '아비'로 우러르는 광신도들은 이 책을 쓴 저자의 다음과 같은 말을 한 번쯤 음미하기 바란다: "런던탑의 축축한 감방이 없었으며 고통 속에 내지르는 비명 사이로 영리한 취조관이 조용히 취조서를 쓰고 있지 않았다면, 엘리자베스 시대의 영광은 존재하지 않을 수도 있었던 것이었다." 엘리자베스 1세의 문예부흥은 그렇게 이루어졌다.

2007년, 아마겟돈

'대중독재론'과 『내게 거짓말을 해봐』의 공통점

17대 총선을 앞두고 대통령 탄핵이라는 정치적 파탄을 연출했던 새천년민주당은 돌아선 민심을 잡기 위해 "50년 전통 야당을 이대로 죽도록 놔두시렵니까?"라고 읍소했으나, '50년 만의 진보 정당 국회 진출'이라는 쾌거를 이룬 민주노동당에 밀려 제3당의 지위에서마저 쫓겨났다. 언론과 정당 대변인·후보들의 입에서 쏟아진 '50년 전통 야당'과 '50년 만의 진보 정당 국회 등원'과 같은 수사는 필자에게 역사적 궁금증을 불러일으켰고, 사실 여부를 확인하도록 유혹했다. 어떤 책을 찾아 읽으면 좋을지 망설이던 차에 박태균의 『조봉암 연구』를 발견하고 대번에 그 책을 빌려 읽었다. '필이 꽂혔다'는 말은 이런 때나 쓰는 말이 분명했다.

박태균의 책은 제목이 의미하는 것처럼 우리나라의 정당사를 체계적으로 다루고 있지는 않았지만, 한국 근현대 정치사의 상식에 해당할지도 모르는 간단한 궁금증을 말끔히 가시게 해 주었다. 두 종류의 '50년 운운' 가운데 민주노동당에 관한 것은 거의 진실이고, 새천년민주당에 관한 것은 위조에 가깝다. 읽어 보면 안다. 하지만 모든 책 읽기가 그렇듯이 애초에 목적을 이루고 나서, 아니 최초의 동기를 성취하는 독서 과정 가운데, 내 관심은 조봉암과 그가 살았던 시대에 대한 또 다른 관심으로 비화하게 됐고, 상·하권으로 이루어진 서중석의 『조봉암과 1950년대』를 발견했다.

2004년 6월 1일. 거의 정오 가까운 시각에 아침 겸 점심을 먹고 나서, 빌린 책을 반납하고 또 열람실 창가에 앉아 서중석의 두꺼운 책도 다시 읽고자 집을 나서서 대구 시립 중앙도서관을 향해 걸었다. 하지만 그 날의 계획은 수포로 돌아갔다. 인적이 드문 동부교회 앞 보도에서 빳빳하게 펴진 1만 원권 지폐를 주웠던 것이다. 생전 처음 거금(!)을 주웠던 내 가슴이 얼마나 두근거렸는지 이 자리에서 다 형용하기는 어려우나, 전 국민적인 로또 열풍을 얼마만큼 수긍하게 되었다는 사실만은 밝혀 둔다.

공돈을 주운 나는 도서관을 향해 걸어가며 어떻게 이 돈을 쓸지에 대해 골몰했다. 며칠 전에 시청 앞의 헌책방에서 만지작거리다 완역이 아니어서(아무래도 완역이 있을 것 같아서) 책 더미 속에 남몰래 파묻어 두고 온 『신자유주의와 법』(연세대학교 출판부, 1991)을 찾아, 단골 주점인 대구식당에 앉아서 시원한 막걸리를 마시며 하이에크의 요상한 뇌 구조를 들여다보는 것은 어떨까? 빌린 책을 반납하고 나온 나는 시청 앞의 헌책방 거리로 가는 대신 H서림으로 발길을 돌렸다. 애용하는 서점은 K문고이지만 가끔씩은 낯선 서점을 들러 보는 게 버릇이다. 각 서점마다 조금씩 거래하는 출판사와 재고在庫의 내용이 다르고, 크게는 진열의 원칙이 다르기 때문에 낯선 책을 발견할 수 있는 재미를 주기 때문이다.

특별한 기분에 H서림을 찾기는 했으나, 그 날은 꼭 보고 싶은 두 권의 신간이 있었기 때문에 곧바로 인문학 계열의 책이 진열된 서가로 가서 그 가운데 한 권을 뽑았다. 임지현·김용우 엮음 『대중독재』(책세상, 2004). 이 책의 출간 소식을 나는 오랜 애독지인 〈한겨레신문〉 5월 22일자 기사로부터 얻었다. 안수찬 기자의 꽤 자세하고 논쟁적인 소개 글은 이 책에 관심을 불러일으키기에 충분했는데, 그 기사를 미처 보지 못했더라도 난 『대중독재』란 책을 간과하지는 않았을 것이다. 까닭은 박정희와 박정희 현상에 대해 늘 주목하고 있기 때문이다.

박정희가 살아 있던 1970년대나 김일성이 살아 있던 1980년대에, 남한 사람의 거의 대부분은 김일성을 미워했다. 하지만 나는 말썽 많았던 어느 소설(『내게 거짓말을 해봐』)에 대해 설명을 하는 자리에서, 실제로 남한 사람들은 체감의 구체성으로 보아 자신이 살고 있는 땅의 독재자인 박정희를 더 미워하는 게 논리적으로 옳지만 감히 대놓고 박정희를 규탄할 수 있는 자유가 없었기 때문에 마음껏 욕하는 게 허용되었던 김일성을 더더욱 증오하게 된 것이라고 썼다. 이 기괴한

심리적 투사의 진실은 그들이 쌍생아라는 것이다.

서점의 서가에서 빼어 든 책은 무척 두꺼웠는데, 그 두께가 '대중독재론'을 제기하는 연구자들의 학문적 각오를 나타내 주는 것 같이 느껴졌다. 목차를 훑어보니 위로부터의 '강제(혹은 폭력)와 세뇌(혹은 선전)'가 아니라, 아래로부터의 '자발적 동의와 협조'의 관점에서 지난 세기의 전체주의를 재검토하는 작업이 활발하다는 것을 알려 주는 외국의 사례 연구가 많은 분량을 차지하고 있었다. 이탈리아 파시즘·비시 프랑스·프랑코 체제·나치 시대의 독일·나치와 합병된 오스트리아·전시 일본·동독·스탈린 체제·폴란드의 경우를 다룬 글들이 바로 그랬다. 기대했던 박정희 체제에 대한 글은 황병주가 쓴 게 유일했는데, 이 정도라면 2만 5천 원이라는 만만치 않은 값을 치르고 사야 할 필요가 없다고 생각했다. 외국의 사례에 대해서라면 넉 달 전에 읽고 독후감을 쓰기도 했던 데틀레프 포이케르트의 『나치 시대의 일상사』가 준 충격이 아직껏 남아 있었을 뿐 아니라, 외국의 여러 사례로 박정희 체제를 설명할 수는 없다고 여겼기 때문이다.

황병주의 글만은 몇 달 뒤에 도서관에 입고된 뒤에 천천히 읽어 볼 것을 기약하고, 이왕 책을 빼어 든 김에 임지현이 대표 집필한 「엮은 이의 말」과 총론에 해당하는 「'대중독재'의 지형도 그리기」를 즉석에서 읽었다. 우리나라 학자들이 공부는 잘하면서 외국 이론을 수입하는 수입상이 되거나 자신의 지력만큼 창의력을 발휘하지 못하는 까닭은 학문을 하게 된 동기나 연구의 목적이 미약하기 때문이다. 특히 자신의 입장을 수정·전향하거나 방법적 모색을 감행할 필요가 종종 있는 역사·사회학자의 경우 문제의식을 갖게 된 배경, 또는 전향을 하게 된 필연성이나 새로운 방법론을 모색하게 된 필연성이 설명되어야 한다. 이런 의미에서 「엮은이의 말」에는 새로운 용어를 창안하면서까지 '대중독재'를 천착하게 된 동기가 실감 나게 피력되고 있다. 내일이면 이 책을 사야 되는 운명인 줄도 모르고, 나는 어딘가에 써먹을 요량으로 임지현이 쓴 「엮은이의 말」의 한 대목을 가지고 간 노트에 힘들여 옮겨 적었다.

　　1999년의 일로 기억된다. '국민의 정부'가 박정희 기념관 건립 계획을 발표하자 뜻을 같이하는 몇 개의 역사 단체가 모여 그에 반대하는 심포지엄을 개최했다. 그때 나는 토론자의 자격으로 참석했다. 내 기억이 맞다면, 그 자리에 모인 역사가들은 이구동성으로 반대의 입장을 표명했다. 그 자리에서 반대 성명서가 입안되어, 당시 모인 진보적 역사 단체들의 공식 입장으로 채택되었다. '국민의 정부'에 대한 배반감, 분노, 회의가 대회장을 지배하기는 했지만, 현실에 대한 역사학의 실천이라는 점에서 뿌듯함도 적지 않았던 것 같다. 그러나 뿌듯함은 잠깐이었다. 기대와 달리 시민사회의 반응은 차갑기만 했다. 여론은 박정희 기념관 건립을 지지하는 방향으로 흘러갔으며, 대학 신문의 여론 조사에서 서울의 한 명문 사립대학 학생들은 박정희 대통령을 복제하고 싶은 역사적 인물 1위의 자리에 올려놓았다. 역사가로서 부끄러운 고백이지만, 현실에서 작동하는 기억의 정치학은 나 자신의 역사 인식과는 전혀 다른 결로 짜여 있었다. 지적인 고립 상태에서 자족했을 뿐,

자신이 발 딛고 서 있는 사회의 현실을 설명해야 하는 역사가의 책무를 다하지 못했다는 자책감에서 좀처럼 벗어나기 힘들었다.

강제와 세뇌만으로는 통치할 수 없어

「엮은이의 말」은 그러나 박정희에 대한 한 역사가의 실감치고는 너무 왜곡되어 있거나 동기가 약하다는 느낌이 들었다. 박정희 기념관에 대한 시민들의 생각은 크게 찬성하는 쪽이기보다는 '김대중의 동진 정책'의 일부라는 심드렁한 사시와, 긴급한 국책 과제도 아닌 기념관 설립으로 '괜한 국론 분열을 일으킬 필요가 있느냐?'라는 식의 귀찮은 반응이 대부분이었다고 나는 기억한다. 임지현의 말대로라고 하더라도 박정희 기념관에 대한 시민들의 반대가 약한 것은 역사가와 현실 사이의 괴리 때문이 아니라, 현대사 교육이 실종되었기 때문이다.

일례로 인터넷 서점 알라딘에 전재호의 『반동적 근대주의자 박정희』를 읽고 독자 서평을 남긴 kmarx는 "나는 박정희라는 사람이 18년 동안 집권했던 당시 상황을 겪어 보지 못했다. 그래서 나 역시도 보수 세력들이 열심히 준비해 준 '박정희 찬양' 교육을 불가피하게 받은 세대다. 하지만 역사는 그것이 왜곡되거나 미화되는 순간 역사가로서의 가치와 품격이 절하되는 것임을 상기해 볼 때 나를 포함한 많은 이들이 박정희라는 인물에 대해 가지고 있는 막연한 동경 내지는 존경심 같은 것도 교육과정의 한계에 가려진 이면의 어두운 면을 파악하지 못함에서 온다는 것을 잊어서는 안 될 것 같다"고 쓰고 있다. 역사가들은 이 말을 무시해서는 안 된다. 역사 교과서가 5·16혁명을 5·16쿠데타로 바로잡은 것은 김영삼 정권 때부터였으나, 그럼에도 불구하고 이 글을 쓰고 있는 2004년 6월 10일 현재, 쿠데타를 혁명으로 믿는 세력들이 '군사 쿠데타'를 종용하고 있다.

노트에 메모를 하며 읽은 「'대중독재'의 지형도 그리기」는 「엮은이의 말」에서 느꼈던 모종의 반감을 상당히 누그러뜨려 주었다. 민족주의는 반역이라고 누누이 역설해 왔으며 전체주의의 가공할 헤게모니 전략(진지전)에 대해 주의를 환기시켜 온 임지현은, 대중독재라는 새로운 문제틀 속에 자신이 다듬어 온 여러 명제들을 누빔 점 하나 없이 모조리 종합하려는 시도를 한다.

그에 의하면 지구상에서 발생한 모든 전체주의는 민족주의로부터 발현한다. 국민국가는 프랑스혁명의 대의였던 자유와 평등과 같은 민주주의를 확장시킨 게 아니라 오히려 전체주의를 더 쉽게 용인하게 만들었다는 인식은, 전체주의를 피하기 위해 선결되어야 할 전제 조건을 우리에게 제시해 주고 있는 듯이 보인다. 또 전체주의를 경험한 모든 국가에서 독재자에 대한 향수를 가진 대중이 존재한다는 것은, 독재자에 대한 대중의 동의가 폭력이나 세뇌에 의해 강제적·일방적으로 얻어진 게 아니라 시민사회의 일상과 대중의 심성 속에 전체주의의 가치가 성공적으로 이식되었기 때문에 가능하다는 분석은, 오늘날의 박정희 현상이 어디서 비롯되었는가를 추론하게 해 준다.

그럼에도 불구하고 새로운 의문이 꼬리를 물고 생겨나는 것은 어쩔 수 없다. 저자는 20세기의 독재가 중세의 왕권 통치와 크게 다른

점으로 인민의 자발적인 지지와 동의를 이끌어 내려는 합리적인 수단과 통치자의 노력을 꼽는다. 하지만 어떤 시대든 폭력과 강제의 수단만을 가지고 백성을 통치하려는 우둔한 절대 군주는 거의 없었고, 그런 국가가 오래 지속한 경우도 드물다. K.R. 브래들리의 『로마제국의 노예와 주인』(신서원, 2001)을 보면, 목욕물의 온도가 맞지 않다거나 세숫물을 조금 늦게 대령했다는 이유로 가차 없이 노예를 죽이는 주인들이 있었음에도 불구하고, 500년이 훨씬 넘는 로마 역사 가운데 스파르타쿠스와 같은 대규모 노예 반란은 거의 없었다. "긴 기간 동안 노예들을 강제 종속 상태로 유지시키기 위해서는 통제 메커니즘이 필요"했다고 말하는 이 책의 저자는, 로마의 지배자들과 법률이 어떤 방법으로 노예들로부터 충성과 복종을 유인했는지를 분석해 보인다.

로마의 통치자들은 노예들로부터 고분고분한 태도를 이끌어 내는 수단으로, 폭력이라는 일관된 평형추를 강화하면서 자발적 복종을 유도하기 위한 여러 가지 자극제와 보상책을 내놓았다. 그 가운데 가족 생활의 보장과 일정한 기간 뒤에 해방을 해 주겠다는 약속은, 노예들의 충성과 복종을 유인하는 가장 효과적인 사회통제 방법이었다. 로마의 통치자들은 거기에 더하여, 충성과 복종이라는 소위 '귀족적 이데올로기'마저 노예의 내면에 전수하려고 했다.

"대중독재가 전제정專帝政과 뚜렷하게 구분되는 것은 아래로부터의 지지를 필요로 한다"는 임지현의 말은 대중이 정치의 주인공으로 떠오른 대중 민주주의 시대의 통치 환경을 예리하게 포착한 것이긴 하지만, 로마의 지배계급이 그랬듯이 항상 쓸 수 있게 벼리어 놓은 강제와 폭력은 대중독재(전체주의)의 필수 불가결 요소다. 아래로부터의 역사를 강조하는 일단의 역사가들은, 전체주의 정권이 선전과 헤게모니 공작을 동원해 동의의 조작을 만들어 내는 것과 동시에, 암묵적인 위협과 폭력을 통해 강제된 복종 또한 얻어 내고야 만다는 것을 세심히 고려하지 않으며, 대중의 자발성에만 지나친 비중을 두고 거기에 현미경을 들이댄다.

피억압자의 정신 분열을 동의라고 말하다니!

임지현은 「'대중독재'의 지형도 그리기」의 서두에 체코의 반체제 지식인이며 정치가였던 하벨의 에세이 한 편을 인용해 놓고 있다. "만국의 노동자여 단결하라"는 정치 구호를 쇼윈도에 붙여 놓은 프라하의 한 야채 장수를 예로 든 하벨은, 그 구호를 붙여 놓은 야채 장수는 어떤 정치적 신념을 드러내려 했던 게 아니라, 단지 권력을 향하여 어떤 메시지를 전달하려고 했을 뿐이라고 말한다. 즉 쇼윈도에 붙여 놓은 그 구호는 공산 정권을 향해 "나는 내게 요구된 정치적 의식儀式을 충실히 재현하고 있으니 평화롭고 행복하게 살도록 내버려 두라"는 타협의 메시지였다는 것이다.

스스로 포스트 전체주의post-totalitarianism라고 이름 붙인 체제의 작동 비결을 밝히려고 했던 하벨은 그 글을 통해 포스트 전체주의는 시민들에게 무조건적인 항복을 요구할 만큼 어리석지 않으며, 정치 의례의 준수를 통해 시민의 충성도를 가늠할 뿐이라고 말한다. 거기에 가

2007년, 아마겟돈

담한 시민들 또한 자기기만의 메커니즘을 사용해 체제와 '무언의 협정'을 맺는다고 한다. 즉 20세기의 독재는 폭력과 선전만으로는 작동하지 않으며, 권력자와 시민은 약한 권력이나 선한 피해자라는 이분법으로는 더 이상 나눠지지 않는 광범위한 회색지대에서 혼거하고 있다는 것이다.

이런저런 문학 작품을 읽어 본 바에 의하면 하벨이 썼다는 「힘없는 자들의 힘」이라는 에세이는 꽤나 상투적이다(이 에세이는 1992년 들꽃 세상에서 출간된 바츨라프 하벨의 『대통령의 꿈』에도 전제되어 있다). 브레히트가 쓴 「코이너 씨 이야기」 가운데 한 편은 자신의 집에 무단 침입한 '폭력'이라는 이름의 무뢰한에게 7년 동안 복종했던 에게 씨氏의 경우를 들려주고 있다. 너무 많이 먹고, 자고, 명령만 하다가 뚱뚱해진 '폭력'이 죽자 온갖 부역을 마다하지 않았던 에게 씨는 그제야 그 무뢰한의 시체를 집 밖으로 끌어낸 다음, 처음으로 "싫다"고 말한다.

어느 평자는 폭력을 위해 온갖 일을 다 해 주었지만 "꼭 한 가지만은 하지 않았다. 그건 말을 하는 것이었다"는 구절을 들어 에게 씨의 마음 깊숙한 곳에 불굴의 저항 정신이 숨어 있었던 것이라고 썼다가, 그것은 소시민의 비겁성을 나타내 줄 뿐이라는 또 다른 평자의 거센 반론을 받았다. 그 평자의 거센 반론은 김수영이 4·19 직후에 쓴(4월 26일) 지루하고 재미없는 시 「우선 그놈의 사진을 떼어서 밑씻개로 하자」에도 고스란히 적용된다.

우선 그놈의 사진을 떼어서 밑씻개로 하자

그 지긋지긋한 놈의 사진을 떼어서

조용히 개굴창에 넣고

썩어진 어제와 결별하자

그놈의 동상이 선 곳에는

민주주의의 첫 기둥을 세우고

쓰러진 성스러운 학생들의 웅장한 기념탑을 세우자

아아 어서어서 썩어 빠진 어제와 결별하자

〔…〕

영숙아 기환아 천석아 준이야 만용아

프레지던트 김 미스 리

정순이 박군 정식이

그놈의 사진일랑 소리 없이 떼어 치우고

우선 가까운 곳에서부터

차례차례로

다소곳이

조용하게

미소를 띄우면서

극악무도한 소름이 더덕더덕 끼치는

그놈의 사진일랑 소리 없이

떼어 치우고―

2007년, 아마겟돈

이 시의 첫 연과 마지막 연을 읽으며 우리는 김수영의 남다른 저항 정신을 찬양해야 할까? 아니면 이승만 사진을 집 안에 붙여 둔 영숙이·기환이·천석이·준이·만용이가 그동안 독재 권력과 맺고 있었던 것으로 보이는 '무언의 협정'을 비난해야 할까? 해석은 제각기 다르겠지만 분명한 것은 프라하의 야채 장수에 대한 하벨의 해석이 모두를 설득시킬 수는 없다는 것이다.

임지현은 나치 독일과 스탈린 체제의 러시아를 예로 들면서 "파시즘과 스탈린주의가 만나는 접점은 전체주의라는 추상적 모델이 아니라 후발 민족국가의 근대화 프로젝트였다"면서 전체주의 개념 자체를 추상적인 개념으로 격하하고, 히틀러와 스탈린의 독재 체제를 후발 자본주의 국가가 선진 자본주의 국가를 따라잡기 위한 근대화 프로젝트의 일환이며 대중이 원했던 것이라고 정당화한다.

'대중독재론'이 나오기 전까지 통용된 전체주의의 개념이 추상적이었다는 저자의 견해는, 이제야 하는 말이지만 전체주의의 통치 기저가 온통 강제와 폭력 또는 세뇌와 선전으로 이루어져 있다는 잘못된 전제에 과도하게 매달렸기 때문이다. 로마 시대에 대한 앞서의 분석이 보여 주었듯이, 전체주의가 언제든지 꺼내 쓸 수 있는 폭력을 간수해 놓고 있는 것은 사실이지만, 일반 대중의 선입견과 속설을 진지하게 받아들일 양이라면 모르겠으나, L. 샤피로의 『전체주의』(삼성미술문화재단, 1971)와 같은 저명한 저술들이 폭력의 중요성에 대해 크게 할애하고 있지 않은 것도 사실이다.

모든 국가의 탄생이 초석적 폭력에 기반하듯이 전체주의 정권 또

한 그만한 폭력을 보유하고 있을 뿐이다. 그래서 진짜 추상적으로 보이는 것은 강제와 폭력을 전체주의의 모든 것이라고 믿는 대중의 속설을 학문적인 규정으로 고정시켜 놓고, 거기에 기대어(반하여) 자발적인 협력과 동의라는 개념으로 전체주의를 새로 구성하려는 대중독재론의 과장이다. 또 이미 1960년대부터 나치와 히틀러를 독일의 근대화주의자로 바라보는 논자들이 있어 왔지만, 나치즘에 의한 근대화 프로젝트는 파시즘(나치즘) 자체가 근대화의 병리 현상이었다는 결론에 자리를 내주고 있다. 마크 네오클레우스의 『파시즘』(이후, 2002)이 아주 박진감 있게 파고들었듯이 파시즘은 근대에 내장된 병폐 현상으로 비판되지 파시즘이 근대화의 숨은 역군으로 예찬되지는 않는다.

'대중독재론' 속에는 민주주의에 대한 불신이 숨어 있다

『대중독재』를 서가에 도로 꽂는 중에 우연하게 눈에 띈 책이 있었다. 이병천 엮음 『개발독재와 박정희 시대』(창비, 2003). 가나다순으로 출판사의 책이 서가에 꽂혀 있었으므로 책세상 출판사 바로 위 칸에 창작과비평사의 책이 있었던 것이다. 나는 그 책을 새로 뽑아 펼치며 이런 생각을 했다. '임지현 말대로 파시즘이 대중의 물적 필요를 충족시켜야 한다는 근대 권력의 전제 조건에서 나왔으며 파시즘이 후발 자본주의 국가의 속도전과 총력전 요구에 부응한 것이라면, 이미 정식화되어 있는 개발독재라는 말을 놔두고 굳이 대중독재라는 신개념을 만들어 낼 필요가 어디 있었을까?' 임지현이 설득력을 얻기 위해서는 먼저 대중독재라는 용어의 타당성이 입증되어야 했다.

르네 지라르의 『나는 사탄이 번개처럼 떨어지는 것을 본다』(문학과
지성사, 2004)를 사 들고 집으로 돌아온 나는, 검사 출신 방송인 강지
원과 양심적 병역거부 운동가인 오태양 씨의 대담 프로를 EBS를 통
해 보면서 '세상이 참 많이 바뀌었다'는 생각을 새삼 하게 되었다. 한
쪽에서는 법정에 사건이 계류되어 있는 병역 대체 복무를 주장하는
운동가가 텔레비전에 출연하여 자신의 의견을 밝히고 있고, 또 한쪽
에서는 박정희 시대의 국민 대다수를 자발적 지지자로 윤색한다.

다음날인 6월 2일. 어머니로부터 『당대비평』에서 전화가 왔다는
소식을 듣고 나는 뭔가 짐작이 가는 바가 있어 '바로 이 일'이 아니라
면 전화가 올 일이 없다고 생각했고, 예상대로 그 일은 『대중독재』에
대한 독후감을 쓰는 일이었다. 청탁을 한 편집부의 직원은 어느 시사
월간지에 내가 썼던 『나치 시대의 일상사』의 독후감을 보고, 그것과
문제의식이 유사한 이 책에 대한 독후감을 맡겼던 것이다. 가볍게 써
주기를 원했던 편집자는 그러면서 막 개봉된 〈효자동 이발사〉에 대한
감상과 함께 써 주면 좋겠다는 주문을 했다. 하지만 나는 영화를 좋아
하지 않으며, 가볍게 쓰는 것이라면 걱정할 필요가 없다고 말했다. 그
리고 어제 그 서점으로 달려가 아래위로 진열되어 있던 두 권의 책을
모두 샀다.

마감 날짜가 넉넉했기 때문에 나는 두 책을 금방 읽지 않고, 서중
석의 『조봉암과 1950년대』를 빌려서 그것부터 읽었다. 그리고 예의
그 시사 월간지에 「피해 대중과 '레드 콤플렉스'의 기원」이라는 독후

감을 썼다. 서중석에 의하면 하벨이 예로 든 프라하의 야채 장수나 브레히트가 창조한 에게 씨, 그리고 김수영의 변설은 전체주의를 경험한 모든 국가의 시민이 앓는 동일한 정신 병리 증상이다. 그들의 소시민적 적응은 비정상적인 환경에서 살아남기 위한 자아 분열 증세다. 그런 상태란 이미 정상인이 운영할 수 있는 체제와의 '무언의 협정'이 될 수 없는 것이다. 그 책에서 서중석은 억압적인 냉전과 극우반공체제가 만들어 놓은 대표적인 이중인격자로 장준하를 꼽으면서, "일정한 수준 이상의 지식인·언론인·종교인·정치인 등의 다수가 이중인격자였고, 한국형 지킬 박사와 하이드가 아니었을까"라고 묻는다.

임지현도 언급한 바 있는 나치 이념의 옹호자 칼 슈미트는 유럽의 국가 역사는 세 단계로 나뉜다고 주장한다. 첫 단계는 절대 군주 혼자서 정치를 독식하는 절대 왕정 시대. 두 번째 단계는 프랑스혁명이 점화한 자유주의와 민주주의 시대. 하지만 그는 의회로 대표되는 대의민주주의를 신뢰하지 않는다. 그것은 고작 부르주아계급만을 국가로부터 해방시켰을 뿐(예를 들어 한국도 그렇지만 미국의 경우 선거 비용을 더 많이 쓴 사람이 적게 쓴 후보보다 더 많이 당선된다고 한다), 국민 전체가 하나의 동질성으로 단결하는 것을 오히려 파괴한다는 것이다. 그래서 역사는 세 번째 단계로 성장해 나갈 수밖에 없는데, 나치즘이야말로 동질한 민족이 하나로 단결하며 모든 인민에게 주권이 돌아가는 민주주의의 궁극적 완성이라는 것이다. 칼 슈미트의 이런 생각은 국가 안에서만 인간은 자유로워질 수 있으며 보편적 가치가 실현될 수 있다고 믿은 헤겔로부터 빚진 것이다.

대중의 정치적 각성과 동질한 민족의 단결을 바탕으로 한, 20세기의 전체주의는 국민의 집합적 의지와 욕망을 대별할 뿐이기 때문에 불법적일 수 없으며 독재라고 볼 수 없다고 칼 슈미트는 말한다. 임지현이 '새로운 개념의 지적 소유권'이라고 당당하게 말하는 대중독재라는 개념은 바로 이 전제 위에 개진된다. 하지만 많은 전체주의 국가에서 민의民意가 기획·동원된다는 것을 볼 때, '국민 개개인이 인민주권을 가지고 있는 상태에서 이루어지는 독재는 독재가 아니'라는 임지현의 폭압적 전제를 다 믿을 필요는 없다. 1956년 5월 15일 정부통령 선거에 이승만이 불출마를 선언하자, 기다렸다는 듯이 온갖 관변 단체가 재출마를 청원하는 궐기 대회를 열었다. 이때 근 한 달 동안 5백만 명이 동원되었고 3백만 명이 탄원서에 혈서로 날인했다. 그러던 어느 날 우마차부牛馬車夫들이 우마차 800대를 끌고 출마 청원 시위를 벌였으니, '소의 뜻'이라고 우의牛意니, '말의 뜻'이라고 마의馬意니 하는 말이 생겨났다. 물론 이런 민의 동원에는 통반장과 경찰 지서가 어김없이 관여했다.

전체주의란 국가를 사유화한 지도자가 대중을 직접 대면하는 것

사회에 대한 국가의 잠식이 바로 전체주의라고 잘못 알고 있다고 지적하는 L.샤피로는 "사회를 점차 흡수해 간 것은 국가가 아니었다"면서, "국가와 사회 양자의 구조 속으로 마치 악성 암처럼 점진적으로 파먹어 들어온 것은 지도자"이며 그의 주관 아래 움직이는 사당화된 정당과 사적 권력 장치라고 말한다. 이런 의미에서 '대중/독재'라는 말이 묘한 울림을 주고 있는 것은 사실이다. 전체주의는 독재자(지도자)와 대중이 직접 대면하는 체제이기 때문이다. 이승만이 그랬듯이 박정희 역시 자신이 만든 당이나 민주주의의 기본 질서인 의회를 야금야금 파괴했다. 비록 새마을운동이 정치운동은 아니었으나, 대중을 정치적 전대위로 삼은 마오쩌둥의 문화혁명(홍위병)과 새마을운동은 흡사한 점이 많다.

유신정우회와 통일주체국민회의 대의원 설치는 헌정 질서를 어지럽혔을 뿐 아니라, 공화당을 견제했다. 아마 박정희가 더 오래 살았더라면 공화당은 히틀러나 스탈린을 키워 주었던 나치당과 공산당처럼 식물 정당이 되었을 게 뻔하다. 박정희가 써먹었던 두어 차례의 국민투표도 지도자가 당과 의회를 제치고 대중과 직접 대면하는 이벤트였다. 이런 체제에서는 국가 경축일·졸업식·연두 교시·지방 순시에서 행한 대중 유시가 곧 정책이 되고 법이 된다. 국가를 사유화한 지도자에겐 당연하게도 후광과도 같은 카리스마가 생기기 마련인데, 거기엔 동의 구조와는 다른, 메시아의 재림과 같은 종교성이 대중을 압도하게 된다. 이런 사회에서는 영적인 지도자와 대중만 남고 국가와 시민사회의 질서는 모조리 공동화空洞化되어 버린다.

박정희를 비난하거나 예찬하는 사람들은 공산주의 전력을 가진 박정희가 이승만이 10년 넘게 공들여 닦아 놓은 반공 독재의 길을 무임으로 질주했다는 사실을 간과한다. 임지현은 한국민들이 박정희 체제에 자발적으로 협조하고 동의했다고 하는데, 쿠데타를 일으킨 박정희가 "반공을 국시로 한다"는 일성(소위 혁명 공약)을 발했을 때 아무도 이의를 제기하지 않았다는 것만 놓고 보면 설득력이 있어 보인다. 하지만 그때는 이미 이승만의 극악스러운 반공 정책으로 인해 전 국민이 '레드 콤플렉스'라는 주술에 걸려 있었다는 것을 고려치 않고 하는 말이다. 박정희의 일성 앞에 '입이라도 벙끗' 하는 국민은 곧바로 '빨갱이'가 될 각오를 해야 했고, 빨갱이로 찍히는 것은 곧바로 죽음이었다. 그런 의미에서 우리의 현대사는 박정희를 말하기에 앞서, 이승만 체제의 전체주의적인 요소를 먼저 점검해 보아야 한다. 이승만을 그토록 미워했던 박정희는 '새끼 이승만'이 되지 않을 수 없었다. 그게 고속도로 위에 올라선 운전자의 운명이다.

4·15 총선에서 한나라당은 박정희의 후광을 업은 박근혜 특수 덕을 톡톡히 보았고, 7월 19일에 열린 한나라당 전당대회에서 박근혜는 별 어려움 없이 당 대표에 당선되었다. 2007년에 있을 17대 대통령 선거에 박근혜가 한나라당의 후보로 나올 수 있을지를 점치는 것은 때 이르지만 만약 그렇게 된다면, 2007년은 박정희를 악이라고 생각하는 선의 무리와 박정희를 선이라고 생각하는 악의 무리, 또는 박정희를 악이라고 생각하는 악의 무리와 박정희를 선이라고 생각하는 선의 무리들이 벌이는 아마겟돈이 될 것이다. 그렇다면『대중독재』가 제기한 논쟁은 2007년 아마겟돈에 앞서 벌어지는 '프레 아마겟돈Pre-Amageddon'이란 말인가?

장정일이 공부한 책 목록

잠 못 이룬 그 밤, 잠 못 이룬 사람

『나는 불교를 이렇게 본다』, 김용옥 지음, 통나무, 1999

『당신들의 대한민국』, 박노자 지음, 한겨레신문사, 2001

『대한민국은 군대다』, 권인숙 지음, 청년사, 2005

『좌우는 있어도 위아래는 없다: 박노자의 북유럽 탐험』, 박노자 지음, 한겨레신문사, 2002

상한선을 찾아서

『당신들의 대한민국』, 박노자 지음, 한겨레신문사, 2001

『서얼단상: 한 전라도 사람의 세상 읽기』, 고종석 지음, 개마고원, 2002

『송시열과 그들의 나라』, 이덕일 지음, 김영사, 2000

『우리가 정말 몰랐던 조선 이야기 2』, 김인호 · 박훤 지음, 자작나무, 1999 (절판)

교양 ; 지식의 최전선

『나는 이런 책을 읽어 왔다』, 다치바나 다카시 지음, 이언숙 옮김, 청어람미디어, 2001

『도쿄대생은 바보가 되었는가』, 다치바나 다카시 지음, 이정환 옮김, 청어람미디어, 2002

『두 문화』, C.P. 스노우 지음, 오영환 옮김, 민음사, 1996

『문학의 사회학』, 에스카르피 지음, 민희식 · 민병덕 옮김, 을유문화사, 1983 (절판)

『통섭: 지식의 대통합』, 에드워드 윌슨 지음, 최재천 · 장대익 옮김, 사이언스북스, 2005

어느 역사가의 유작

『이상한 패배: 1940년의 증언』, 마르크 블로크 지음, 김용자 옮김, 까치, 2002

전복과 역설의 '뻔뻔함과 음흉함'

『난세를 평정하는 중국 통치학』, 리중우 지음, 신동준 편역, 효형출판, 2003

『분서焚書』, 이지(이탁오) 지음, 홍승직 옮김, 홍익출판사, 1998

문신 새긴 기억

『한국의 근대성, 그 기원을 찾아서: 민족 · 섹슈얼리티 · 병리학』, 고미숙 지음, 책세상, 2001

이광수를 위한 변명

『근대 일본인의 발상 형식』, 이토 세이 지음, 고재석 옮김, 소화, 1996

『봄』, 시마자키 도손 지음, 노영희 옮김, 소화, 2000

『아버지란 무엇인가: 시마자키 도손의 문학 세계』, 노영희 지음, 시사일본어사, 1992 (절판)

『이광수와 그의 시 1·2』, 김윤식 지음, 솔, 1999

『일본 근대문학의 기원』, 가라타니 고진 지음, 박유하 옮김, 민음사, 1999 (2010년 개정판 출간(도서출판b))

『하루키 일상의 여백: 마라톤, 고양이 그리고 여행과 책 읽기』, 무라카미 하루키 지음, 김진욱 옮김, 문학사상사, 1999

이것이 법이다

『배틀로열 1·2』, 타카미 코슌 지음, 권일영 옮김, 대원씨아이, 2002 (절판)

『파리대왕』, 윌리엄 골딩 지음, 유종호 옮김, 민음사, 2002

모차르트를 둘러싼 모험

『글렌 굴드, 피아노 솔로』, 미셸 슈나이더 지음, 이창실 옮김, 동문선, 2002

『모차르트』, 알로이스 그라이터 지음, 김방현 옮김, 삼호출판사, 1991 (절판)

『모차르트 평전』, 필립 솔레르스 지음, 김남주 옮김, 효형출판, 2002

『모차르트: 한 천재에 대한 사회학적 고찰』, 노베르트 엘리아스 지음, 박미애 옮김, 문학동네, 1999

『모차르트: 혁명의 서곡』, 폴 맥가 지음, 정병선 옮김, 책갈피, 2002 (절판)

미국의 극우파에 대한 명상

『두 얼굴을 가진 하나님: 성서로 보는 미국 노예제』, 김형인 지음, 살림, 2003

『마이너리티 역사 혹은 자유의 여신상』, 손영호 지음, 살림, 2003

『미국 만들기: 20세기 미국에서의 좌파 사상』, 리처드 로티 지음, 임옥희 옮김, 동문선, 2003

『미국의 좌파와 우파』, 이주영 지음, 살림, 2003

『반미』, 김진웅 지음, 살림, 2003

『블루 아메리카를 찾아서』, 홍은택 지음, 창비, 2005

『MD 미사일 방어 체제』, 정욱식 지음, 살림, 2003

과두정이 온다

『미국 문화의 몰락: 기업의 문화 지배와 교양 문화의 종말』, 모리스 버만 지음, 심현식 옮김, 황금가지, 2002 (절판)

『문명의 충돌』, 새뮤얼 헌팅턴 지음, 이희재 옮김, 김영사, 1997

『미국 정신의 종말』, 앨런 블룸 지음, 이원희 옮김, 범양사, 1989

『미국식 사회 모델』, 쥐스탱 바이스 지음, 김종명 옮김, 동문선, 2002

『제국의 몰락: 미국 체제의 해체와 세계의 재편』, 엠마뉘엘 토드 지음, 주경철 옮김, 까치, 2003 (절판)

『MD 미사일 방어 체제』, 정욱식 지음, 살림, 2003

부서진 손잡이를 움켜쥐고

『게르만 신화, 바그너, 히틀러』, 안인희 지음, 민음사, 2003

『나치 시대의 일상사: 순응, 저항, 인종주의』, 데틀레프 포이케르트 지음, 김학이 옮김, 개마고원, 2003

『나치의 자식들』, 노르베르트 레버르트·슈테판 레버르트 지음, 이영희 옮김, 사람과사람, 2001

『미국식 사회 모델』, 쥐스탱 바이스 지음, 김종명 옮김, 동문선, 2002

『바이마르공화국의 역사』, 오인석 지음, 한울, 1997 (절판)

『반동적 근대주의자 박정희』, 전재호 지음, 책세상, 2000

『보수 혁명: 독일 지식인들의 허무주의적 이상』, 전진성 지음, 책세상, 2001

『히틀러의 뜻대로: 히틀러의 조력자들』, 귀도 크놉 지음, 신철식 옮김, 울력, 2003

'정형화된 기억'으로부터 벗어나려는 시도들

『계몽의 변증법: 철학적 단상』, 테오도르 아도르노·막스 호르크하이머 지음, 김유동 옮김, 문학과지성사, 2001

『나치 시대의 일상사: 순응, 저항, 인종주의』, 데틀레프 포이케르트 지음, 김학이 옮김, 개마고원, 2003

『식민지의 회색지대』, 윤해동 지음, 역사비평사, 2003 (절판)

『인텔리겐차: '지금, 여기' 우리 지식인의 새로운 길찾기』, 윤해동 외 지음, 푸른역사, 2002

〈영광의 탈출〉 잊어버리기

『거꾸로 읽는 세계사』, 유시민 지음, 푸른나무, 2002 재판 (2008년 3판 출간)

『고대 이스라엘의 발명: 침묵당한 팔레스타인 역사』, 키스 W. 휘틀럼 지음, 김문호 옮김, 이산, 2003

『나를 배반한 역사』, 박노자 지음, 인물과사상사, 2003년 (절판)

『소리 없는 프로파간다: 우리 정신의 미국화』, 이냐시오 라모네 지음, 주형일 옮김, 상형문자, 2002 (절판)

『식민지의 회색지대』, 윤해동 지음, 역사비평사, 2003 (절판)

『오리엔탈리즘』, 에드워드 사이드 지음, 박홍규 옮김, 교보문고, 1991 (2007년 증보판 출간)

『잔인한 이스라엘』, 랄프 쇤만 지음, 이광조 옮김, 미세기, 2003 (절판)

오래되지 않았다

『동양은 어떻게 서양을 계몽했는가』, J.J. 클라크 지음, 장세룡 옮김, 우물이있는집, 2004 (절판)

『서구 문명은 동양에서 시작되었다』, 존 M. 홉슨 지음, 정경옥 옮김, 에코리브르, 2005 (절판)

『중국이 만든 유럽의 근대: 근대 유럽의 중국문화 열풍』, 주겸지 지음, 전홍석 옮김, 청계, 2003 (2010년 개정판 출간)
『화려한 군주』, 다카시 후지타니 지음, 한석정 옮김, 이산, 2003

조봉암 ; 우리 현대사가 걸어 보지 못했던 길

『나의 아버지 여운형: 잃어버린 거성의 재조명』, 여연구 지음, 신준영 편집, 김영사, 2001
『비극의 현대 지도자』, 서중석 지음, 성균관대학교 출판부, 2002 (절판)
『조봉암 연구』, 박태균 지음, 창작과비평사, 1995 (절판)

철학의 오만

『하이데거와 나치즘』, 박찬국 지음, 문예출판사, 2001 (절판)

피해 대중과 '레드 콤플렉스'의 기원

『조봉암과 1950년대 상·하』, 서중석 지음, 역사비평사, 1999

바그너의 경우

『게르만 신화, 바그너, 히틀러』, 안인희 지음, 민음사, 2003
『논쟁 나치즘의 역사화』, 구승회 지음, 온누리, 1993 (절판)
『독일 제3제국의 선전 정책』, 데이비드 웰시 지음, 최용찬 옮김, 혜안, 2001 (절판)
『오리엔탈리즘의 역사』, 정진농 지음, 살림, 2003
『천재, 천재를 만나다: 천재들의 우정과 열정에 관한 작은 전기』, 한스 노인치히 지음, 장혜경 옮김, 개마고원, 2003
『히틀러 평전 1·2』, 요하힘 페스트 지음, 안인희 옮김, 푸른숲, 1998
『히틀러의 여인들』, 안나 마리아 지그문트 지음, 홍은진 옮김, 청년정신, 2001 (절판)
『히틀러의 정신분석』, 월터 C. 랑거 지음, 최종배 옮김, 솔, 1999 (절판)

촘스키와의 대화

『게르만 신화, 바그너, 히틀러』, 안인희 지음, 민음사, 2003
『권력과 테러: 노엄 촘스키와의 대화』, 노엄 촘스키 외 지음, 홍한별 옮김, 양철북, 2003
『독일 제3제국의 선전 정책』, 데이비드 웰시 지음, 최용찬 옮김, 혜안, 2001 (절판)
『불량 국가: 미국의 세계 지배와 힘의 논리』, 노엄 촘스키 지음, 장영준 옮김, 두레, 2001
『여론 조작: 매스미디어의 정치경제학』, 노엄 촘스키·에드워드 허먼 지음, 정경옥 옮김, 에코리브르, 2006
『촘스키, 누가 무엇으로 세상을 지배하는가』, 노엄 촘스키 외 지음, 강주헌 옮김, 시대의창, 2002 (2013년 개정판 출간)
『촘스키, 9·11: 뉴욕 테러와 미국의 무력대응에 대한 비판과 분석』, 노엄 촘스키 지음, 박행웅·이종삼 옮김, 김영사, 2001

우리들은 모두 오이디푸스의 가족이다

『남자의 탄생』, 전인권 지음, 푸른숲, 2003

『대통령들의 초상』, 이병주 지음, 서당, 1991 (절판)

『박정희 정신분석, 신화는 없다』, 신용구 지음, 뜨인돌, 2000 (절판)

『박정희 평전: 박정희의 정치사상과 행동에 관한 전기적 연구』, 전인권 지음, 이학사, 2006

『비극의 현대 지도자』, 서중석 지음, 성균관대학교 출판부, 2002 (절판)

『비주류 역사』, 마이클 파렌티 지음, 김혜선 옮김, 녹두, 2003 (절판)

『히틀러의 정신분석』, 월터 C. 랑거 지음, 최종배 옮김, 솔, 1999 (절판)

엘리자베스 1세 ; 영국사의 한 장면

『어느 정치적 인간의 초상』, S. 츠바이크 지음, 강희영 옮김, 분도출판사, 1977 (절판)

『엘리자베스와 에섹스』, 리튼 스트래치 지음, 이준 옮김, 나남출판, 1999 (절판)

『영원한 제국』, 이인화 지음, 세계사, 1993 (2008년 개정판 출간)

『이상한 패배: 1940년의 증언』, 마르크 블로크 지음, 김용자 옮김, 까치, 2002

『정치가 정조』, 박현모 지음, 푸른역사, 2001 (절판)

『칼의 노래』, 김훈 지음, 생각의나무, 2001 (2012년 개정판 출간(문학동네))

『한국사로 읽는 성공한 개혁 실패한 개혁: 김춘추에서 노무현까지』, 이덕일 지음, 마리서사, 2005 (절판)

2007년, 아마겟돈

『개발독재와 박정희 시대: 우리 시대의 정치경제적 기원』, 김삼수 · 서익진 외 지음, 이병천 엮음, 창비, 2003

『나는 사탄이 번개처럼 떨어지는 것을 본다』, 르네 지라르 지음, 김진식 옮김, 문학과지성사, 2004

『나치 시대의 일상사: 순응, 저항, 인종주의』, 데틀레프 포이케르트 지음, 김학이 옮김, 개마고원, 2003

『대중독재: 강제와 동의 사이에서』, 임지현 · 김용우 엮음, 비교역사문화연구소 기획, 책세상, 2004

『로마제국의 노예와 주인: 사회적 통제에 대한 연구』, K.R. 브래들리 지음, 차전환 옮김, 신서원, 2001

『반동적 근대주의자 박정희』, 전재호 지음, 책세상, 2000

『전체주의』, L. 샤피로 지음, 김학준 옮김, 삼성미술문화재단, 1971 (절판)

『조봉암 연구』, 박태균 지음, 창작과비평사, 1995 (절판)

『조봉암과 1950년대 상 · 하』, 서중석 지음, 역사비평사, 1999

『파시즘』, 마크 네오클레우스 지음, 전준영 옮김, 이후, 2002 (절판)

장정일의 공부

1판 1쇄 발행 2006년 11월 13일
1판 13쇄 발행 2013년 2월 28일
2판 1쇄 인쇄 2015년 5월 22일
2판 1쇄 발행 2015년 5월 29일

지은이 장정일

발행인 양원석
본부장 송명주
책임편집 이가영
해외저작권 황지현, 지소연
제작 문태일, 김수진
영업마케팅 김경만, 곽희은, 윤기봉, 우지연, 김민수, 장현기, 이영인, 정미진, 송기현, 이선미

펴낸 곳 ㈜알에이치코리아
주소 서울시 금천구 가산디지털2로 53, 20층 (가산동, 한라시그마밸리)
편집문의 02-6443-8865　**구입문의** 02-6443-8838
홈페이지 http://rhk.co.kr
등록 2004년 1월 15일 제2-3726호

ⓒ장정일 · 2006, 2015
Printed in Seoul, Korea

ISBN 978-89-255-5643-7 (03810)